国家出版基金项目

中国古代通俗小说序跋题记汇编

萧相恺／辑校

四

人民文学出版社

说唐演义全传

《说唐演义》序

如莲居士

夫经书之诣,既(观文书屋本作"最",下括号中文字均此本所有,不另注)奥而深;史鉴之文,亦邃而浚(作"俊")。然非探索之功,研究之力,焉能了彻于胸而为人谈说哉!求(作"故")由撰(作"博")学而至笃行,其间工夫不可胜道。今见藏书阁中有《说唐》(多"一书"二字),其(无"其"字)自五代后起,至盛唐而终,历载治乱之条贯、兴亡之错综、真假(作"忠佞")之判分、将相之前猷(作"奇猷");善恶毕具,妍丑无遗,文辞率(作"径")直,事理分排,使看者若燎火,闻者如面命(作"听声"),说者尽盈壶(作"悬壹"),能兴好善之心,足惩为恶之念,亦大有俾(作"裨")世之良书也,可付之于剞劂氏。时乾隆元岁蒲月望日,如莲居士题于似(作"北")山屋前(作"居中")。

说明:上序录自渔古山房藏板本《绣像说唐前

传》。此本原藏上海师大图书馆。内封分三栏,题"如莲居士编""绣像说唐前传　渔古山房藏板"。首《序》,尾署"时乾隆元岁蒲月望日,如莲居士题于似山屋前",有"□□"及"如莲居士"阳文钤各一方。有图像八幅,皆像赞各半叶。次"说唐前传目录",凡十卷六十八回。正文第一叶卷端题"说唐前传卷之一　姑苏如莲居士编次、岩野山人校正",半叶十一行,行二十三字。版心单鱼尾上镌"说唐前传",下镌卷次、回次、叶次。

此书版本甚多,序及题署等或稍有不同。比如观文书屋本。此本内封上镌"乾隆癸卯年重镌",下两栏,分题"鸳湖渔叟较订""绣像说唐全传　观文书屋梓行"。首《序》,尾署"时乾隆元岁蒲月望日,如莲居士题于北山居中"。序之文字与上序几同。次"重刻绣像说唐演义全传目录",凡六十八回。有图像二十叶,四十幅。正文第一卷卷端题"重刻绣像说唐演义全传",不署撰人。半叶十一行,行二十五字。版心单鱼尾上镌"说唐全传",下镌回次、叶次(据上海古籍出版社影印本著录)。

如莲居士,真实身份、生平事迹待考。

说唐后传

《说唐后传》序

鸳湖渔叟

古今良史多矣,学者宜博观远览,以悉治乱兴亡之故,既以开广其心胸,而亦增长其识力,所裨(稗)良不浅也。即世有裨(稗)官野史(乘),阙而不全,其中疑信参半,亦可采撮残编,以俟后之深考好古者,犹有取焉。若传奇小说,乃属无稽之谈(谭),最易动人听闻,阅者每至忘食忘寝,戛戛乎有馀味焉,而欲镌成一编,以流传人口,何也?吾谓:天下之深足虑者,淫哇新声,荡人心志。其书乃(方)竣,而人艳称道之,若搬演古今人物,谬作(为)一代兴亡逸史。此特以供闾里(多"儿童"二字)谭笑之资,且以当优孟之剧、偃师之戏,大雅君子,宁必遽置勿道也哉!爰是为序而付诸梓。鸳湖渔叟书。

说明:上序录自渔古山房藏板本《绣像说唐后传》。此本亦即《中国通俗小说总目提要》著录的

《别本说唐后传》，内封分三栏，题"如莲居士编"（右栏），"绣像说唐"（中栏）后传　渔古山房藏板"。首《说唐后传序》，尾署"鸳湖渔叟书"。有图像。目录叶题"说唐小英雄传目录"，分卷首上、卷首下凡十六回。又"说唐薛家府传目录"，凡六卷四十二回。全书共五十八回。正文第一叶卷端题"说唐小英雄传卷首上　姑苏如莲居士编次"，半叶十一行，行二十五字。版心单鱼尾上镌"说唐后传"，下镌卷次、回次、叶次。

又有观文书屋本。此本内封上镌"乾隆癸卯年重镌"，下两栏，分题"鸳湖渔叟较订""绣像说唐后传　观文书屋梓行"。首《序》，不题撰人，据序之语气，殆亦鸳湖渔叟所作。次"新刻绣像增异说唐后传目录"，凡十卷五十五回。复次绣像二十叶四十幅。正文第一叶卷端题"重刻绣像说唐演义后传"，不署撰人。半叶十一行，行二十五字。版心单鱼尾上镌"说唐后传"，下镌卷次、叶次。序之内容文字与上所录略异，序末无"鸳湖渔叟书"字样。

其他版本亦甚多，如乾隆三年姑苏绿慎堂藏板本(原本藏辽宁图书馆)、乾隆三十三年鸳湖最乐堂发兑本等。

　　鸳湖渔叟,真实身份、生平事迹待考。

风流悟

（风流悟识语）

是集也，敷词既非世缔，结撰岂曰盛（蜃）楼。人匪子虚，奇巧天成。异景事咸综核，挥洒聊作新谭。摇扇北窗，拥炉南阁，可使闷怀忍畅，亦令倦睫顿开。敢云艺苑之罕珍，庶几墨林之幽赏。识者辨之。

说明：上识语录自吴晓铃旧藏《风流悟》。上海古籍出版社据以影印。此本内封两栏，一栏题"雪窗主人评　风流悟"，一栏载识语。次"风流悟目次"，凡八回。正文卷端题"新镌绣像风流悟一编坐花散人编辑"，半叶九行，行二十四字。版心由上而下镌"风流悟"、回次、叶次。

坐花散人，真实身份、生平事迹待考。

疗妒缘

鸳鸯会序

静怡主人

尝概（慨）夫《关雎》《樛木》之化，邈矣难追，而妒风遍流于宇宙，愈煽愈炽，非药石可瘳。相传苏学士持青筇而熄狮吼，韩泰斗挥佩剑而警愚迷，陈芳洲掷棋枰而惩命妇，虽亦一时皆知敛饬，而只能稍挫其锋，未能屈服其志也。此书所载秦氏妒性天成，嫂劝不悟，乃一旦感于为妾者一片精诚，遂令奇妒之人翻为极贤之妇，不特平时之妒块尽消，而此日之贤声广播，岂不异哉？子舆氏之以力服人者，非心服也，力不瞻也。其苏学士等疗妒之谓乎？惟如秦氏之翻妒为贤，乃能称中心悦而诚服也。阅者幸勿以其事之不经而诧之。岁在庚戌夏五，书于染云山庄之西轩，静恬主人戏题。

说明：上序录自清乾隆四十五年日省轩藏板本《鸳鸯会》（原名《疗妒缘》）。首《鸳鸯会序》，尾署"岁在庚戌夏五，书于染云山庄之西轩，静恬主人戏题",原本藏北京图书馆等。正文半叶九行,行十八字。

另有延南堂藏板本。原本藏日本内阁文库。此本内封花边框内由右向左,分题"静恬主人戏题""疗妒缘""延南堂藏板"。目录叶题"疗妒缘目录 静恬主人戏题",凡八回。正文半叶九行,行二十四字,写刻。版心单鱼尾上镌"疗妒缘",下镌卷次、叶次。

静恬主人,真实身份、生平事迹待考。另有《醋葫芦》。

金石缘

金石缘序

静怡主人

小说何为而作也？曰：以劝善也，以惩恶也。夫书之足以劝惩者，莫过于经史，而义理艰深，难令家喻而户晓，反不若稗官野乘，福善祸淫之理悉备，忠佞贞邪之报昭然，能使人触目儆心，如听晨钟，如闻因果，其于世道人心，不为无补也。但作者先须立定主见，有起有收，回环照应，一（"一"字疑衍）点清眼目，做得锦簇花团，方使阅者称奇，听者忘倦。切忌序事直捷，意味索然。又忌人多混杂，眉目不楚。甚者说鬼谈神，怪奇悖理。又或情词赠答，淫亵不堪，如《情梦柝》《玉楼春》《玉娇梨》《平山冷燕》诸小说，脍炙人口，由来已久，谁知其中破绽甚多，难以枚举。试即一二言之：堂堂男子，乔扮女妆，卖人作婢，天下有是理乎？龆龀闺媛，诗篇字法，压倒朝臣，天下又有是理乎？且当朝宰辅，方正名卿，为女择配，不由正道，将闺中诗词，索人倡和，成何体统？此皆理之所必无，宁为情之所宜有？若夫鬼怪矜奇者，又不足论矣。

惟《巧合金石缘演义》，则忠孝节义，奸盗邪淫，贫贱富贵，离合悲欢，色色俱备。且征引事迹，酌乎人情，合乎天理，未尝露一毫穿凿之痕。中间序次天然，联络水到渠成，未尝有半点遗漏之病。虽不敢称全璧，亦可为劝惩之一助。阅者幸勿以小说而忽之，当反躬自省，见善即兴，见恶思改，庶不负作者一片婆心，则是书也，充作《太上感应篇》读也可。静恬主人戏题。

金石缘总评

日省斋主人

此书作者全为欺贫重富赖婚者而作。一个"相"字为一部之纲领，"姻缘"二字为一部之主见，绝处逢生为一部之枢纽。盖言富贵不足恃，才貌不足恃，贫贱不可欺，患难不足虑，但能安分自守，节孝自持，便是成家立业之本，一生受用之机。试看此书，恩怨分明，报应不爽（爽），自始至终，一路贯串，未尝有丝毫遗漏，针针相对，未尝有半点脱根。

阅之，必须熟读细味，方得其中深意，幸勿忽之。

夫相者，天公赋形之时，穷通贵贱，早已端端正正摆在五官部位之中，能通相术者一目了然。在上等之人，广行阴德，日记功过，相原未尝不因心而转。即如石有光，只应有二三品前程，因籍没卢家，火焚了馀党册，全了数百人性命功名，救了数十家家产牵连，后封靖海侯，子孙世袭，天公原未尝限住他。但不能为上等之人，庶几安分自守，坏的不能改好，好的不至改坏。即如爱珠极坏的相，铁嘴还许他真心，靠着无瑕，原有小小收成，奈他总恃着才貌，不肯安分，所以走到顶坏的路上去，原合到顶坏的相方住，岂不可惜；如无瑕虽是好相，也亏他见父有难，即思卖身救父，情愿去做丫鬟，后来员外要他代嫁，明知金家不好，想此身已卖，由不得自己，便也安心去随那穷癞子，所以被他守出这般贵显来，以见相有定相，亦有时而无定。相无定相，实未尝无定，故开头以相而起，后来以相而结。李铁嘴之一相，非一部之纲领乎？

夫姻缘者，前生注定，贵贱相同，贫富合一，生则同衾，死则同穴，子孙相传，百世血食，此五伦中之一大伦也，岂由人之强求？即如爱珠许与金家，父母有命，媒妁有言，庚帖已过，聘礼已行，端端正正一个结发夫妻，他若安心嫁去，实意相守，更不比无瑕吃苦。父母必然帮助，丫鬟代他服侍，后来一个平定后的封诰，走到那里去？即使错了姻缘，以至儿于不招，寿命不长，不能身受荣封，一个嫡室的诰赠，谁能夺得他去？总之，不是姻缘，天公幻出许多更变来试弄愚人，成全节孝，而愚人果为之迷而不悟。倘彦庵不遇盗，堂堂县令也，云程不生病，翩翩公子也。员外院君，爱珠方喜所许得人，岂肯赖婚？且石道全不犯事，无瑕决不卖身，何由代嫁？不代嫁，何来为云程之正室而受极品之荣封？盖由前定姻缘，故彦庵遇盗，云程得病，以致林家要赖婚，又怕诚斋的势，故把无瑕代嫁，巧合而成姻缘也。此《孟子》所云："为渊驱鱼者獭也，为丛驱爵者鹯也，为汤武驱民者桀与纣也。"今之为云程、无瑕驱而成婚者，强盗也，爱珠也，利图也，县丞也，其实天之所使也。更有石有光之娶林氏，铁纯钢之娶金氏，亦皆天使巧合而成者。素珠虽非父母所爱，怎肯许丫鬟之弟？皆由无瑕代嫁而显荣，有光目姊而得贵,员外流落而相依,反若仰攀而成就。至于金氏一千金之女,纯钢已为强盗之儿,何能得合?只因一则随父遇盗,一则为父报仇,从师得遇年家,杀贼幸逢世谊,遂至巧合成婚。故姻缘前定,作者以之为主耳。

夫绝处逢生者,每见世之人见人落难,便算他再无翻身之日,见人贫穷,便欺他永无出息之期,殊不知自己寻到绝路上去,便无可如何,至于天使之落难、贫穷,原不可限量。太甲曰:天作孽,犹可违;自作孽,不可活。信不谬也。试观此书,彦庵遇盗于江中,一绝也,幸逢纯钢之从师;云程湮死于沙滩,二绝也,幸遇老君之相救;半途病倒破庙,三绝也,而得道士之收留;到苏无家可归,四绝也,犹有诚斋之尚在;守潼关,妖道行法,五绝也,老君之衣化解;征海寇,头陀咒诅,六绝也,铁嘴之计成功。此金家之绝处逢生也。若夫道全在监,有孝女之相救;员外在驿,有俞德之相迎;有光被获,而遇纯钢,同谋杀贼;绍基被擒,而逢有光,杀贼焚舟;更有诚斋自刎,而适遇救兵;破朝将毁,而欣逢护法。此皆绝处逢生也。人之会合,全在乎此。故曰一部之枢纽。

夫谓富贵才貌之不足恃者，如卢丞相官居宰辅，赫赫之势，谁不钦仰？一封私书，弄得家破人亡；还有利氏一门，堂堂刺史，署关差署，粮宪可为，富贵逼人，谁知巡按一拿，而冰消瓦解。若云才貌，爱珠第一，又处极美之境，只因节孝有亏，廉耻不顾，遂至为娼为丐，死于非命，反不如粗蠢之妹，丑陋之婢，更不如卖身之女，节孝自持，受皇封之极品，随夫子之恩荣。所谓富贵才貌者，何能及其万一？故曰不足恃。

夫谓此书恩怨报应，针针相对，丝毫不爽。试亦举而一一言之。云程病倒破庙，若非道士收留，性命必然难保，此云程之命道士所救也；后来破庙将毁，若非云程护法，道士之命亦难保，此又道士之命云程所救也。云程到家，若非诚斋之力，莫说妻子难得，即性命亦休矣，此云程之性命妻子，皆诚斋之力也；后来诚斋守城自刎，若非云程破贼，莫说升迁无分，即性命亦休矣，此诚斋之性命升迁，又云程之力也。又李绍基遇石有光，遂教伊武艺于前，救伊父难于后；后来绍基被贼所擒，而得有光领兵破贼,救伊性命于前,保伊升迁于后。还有院君之奉无瑕,以一箱之衣服首饰相赠;而尼庵之接院君,亦以一包之衣服首饰相答。员外之奉云程,以现成巧珠之妆奁相送;后来巧珠之妆奁,原是云程代备。至于见云程之屋小,而代赎原产,见无瑕之贫穷,而赠银赠米,使之一朝而致富;后来员外流落汉口,得无瑕之相接,云程之相留,与有光之结亲,使之无家而有家,虽彼此心事各别,而两家之报答又相对。其馀冤冤相报,难以尽举,即如爱珠因俞德之求乞回家,云程之满身疯癫,开口即以癞花子称之;谁知十数年后,满身恶疮,求乞山门,癞花子之名,反为自己实受。利公子之贪淫好色,以致妻子之荒淫无度;利图肆横于杭州,以致媳妇为娼于杭郡;刁氏因妒忌而害正室,百姓因贪赃而辱刁氏。凡此皆天公之报应,毫忽无差,究之,皆人之自作自受,天公何尝有偏私?故太上曰:祸福无门,惟人自召;善恶之报,如影随形。又曰:吉人语一("一"疑"善"之误)、视善、行善,一日有三善,三年,天必降之福;凶人语恶、视恶、行恶,一日有三恶,三年,天必降之祸。胡不勉面(而)行之?乾隆十四年岁次己巳仲春谷旦，日省斋主人重录。

说明：上序和总评均录自文光堂本《金石缘》，原藏中国社会科学院文学研究所资料室。此本内封题"新镌金石缘全传　文光堂梓"，首《金石缘序》，尾署"静恬主人戏题"。次《金石缘总评》，尾署"乾隆十四年岁次己巳仲春谷旦，日省斋主人重录"。复次"金石缘全传目录"，凡二十回。正文卷端题"金石缘全传"，不署撰人。半叶九行，行十七字。

日省斋主人，待考。

野叟曝言

《野叟曝言》序

知不足斋主人

《野叟曝言》一书，吾乡夏先生所著也，先生邑之名宿，康熙间幕游滇、黔，足迹半天下，抱奇负异，郁郁不得志，乃发之于是书，其大旨以崇正辟邪为主，以智仁勇为用，以孝弟忠信、礼义廉耻为条目，其议论之精辟，叙事之奇诡，足以跨跞古今，倾倒一世，洵天下第一奇书也。或有以猥亵夸诞为此书病者，予应之曰：正大者天理，猥亵者人情。天理即寓乎人情之中，非即人情而透辟之，即天理不能昌明至十二分也。况乎书中所叙，皆采撷汉唐以来诸说部之奇而贯串之，初非臆造于其间也。至夸诞之说，盖作者才气所之，不能自抑；左氏浮夸，韩子尝为盲史病矣，又何足为此书病哉。惜原本残阙，有名太史某公，才名溢海内，拟为补之，终以才力不及而止，则此书之奇可知已。近有某先生者，邃于宋学，谓此书足资观感，欲为付梓，集资甫成，遭乱而辍。兵燹后传本愈尠,残失愈多。予自维才谫,何敢续貂,姑搜辑旧本之最完者,缮付剞劂。普天下才人,倘有能续而完之者乎?予将瓣香祝之矣。光绪岁次辛巳季秋之月,知不足斋主人书于兰陵旅次。

(野叟曝言)凡例

一、作是书者抱负不凡,未得黼黻皇朝,至老经猷莫展,故成此一百五十馀回洋洋洒洒文字,题名曰《野叟曝言》,亦自谓野老无事,曝日清谈耳。

一、原本编次以"奋武揆文,天下无双正士;熔经铸史,人间第一奇书"二十字分为二十卷,是作者意匠经营,浑括全书大旨,今编字分卷,概仍其旧。

一、是书之叙事说理,谈经论史、教孝劝忠,运筹决策,艺之兵诗医算,情之喜怒哀惧,讲道学,辟邪说,描春态,纵谐谑,无一不臻顶壁一层,至文法之设想布局,映伏钩绾,犹其馀事,为古今说部所不能仿佛,诚不愧第一奇书之目。

一、书中间有秽亵,似非立言垂教之道,然统前后以观,而秽亵之中,仍归劝戒,故亦存而不论。

一、此书因有缺失,从未刊刻,兵燹后抄本又多遗阙,恐灭没无传,有负作者苦心,故特觅旧本,集腋成裘,勉力付梓,至间有亥豕鲁鱼,或由旧本抄写舛错,以讹传讹,或由校者心粗目眵,似是而非,或由居停之间断吾雠,印司之更易误置,难免增脱倒讹等咎,阅者谅之。

一、缺处仍依原本,注明下缺,不敢妄增一字,贻笑大方,乃阅者不免以未睹全书为憾,然终无可搜罗,姑为刊出,以俟高才补续。

说明:上序和凡例均录自光绪辛巳(七年)毗陵汇珍楼本《野叟曝言》。此本内封前半叶三栏,当中镌篆体"野叟曝言"四大字,右上题"光绪岁次辛巳冬月",左下题"毗陵汇珍楼新刊";后半叶镌篆体"奋武揆文,天下无双正士;镕经铸史,人间第一奇书"二十字,分四行。前十字是书中主人公文素臣的人格总述,后十字是对此书的概括评价。首《序》,尾署"光绪岁次辛巳季秋之月,知不足斋主人书于兰陵旅次"。次为《凡例》,再次为"第一奇书野叟曝言目录"。书凡二十卷,分标"奋、武、揆、文"等二十字，一百五十二回。正文第一叶卷端题"第一奇书野叟曝言奋字卷之一"。未题撰人。每回有行间批，回末除几回外皆有总评。原本藏南京图书馆。

夏敬渠（1705—1787），字懋修，号二铭，江苏江阴人，诸生。通经史，旁及诸子百家、礼乐兵刑、天文算数之学，而屡踬科场，终身不得志。所著除《野叟曝言》外，另有《纲目举正》《浣玉轩诗文集》《唐诗臆解》《医学发蒙》等。

知不足斋主人，真实身份、生平事迹待考。

〔野叟曝言序〕

西岷山樵

康熙中，先五世祖韬叟，宦游江浙间，获交江阴夏先生。先生以名诸生贡于成均，既不得志，乃应大人先生之聘，辄祭酒帷幕中，遍历燕、晋、秦、陇。暇则登临山水，旷览中原之形势；继而假道黔蜀，自湘浮汉，溯江而归。所历既富，于是发为文章，益有奇气。先生亦自负不凡，然首已斑矣。先五世祖以官事过禾中，邂逅水次，一见倾倒。旋吴之后，文宴过从，殆无虚日。先生亦幸订交于先祖，屏绝进取，一意著书。阅数载，出《野叟曝言》二十卷以示。先祖始识先生之底蕴，于学无所不精，亟请付梓。先生辞曰："士生盛世，不得以文章经济显于时，犹将以经济家之言，上鸣国家之盛，以与得志行道诸公相印证。是书托于有明，穷极宦官、权相、妖僧道之祸，言多不祥，非所以鸣盛也。"先祖颔之，因请为之评注，先生许可，乃乘便缮副本藏诸箧中，先生不知也。先生既没，先祖解组归蜀。风雨之夕，出卷展读，如对亡友。尝谓曾祖光禄公曰："尔曹识之，承夏先生之志，慎勿刊也。"自是什袭者，又百有馀年矣。

乃今夏六月，友程子自海上购得此书，以予好读奇书，持以相赠，不觉大诧。余友为述刊书之由，始知是书成于吴中书贾，而出之者，夏先生之后人也。然已缺失十一，不若吾家副本之全。余惟夏先生之为人，著述震海内，传世之文，当非一种。是书抒写愤懑，寄托深远，诚不得志于时者之言，故深自秘靳而不欲问世。今则去先生之世已远，无所忌讳，其后嗣既出其书矣，徒以兵燹剥蚀，使海内才人皆有抱残守缺之憾,则将以是书知先生,而不足以尽知先生,并无以知余祖与先生之交,及当日慎重勿刊之意矣。夫后世不以是知先生,先生亦不以是书见知,均之已矣;既以是知而仍无异乎勿知,则亦非吾祖之所乐也。爰出全书以付余友,达诸海上之刊是书者,亟谋开雕,俾读者快睹其全,并述藏书之由以告夏先生之达人,证二百年前之交契云。光绪八年岁次壬午九月,西岷山樵谨识。

(野叟曝言)凡例

(……前四则与辛巳本前四则几同,从略)

一、稗官野史,本非纪事之体,间与正史相合,亦有不合者。此书截成化十年以后,为太子监国之年,而下移武宗之年归并宏治,而终于三十三年,盖不如是不足以畅作者之心。而有宏治十八年天子病愈改元厌哭一事,隐存正史之实,自可按合,阅者勿以为虚而无征也。

一、此书原本评注俱全,其关合正史处一一指明,如景王为宸濠,安吉之为万安、刘吉,法王之为妖僧继晓，皆一望而知。熟于有明掌故者，自可印证，不以无注为嫌也。

说明：上序和凡例，均录自光绪八年（1882）申报馆铅字本，转录自人民文学出版社1997年版《野叟曝言》。

野叟曝言序

<small>赏奇室主人</small>

且天下之所谓章回小说者，吾知之矣。曰《三国志演义》，世所称为第一奇书也，元本正史朽腐也，而神奇之，宜若可以惬心而贵当矣，然而意征实而难巧，综其所纪，不过争地争城、杀人如草而已，而于朝庙之大经，圣贤之实学，茫乎其未窥涯涘也；曰《金瓶梅》，又世所称为第一奇书也，铸鼎象物，魑魅魍魉，举莫能遁其形，然而猥亵之语，累牍连篇，为导淫诚非臆说，况乎事不过日用起居之细，人不外卑鄙龌龊之流，展卷未终，辄复生厌；类乎《三国志》者，曰《水浒传》，长枪大戟，豪气逼人，而神奸巨蠹之心，使人于言外见得，亦古今来绝无仅有之书也，然而侈陈贼焰，藐视王章，命意既差，多文曷

贵？脱胎于《金瓶梅》者，曰《红楼梦》，摹影事于帷灯匣剑，纪艳情于椀茗炉香，凡夫痴男怨女之心情，百世而下，犹跃然于纸上，洵言情之极则，赋恨之外篇也，然而才不胜意，学不副才，满纸铺张，不过风云月露，十年梦幻，绝无政事文章，虽曰小言，究伤大雅。外此者则有《品花宝鉴》，化《红楼梦》之局而卒莫能出其范围，傍户依门，卑无足道。至若《荡寇志》，则固矫《水浒》之失，而一以尊王为本者也，其人颇能究心于医算诸术，持论到极精微处，足以启发胸次，涤荡襟怀，而一腔忠孝之心，复流露于行间字里，以视以上诸书，固已出一头地矣，惟酷好道家之说，牛鬼蛇神，纷然纸上，取悦于俗目，不可谓非计之得也，其如长异端之气焰，何哉！其馀祸枣灾梨者，尚复汗牛充栋，纵使更仆难数，付诸自郐无讥间。尝上下古今，流览宇宙，欲于章回小说书中求一奄有众长，扫除众弊者，而卒不可得。意者章回小说固正人君子之所不屑为，多才多艺之所不欲为者乎？意者为章回小说之人，固皆坐井观天，一斑窥豹者乎？

　　今乃于祸枣灾梨者、汗牛充栋之外，竟得一书焉,曰《野叟曝言》,其书上蟠下际,旁烛无垠。其论性理之微,虽周、程、张、朱并世而生,亦当分一席以居之,以共捍陆氏明心之说;其论用兵之奥,虽孙、吴复起,亦当捲旗解甲,肃立坛下,听其指挥;其论医学,虽与黄帝、歧伯分庭抗礼,亦不为过,彼世之夸三折肱者,咸望尘而却步矣;其论算学,虽周髀大章,亦或前席请益,彼僧一行辈,方兹褊矣;其论诗学,虽青莲、子美,咸愿把臂入林,至李、杜以下馀子,碌碌不足数也。然此特其显焉者也,其书更以崇正辟邪为己任,不特佛老之大悖乎圣人者,不惜大声疾呼,以冀挽狂澜于既倒,即于儒术之中有稍拂乎圣人者,亦必反覆指陈,务使孔孟之道,皎然与日月争光,不使纤尘得以蒙蔽。洵堪为圣学之功臣,尼山之肖子,又乌得以章回小说轻之哉?抑更有进者,每论一事,必先以低一层者作为陪笔,阅之已觉不可几及,然后追进一层以压之,令人有天际真人,不可端倪之想,是固千古著述名家所莫能望其项背者,何论乎章回小说之流亚哉!

吾乃重有感焉,夫使若人得志,翌赞皇猷,坐而言者起而行,其所设施讵可限量?否则,传道得徒,使天下有志实学者，各得一艺以去，亦可慰平生扶翼名教之心，而乃终老牖下，仅托诸笔墨以传，且仅托诸章回小说之笔墨以传，夫亦大可悲矣。况乎恐遭世网，更以猥亵夸诞诸说，错杂其间，以自污其书，呜呼！何所遭之不幸也！又况构造物之忌，劳丁甲之收，无暇之白璧，等于已破之金瓯，湮没者几何年，残缺者若干帙，苟不及今补葺传播人间，是使天地间绝无仅有之书，终汩没于兵燹风霜而外，奚其可者？爰于暇日一一缮校完备，怂恿泰西字林主人，按日以活字板排印成册，以公诸世，夫而后向之所谓第一奇书者，皆将匿迹销声，不敢抗颜于章回小说中矣。时光绪第一壬午芒种后三日，龙溪赏奇室主人撰。

(野叟曝言)凡例

一、作是书者抱负不凡，未得黼黻皇朝，至老经猷莫展，故成此一百五十馀回洋洋洒洒文字，题名曰《野叟曝言》，亦自谓野老无事，曝日清谈耳。

一、原本编次以"奋武揆文，天下无双正士；熔经铸史,人间第一奇书"二十字分为二十卷,是作者意匠经营,浑括全书大旨,今编字分卷,概仍其旧。

一、是书之叙事说理、谈经论史、教孝劝忠,运筹决策,艺之兵诗医算,情之喜怒哀惧,讲道学,辟邪说,描春态,纵谐谑,无一不臻顶壁一层,至文法之设想布局,映伏钩绾,犹其馀事,为古今说部所不能仿佛,诚不愧第一奇书之目。

一、书中间有秽亵,似非立言垂教之道,然统前后以观,而秽亵之中,仍归劝戒,故亦存而不论。(按:上四则与毗陵活字本同)

一、原书共一百五十四回,坊间所刻仅一百五十二回,其第三、第四两回并回目,尽行削去,今照元本补入。

一、原书脱稿以后,闻作者竟欲呈御览,已付书人缮写完备,装潢齐整,而其女恐蹈不测之祸,取不著一字之纸,仿照书式,潜行更易,迨作者重复检点,以为被六丁六甲收去,遂置元稿于不间(问?),蠹鱼三食,间有缺误,而外间钞本,复经风霜兵燹,遗失至数回之多,更有缺一二页一二行者,指不胜屈。今幸得名家珍藏之本,不敢终秘,排日列于《沪报》之后，以公海内。

一、是本亦微有脱简，今详阅前后文势，一一补全，阅者识之。（按：上海图书馆藏《沪报》本的装订本，有"增改《野叟曝言》凡例"，亦凡七则，第七则称"是本亦殊有脱简"，与报刊连载时作"微有脱简"不同，虽一字之差，但反映出来其底本的残缺情况，轻重有别。至于造成异文的原因，可能是报馆日后加印时有所改动，而上图藏本的"凡例"恰好是加印的。）

说明：上序出自《沪报》第22号（光绪八年四月二十七日，1882年6月12日）的新闻版面内，末署"时光绪第一壬午芒种后三日，龙溪赏奇室主人撰"；《凡例》出自光绪八年五月一日（1882年6月16日）《沪报》第26号，凡七则，前四则文字与汇珍楼本完全相同，后三则迥异。均转录自潘建国《古代小说文献丛考·晚清〈字林沪报〉连载本〈野叟曝言〉考》（中华书局2006年版）。

光绪八年四月二十七日（1882年6月12日）星期一，《沪报》第22号正式开始连载《野叟曝言》小说，第22号至25号连续四天登载目录，第26号

(1882年12月16日)登载"凡例"和小说正文第一回。此后大抵每2至3天登载一回,间有停载。《沪报》自第73号(1882年8月10日)改名为《字林沪报》后,《野叟曝言》连载依旧,直至《字林沪报》第833号(1884年12月15日),整部小说始悉数登完,前后历时2年6个月零3天。

赏奇室主人,未得确考,或谓蔡尔康的又一别号。蔡尔康(1851—1921),字紫绂,别署铸铁庵主、楼馨仙史、涨海滨野史、海上蔡子等。生于江苏嘉定(今属上海市),后长期定居沪滨。同治七年(1868)诸生,后屡试不中,入《申报馆》。光绪二十年(1894)为《万国公报》华文主笔。

儒林外史

《儒林外史》序

闲斋老人

古今稗官野史，不下数百千种，而《三国志》《西游记》《水浒传》及《金瓶梅演义》，世称四大奇书，人人乐得而观之，余窃有疑焉。稗官为史之支流，善读稗官者，可进于史。故其为书，亦必善善恶恶，俾读者有所观感戒惧，而风俗人心庶以维持不坏也。《西游》元（玄）虚荒渺，论者谓为谈道之书，所云"意马心猿""金公木母"，大抵"心即是佛"之旨，予弗敢知。《三国》不尽合正史，而就中魏晋代禅，依样葫芦，天道循环，可为篡弑者鉴；其他蜀与吴所以废兴存亡之故，亦具可发人深省，予何敢厚非？至《水浒》《金瓶梅》，诲盗诲淫，久干例禁，乃言者津津，夸其章法之奇、用笔之妙，且谓其摹写人物事故，即家常日用米盐琐屑，皆各穷神尽相，画工化工合为一手，从来稗官无有出其右者。呜呼！其未见《儒林外史》一书乎？

夫曰"外史"，原不自居正史之列也；曰"儒林"，迥异元（玄）虚荒渺之谈也。其书以功名富贵为一篇之骨：有心艳功名富贵而媚人、下人者；有倚仗功名富贵而骄人、傲人者；有假托无意功名富贵，自以为高，被人看破耻笑者；终乃以辞却功名富贵，品地最上一层，为中流砥柱。篇中所载之人，不可枚举，而其人之性情心术，一一活现纸上，读之者，无论是何人品，无不可取以自镜。《传》云："善者感发人之善心，恶者惩创人之逸志。"是书有焉。甚矣，有《水浒》《金瓶梅》之笔、之才，而非若《水浒》《金瓶梅》之致为风俗人心之害也！则与其读《水浒》《金瓶梅》，无宁读《儒林外史》。世有善读稗官者，当不河汉予言也夫！乾隆元年春二月，闲斋老人序。

说明：上序录自清嘉庆八年卧闲草堂刊本《儒林外史》。原本藏北京图书馆、复旦大学图书馆等。此本内封分三栏，分题"嘉庆八年新镌""儒林外史""卧闲草堂藏板"。首有《序》，尾署"乾隆元年春二月，闲斋老人序"。次"儒林外史全传目录"，凡五十六回。正文卷端题"儒林外史第一回"，未题撰人。正文半叶九行,行十八字。版心单鱼尾上镌"儒林外史",下镌回次、叶次。

吴敬梓(1701—1754),字敏轩,一字文木,号粒民。晚号文木老人、秦淮寓客。安徽全椒人,后移居金陵(今江苏南京)。此书之外尚有《文木山房诗文集》。

闲斋老人,或谓即吴敬梓,缺乏实证,待考。

《儒林外史》识语

潘世恩　潘祖荫

全椒吴敬梓,号敏轩,一字文木,举鸿博不赴,移居江宁,著诗集、《诗说》,又仿唐人小说为《儒林外史》行于世。

凡六册,"敏轩杂著"四字皆文恭公手书。光绪戊寅三月十八日祖荫记。

说明:上识语出自滂喜斋抄本《儒林外史》。六册,每册封面题"敏轩杂著",卷首有"文恭公阅本《儒林外史》"题签,旁有"同治癸酉二月祖荫重装并题签"一行小字。书凡五十六回。正文半叶十行,行二十五字,无隔栏,抄写工整。原本藏上海图书馆。

　　文恭为潘世恩谥号。潘世恩(1770—1854),江苏吴县(今苏州)人,字槐堂,一作槐庭,号芝轩。乾隆五十八年(1793)状元,授修撰。后历任侍讲学士、内阁学士、户部左侍郎等职。咸丰四年卒,谥文恭,有《潘文恭公自订年谱》。第一则"识语"为潘世恩所作,以其字迹与每册封面所题"敏轩杂著"同,而"敏轩杂著""皆文恭公手书"。第二则为潘祖荫作。

　　潘祖荫(1830—1890),字在钟,小字凤笙,号伯寅,亦号少棠、郑盫。江苏吴县(今苏州)人,潘世恩之孙。咸丰二年(1852)一甲三名进士,探花,授编修,官至工部尚书。著有《攀古楼彝器图释》,辑有《滂喜斋丛书》《功顺堂丛书》等。

儒林外史跋

金和

　　是书为全椒吴敏轩先生所著。先生名敬梓,晚自号文木老人。吴氏固全椒望族,明季以来,累叶科甲。族姓子弟声气之盛，俨然王、谢；先生尤负隽才，年又最少，迈往不屑之韵，几几乎不可一世。所席先业綦厚，先生绝口不问田舍事；性伉爽，急施与，以"芒束"之辞踵相告者，知与不知，皆尽力资之，不二十年，而篝金垂尽矣。雍正乙卯，再举博学鸿词科，当事以先生及先生从兄青然（名檠）先生应诏书。先生坚卧不赴，竟弃诸生籍。尝客金陵，为山水所痼，遂移家焉。是时先生家虽中落，犹尚好宾客，四方文酒之士走金陵者，胥推先生为盟主。先生又鸠同志诸君，筑先贤祠于雨花山之麓，配泰伯以下名贤凡二百三十餘人。宇宙极闳丽，工费甚巨，先生售所居屋以成之。晚岁日益窘，冬至不能具炉炭，每薄暮，出东郭门，入西郭门，步十餘里乃归食，谓曰"暖脚"。然姻戚故旧之宦中外者以千百计，先生卒不一往，惟闭户课子（先生子名烺，字荀叔，以进士官中书。精天文、算术、声韵之学，著书甚富，海内称之），用卖文为生活，而其乐汤汤然，若不知其先富而后贫者。卒葬金陵南郊之凤台门花田中。

　　先生著有《诗说》七卷（是书载有《说溱洧篇》

数语;他如《南有乔木》为祀汉江神女之词;《凯风》为七子之母不能食贫居贱,与淫风无涉;"爰采唐矣"为戴妫答庄姜"燕燕于飞"而作:皆前贤所未发)、《文木山房文集》五卷、《诗集》七卷。

是书则先生嬉笑怒骂之文也。盖先生遂志不仕,所阅于世事者久,而所忧于人心者深,彰阐之权,无假于万一,始于是书焉发之,以当木铎之振,非苟焉愤时疾俗而已。书中杜少卿乃先生自况,杜慎卿为青然先生。其生平所至敬服者,惟江宁府学教授吴蒙泉先生一人,故书中表为上上人物。其次则上元程绵庄、全椒冯萃中、句容樊南仲、上元程文,皆先生至交。书中之庄徵君者程绵庄,马纯上者冯萃中,迟衡山者樊南仲,武正字者程文也。他如平少保之为年羹尧,凤四老爹之为甘凤池,牛布衣之为朱草衣,权勿用之为是镜,萧云仙之姓江,赵医生之姓宋,随岑庵之姓杨,杨执中之姓汤,汤总兵之姓杨,匡超人之姓汪,荀玫之姓荀,严贡生之姓庄,高翰林之姓郭,余先生之姓金,万中书之姓方,范进士之姓陶,娄公子之为浙江梁氏(或曰桐城张氏),韦四老爹之姓韩,沈琼枝即随园老人所称"扬州女子",《高青邱集》即当时戴名世诗案中事:或象形谐声,或廋词隐语,全书载笔,言皆有物,绝无凿空而谈者。若以雍乾间诸家文集细绎而参稽之,往往十得八九。

先生诗文集及《诗说》俱未付梓(余家旧藏抄本,乱后遗失),惟是书为全椒金棕亭先生官扬州府教授时梓以行世。自后扬州书肆,刻本非一。然读者太半以其体近小说,玩为谈柄,未必尽得先生警世之苦心,故余尝谓:"读先生是书而不愧且悔,读纪文达公《阅微草堂笔记》而不惧且戒者,与不读书同。"知言者,或不责余言之谬邪?是书体例精严,似又在纪书之上。观其全书过渡皆鳞次而下,无阁东话西之病,以便读者记忆。又自言:"'聘娘丰若有肌,柔若无骨'二语而外,无一字稍涉亵狎,俾闺人亦可流览。"可知先生一片婆心,正非施耐庵所称"文章得失,小不足悔"者比也。先生著书,皆奇数。是书原本仅五十五卷,于述琴棋书画四士既毕,即接《沁园春》一词,何时何人妄增"幽榜"一卷,其诏表皆割先生文集中骈语襞积而成,更陋劣可哂,今宜芟之以还其旧。发逆乱后,扬州诸板散佚无存,吴中诸君子将复命手民,甚盛意也。

薛蔚农观察知先生于余为外家,垂询及之,余敢以所闻于母氏者(余母为青然先生女孙),略述其颠末如此。于所不知,盖阙如也。同治八年冬十月,上元金和谨跋。

说明:上跋出自清同治苏州群玉斋本《儒林外史》,原本藏华东师范大学图书馆。内封分题"同治己巳秋摆印""儒林外史""群玉斋活字板",亦五十六回。正文半叶九行,行二十字。首闲斋老人序,文字与前所录同。书末有跋,尾署"同治八年冬十月,上元金和谨跋"。

金和(1818—1885),字弓叔,号亚匏,江苏上元(今南京)人,诸生。著有《秋蟪吟馆诗钞》等(参民国间《全椒县志》卷九)。

(儒林外史识语)

天目山樵

近世演义书,如《红楼梦》实出《金瓶梅》,其陷溺人心则有过之。《荡寇志》意在救《水浒传》之失,仍仿其笔意,其出色写陈丽卿、刘慧娘,使人倾听而心知其为万无是事；"九阳钟""元黄吊挂"诸回，则蹈入《封神传》甲里，后半部更外强中干矣。《外史》用笔实不离《水浒传》《金瓶梅》范围，魄力则不及远甚，然描写世事，实情实理，不必确指其人，而遗貌取神，皆酬接中所频见，可以镜人，可以自镜。中材之士喜读之；其有不屑读者，高出于《外史》之人；有不欲读者，不以《外史》中下材为非者也。光绪丙子暮春，天目山樵识。

说明：上识语录自光绪七年上海申报馆排印本《儒林外史》。此本内封正面有"平江忏因生署"字样，背面有"上海申报馆仿聚珍版印"字样。正文半叶十一行，行二十七字。首有闲斋老人序，书末附已经删节的金和跋，又有王又曾《书吴徵君敏轩先生文木山房诗集后十绝句》的三首、"光绪丙子暮春，天目山樵识"的识语。按：申报馆曾两次印行此书，第一次是在清同治十三年。天目山樵的序尾署该年前一年的年号。光绪七年的本子为第二次印本，识语虽尾署"光绪丙子（二年）暮春"，文字实与天目山樵写于同治十二年（1873）的识语同（参李汉秋《上海周边的清末儒林外史沙龙》文）。有天目山樵评语。

天目山樵，即张文虎(1808—1885)，字孟彪，一字啸山，号天目山樵，南汇周浦镇(今上海浦东)人。同治中入曾国藩幕。有《古今乐律考》《舒艺室随笔》《舒艺室诗存》等。

儒林外史序

黄富民

是书全椒吴先生撰。先生雍乾间诸生，安徽巡抚荐举博学鸿词，见杭董浦先生《词科掌录》，大抵未与试者，故书中以不就征辟为高。篇法仿《水浒传》。《水浒传》专尚勇力，久为诲盗之书，其中杀(人)放火，动及全家，割肉食心，无情无理，事急归诸水浒，收结诚易易也。是书亦人各为传，而前后联络，每以不结结之。事则家常习见，语则应对常谈，口吻须眉惟肖惟妙。善乎评者之言曰："慎毋读《儒林外史》，读之觉所见无非《儒林外史》。"知言哉！然不善读者，但取其中滑稽语以为笑乐，殊不解作者嫉世救世之苦衷。夫不解读《儒林外史》，是亦《儒林外史》中人矣。以故板久漫漶，无重刊者，予为纪其大略,俾先生之名不至淹没。惜其家有诗文诸集闻未付梓,故予以未窥全豹为恨。试取是书细玩之,先生品学已大概可见,是先生一生犹幸赖是书之存也夫！当涂黄富民序。

儒林外史又识

黄富民

是书序者闲斋老人,曾著《夜谭随录》传世,满洲人,名和邦额,见徐谦《桂宫梯》。后因《夜谭随录》翻刊,"闷"误作"闲",正与此序同。此序作于乾隆元年。考雍正末举学博,乾隆元年始召试,正先生被荐之时,其必因是举而作是书无疑也。先生大约久居金陵,故于风土山川甚习,不惜再三写之。至描摹假名士、假高人以及浇风恶俗,则又老于世故者。然非胸有古人,手握造化,不能具如此妙笔。予最服膺者三书:《聊斋志异》《儒林外史》《石头记》也。《聊斋》直是古文,《石头记》为从来未(有)之小说,先生是书最晚出,其妙足鼎足而三,而世人往往不解者,则以纯用白描,其品第人物之意,则令人于淡处求得之,卤莽及本系《儒林外史》中人直无从索解。而解者又曰："先生之笔固妙,未免近刻。"夫不刻不足以见嫉世之深！识者必以予为知言。小田氏又识。

说明：上序及识语录自1986年黄山书社印李汉秋辑校《儒林外史》。

黄小田（1795—1867），名富民，字小田，自号萍叟。原籍安徽当涂,先世八代居住芜湖。其评点《儒林外史》,在齐省堂评本之前。有《礼部遗集》传于世。

儒林外史序

惺园退士

士人束发受书，经史子集，浩如烟海，博观约取，曾有几人？惟稗官野乘，往往爱不释手。其结构之佳者，忠孝节义，声情激越，可师可敬，可歌可泣，颇足兴起百世观感之心；而描写奸佞，人人吐骂，视经籍牗人为尤捷焉；至或命意荒谬，用笔散漫，街谈巷语，不善点化，斯亦不足观也已！

《儒林外史》一书，摹绘世故人情，真如铸鼎象物，魑魅魍魉，毕现尺幅，而复以数贤人砥柱中流，振兴世教。其写君子也，如睹道貌，如闻格言；其写小人也，窥其肺肝，描其声态。画图所不能到者，笔乃足以达之。评语尤为曲尽情伪，一归于正。其云"慎勿读《儒林外史》，读之，乃觉身世酬应之间，无往而非《儒林外史》"，斯语可谓是书的评矣！

余素喜披览，辄加批注，屡为友人攫去。近年原板已毁，或以活字摆印，惜多错误。偶于故纸摊头得一旧帙，兼有增批。闲居无事，复为补辑，顿成新观。坊友请付手民。余惟是书善善恶恶，不背圣训。先师不云乎："见贤思齐焉，见不贤而内自省也。"读者以此意求之《儒林外史》，庶几稗官小说亦如经籍之益人，而足以兴起观感，未始非世道人心之一助云尔。同治甲戌（十三年）十月，惺园退士书。

齐省堂增订儒林外史例言

一、原书分为五十六回，其回名往往有事在后而目在前者。即如第二回，叙至周进游贡院见号板而止，乃回目已书"暮年登上第"字样。其下诸如此类,不一而足。此虽无关紧要,殊非核实之意。是册代为改正,总以本回事迹联为对偶,名姓去其重复,字面易其肤泛,使阅者开卷之始,标新领异,大觉改观。

一、原书每回后有总评,论事精透,用笔老辣。前十馀回,尤为明快,惜后半四十二、三、四,及五十三、四、五,共六回,旧本无评,馀或单辞只义,寥寥数语,亦多未畅。是册阙者补之,简者充之,又加眉批圈点,更足令人豁目。

一、原书间有罅漏,如范进家离城四五十里,何以张静斋闻报即来?又如娄太保为蘧太守之岳,两公子系内侄,而鲁太史为太保门生,两公子又与弟兄相称,究竟太保是祖是父?又如牛布衣客死至牛奶奶寻夫时,相隔太久,且老和尚因此入都,后在四川,竟不提及,亦是缺笔。又如杜少卿称虞博士为世叔,而叙其渊源,似差一代。至于万里冒官被拿,凤鸣岐说秦中书代为捐官,一面到合州投案,不及半月,乃云捐官知照,已到浙江抚台行辕,断无如此之速。诸如此类,是册代为修饰一二,并将冗泛字句,稍加删润,以归简括。至于书中时代年月,难以考究，悉照原本不动也。

一、原书末回"幽榜"，藉以收结全部人物，颇为稗官别开生面，惜去取位置，未尽合宜。如余持品识俱优，周进、范进等并无劣迹，即权勿用、卢德辈亦尚可取，何可概不登榜？而牛浦、匡迥之无行，汤由、胡缜、辛东之、余夔等之庸碌，反俱列名？似未允洽。是册辄为更正：除前三名不动外，其二甲三甲人数照旧，而姓名次序，俱为另编，计删易者共十有三人，内惟萧浩因其子萧采已列在前，父不可居于下，且其事迹本不甚多，故与李本瑛、雷骥、徐咏、邓义等一同删去。此数人非因品卑而斥，所易者亦未必皆高，聊以备数，得收结之体例而已。或谓此回本系后人续貂，原本添琴、棋、书、画四士后，即接《沁园春》词而毕，未知然否？姑不具论。

一、原书不著作者姓名，近阅上元金君和跋语，谓系全椒吴敏轩徵君敬梓所著，"杜少卿即徵君自况，散财、移居、辞荐、建祠，皆实事也。慎卿乃其从兄青然先生檠，虞博士乃江宁府教授吴蒙泉，庄尚志乃上元程绵庄，马二先生乃全椒冯粹中，迟衡山乃句容樊南仲，武书乃上元程文；其他二娄为浙江梁家,牛布衣为朱草衣,权勿用为是镜,凤鸣岐为甘凤池,汤奏为杨凯,萧云仙姓江,赵雪斋姓宋,随岑庵姓杨,杨执中姓汤,巨超人姓汪,严贡生姓庄,高翰林姓郭,余先生姓金,万青云姓方,范进姓陶,荀玫姓荀,韦思元姓韩,沈琼枝即随园所称'扬州女子':或象形谐声,或廋词隐语,若以雍、乾间诸家文集细绎而参稽之,则十得八九矣。徽君著有《文木山房诗文集》及《诗说》,均未付梓,是书为金棕亭官扬州教授时刊行"等语。窃谓古人寓言十九,如《毛颖》《宋清》等传,韩、柳亦有此种笔墨,只论有益世教人心与否,空中楼阁,正复可观,必欲求其人以实之,则凿矣。且传奇小说,往往移名换姓,即使果有其人,而百年后,亦已茫然莫识,阅者姑存其说,仍作镜花水月观之可耳。

　　说明:上序及例言均录自清同治间齐省堂增订本《儒林外史》。此本为巾箱本,亦五十六回,卷首除闲斋老人序(经过改动,参《中国通俗小说总目提要》该条)外,另有一序,尾署"同治甲戌十月,惺园退士书"。复有"齐省堂增订儒林外史例言"五则。正文半叶九行,行十八字。有圈点、眉批、回评。

惺园退士，或谓即孙洙（1711—1778），字临西，一字芩西，号蘅塘退士，无锡人，祖籍安徽休宁。乾隆十六年（1751）进士，后历任顺天府大城县知县、直隶卢龙县知县、山东邹平县知县、江宁府学教授等职。选《唐诗三百首》，并有《蘅塘漫稿》《排闷录》《异闻录》等著作传世。

〈儒林外史题记〉

徐允临

丙戌（光绪十二年）二月七日，余偶过书肆，宝文阁主以此新刊本见示，翻阅一遍，中多误字，遂为校正。石史徐允临记。

儒林外史评序

黄安谨

《儒林外史》一书，盖出雍、乾之际，我皖南北人多好之，以其颇涉大江南北风俗事故，又所记大抵日用常情，无虚无缥缈之谈，所指之人，盖都可得之，似是而非，似非而或是，故爱之者几百读不厌。然亦有以为今古皆然，何须饶舌？又有以为形容刻薄,非忠厚之道;又有藏之枕中,为不龟手之药者:此由受性不同,不必相訾相笑。其实作者之意为醒世计,非为骂世也。先君在日,尝有批本,极为详备,以卷帙多,未刊。迩来有劝者谓:作者之意醒世,批者之意何独不然?请公之世。同时,天目山樵亦有旧评本,所批不同:家君多法语之言;山樵旁见侧出,杂以诙谐。然其意指所归,实亦相同,因合梓之。《外史》原文繁,不胜全载,节录其要大书,评语双行作注,以省费也。光绪十一年岁次乙酉午月,当涂黄安谨子耆甫序于沪上。

(儒林外史评)

天目山樵

是书特为名士下针砭,即其写官场、僧道、隶役、娼优及王太太辈,皆是烘云托月、旁敲侧击。读者宜处处回光返照,有则改之,无则加勉,勿负著书者一肚皮眼泪,则批书者之所望也。

昔黄小田农部示余所批《外史》,谓此书系全椒吴敬梓所撰,见之近人诗稿。此书乱后,传本颇寥寥,苏州书局用聚珍板印行,薛慰农观察复属金亚匏文学为之跋,乃知著书之人为吴敬梓,檠之从弟也。后阅王毂原比部《丁辛老屋集》,记与吴敏轩相晤及题集诗,盖即农部所云近人诗稿,误忆为青然耳。农部所批,颇得作者本意,而似有未尽,因别有所增减。适工人有议重刊者,即以付之。三年矣,竟不果。去年,黄子眘太守又示我常熟刊本,提纲及下场语"幽榜"均有改窜,仍未妥洽。因重为批阅,间附农部旧评,所标"萍叟"者是也。全书于人情世故,纤微曲折,无不周到,而金跋以为杜少卿者自作。书中所言即少卿,竟是呆串不知世事之人,或人多疑之。予谓此敏轩形容语,聊以自托,非谓己即少卿也。"幽榜"一回,硬作包罗,不伦实甚。作者本意,以不结之结,悠然而住,何得为此蛇足?金跋以为荒伧续貂。洵然!洵然!

《丁辛老屋集》卷十二《书吴徵君敏轩先生〈文木山房诗集〉后》十绝句,其第六云:"古风慷慨迈唐音,字字卢仝《月食》心。但诋父师专制举,此言便合铸黄金。(原注:"如何父师训,专储制举才。"诗中句也。)"第八云:"杜老惟耽旧草堂,徵书一仕鹤衔将。闲居日对锺山坐,赢得《儒林外史》详。(原注:先生著有《儒林外史》。)"第十云:"《诗说》纷纶妙注笺,(原注:先生著有《诗说》。)好凭枣木急流传。秦淮六月秋萧瑟,更读遗文一怅然!"诗意多有与《外史》相印证者,且可见金跋之确凿也。诗前有序云:"慕文木名数年不得见,乾隆甲戌始相见于扬州馆驿前舟中,其夕即无疾而终。"然则先生殁于扬州而葬于金陵也。金跋所举诸人,惟娄公子为浙江梁、桐城张未能确,窃疑娄与史字形稍近,或是溧阳史;荀玫姓荀,疑是姓卢,盖用卢令诗意;汤镇台之姓杨,疑即汪容甫《述学》中之杨凯(凯与奏字义亦相因),凯传叙野牛塘之捷,与汤奏事亦合,但易牛为羊耳。近日西人申报馆摆印《外史》,并附金跋及予语,字迹过细,大费目力。偶购得苏印本,重录旧时所批一过。时光绪三年七月下弦。

予评是书,凡四脱稿矣。同郡雷谔卿、闵颐生、沈锐卿、休宁、朱贡三先后皆有过录本,随时增减,稍有不同,当以此本为定。有以"诊痴符"笑予者,不暇顾矣。丁丑(光绪三年)嘉平小寒灯下又书。

己卯（光绪五年）夏，杨古酝大令借此本过录一通。

旧批本昔年以赠艾补园。客秋在沪城，徐君石史言，曾见之，欲以付申报馆摆印。予谓申报馆已有摆本，其字形过细，今又增眉批，不便观览，似可不必。今春乃闻已有印本发卖，不知如何？光绪辛巳（光绪七年）季春又识。

有友看我批本，慨然曰："会当顽石点头。"予曰："点头未必，只恐凿破混沌，添了许多刻薄。"友笑曰："亦有之。"同日又识。

说明：上序及识语录自光绪间宝文阁刊行天目山樵《儒林外史评》。此本内封题"儒林外史评""光绪乙酉夏　宝文阁藏板"。封里有徐允临题记一则，后有"徐允临印"阴文、"石史"阳文钤各一方。首《儒林外史评序》，尾署"光绪十一年岁次乙酉午月，当涂黄安谨子耆甫序于沪上。"正文卷端题"儒林外史评卷上　天目山樵戏笔"，半叶十一行，行二十一字。版心单鱼尾下镌卷次、"儒林外史评"

及叶次。除黄安谨序外,其馀文均为天目山樵张文虎作。闲斋老人序后评有"近世演义"一则,前已录,略。"是书特为名士"一则写在闲斋老人序后。"昔黄小甜农部"以下几则为金和的跋后评或识语。

徐允临,原名大有,号石史、从好斋主人。上海诸生。徐渭仁(1788—1855)子。

黄安谨,字子昚,黄小田之子。曾为其父黄小田编《礼部遗集》行于世。

儒林外史题记

华约渔

此书即高出《外史》之人亦喜欢读,其不欲读者,即第一回王元章所看之物。如书中高翰林辈,则又无奈其读之而不懂何也!世传小说,无有过于《水浒传》《红楼梦》者,余尝比之画家:《水浒》是倪、黄派,《红楼》则仇十洲大青绿山水也。此书于画家之外别出机绪,其中描写人情世态,真乃笔笔生动,字字活现,盖又似龙瞑山人白描手段也。戊寅(光绪四年)暮春,百花庄农约渔记。

儒林外史跋

徐允临

允临志学之年，即喜读《儒林外史》，避寇时，家藏书籍都不及取，独携此自随。自谓平生于是书有偏好，亦颇以为有心得。

己卯秋，余戚杨古酝大令过余斋，见案陈是书，亟云："曾见张啸山先生评本乎？"余曰："未也。"古酝曰："不读张先生评，是欲探河源而未造于巴颜喀喇。吾恐未极其蕴也。"因急从艾补园茂才假读，则皆余心所欲言而口不能达者，先生则一一笔而出之。信乎是书之秘钥已，遂过录于卷端。

今年七月，与甥婿闵颐生上舍会于法华镇李氏，纵谈《外史》事，因言张先生近有评语两本，闻之欣跃，遂不待颐旋，径驰书向先生乞假以来，重过录焉。同里王竹鸥方伯与有同好，尝假余过录本，辄曰："得读张先生评，方之《汉书》下酒，快意多矣。特此书原刻不易觏，苏局摆本，潘季玉观察未加校雠，误处甚多，随手改正，十得八九。"而余偶有感触，亦时加一二语，附识于眉。继复假得扬州原刻，覆勘一过，然恐尚有舛讹耳。苏局本有金亚匏先生跋,曩晤先生哲嗣是珠茂才,言:先生作跋时,失记季苇萧即李筱村,逮书成追忆,深以为憾。此亦足补张先生考证所未及。

窃惟是书于浇情薄俗,描绘入微,深有裨于世道人心。或视为漫骂之书,而置而弗顾,此其人必有惮夫漫骂者而然尔,固不足与语此。安得有心者详校其讹,汇列评语,重刊以行,俾与海内之有同嗜者,共此枕宝耶!光绪甲申(十年)冬十月既望,上海徐允临石史甫识于从好斋。

说明:上跋和题记均录自清光绪间从好斋辑校本《儒林外史》,转录自丁锡根《中国历代小说序跋集》。

百花庄农约渔,即华约渔。真实身份、生平事迹待考。

儒林外史序

东武惜红生

古者史以记事,治忽兴衰,靡不笔之于书,隐寓劝惩,而世道人心恃以不敝。厥后稗官野乘,错出杂陈,或感时事之非,或愤生平所遇,类皆激而为语,登诸简编,如泣如歌,如怨如慕,非足兴起百代下观感之心乎!而世独于稗野之外,以《三国》《西游》《水浒》《金瓶》为四大奇书,人每乐得而观之者,正不知其何故也。夫《三国》不尽合正史,而所纪魏、晋之代禅,吴、蜀之废兴,其笔法高简,当推陈寿为最;《西游》以佛氏之旨作现身说法,虚无玄渺,近于寓言;而《水浒》诲盗,《金瓶》诲淫,久干例禁;他若《情史》《艳史》,虽文士借摘怀抱,其中亦寓劝惩,乃世人不察,每一披览,竟夸其创格之奇,用笔之妙,以为嬉笑怒骂,曲尽形容,几若无出其后者。于乎!是殆未读《儒林外史》一书耳。夫曰"儒林",固迥异玄渺淫盗之辞;曰"外史",不自居董狐褒贬之例。其命意,以富贵功名立为一编之局,而骄凌谄媚,摹绘入神,凡世态之炎凉,人情之真伪,无不活见纸上,复以数贤人力振颓风,作中流砥柱,而笔墨之淋漓痛快,更足俾阅者借资考镜,如暮鼓晨钟,发人猛省。昔贤有云:"善可以劝,恶可以惩。"其即《儒林外史》之谓乎?世之读是书者,尚毋河汉斯言也可。光绪十四年岁次著雍困敦余月,东武惜红生叙于侍梅阁。

说明：上序录自清光绪间上海鸿宝斋增补齐省堂本《儒林外史》。书凡六十回。此本为增补本。所增四回文字，从原本第四十三回中间插入，直到第四十七回上半回。增补者即东武惜红生。首醒园退士序外，又有尾署"光绪十四年岁次著雍困敦余月东武惜红生叙于侍梅阁"的序。序文末钤有三印："居世绅""隶华""一生清净仰梅花"。故知"东武惜红生"为居世绅之号。

居世绅，字隶华，号东武惜红生。其真实身份、生平事迹待考。

儒林外史新叙

陈独秀

中国文学有一层短处，就是：尚主观的"无病而呻"的多，知客观的"刻画人情"的少。

《儒林外史》之所以难能可贵，就在他不是主观的，理想的，——是客观的，写实的。这是中国文学书里很难得的一部章回小说。

看了这部书的，试回头想一想：当时的社会情形是怎么样？当时的翰林、秀才、斗方名士是怎样?当时的平民又是怎么样?——哪一件事不是历历如在目前?哪一个人不是惟妙惟肖?

吴敬梓他在二百年前创造出这类的文学,已经可贵;而他的思想,更可令人佩服。

他在第二十六回和二十七回里写鲍廷玺的婚姻:他的母亲不管王太太是一个什么样的妇人,也不管鲍廷玺自己的意见——他说:"我们小户人家,只是娶个穷人家女儿做媳妇的好。"——错不错,一味信着金次福说的话,"娶过来倒又可以发个大财",到后来,把个鲍廷玺弄得颠颠倒倒。——这一段文章,很看得出吴敬梓极不满意于父母代定婚姻制。

四十八回里写王玉辉的女儿殉夫一事,他的女儿要死的时候,王玉辉说:"我儿,你既如此,这是青史上留名的事,我难道还拦阻你?"女儿死后,他的女人大哭,王玉辉反劝道:"你这个老人家真正是个呆子!三女儿他而今已经成了仙了,你哭他怎的?他这死的好,只怕我将来不能像他这一个好题目死哩!"又大笑道:"死的好!死的好!"入祠那日,王玉辉转觉伤心,后来到苏州游虎丘的时候,看见一个船上有一个少年穿白妇人,又想起女儿,心里哽咽,热泪直滚出来。——这一段文章,很看得出吴敬梓对于贞操问题,觉得是极不自然。

二十五回里倪老爹说:"长兄!告诉不得你!我从二十岁上进学,到而今做了三十七年的秀才,就坏在读了这几句书,拿不得轻,负不得重!"又看他在五十五回里写荆元的朋友于老者种许多田地过活,何等自由,何等适意!——这两处又很可以看得出吴敬梓把"工"比"读"看得重。

这三个问题,吴敬梓在二百年前便把他们认作问题,可见他的思想已经和当时的人不同了。

国人往往鄙视小说,这种心理,若不改变,是文学界一大妨碍。我从前在《新青年》里说过有几句话,现在把他写在后面作一结束。

"喜欢文学的人,对于历代的小说——无论什么小说——都应该切实研究一番。"

民国九年十月二十五号

儒林外史新叙

钱玄同

中国近五百年来第一流的文学作品，只有《水浒》《儒林外史》和《红楼梦》三部书；我常常希望有人将这三部书加上标点符号，分段分节，重印出来，以供研究文学者之阅读。

我怀这种希望者有三四年，好了好了！现在居然有一位汪原放先生把这三部书加上标点符号，并且分段分节，陆续印行了！

我的朋友胡适之先生因为我平日是主张白话文学的，于上举三书之中，尤其爱读《儒林外史》，于是就来叫我做一篇《儒林外史》的新序。

可是我对于"文学"，实在没有甚么研究，这《儒林外史》在"文学"上有怎样的价值，我现在还不敢强作解人来说外行话。我现在做这篇文章，不是批评《儒林外史》的本身，是觉得《儒林外史》这部书，不但是文学的研究品，并且大可以列为现在中等学校的"模范国语读本"之一。以下的话，都是就着这个意见来说的。

我以为《水浒》《儒林外史》和《红楼梦》三书，

就作者的见解,理想和描写的艺术上论,彼此都有很高的价值,不能轩轾于其间;但就青年学生的良好读物方面着想,则《水浒》和《红楼梦》还有小小地方不尽适宜,惟独《儒林外史》,则有那两书之长而无其短。所以我认为这是青年学生的良好读物,大可以拿他来列入现在中等学校的模范国语读本之中。

我觉得《儒林外史》有三层好处,都是适宜于青年学生阅读的。其中一层为《儒林外史》与《水浒》《红楼梦》所共有的,两层为《儒林外史》所独有的。

(1)描写真切,没有肤泛语,没有过火语。这一层,不是《儒林外史》独有的好处,那《水浒》和《红楼梦》都是如此。文学家唯一的手段,就是工于描写。描写得恰到好处,使看的人觉得文中的景物,历历如在目前,逼住他们引起愉快,悲哀,愤怒种种情感,这就是最好的文学。适之先生的《建设的文学革命论》中,有一段论描写的话道:

> 描写的方法,千头万绪,大要不出四条:(1)写人,(2)写境,(3)写事,(4)写情。写人要举动,口气,身分,才性……都要有个性的区

别：件件都是林黛玉，决不是薛宝钗；件件都是武松，决不是李逵。写境要一喧，一静，一石，一山，一云，一鸟……也都要有个性的区别：《老残游记》的大明湖，决不是西湖，也决不是洞庭湖；《红楼梦》里的家庭，决不是《金瓶梅》里的家庭。写事要线索分明，头绪清楚，近情近理，亦正亦奇。写情要真，要精，要细腻婉转，要淋漓尽致。——有时须用境写人，用情写人，用事写人；有时须用人写境，用事写境，用情写境；……这里面的千变万化，一言难尽。

这话说得很有道理。中国古今的文章，虽说可以汗牛充栋，但是能够这样工于描写的好文学，却实在不多。一般人认为文学的如骈文，如桐城派的古文，他们要讲究甚么"对偶"，甚么"声律"，甚么"义法"，甚么"起伏照应"，甚么"画龙点睛"，所以他们做的那些陈猫古老鼠式的甚么"论"，"记"，"传状"，"碑志"，"赠序"，"寿颂"之类，都是摇曳作态，搔首弄姿，或夸对仗之工整，或诩义法之谨严，按之实际，则满纸尽是肤泛语。他们对于一件事实，一种现象，往往不愿作平情的判断，"爱之欲其生，恶之欲其死",如《史通》的《载文》和《曲笔》诸篇所举之例,触目皆是;由此可见他们又爱做过火的文章。文章犯了肤泛和过火两种毛病,当然不能真切了。还有那班做无聊的,恶滥的小说的人,描写他理想中的人物,总爱写的不近人情:如《天雨花》之写左维明,《九尾龟》之写章秋谷,叫人看了,真要肉麻,真要恶心;至《野叟曝言》之写文素臣,简直成了一个妖怪了。(《西游记》也是一部好小说。书中写孙行者,原是要写一个本能超越人类的神猴,所以越描写得神通广大,越觉其诙谐有趣。这是不能和文素臣等相提并论的。)他们描写阴险小人,又往往写成"寿头"或白痴。一部书中罗列乞丐,皇帝,官吏,幕友,员外,安人,公子,小姐,妖怪,强盗……其性情,言语,动作,等等,都是一付板子印出来的。这也是犯了过火和肤泛的毛病。青年学生血气未定,识力未充,多读此类不真切的文章,则作文论事,很容易犯模糊和武断的弊病。要救这种弊病,惟有多读描写真切的好文学。中国抒情之文如《三百篇》,汉魏的乐府,陶潜,李白,杜甫,白居易诸人的诗,李煜,欧阳修,苏轼,辛弃疾诸人的词,元朝的南北曲等；说理之文如《庄子》等；记载之文如《左传》，《国策》，《史记》，《水经注》，《世说新语》，《洛阳伽蓝记》等，其中颇有些描写真切的好文学。此外就要数到《儒林外史》等几部好小说了。现在单就《儒林外史》说，他描写各人的性情，言语，动作，都能各还其真面目：那地位相差太远的人自不必说；如杨执中和权勿用，娄公子和蘧公孙，杜少卿和迟衡山，虞博士和庄徵君……很容易写得相像，他却能够写得彼此绝不相同；又如他描写胡屠户，严贡生，马二先生，成老爹诸人，真是淋漓尽致，各极其妙，而又没有一句不合实情的肤泛语和过火语。闲斋老人的序中说，"篇中所载之人，不可枚举，而其人之性情心术——活现纸上"，这句话，真能道出《儒林外史》之好处。这种"写实"的大本领，断非那些惯做谀墓文章的古文家所能梦见的！

（2）没有一句淫秽语。这是《儒林外史》的大特色。中国人做到诗，词，戏曲和小说，大概总要说几句淫秽语。那些假造的古书如《飞燕外传》和《杂事秘辛》之流，及一切"色情狂的淫书"和"黑幕书"，作者本意即专在描写淫秽，那是不用去提他了。此外如宋词元曲之中，就有涉及淫秽的地方。《水浒》和《红楼梦》，其文学虽好，但是也还有几段淫秽的。独有《儒林外史》最为干净，全书中不但没有一句描写淫秽之语，并且没有那些中国文人照例要说的肉麻话。这不是他的大特色吗！照这一层看来，青年学生可读的旧小说，自然以《儒林外史》为最适宜了。（坊间所售石印齐省堂本《儒林外史》，忽然增加了四回。这四回中有许多描写淫秽的话；不知是甚么妄人加入的。吴敬梓的原本固然没有这四回，就是齐省堂的改订本也没有这四回，有木板的齐省堂本可证。）

（3）是国语的文学。适之先生的《水浒传考证》中说："这部七十回的《水浒传》是中国白话文学完全成立的一个大纪元。"我以为这话说的很对。但是白话文学之中，有"方言的文学"和"国语的文学"之区别。《水浒》还是方言的文学，《儒林外史》却是国语的文学了。《水浒》和《儒林外史》之间，并没有国语的文学之大著作，所以《儒林外史》出世之日，可以说他是中国国语的文学完全成立的一个大纪元。中国白话文学的动机，起于中唐以后，如白居易诸人，很有几首白话诗。到了宋朝，柳永，辛弃疾诸人的词，程颢，程颐，张载，朱熹，陆九渊诸人的说理之文和信札，很多用白话来做的。但那时的做白话文章，并不是有坚决的主张，不过文学家要很真切的发表自己的情感，哲学家要很真切的发表自己的学说，有时候觉得古语不很适用，就用当时的白话来凑补，所以把古文和白话夹杂起来，自由使用。这时候文章中的白话，不过站在补缀古文的地位，不但去国语的文学尚远，就连方言的文学也还够不上说。自从元曲出世，关汉卿，马致远，白仁甫，郑德辉这班大文学家才把以前的文体打破，自由使用当时的北方语言来做新体文学。元曲中间，常常夹杂古书中的成语，甚而至于拉上许多四书五经中的古奥句子，生吞活剥的嵌入当时北方语言之中。这种文言白话夹杂的状态，骤然看来，似乎和宋词一样，其实大不相同：宋词是以古语为主而以当时的白话补其不足，元曲是以当时的白话为主而以古语补其不足，所以元曲可以说是方言的文学。不过曲文是要歌唱的，虽用白话来做，究竟不能很合语言之自然；很自然的方言的文学完全成立，总要从《水浒》算起。《水浒》中所用的语言,不知是那处的话,这个现在还没有人能够考证明白。不过总不是元明之间的普通话,这是可以断定的,因为他所描写的是一种特别的社会——强盗社会——的口吻,若用当时的普通话来描写,未免有不能真切的地方。《水浒》以后明朝最著名的小说,就是《金瓶梅》;《金瓶梅》是写一种下流无耻,龌龊不堪的恶社会,自然更不能用普通话了。元明以来的普通话,和唐宋时代大不相同。现在江,浙,闽,广等处的特殊语言,大概是唐宋时代的普通话。(现在江,浙,闽,广等处的特别声音,多半与《广韵》之音相合,可证。)自从宋朝南渡以后,到了元朝,蒙古人在中国的北方做了中国的皇帝,就用当时北方的方言作为一种"官话";因为政治上的关系,这种方言很占势力。明清以来,经过几次的淘汰,去掉许多很特别的话,加入其他各处较通行的方言,就渐渐成为近四五百年中的普通话。这种普通话,就是俗称为"官话"的,我们因为他有通行全国的能力,所以称他为"国语"。《儒林外史》就是用这种普通话来做成的一部极有价值的文学书,所以我说他是国语的文学完全成立的一个大纪元。这种国语,到了现在还是没有甚么变更。近年以来,有智识的文学家主张文学革命,提倡国语的文学,明白道理的教育家应时势之需求,提倡国语普及,把学校中的国文改授国语;因此,要求国语的文学书和国语读本的人非常之多。其实这两件事是不能分开的:要研究文学,固然应该读国语的文学书;要练习做国语文,练习说国语,也决不是靠着几本没有趣味的国语读本——甚而至于专说无谓的应酬话的国语会话书——所能收效的,惟有以国语的文学书为国语读本,拿他来多看多读,才能做出好的国语文,讲出好的国语。(所谓"好"者,是指内容的美,不是指甚么"音正腔圆"。须知各人发音,有各人的自然腔调,这是不能矫揉造作的,而且也决不应该矫揉造作,硬叫他统一,把活人的嘴都变成百代公司的留声机器片子!)孔丘说的好,"诵诗三百,授之以政,不达,使于四方,不能专对,虽多,奚为?"又说,"不学诗,无以言。"这就因为诗是文学,一个人研究了文学,讲起话来才能善于辞令。我们要会作国语文,会讲国语,也应该先读国语的文学书。两三年来,新出板的书报很多,其中可以供青年学生作为国语读本用的"国语诗","国语小说"和"国语论文",自然很有几篇,可是还不算多。据我看来,这部《儒林外史》虽然是一百七八十年前的人做的,但是他的文学手段很高,他的国语又做得很好,这中间的国语到了如今还没有甚么变更,那么,现在的青年学生大可把他当做国语读本之一种看了。

  我写到这里,觉得关于"国语"这个问题,还有几句应该说明的话。从《儒林外史》以来,到我们现在做白话文所用的国语,是把元明以来的北方方言为主而加入其他各处较通行的方言所成的,这是上文已经说过了。这种国语,虽然到了现在还没有甚么变更,但是今后的国语,却不可就以此为限,应该使他无限制的扩充起来:以现在这国语为主而尽量吸收方言,古语和外国语中的词句,以期适于应用。所以如《儒林外史》,如今人所做的国语诗,国语小说和国语论文,虽然都可以作为国语读本用,但若一味将他们来句摹字拟,为他们所限制,以为他们没有用过的词句就是不可用的,那就大谬不然了。要知道从《儒林外史》出世以来,国语的文学虽然成立,但是到了现在,他的内容还很贫乏。那丰富的新国语还在将来;负制造这丰富的新国语之责任者就是我们。我们都应该努力才是!近来有一班人,不知道打了甚么主意,不但不打算扩充现在的国语,使他丰富适用,就连这点好容易支持了三四百年之贫乏的国语还不肯让他存在,口口声声说他是"伪国语",非取消他不可。他们主张以纯粹的北京话为国语,说道,"非如此办法,则不能统一"。我且不问国语统一是否可能。就算他是可能,试问统一了有甚么好处?清朝末年,有做京话报的,有做京音字母的,这些人的意思,也是要以北京话为国语,以期达到统一之目的;但是到了如今,他的效果安在?倒还是这位二百年前的吴敬梓用了不统一的普通话做了这样一部《儒林外史》,直到现在,我们做国语文,提倡国语,还大受其赐。这就可见国语并无统一之必要了。至于有人因为中华民国之国民公仆的办事房在北京,竟称北京为"首都",以为应该以这"首都"之语为国语,甚至杜撰事实,说"德国以柏林语为国语,英国以伦敦语为国语",这竟是"情锺势耀"者口吻,更没有一驳的价值了。

以上的话，都是为介绍一部国语的文学作品《儒林外史》给青年作国语读本而说的。至于吴敬梓著《儒林外史》的见解和理想，则非把这书专门研究一道，是不能乱下批评的，我现在决不配来批评这书。不过我平日爱看这书，觉得其中描写那班"圣人之徒"的口吻，真能道破他们的心事，妙不可言。现在把他摘录两段，如左：

> 马二先生道："……'举业'二字，是从古及今人人必要做的。就如孔子生在春秋时候，那时用'言扬行举'做官，故孔子只讲得个'言寡尤，行寡悔，禄在其中'：这便是孔子的'举业'。讲到战国时，以游说做官，所以孟子历说齐，梁，这便是孟子的'举业'。到汉朝，用贤良方正开科，所以公孙弘，董仲舒举贤良方正：这便是汉人的举业。到唐朝，用诗赋取士，他们若讲孔孟的话，就没有官做了，所以唐人都会做几句诗：这便是唐人的举业。到宋朝，又好了，都用的是些理学的人做官，所以程，朱就讲理学：这便是宋人的举业。到本朝，用文章取士，这是极好的法则。就是夫子在而今，也要

念文章,做举业,断不讲那'言寡尤,行寡悔'的话。何也?就日日讲究'言寡尤,行寡悔',那个给你官做?孔子的道也就不行了。"(第十三回)

高老先生道:"……这少卿是他杜家第一个败类。他家祖上几十代行医,广积阴德,家里也挣了许多田产。到了他家殿元公,发达了去,虽做了几十年官,却不会寻一个钱来家。到他父亲,还有本事中个进士,做一任太守,已经是个呆子了:做官的时候,全不晓得敬重上司,只是一味希图着百姓说好;又逐日讲那些'敦孝悌,劝农桑'的呆话。这些话,是教养题目文章里的词藻,他竟拿着当了真,惹的上司不喜欢,把个官弄掉了。他这儿子就更胡说,混穿混吃,和尚、道士、工匠、花子都拉着相与,却不肯相与一个正经人;不到十年内,把六七万银子弄的精光,天长县站不住,搬在南京城里,日日携着乃眷上酒馆吃酒,手里拿着一个铜盏子,就像讨饭的一般。不想他家竟出了这样子弟!学生在家里往常教子侄们读书,就以

他为戒;每人读书的桌子上,写一纸条贴着上面,写道,'不可学天长杜仪!'"(第三十四回)

这种见解,本是从前那班"业儒"的人的公意,一经吴敬梓用文学的艺术描写,自然令人看了觉得难过万状。——但是我要请那班应民国新举业的文官考试之青年学生仔细看看!问问他们看了作何感想?

吴敬梓对于"烈妇殉夫"这件事,还不敢公然的排斥,这是为时代所限的原故;但是他已经感觉到这种"青史留名","伦纪生色"的事之不近人情。请看《儒林外史》第四十八回中写王玉辉的女儿三姑娘殉夫那一件事:

> 王先生……到了女婿家,看见女婿果然病重;……一连过了几天,女婿竟不在了。……三姑娘道:"我而今辞别公婆父亲,也便寻一条死路,跟着丈夫一处去了!"……王玉辉……向女儿道:"我儿!你既如此,这是青史上留名的事,我难道反拦阻你!你竟是这样做罢。我今日就回家去,叫你母亲来和你作别。"亲家再三不肯。王玉辉执意,一径来到家里,把这话向

老孺人说了。老孺人道:"你怎的越老越呆了!一个女儿要死,你该劝他,怎么倒叫他死! 这是甚么话说!"王玉辉道:"这样事,你们是不晓得的。"老孺人听见,痛哭流涕,连忙叫了轿子去劝女儿,到亲家家去了。王玉辉在家,依旧看书写字,候女儿的信息。老孺人劝女儿,那里劝的转! 一般每日梳洗,陪着母亲坐,只是茶饭全然不吃。母亲和婆婆着实劝着,千方百计,总不肯吃。饿到六天上,不能起床,母亲看着,伤心惨目,痛入心脾,也就病倒了,抬了回来,在家睡着。又过了三日,二更天气,几个火把,几个人来打门,报道:"三姑娘饿了八日,在今日午时去世了!"老孺人听见,哭死了过去,灌醒回来,大哭不止。王玉辉走到床面前,说道:"你这老人家真正是个呆子! 三女儿他而今已是成了仙了,你哭他怎的! 他这死的好! 只怕我将来不能像他这一个好题目死哩!"因仰天大笑道:"死的好! 死的好!"大笑着走出房门去了。

这一段,描写三姑娘饿死之凄惨和王玉辉的议论态度之不近人情,使人看了,觉得这种"吃人的礼教"真正是要不得的东西。但是王玉辉究竟是个人,他的良心究竟也和平常人一样;他居然忍心害理的看着女儿饿死,毫不动心,这是他中了礼教之毒的原故,并非他生来就是"虺蜴为心,豺狼成性"的;所以他的女儿死了以后,他的天良到底发现了。再看这段的下文:

  过了两个月,……制主入祠,门首建坊。到了入祠那日,……安了位,……祭了一天。在明伦堂摆席,通学人要请了王先生来上坐,说他生这样好女儿,为伦纪生色。王玉辉到了此时,转觉心伤,辞了不肯来。

  王玉辉说起,在家日日看见老妻悲恸,心下不忍。

  王玉辉……上船从严州西湖这一路走。一路看着水色山光,悲悼女儿,凄凄惶惶。

  ……路旁一个茶馆,王玉辉走进去坐下;……看了一会,见船上一个少年穿白的妇人,他又想起女儿,心里哽咽,那热泪直滚出来。

这几段描写王玉辉的天良发现,何等深刻! 拿来和前段对看,更足证明礼教是"杀人不眨眼"的恶魔了!

吴敬梓在二百年前,(吴氏的生卒是一七〇一——一七五四。)能够讪笑举业,怀疑礼教,这都可以证明他在当时是一个很有新思想的人。

钱玄同。一九二〇,一〇,三一,于北京。

说明:上二叙均录自上海亚东图书馆排印本《儒林外史》。此本五十五回,第五十六回作附录排入。封面标"天目山樵评",首有胡适《吴敬梓传》、陈独秀《新叙》、钱玄同《新叙》。又有闲斋老人序、金和跋、惺园退士序。汪原放《本书所用的标点符号说明》等。

陈独秀(1879—1942),原名陈庆同、陈乾生,字仲甫,号实庵,安徽怀宁(今属安徽安庆市)人,新文化运动的倡导者、发起者和主要旗手,中国共产党的主要创始人之一和党早期主要领导人。有《独秀文存》《陈独秀文章选编》等传世。

钱玄同(1887—1939),原名钱夏,字德潜,又号疑古、逸谷,五四运动前夕改名玄同。浙江吴兴(今湖州)人。早年留学日本,曾任北京大学、北京师范大学教授,著有《文字学音篇》《重论经今古文学问题》《古韵二十八部音读之假定》等。

红楼梦

（乾隆甲戌）脂砚斋重评石头记凡例

曹雪芹

《红楼梦》旨义。是书题名极多，《红楼梦》是总其全部之名也。又曰《风月宝鉴》，是戒妄动风月之情。又曰《石头记》，是自譬石头所记之事也。此三名皆书中曾已点睛矣。如宝玉作梦，梦中有曲，名曰《红楼梦》十二支，此则《红楼梦》之点睛；又如贾瑞病，跛道人持一镜来，上面即錾"风月宝鉴"四字，此则《风月宝鉴》之点睛；又如道人亲眼见石上大书一篇故事，则系石头所见之往来，此则《石头记》之点睛处。然此书又名曰《金陵十二钗》。审其名则必系金陵十二女子也。然通部细搜检去，上中下女子，岂止十二人哉？若云其中自有十二个，则又未尝指明白系某某，极至《红楼梦》一回中，亦曾翻出金陵十二钗之簿籍，又有十二支曲可考。

书中凡写长安，在文人笔墨之间，则从古之称；凡愚夫妇儿女子家常口角，则曰中京。是不欲着迹于方向也。盖天子之邦,亦当以中为尊,特避其东南西北四字样也。此书只是着意于闺中,故叙闺中之事切略,涉于外事者则简,不得谓其不均也。

此书不敢干涉朝廷,凡有不得不用朝政者,只略用一笔带出,盖实不敢以写儿女之笔墨唐突朝廷之上也,又不得谓其不备。

此书开卷第一回也,作者自云因曾历过一番梦幻之后,故将真事隐去,而撰此《石头记》一书也,故曰"甄士隐梦幻识通灵"。但书中所记何事,又因何而撰是书哉?自云:今风尘碌碌,一事无成,忽念及当日所有之女子,一一细推了去,觉其行止见识皆出于我之上,何堂堂须眉,诚不若彼一干裙钗,实愧则有馀、悔则无益之大无可奈何之日也。当此时,则自欲将已往所赖,上赖天恩,下承祖德,锦衣纨袴之时,饫甘餍美之日,背父母教育之恩,负师兄规训之德,已致今日一事无成,半生潦倒之罪,编述一记,以告普天下人,虽我之罪固不能免,然闺阁中本自历历有人,万不可因我不肖,则一并使其泯灭也。虽今日之茆椽蓬牖,瓦灶绳床,其风晨月夕,阶柳庭花,亦未有伤于我之襟怀笔墨者,何为不用假语村言，敷演出一段故事来，以悦人之耳目哉。故曰"风尘怀闺秀"，乃是第一回题纲正义也。开卷即云"风尘怀闺秀"，则知作者本意原为记述当日闺友闺情，并非怨世骂时之书矣。虽一时有涉于世态，然亦不得不叙者，但非其本旨耳。阅者切记之。

诗曰：

浮生着甚苦奔忙？盛席华筵终散场。

悲喜千般同幻渺，古今一梦尽荒唐。

谩言红袖啼痕重，更有情痴抱恨长。

字字看来皆是血，十年辛苦不寻常。

（脂砚斋重评石头记跋）

刘铨福等

《红楼梦》虽小说，然曲而达，微而显，颇得史家法。余向读世所刊本，辄逆以己意，恨不得起作者一谭。睹此册，私幸予言之不谬也。子重其宝之。青士、椿馀同观于半亩园并识。乙丑（同治四年）孟秋。

《红楼梦》非但为小说别开生面，直是另一种笔墨。昔人文字有翻新法,学梵夹书;今则写西法轮齿,仿《考工记》。如《红楼梦》实出四大奇书之外,李贽、金圣叹皆未曾见也。戊辰(同治七年)秋记。

此批本丁卯(同治六年)夏借与绵州孙小峰太守,刻于湖南。近日又得妙复轩手批十二巨册,语虽近凿,而于《红楼梦》味之为深矣。云客又记。

李伯盂郎中言:翁叔平殿撰有原本而无脂批,与此文不同。

《红楼梦》纷纷效颦者无一可取,唯《痴人说梦》一种及二知道人《红楼梦说梦》一种尚可玩,惜不得与佟四哥三弦子一弹唱耳。此本是《石头记》真本,批者事皆目击,故得其详也。癸亥(同治二年)春日,白云吟客笔。

脂砚与雪芹同时人,目击种种事,故批笔不从臆度。原文与刊本有不同处,尚留真面,惜止存八卷。海内收藏家更有副本,愿抄补全之,则妙矣。

五月廿七日阅又记。

说明：上凡例及跋均录自《脂砚斋重评石头记》（因第一回正文中有"至脂砚斋甲戌抄阅再评，仍用石头记"云云，故俗称"甲戌本"，又称脂残本）。此本今存十六回。即一至八回、十三至十六回、二十五至二十八回。第四回回末缺下半叶，较庚辰本少九十四字。第十三回上半叶缺左下角。有错字、抄重、抄错现象。四回一册，共四册。正文第一叶卷端题"脂砚斋重评石头记"，正文半叶十二行，行十八字。第一回有畸笏叟丁亥（乾隆三十二年）春的行侧朱批，墨抄总评也有作于丁亥者，说明抄录时间在乾隆三十二年丁亥（1767）之后。《凡例》出卷首，跋出《残本脂砚斋重评石头记》第二十八回之后幅。跋中"青士、椿馀同观于半亩园"字上有"青士""椿馀"阳文钤二方；"戊辰秋记"下有"福"字阳文钤一方；"云客又记"下有"阿癐癐"阳文钤；"癸亥（同治二年）春日，白云吟客笔"有"白云吟客"阳文钤；"五月廿七日阅又记"下有"铨"字阳文钤。此书中还有"予闻之故老云：贾政指明珠而言，雨村指高江村，盖江村未遇时，因明珠之仆以进身，旋膺奇福,擢显秩。及纳兰势败,反推井下石焉。玩此光景,则宝石(玉)之为容若无疑。请以质之知人论世者。同治丙寅(五年)季冬左绵道人记"及左绵道人等眉批和跋,不赘录。

据跋之题署印章等,知跋之作者为刘铨福,字子重,别号白云吟客,大兴(今属北京市)人。生于嘉庆末,卒于光绪中叶。父名位坦,曾官刑部郎中。铨福曾任军中校官,直隶河间府肃宁县教谕、刑部主事等,著有《砖祖斋诗抄》等(详参《刘铨福史实与甲戌本关系综考》)。

青士,即濮文暹(1830—1909),字青士,号瘦梅子,江苏溧水(今南京市辖区)人。原名守照,补县学附生,随父入选至四川。因太平军占领金陵,省试中辍,乃改名文暹,北上京师,应顺天乡试。与三弟濮文昶同科考中咸丰己未(九年)举人,后又同考中同治乙丑(四年)进士。供职于刑部,任陕西司主事、员外郎等。有《见在龛集》《见在龛杂作存稿》等。

椿馀,即濮文昶,濮文暹之弟,字春渔,一字椿馀。兄弟少小齐名:乡试同榜举人,会试殿试,又同榜进士;同出吴可读皋兰之门(详参周汝昌《红楼梦新证》附《青士椿馀考》及《溧水家族濮氏家族考察》)。

左绵道人,即孙桐生(1824—1904),字小峰,亦作筱峰,号左绵痴道人、巴西忏梦居士、痴道人、情主人、饮真外史等,四川绵阳人。著有《未信编》《未信续编》《未信末编》各二卷,《永鉴录》二卷,《永州府题名记》一卷,《彬案日记》一卷,《楚游草诗》四卷,《卧云山房文钞》二卷等。

(戚蓼生序本)石头记序

戚蓼生

吾闻绛树两歌,一声在喉,一声在鼻;黄华二牍,左腕能楷,右腕能草。神乎技矣!吾未之见也。今则两歌而不分乎喉鼻,二牍而无区乎左右,一声也而两歌,一手也而二牍,此万万所不能有之事,不可得之奇,而竟得之《石头记》一书,嘻!异矣。

夫敷华掞藻,立意遣词,无一落前人窠臼,此固有目共赏,姑不具论。第观其蕴于心而抒于手也,注彼而写此,目送而手挥,似谲而正,似则而淫,如

《春秋》之有微词,史家之多曲笔。试一一读而绎之:写闺房则极其雍肃也,而艳冶已满纸矣;状阀阅则极其丰整也,而式微已盈睫矣;写宝玉之淫而痴也,而多情善悟不减历下琅琊;写黛玉之妒而尖也,而笃爱深怜不啻桑娥石女。他如摹绘玉钗金屋,刻画芗泽罗襦,靡靡焉几令读者心荡神怡矣,而欲求其一字一句之粗鄙猥亵,不可得也。盖声止一声,手止一手,而淫佚贞静,悲戚欢愉,不啻双管之齐下也。噫!异矣。其殆稗官野史中之盲左、腐迁乎?

然吾谓作者有两意,读者当具一心。譬之绘事,石有三面,佳处不过一峰;路看两蹊,幽处不逾一树。必得是意,以读是书,乃能得作者微旨。如捉水月,只把清辉;如雨天花,但闻香气。庶得此书弦外音乎?乃或者以未窥全豹为恨,不知盛衰本是回环,万缘无非幻泡。作者慧眼婆心,正不必再作转语,而万千领悟,便具无数慈航矣。彼沾沾焉刻楮叶以求之者,其与开卷而寱者几希!德清戚蓼生晓堂氏。

说明:上序录自有正本《红楼梦》之卷首。此系一石印本。此本封面题"国初钞本""原本《红楼梦》"。内封正面三栏，中栏题"原本红楼梦"。首《石头记序》，尾署"德清戚蓼生晓堂氏"。次"石头记目录"。凡八十回。版权页上为"佛经流通处广告"，中"上海有正书局发行"，下有"原本红楼梦""定价大洋二元四角"，"印刷者：上海威海街路三百〇九号有正印刷所""总发行：上海望平街北京厂西门有正书局"分销处天津、南京、奉天、汉口、镇江、苏州、杭州、南昌、成都有正书局"，"版权所有"。

戚蓼生（1730—1792），字念功，号晓堂、晓塘，浙江德清人，乾隆三十四年（1769）进士，历官刑部主事、刑部郎中、江西南康府知府、福建盐法道、福建按察使等。

（甲辰本红楼梦）序

梦觉主人

辞传闺秀而涉于幻者，故是书以梦名也。夫梦曰红楼，乃巨家大室儿女之情，事有真不真耳。红楼富女，诗证香山；悟幻庄周，梦归蝴蝶。作是书者藉以命名，为之《红楼梦》焉。

尝思上古之书,有三坟、五典、八索、九邱,其次有《春秋》《尚书》、志乘、梼杌,其事则圣贤齐治,世道兴衰,述者逼真直笔,读者有益身心。至于才子之书,释老之言,以及演义传奇,外篇野史,其事则窃古假名,人情好恶,编者托词讥讽,观者徒娱耳目。

今夫《红楼梦》之书,立意以贾氏为主,甄姓为宾,明矣真少而假多也。假多即幻,幻即是梦。书之奚究其真假,惟取乎事之近理,词无妄诞,说梦岂无荒诞,乃幻中有情,情中有幻是也。贾宝玉之顽石异生,应知琢磨成器,无乃溺于闺阁,幸耳《关雎》之风尚在;林黛玉之仙草临胎,逆料良缘会合,岂意摧残兰蕙,惜乎《摽梅》之叹犹存。似而不似,恍然若梦,斯情幻之变互矣。天地锺灵之气,实锺于女子,咏絮丸熊、工容兼美者不一而足,贞淑薛姝为最,鬟婢袅袅,秀颖如此,列队红妆,钗成十二,犹有宝玉之痴情,未免风月浮泛,此则不然;天地乾道为刚,本秉于男子,簪缨华胄、垂绅执笏者代不乏人,方正贾老居尊,子侄跻跻,英年如此,世代朱衣,恩降九五,□□□□□□,不难功业华褒,此则亦不然。是则书之似真而又幻乎？此作者之辟旧套开生面之谓也。至于日用事物之间，婚丧喜庆之类，俨然大家体统，事有重出，词无再犯，其吟咏诗词，自属清新不落小说故套；言语动作之间，饮食起居之事，竟是庭闱形表，语谓因人，词多彻性，其诙谐戏谑，笔端生活未坠村编俗俚。此作者工于叙事，善写性骨也。

夫木槿大局，转瞬兴亡，警世醒而益醒；太虚演曲，预定荣枯，乃是梦中说梦。说梦者谁？或言彼，或云此。既云梦者，宜乎虚无缥缈中出是书也，书之传述未终，馀帙杳不可得；既云梦者，宜乎留其有馀不尽，犹人之梦方觉，兀坐追思，置怀抱于永永也。甲辰岁菊月中浣，梦觉主人识。

说明：上序录自甲辰（乾隆四十九年）序钞本《红楼梦》，八十回（缺末页）八函四十册。原本藏国家图书馆。有《红楼梦序》，尾署"甲辰（乾隆四十九年）岁菊月中浣，梦觉主人识"，目录叶题"红楼梦目录"，正文卷端题"红楼梦"，每半叶九行，行二十一字。版心题"红楼梦"。

梦觉主人，真实身份、生平事迹待考。

（舒序本红楼梦序）

舒元炜

登高能赋，大都肖物为工；穷力追新，只是陈言务去。惜乎，《红楼梦》之观止于八十回也。全册未窥，怅神龙之无尾；阙疑不少，隐斑豹之全身。然而以此始，以此终，知人尚论者，固当颠末之悉备；若夫观其文，观其窍，闲情偶适者，复何烂断之为嫌。矧乃篇篇鱼贯，幅幅蝉联，漫云用十而得五，业已有二于三分。从此合丰城之剑，完美无难；岂其探赤水之珠，虚无莫叩。爰夫谱华胄之兴衰，列名媛之动止，匠心独运，信手拈来，情□乎文，言立有体，风光居然细腻，波澜但欠老成，则是书之大略也。

董园子偕弟澹游方随计吏之暇，憩绍衣之堂，维时溽暑蒸，时雨霂，苔衣封壁，兼□□问字之宾；蠹简生春，搜篋得卧游之具。迹其锦心绣口，联篇则柳絮团空；洎乎谲波诡云，四座亦冠缨索绝。处处淳于炙輠，行行安石碎金。□□断香零粉，忽寻声而获爨下之桐，虽多玄□□□，□□□□□□□。筠圃主人瞿然谓客曰："客亦知升沉显晦之缘,离合悲欢之故,有如是书也夫?吾悟矣,二子其为我赞成之可矣。"于是摇毫掷简,口诵手批。就现在之五十三篇,特加雠校;借邻家之二十七卷,合付钞胥。核全函于斯部,数尚缺夫秦关;返故物于君家,璧已完乎赵舍。(君先与当廉使并录者,此八十卷也。)观其天室永丝萝之缔,宗功肃霜露之晨,乘朱轮者奚止十人,珥金貂者俨然七叶。庭前舞彩,膝下含饴,大母则宜仙宜佛,郎君乃如醉如痴。御潘岳之板舆,闲园暇日;承华歆之家法,密室朝仪。刘氏三姝,谢家群从,雅有荀香之癖,时移徐淑之书。林下风清,山中雪满,珠合于浦,星聚于堂。绛蜡筵前,分曹射覆;青绫帐里,索笑联吟。王茂宏之犊车,颇传悠谬;郑康成之家婢,绰有风华。耳目为之一新,富贵斯能不朽。至其指事类情,即物呈巧,皎皎灵台,空空妙伎。镕金刻木,则曼衍鱼龙;范水模山,则触地邱壑。俨昌黎之记画,杂曼倩之答宾,善戏谑兮,姑谋乐也。代白丁兮入地,襫墨吏兮燃犀。欢娱席上,幻出清净道场;脂粉行中,参以风流裙屐。放屠刀而成佛,血溅夭桃;借冷眼以观时,风寒落叶。凡兹种种,吾欲云云,足以破闷怀,足以供清玩。

主人曰："自我失之，复自我得之，是书成而升沉显晦之必有缘，离合悲欢之必有故，吾滋悟矣。鹿鹿尘寰，茫茫大地。色空幻境，作者增好了之悲；哀乐中年，我亦堕辛酸之泪。昔曾聚于物之好，今仍得于力之强。然而黄垆回首，邈若山河（痛当廉使也）；燕市题襟，雨分新旧。辨酸咸于味外，公等洵是妙人；感物理之无常，我亦曾经沧海。羊叔子岘首之嗟，于斯为盛；盖次公仰屋之叹，良不偶然。斗筲可饮千锺，且与醉花前之酒；黄粱熟于俄顷，姑乐游壶内之天。"客曰善。于是乎序。乾隆五十四年岁次屠维作噩且月上浣，虎林董园氏舒元炜序并书金台客舍。

说明：上序出乾隆五十四年舒元炜序钞本《红楼梦》。首序，尾署"乾隆五十四年岁次屠维作噩且月上浣，虎林董园氏舒元炜序并书金台客舍"，有"元炜""董园"印二方。次"红楼梦目录"。正文每半叶八行，行二十四字。原为清嘉庆间姚玉栋号筠圃者收藏。今存半部，吴晓铃先生旧藏。现藏首都图书馆。

筠圃，即姚玉栋（1745—1799），字子隆，号筠圃，汉军正白旗人。乾隆三十五年（1770）举人，曾官山东临邑知县。

舒元炜，字董园，浙江仁和（今杭州）人，乾隆四十二年（1777）举于乡。后京试不第，乾隆六十年（1795），得举大挑，选山东泗县知县。嘉庆三年（1798），调新泰县，又调钜县（详参《红楼梦研究集刊》第五集《舒元炜序本〈红楼梦〉小札》）。

《程甲本红楼梦》叙

程伟元

《红楼梦》小说，本名《石头记》，作者相传不一，究未知出自何人，惟书内记雪芹曹先生删改数过。好事者每传抄一部，置庙市中，昂其值得数十金，可谓不胫而走者矣。然原目一百廿卷，今所传只八十卷，殊非全本。即间称有全部者，及检阅仍只八十卷，读者颇以为憾。不佞以是书既有百廿卷之目，岂无全璧？爰为竭力搜罗，自藏书家甚至故纸堆中无不留心。数年以来，仅积有廿馀卷。一日偶于鼓担上得十馀卷，遂重价购之。欣然翻阅，见其前后起伏,尚属接笋,然漶漫不可收拾。乃同友人细加厘剔,截长补短,抄成全部,复为镌板,以公同好,《红楼梦》全书始至是告成矣。书成,因并志其缘起,以告海内君子。凡我同人,或亦先睹为快者欤? 小泉程伟元识。

(程甲本红楼梦)叙

高鹗

予闻《红楼梦》脍炙人口者几廿馀年,然无全璧,无定本。向曾从友人借观,窃以染指尝鼎为憾。今年春,友人程子小泉过予,以其所购全书见示,且曰:"此仆数年铢积寸累之苦心,将付剞劂,公同好。子闲且惫矣,盍分任之?" 予以是书虽稗官野史之流,然尚不谬于名教,欣然拜诺,正以波斯奴见宝为幸,遂襄其役。工既竣,并识端末,以告阅者。时乾隆辛亥冬至后五日,铁岭高鹗叙并书。

说明:上二序录自乾隆五十六年《新镌全部绣像红楼梦》(程甲本)卷首,原本藏北京图书馆、北京大学图书馆、中国社会科学院文学研究所图书馆。有中国书店2015年影印本行世。此本为萃文书屋木活字印本。首《叙》，尾署"小泉程伟元识"，有"小泉"阳文钤、"程伟元印"阴文钤各一方。次《叙》，尾署"时乾隆辛亥（五十六年）冬至后五日，铁岭高鹗叙并书"，有"臣鹗印"阴文钤、"兰墅高氏"阳文钤各一方。有图像二十四幅，前像后赞。目录叶题"红楼梦目录"，凡一百二十回。末署"萃文书屋藏板"。正文卷端题"红楼梦第某回"，半叶十行，行二十四字。版心单鱼尾上题"红楼梦"，下署"第某回"。

程伟元（1745？—1818？），字小泉，江苏苏州人。生平事迹待考。

高鹗（1738？—1815？），字云士，号秋甫，别号兰墅、行一、红楼外史。自署铁岭高鹗、奉天高鹗，辽宁铁岭人，其先世清初即寓居北京，属汉军镶黄旗内务府。

（程乙本）红楼梦引言

程伟元　高鹗

一、是书前八十回，藏书家抄录传阅几三十年矣，今得后四十回合成完璧。缘友人借抄，争睹者甚夥，抄录固难，刊板亦需时日，姑集活字刷印。因急欲公诸同好，故初印时不及细校，间有纰缪。今复聚集各原本详加校阅，改订无讹，惟识者谅之。

一、书中前八十回抄本，各家互异；今广集核勘，准情酌理，补遗订讹。其间或有增损数字处，意在便于披阅，非敢争胜前人也。

一、是书沿传既久，坊间缮本及诸家所藏秘稿，繁简歧出，前后错见。即如六十七回，此有彼无，题同文异，燕石莫辨。兹惟择其情理较协者，取为定本。

一、书中后四十回系就历年所得，集腋成裘，更无他本可考。惟按其前后关照者，略为修辑，使其有应接而无矛盾。至其原文，未敢臆改，俟再得善本，更为厘定，且不欲尽掩其本来面目也。

一、是书词意新雅，久为名公巨卿赏鉴，但创始刷印，卷帙较多，工力浩繁，故未加评点。其中用笔吞吐，虚实掩映之妙，识者当自得之。

一、向来奇书小说，题序署名，多出名家。是书开卷略志数语，非云弁首，实因残缺有年，一旦颠末毕具，大快人心，欣然题名，聊以记成书之幸。

一、是书刷印，原为同好传玩起见，后因坊间再四乞兑，爰公议定值，以备工料之费，非谓奇货可居也。壬子花朝后一日，小泉、兰墅又识。

说明：上《红楼梦小引》录自乾隆壬子（五十七年）本（程乙本）《红楼梦》。此本亦为萃文书屋藏板本，其版式与乾隆五十六年叙本几同，惟序后有"壬子（乾隆五十七年）花朝后一日，小泉、兰墅又识"的小引。

（文畬堂本红楼梦识语）

东观主人

《红楼梦》一书，向来只有抄本，仅八十卷。近因程氏搜辑刊印，始成全璧。但原刻系用活字摆成，勘对较难。书中颠倒错落，几不成文。且所印不多，则所行不广。爰细加厘定，订讹正舛，寿诸梨棘（枣），庶几公诸海内，切无鲁鱼亥豕之误，亦阅者之快事也。东观主人识。

说明：上识语录自文畬堂藏板本《新增批评影像红楼梦》。原本藏北京图书馆。此本内封正面上镌"嘉庆辛未（十六年）重镌"，下分两栏，分题"东

观阁梓行　文畲堂藏板""新增批评绣像红楼梦"，首识语，程伟元序，正文半叶十行，行二十二字。有图像，正文有圈点，加评注。

东观主人，即王德化，字珠峰，江西人，东观阁为其书坊，坊址在北京琉璃厂。

〈新镌全部绣像红楼梦序〉

张汝执

余性鲁而颇嗜书。忆自髫年时，凡稗官野史，莫不旁搜博览，以为淑性陶情逸致。迨后于古人之奥秘者求之，顿觉雕虫小技，亦只以供一时耳目之观，无足贵也。

岁己酉，有以手抄《红楼梦》三本见示者，亦即随阅随忘，漫不经意而置之。及梓行于世，遐迩遍传，罔不啧啧称奇，以为脍炙人口。然余仍未之朵颐，而一为染指也。

迨庚申夏，余馆于淬峰家八弟之听和轩，弟偶顾余曰："新书纸贵，曾阅及乎？"余应之曰："否。"旋又曰："子髦且闲，盍借此适性怡情，以排郁闷，聊为颐养馀年之一助乎？"余又应之曰："唯。"但其字句行间,鱼鲁亥豕,摹刻多讹,每每使人不能了然于心目,殊为憾事。爰以不揣固陋,率意增删,而复妄抒鄙见,缀以评语。虽蠡测之私,弥增颜汗。然自冬徂夏,六越月而工始竣,亦云惫矣。至管见之遗讥,仍望质高明而开盲瞽,岂敢曰蟪蛄之音而擅与天籁争鸣也哉?嘉庆辛酉立夏前一日,潞村朦叟张汝执识。

说明:上序录自萃文书屋刊本《新镌全部绣像红楼梦》,存第一至八十回。此本首程伟元序(略),次高鹗序(略),又次序,尾署"嘉庆辛酉(六年)立夏前一日,潞村朦叟张汝执识",再次目录、图像,次正文。郑振铎旧藏,现归国家图书馆。书约成于嘉庆五年前后。

张汝执,字惠数,乾隆末至嘉庆时人,自称"潞村朦叟"。

红楼梦批序

王希廉

《南华经》曰:"大言炎炎,小言詹詹。"仁义道德,羽翼经史,言之大者也;诗赋歌词,艺术稗官,言之小者也；言而至于小说，其小之尤小者乎？士君子上不能立德，次不能立功立言，以共垂不朽，而戋戋焉小说之是讲，不亦鄙且陋哉！虽然，物从其类，嗜有不同，"麋鹿食荐，蝍且甘带"，其视荐、带之味，固不异于梁肉也。余菽麦不分，之无仅识，人之小而尤小者也。以最小之人，见至小之书，犹麋鹿、蝍且适与荐带相值也，则余之于《红楼梦》爱而读之，读之而批之，固有情不自禁者矣。

客有笑于侧者曰："子以《红楼梦》为小说耶？夫福善祸淫，神之司也；劝善惩恶，圣人之教也。《红楼梦》虽小说，而善恶报施，劝惩垂诫，通其说者，且与神圣同功，而子以其言为小，何狥其名而不究其实也？"余曰："客亦知夫天与海乎？以管窥天，管内之天，即管外之天也；以蠡测海，蠡中之海，即蠡外之海也。谓之无所见，可乎？谓所见之非天海，可乎？并不得谓管蠡内之天海，别一小天海，而管蠡外之天海，又一大天海也。道一而已，语小莫破，即语大莫载；语有大小，非道有大小也。《红楼梦》作者既自名为小说，吾亦小之云尔。若夫祸福自召，劝惩示儆，余于批本中已反复言之矣。"客无以难,曰:"子言是也。"即取副本藏之而去。因书其言,以弁卷首。道光壬辰花朝日,吴县王希廉雪芗氏书于双清仙馆。

红楼梦论赞

读花人戏编

贾宝玉赞

宝玉之情,人情也。为天地古今男女共有之情,为天地古今男女所不能尽之情。天地古今男女所不能尽之情,而适宝玉为林黛玉心中、目中、意中、念中、笑谈中、哭泣中、幽思梦魂中、生生死死中悱恻缠绵固结莫解之情,此为天地古今男女之至情。惟圣人为能尽性,惟宝玉为能尽情。负情者多矣,微宝玉,其谁与归?孟子曰:"伯夷,圣之清者也。伊尹,圣之任者也。柳下惠,圣之和者也。"读花人曰:宝玉,圣之情者也。

此龙门得意之笔也,不图于小品中见之。(梅阁)

林黛玉赞

人而不为时辈所推,其人可知矣。林黛玉人品才情，为《红楼梦》最，物色有在矣。乃不得于姊妹，不得于舅母，并不得于外祖母，所谓曲高和寡者，是耶，非耶？语云："木秀于林，风必摧之；堆出于岸，流必湍之；行高于人，众必非之。其势然也。"于是乎黛玉死矣。

结句七字，无限感慨，无限深情，令古今天下才子佳人、英雄豪杰，一齐泪下，我欲哭矣。（梅阁）

薛宝钗赞

观人者，必于其微。宝钗静慎安详，从容大雅，望之如春。以凤姐之黠、黛玉之慧、湘云之豪迈、袭人之柔奸，皆在所容，其所蓄未可量也。然斩宝玉之痴，形忘忌器；促雪雁之配，情断故人。热面冷心，殆春行秋令者与？至若规夫而甫听读书，谋侍而旋闻泼醋，所为大方家者，竟何如也？宝玉观其微矣。

微而婉，正而严，从知古今人不曾放松一个。（梅阁）

史湘云赞

处林、薛之间，而能以才品见长，可谓难矣。湘云出而颦儿失其辨，宝姐失其奸，非韵胜人，气爽人也。惟是遭际早厄,与颦颦共不辰之憾,宜乎同病相怜矣。而乃佐袭人,诋宝玉,经济酸论,厌人听闻,不免堕几巢臼。然青丝拖于枕畔,白臂撂于床沿,梦态决裂,豪睡可人,至烧鹿大嚼,裀药酣眠,尤有千仞振衣,万里濯足之概,更觉豪之豪也。不可以千古与?

英雄本色,名士风流,文之不可揜如此。(梅阁)

贾探春赞

可爱者不必可敬,可畏者不复可亲。非致之难,兼之实难也。探春品界林、薛之间,才在凤、平之后,欲以出人头地,难矣!然春华秋实,既温且肃,玉节金和,能润而坚,殆端庄杂以流丽,刚健含以婀娜者也。其光之吉与?其气之淑于?吾爱之旋复敬之,畏之亦复亲之!

祥光缭绕,瑞气氤氲,文中之牡丹也。(梅阁)

薛宝琴赞

薛宝琴为色相之花,可供可嗅、可画可簪,而卒不可得而种,以人间无此种也。何物小子梅,得而享诸!虽然,芦雪亭之雪非即薛宝琴之薛乎?栊翠庵之梅非即梅翰林之小子梅乎？则白雪红梅，天然配偶矣。惜乎园中姐妹修不到此也。爰醒其意曰："玉京仙子本无瑕，总为尘缘一念差。姐妹是谁修得到，生时只许嫁梅花。"

清微澹远。（梅阁）

平儿赞

求全人于《红楼梦》，其维平儿乎！平儿者，有色有才，而又有德者也。然以色与才德，而处于凤姐下，岂不危哉？乃人见其美，凤姐忘其美；人见其能，凤姐忘其能；人见其恩且惠，凤姐忘其恩且惠。夫凤姐固以色市、以才市而不欲人以德市者也，而相忘若是。凤姐之忘平儿与？抑平儿之能使凤姐忘也？呜呼！可以处忌主矣。

汉之留侯，明之中山，差足以当之。真能一粒粟现大千世界者。（梅阁）

鸳鸯赞

司马子长有言："死或重于泰山，或轻于鸿毛。"若是乎死之必得其所也。鸳鸯一婢耳，当赦老垂涎之日，已怀一致死之心，设使竟死，何莫非真气节。然古今来以此自裁，卒湮没而不彰者，何敢胜道，彼鸳鸯何以称焉？则泰山、鸿毛之辨也。死而有知，不当偕母入贾氏之祠乎！他年赦老来归，将何以为情也？

史云：大家夫妇，未知死所。死固有所，但恐求之不得耳。若鸳鸯者，殆国大夫所谓"得其所哉，得其所哉"。（梅阁）

紫鹃赞

忠臣之事君也，不以羁旅引嫌；孝子之事亲也，不以螟蛉自外。紫鹃于黛玉，在臣为羁旅，在子为螟蛉，似乎宜与安乐，不与患难矣。乃痛心疾首，直与三闾七子同其隐忧，其事可伤，其心可悲也。至新交情重，不忍效袭人之生；故主恩深，不敢作鸳鸯之死，尤为仁至义尽焉。呜呼，其可及哉！

可以教孝，可以教忠，令人正襟庄坐读之。（梅阁）

芳官赞

芳官品貌似宝玉，豪爽似湘云，刁钻似晴雯，颖异似黛玉，而其一往直前、悍然不顾之概，则又似鸳鸯，似尤三姐。合众美而为人，是绝人而为美也，人间那得有此？然不有鹰鹯之王夫人，其堕落亦未可究竟。夫人之狂暴,夫人之慈悲也。不识佛如来,其母能容否?

无端幽绪,一片慈音,文生情耶?情生文耶?(梅阁)

晴雯赞

有过人之节,而不能以自藏,此自祸之媒也。晴雯人品心术,都无可议,惟性情卞急,语言犀利,为稍薄耳。使善自藏,当不致逐死。然红颜绝世,易启青蝇;公子多情,竟能白璧。是又女子不字、十年乃字者也。非自爱而能若是乎?

节短韵长,列赞中有数文字。(梅阁)

金钏赞

金钏金簪落井之对,与汉高祖对楚霸王龙驹龙驭之喻相仿佛。顾霸王不杀高祖,而王夫人已杀金钏,是喑哑叱咤之雄,尚慈于持斋念佛之妇也。于是乎杀机动矣,大观园之祸亟矣。读《红楼梦》者,且不暇为金钏惜也。

贾迎春赞

才者,造物之所忌也,则德尚矣!然女子无才,谓之有德。若迎春者,非其人耶,何所遇之惨也。

说者以为非贾赦遗孽不至此,由是言之,婚姻之故,虽曰天命,岂非人事哉?

贾惜春赞

人不奇则不清,不僻则不净,以知清净法门,皆奇僻性人也。惜春雅负此情,与妙玉交最厚。出尘之想,端自隗始矣。然玉不去则志终不决,恐投鼠者伤器也。非大有根器而能若是乎?彼夫柳怒而花嗔,莺谗而燕妒者,真尘且俗耳。奇僻何负于人哉?或云妙玉之去,惜春与知之。

妙玉赞

妙玉之劫也,其去也,去而何以言劫,混也何混乎尔?所以卸当事之责,而重劫盗之罪也。何言乎卸当事之责,而重劫盗之罪也?妙玉壁立万仞,有天子不臣、诸侯不友之概,而为包勇所窘辱矣!其去也,有恨之不早者。而适芸林当事,劫盗闹事之日。以情论,失物为轻,失人为重;以案论,劫财为重,劫人为轻。相与就轻而避重,则莫若混诸劫。此贾芸、林之孝妆点成文,而记事者故做疑阵也!不然,其师神于数者,岂有劝之在京,以待强盗为结果乎?且云以胁死矣。而幻境重游,独不得见一面,抑又何也?然则其去也,非劫也。读花人曰:殆《易》所谓"见机而作,不俟终日"者与?其来也,吾占诸凤;其去也,吾象诸龙。

语云:"天若有情天亦老",吾易之云:"地如无陷地常平。"此翁吾患其易老,此心吾见其常平。(梅阁)

秦可卿赞

可卿香国之桃花也,以柔媚胜。爱牡丹者爱之,爱莲者爱之,爱菊者亦爱之。然赋命群芳为至薄,女子忌之。故谈星相者,以命带桃花面似桃花为病,可卿获于人而不获于天。命带之乎,亦面似之也。爱可卿者,并怨桃花。

风雅绝伦。(梅阁)

香菱赞

香菱以一憨,直造到无眼耳鼻舌心意,无色声香味触法。故所处无不可意之境,无不可意之事,无不可意之人,嬉嬉然莲花世界也。其殆袁宝儿后身乎?何遇之奇也!然一为炀帝妃,一为呆霸王妾,帝之与王,其号岁殊,其名贵一也。且安知今之王不即古之帝与?嘻嘻!

似歌似哭,究竟是歌是哭?吾欲哭矣,吾不能歌矣。(梅阁)

侍书赞

以词令见长者,除凤姐俚俗外,如黛玉之新颖,湘云之豪爽,探春之壮丽,平儿之端详,类皆一时选,然总不若侍书对王善保家数语,尤为珠圆玉润,味腴韵辣,使人受不得,辞不得。窃谓黛玉近于《骚》,湘云近于《策》,探春、平儿近于《史》,若侍书其寝食于盲左者乎!可与康成婢抗衡矣。

藕官赞

以真为戏,无往而非戏也;以戏为真,无往而非真也。惟在有情与无情耳。藕官多情,故以戏情为真情,因是由戏入真,由真入魔,由魔入恶,而患且不测。非遇多情公子,其能已于祸耶?夫人不幸而多情,又不幸不获多情相与言情,则宁无情而已矣。然岂我辈之所为情哉!

一片天机,一点真机,一味道机,佛法不与焉。(梅阁)

蕊官、荳官、葵官赞

兔死狐悲,物伤其类,此义气也。然末俗偷漓,往往有视沉溺不救,又从而下石者,未尝不在读书谈道之儒。此无他,利害分明之过也。蕊官等惟不知利害,故不避死生,一时义气激发,直与颜佩韦、杨念如、马杰、沈扬、周文元同其梗概。以小喻大,不难执干戈以卫社稷也。礼失而守在夷,典亡而求诸野,蕊官诸人顾可少乎哉!

说得如许关系,范文正公"先天下而忧,后天下而乐",此物此志哉!(梅阁)

秋纹赞

国士众人之说,可以施之常人,不可施之君父,以臣子但知感恩戴德,不知其他也。秋纹,丫鬟中众人耳,借他人之馀光,为自己之福泽,亦可悲矣。而乃感恩戴德,言不足而长言,长言不足而反覆言,任他人讥笑讪骂,已惟颂德讴仁,何其诚也。使易处袭人之位,其晚节必有可观。谁为遏抑者,而竟以众人终也。悲夫。

沉郁顿挫,一往情深。(梅阁)

麝月赞

小人甘为小人,又定不乐人为君子,故必多方束缚之,挟持之。其不从者,必掘之使去;其从者,则暂借为党援,事成之后,亦必掘之尽去,如袭人之于麝月是也。麝月有为善之资,不自振拔,往往为所制伏,至不敢以真面目对宝玉,此亦少年锐进,苟且以就功名之误也。岂知事尚未成,而秋宵伴读,已不获与差遣,其后悔何及哉!然宝玉出家,犹及见袭人抱琵琶上别船去,或亦忠厚之报与?

功名中人无论已,即道学中人亦不免中此病。文固慷慨悲歌以为言者。(梅阁)

邢岫烟赞

敛才就范,抑气归神,此诣非十年读书、十年养气不到也。邢岫烟在亲较宝钗近,在遇比黛玉难,然厚宝钗如彼,薄黛玉如此,人情概可知矣。秋水菱花,能无顾影自怜耶?乃漠然其遇,淡然其衷,不伎不求,与人世毫无争患,则超超元箸也。谓非学养兼到之作与!揽其风度,如披古会元风。

烂熟时文批语,用来异样新鲜,是真能点铁成金者。(梅阁)

李纹、李绮赞

李纹、李绮行事,无所见其大致,只于一二诗句仿佛之。倘亦南康公主所谓我见犹怜者也。想其丰韵在明月梅花之间,良欲得为友焉。

绣橘赞

己无才而能用人之才,不失其为才也;己无智而能用人之智,不失其为智也。惟不能自用,又不能用人,斯真无用耳。绣橘才智,以辅探春则不足,以相迎春则有馀,莫谓秦无人也。乃教歌者不能教喉咙,教哭者不能教眼泪,此却正所以屡窘于安乐公也。木从绳则正,其如朽者何!

庸流之遇,其害如此,岂独绣橘之不幸哉!文极"手挥五弦,目送飞鸿"之妙。(梅阁)

入画赞

小题大做,在作文则见才思,在科罪则为深文。入画之事,若以之命题,则私下传送四字,可以大发议论,包举全史;若以之科罪,直不应轻律薄责之而已矣,而何遽逐之也?良禽择木,良臣择主,有以也夫!

蕙香赞

同生为夫妇之语,不闻诸奶奶经也,度亦小儿胡诌,聊以相戏云尔。而构衅者乃直以为莫须有证据,池鱼之殃,未有无辜如此者,而卒不闻一语自辨。岂以宝玉鸡肋，固已食之无肉、弃之良得耶？
蕙香真晦气也。

贾母赞

人情所不能已者，圣人弗禁，况在所溺爱哉！
宝玉于黛玉，其生生死死之情，见之数矣。贾母即
不为黛玉计，独不为宝玉计乎？而乃掩耳盗铃，为
目前苟且之安。是杀黛玉者贾母，非袭人也；促宝
玉出家者贾母，非黛玉也。呜呼！"我虽不杀伯仁，
伯仁由我而死"，是谁之过与！

晋赵盾弑其君，许世子弑其父，是此篇蓝本。
文固以《春秋》法作游戏法者。（梅阁）

贾政赞

贾政迂疏肤阔，直逼宋襄，是殆中书毒者。然
题园偶兴，搜索枯肠，须几断矣，曾无一字之遗，何
其干也。倘亦食古不化者与？孔子曰："孟公绰为
赵、魏老则优，不可以为滕薛大夫。"政之流亚也。

王夫人赞

人不可以有才，有才而自恃其才，则杀人必多；
人尤不可以无才，无才而妄用其才，则杀人愈多：王
夫人是也。王夫人情偏性执，信谗任奸，一怒而死

金钏,再怒而死晴雯,死司棋,出芳官等于家。为稽其罪,盖浮于凤焉。是杀人多矣,顾安得有后哉!兰儿之兴,李纨之福,非夫人之福也。

治乱兴衰之故,实始于此,作论赞者,其有忧患乎?(梅阁)

贾元春赞

元春品貌才情,在公等碌碌之间。宜其多厚福也,然犹不永所寿。似庸才亦遭折者,说者谓其歉于寿,全于福矣。使天假之年,历见母家不祥之事,伤心孰甚焉! 天不欲伤其心,庸之也,越于史氏多矣!

李纨赞

李纨幽闲贞静,和雍肃穆,德有馀矣,而不足于才。然正惟无才,故能黯淡以终。虽无奇功,亦无厚祸。渊渊宰相风度也,可与共太平矣。

姚善应变,宋善守文,人言姚之才高,吾谓宋之福大。(梅阁)

贾兰赞

贾兰习于宝玉,而不溺其志;习于贾环,而不乱其行:可谓出淤泥而不染矣。然乳臭未脱,即谆谆然以八股为务,是于下下乘中觅立足地也,其陷溺似比甄宝玉犹深。嗣是而仕途中多一热人矣,嗣是而性灵中少一韵人矣。可以救庸而不可以医俗,惜哉!然而李纨有子矣。

此便是热中根子,于此见作者性情之淡,位置之高。(梅阁)

王熙凤赞

凤姐,治世之能臣,乱世之奸雄也。向使贾母不老,必能驾驭其才,如高祖之于韩、彭,安知不为贾氏福?无如王夫人、李纨昏柔愚懦,有如汉献。适以启奸人窥伺之心,英雄之不贞,亦时势使然也。"骑虎难下",岂欺人语哉!然亦太自喜矣。

亦骀宕,亦风流,极文人之能事,极文章之乐事。(梅阁)

贾巧姐赞

凤姐一生权力,适足为后人敛怨。媒鹭之报,人嫌其后矣。而卒之临危有救,岂以毒攻毒,以火攻火,法有灵与?抑敬老怜贫,善足以敌之也。乃明珠欲堕,援来陌路之人;白璧无伤,媒作田家之妇。倘所谓绚烂归于平淡者,有如是耶?为之咏曰:听罢笙歌樵唱好,看完花卉稻芒香。何悲乎巧姐!

薛姨妈赞

优柔寡断,至足以贻数世之忧,家与国无二理也。薛姨妈进旅退旅,有李东阳伴食之风,顾黛玉终身,业已心及之矣,而卒未闻一言之荐,岂非姑待之说中之与!卒之黛玉死矣,宝玉出家,而宝钗亦因之以寡,伊戚之贻,谁之咎也?孟子曰:"是亦羿有罪焉。"

尤氏赞

人之美者曰尤,然不曰美人,而曰尤物,其为不祥可知。尤氏见于书,已在徐娘半老之会,然风情固不薄也。设鸡皮未皱,更复何如?氏之曰尤,盖比于夏姬也。

傻大姐赞

傻大姐无知无识,蠢然如虺,而实为《红楼梦》一大关键。大观园中落之故,实始于此。其宋之逐狗者与?楚之献鼋者与?抑周之卖檿弧箕服者也?人耶妖耶,吾不得而知之,则以为傻大姐而已矣。

绝大眼孔。(梅阁)

小鹊赞

鹊,报喜者也,然鹊之小者,自忘其为鹊,人亦共忘其为鹊。不特忘之也,或且疑为鸦,己亦自疑为鸦。由是杯弓蛇影,总属真情;鹤唳风声,尽成实相。无所为计,只获将大千世界,佛脚历历遍抱,而佛菩萨乃在极乐国中吃吃笑不休,真堪绝倒也。然究之所为,不失为喜也。谓之为鹊,谁曰不宜?

偏能从无文字处做文字,庄、老逸音。(梅阁)

小红赞

杯弓蛇影之疑,有致死不悟者,起祸者不知也,受祸者不知也,即嫁祸者亦不知也,然而祸自此始矣。则莫如小红失帕,宝钗闻之而故为觅黛玉一事。夫以黛玉之招忌也,有无端而訾议者矣,况中其心病哉!则异日众人之前,未有不力为排挤者,黛玉厄而宝钗亨矣。若小红者,其应劫之魔与?秦汉间发难之陈涉也。

始读之以为想当然耳,既读之曰理有固然,三读之曰势所必然。(梅阁)

柳五儿赞

继晴雯而兴者,有柳五儿,然已在平王东迁、康王南渡之后矣。虽曰英雄,其如无用武地何!况卧榻之侧,眈眈者已有人也。吁嗟乎!当年渡口,桃花作意引来;此日门中,人面不知何处。五儿得毋有抚景神伤者乎?爰有眼泪别洒旃。

王景略相秦,许鲁斋仕元,非本志也,英雄不甘沦落耳。(梅阁)

莺儿赞

莺儿憨态,直欲登香菱之堂而嗜其葅,亦卧榻之侧所不容仝足者也。而袭人首荐之,毋亦以宝钗之故。然而郑灵之鼎已无异味矣,虽欲染指,何可得哉?其后与秋纹、麝月不知所终,以意度之,大约比袭人修洁。

翠缕赞

翠缕阴阳究论,如村童覆书,愈诘愈乱;如灶妪说鬼,愈出愈奇。然其妙,妙在通而不通。若使凿凿言之,便老生常谈矣,安得为诗疯子婢哉?

刘老老赞

刘老老深观世务,历练人情,一切揣摩求合,思之至深。出其馀技作游戏法,如登傀儡场,忽而星娥月姐,忽而牛鬼蛇神,忽而痴人说梦,忽而老吏断狱，喜笑怒骂，无不动中窾，会如人意。因发诸金帛以归，视凤姐辈真儿戏也。而卒能脱巧姐于难，是又非无真肝胆、真血气、真性情者。殆黠而侠者，其诸弹铗之杰者与！

今人只学得刘老老这一黠字，学不到刘老老那一侠字，文故以进之者予之。予刘老老，所以夺今人也。（梅阁）

板儿赞

蝶，吾知其恋花也，蜂，吾知其采花也；非蜂非蝶，不知恋亦不知采，而能与花为缘者，其花之虱乎？板儿何竟似此！然而蝶有嗔矣，蜂有嗔矣，惟虱饱饮花露，倦卧花心，不识不知，真花花世界也。蜂蝶羡虱，吾羡板儿矣，几生修得到此？

有化工之笔，即有化工之赞，天之不爱才，吾妒焉。（梅阁）

琥珀赞

古来孤臣孽子，往往以遭际迍邅，遂成不朽之事业，从知盘根错节，乃以别利器也。琥珀言谈举动，绝肖鸳鸯，然烈烈者如彼，庸庸者如此。岂才有不逮与？亦遇之无奇也。则所为士穷见节义、世乱识忠臣者,非不穷不乱无节义忠臣也,特不见不识耳。由是言之,鸳鸯之不幸乃其幸,琥珀之幸乃其不幸也夫。

其人如仙露明珠,其文似浑金璞玉。(梅阁)

玉钏赞

玉钏于宝玉,有不反兵之义(兄弟之仇不反兵),徒以主仆之故,敢怒而不敢言,然眉睫间馀憾未平也。胡赪颜公子又欲卖痴憨,作息夫人之蛊哉?则使心机费尽,强博一笑于红颜;而词色不亲,终带三分乎白眼。于义有足多焉!

语语生棱,几令人不敢扪读。(梅阁)

焙茗赞

宝玉栽培脂粉,作养蛾眉,为花国之靖臣,作香林之戒行,宜其深仁厚泽,罔不沦肌浃髓矣。乃除黛玉外,别无一知己,而能如人意不尽如人意,庄也而出之以谑,谐也而规之以正,顺其性而利导之,如大禹之治水,适行其所事,而卒也无不行之言,呜呼!其惟焙茗乎?东方曼倩之俦也。

尤二姐赞

尤二姐容貌性情,两无所恶,置身大观园中,在在为花柳生色,而顾不齿于群芳者,徒以为路柳墙花耳。呜呼!一失足成千古恨,再回头已百年身,若是乎解之无可解也。然扬雄服事新莽,荀彧辅弼曹瞒,其所失与二姐未识如何!使一旦望汉来归,其蹂躏践踏之形,正复何如也!呜呼,失身而不为长乐老人,其悔岂可及哉!

贾蓉赞

贾蓉绝好皮囊,而性情嗜好每每与宝玉相反。宝玉怜香,贾蓉转能蹂香;宝玉惜玉,贾蓉专能碎玉。花柳之蟊贼也!凤姐错识人矣。然小意动人,颇能忘恨,故凤姐终爱之。啜茗传神,良有以也。

《红楼梦》妙到恁地,论赞亦妙到恁地,吾何间然。(梅阁)

贾琏赞

贾琏烧琴煮鹤,大煞风景,何楼市中物也。以配凤姐,且在所辱,况平儿哉!然负荆一节,颇能自降,拔其帜而树娘子帜,亦腹负将军解风雅者也。收入色界中,置风流坛外,作金刚尊者。

尤三姐赞

士为知己者死,尤三姐之死,死于不知己矣。

不知己而何以死？然而三姐则固以湘莲为知己也。湘莲知己而适不知己，仍不失为知己，则舍知己而适不知己，仍不失为知己之湘莲。天下断无有不知己而能知己如湘莲者。天下而无不知己而能知己如湘莲矣，而竟有知己而适不知己，仍不失为知己之湘莲。是知己而适不知己，仍不失为知己者，乃真知己也。而竟不知己，则安得而不死哉？然而湘莲去矣，是知己而适不知己，仍不失为知己，而竟不知己者，究未尝不知己也。三姐何尝死哉！

秀瘦皱透，兼而有之，其米老相者石耶？（梅阁）

柳湘莲赞

柳湘莲一风流荡子耳，尤三姐遽引为知己，岂曰知人。然纨绔中无雅人，文墨中无确人，道学中无达人，仕宦中无骨人，则与其为俗子狂生、腐儒禄蠹之妇也，毋宁风流浪子耳。不然，三姐死矣，几见纨绔之俦、文墨之俦、道学仕宦之俦，能与道人俱去者哉？湘莲远矣！

骂煞。为其所骂者，亦点头咋舌曰："快煞！"（梅阁）

龄官赞

龄官忧思焦劳，抑郁愤懑，直于林黛玉脱其影形，所少者眼泪一副耳。然乌知非责之过卑，而利已无所输乎？亦乌知非负之过深，而本已有所亏乎？是安得有放来生债者，预借一副眼泪为今日挥洒地也。而其债将滥矣，危哉贾蔷，何修而得此！

贾蔷赞

贾蔷市井小人耳，乌足以言风雅！然其于龄官，意柔柔而斐亹，情款款而纡萦，似非不知道者。意衣钵真传，必有所自祖也。其宝玉大弟子乎！可与言情矣。

司棋赞

从古以过而创为奇节者，君子悲其志，未尝不谅其人。司棋失身潘又安，过已。乃竟一其心相待，以死继之。非节非烈，何莫非节非烈也！盖其志以定于搜赃时矣。观过知仁，谅哉！

潘又安赞

人当无可如何之际，计无所出，惟以一死自绝。此以死塞责者耳，非以为乐也。若夫当死之时，无感慨，无愤激，无张皇却顾，心平气和，意静神恬，其死也与哉？其归也，真叠山所谓从容就义者，潘又安其知道乎！有死以来，未有暇豫如斯者也。

潘又安于情界中，身分极高，故能当得一道字。文固不妄用字者。（梅阁）

袭人赞

苏老泉辨王安石奸，全在不近人情。嗟乎，奸而不近人情，此不难辨也；所难辨者，近人情耳！袭人者，奸之近人情者也。以近人情者制人，人忘其制；以近人情者谗人，人忘其谗。约计平生，死黛玉，死晴雯，逐芳官、蕙香，间秋纹、麝月，其虐肆矣。而王夫人且视之为顾命，宝钗倚之为元臣。向非宝玉出家，或及身先宝玉死，岂不以贤名相终始哉！惜乎天之后其死也。咏史诗曰："周公恐惧流言日，王莽谦恭下士时。若使当年身便死，一生真伪有谁知？"袭人有焉。

绝大见识，绝大议论，不作袭人赞读通，即作袭人赞读快。（梅阁）

蒋玉函赞

宝玉动谓男子为浊物，度一面目黧黑，于思于思者耳。使温润如好女，未尝不以脂粉蓄之，然未有缠绵如蒋玉函者。岂从来冤家大抵由欢喜结来耶？巾之持赠也，玉实主之矣。袭人之嫁，玉函之娶，或无憾焉。

彩云赞

人各有一知己，不得谓君子是而小人非，特虑其不终耳。彩云之于贾环，其相与可无究，至甘心为此作贼，亦何淫且贱也！然平儿诘盗，慨然挺身；宝玉认赃，毫无输色。落落乎石乞子风也，而不可以对贾环耶？然而环且贰矣。古今来陷身于贼而卒为所疑者，岂少人哉！君子是以知小人之必无知己也。

亦悲亦壮，于以痛哭古人，亦以留赠后人。（梅阁）

贾环赞

贾环纯秉母气，蜂目而豺声，忍人也，独赦老赏鉴之，气味有在矣。然政老御之，亦卒较恕于宝玉。岂以公子州吁，固嬖人之子也耶？贤如贾政，尚莫知其子之恶，又何怪乎卫庄哉！

李嬷嬷赞

李嬷嬷龙钟潦倒，度其年纪，在贾母之上，不足为宝玉乳也。至其老而不死,尤当叩胫者耳。然袭人一生隐恶,从无发其覆者,独此老借题发挥,一泄无馀,比陈琳讨操檄,尤为淋漓痛快,亦愈头风之良剂也。昔苏子美读汉文,至博浪沙一椎,击节叫快,浮一大白,用以此赏之。

赵姨娘赞

食色,性也,而亦有不尽然者,鲜于叔明嗜臭虫,刘邕嗜疮痂,贺兰进明嗜狗粪。今将赵姨娘合水火五味而烹炮之,不徒臭虫、疮痂也,直狗粪而已矣,而贾政且大嚼之有馀味焉。岂所赏在德耶?然粪秽卒产灵芝,鸱枭能卵雏凤,其下体可采也。赋诗断章,或不诬焉。

雪雁赞

《春秋》责备贤者,然当君父之际,亦不容以庸愚之故,稍宽悖逆之责者,良以臣子所许在心耳。雪雁于黛玉,有更相为命之形,所谓生死而肉骨者也。即万不容已,宁不可以死辞?而乃靦然人面,舍濒危之故主,伴他人作姑娘,岂复有人心哉!人将不食其馀矣。速作之配,绝之也。

黄(王)善保家赞

段秀实之击朱泚也,吾闻其声矣,若拊朽然,其隽不足称也。淮南王之击辟阳侯也,吾闻其声矣,若筑腐然,其快不足称也。若夫积之愈厚,煅之愈坚,礆焉而不能攻,钻焉而莫可入,有佛菩萨焉,运五指之峰,作巨灵之擘。香风盖去,春雷与新笋齐生;翠袖翻来,鸿爪共乌泥并现。嘻,此何声也!其殆博浪椎之嗣响乎?赞曰:探春之掌,是震是响;老妪之喙,惟腽惟脆。蛾眉吐气,为大白浮者三;老魅煞风,为舞剑起者再。

黄绢幼妇,外孙齑臼。(梅阁)

贾赦、邢夫人赞

贾赦似刚非刚,乃刚愎之刚;邢夫人似柔非柔,乃柔邪之柔。刚愎之刚,非理之刚也,故有小泥鳅之祸;柔邪之柔,非理之柔也,故有金鸳鸯之羞。窃谓贾赦之刚,殊类乎楚子玉;邢夫人之柔,有似乎鲁哀姜。

贾敬赞

天下岂有神仙?然但能尽我性,怡我情,傀儡场中,何莫非洞天福地也。故有富贵之神仙,有忠孝之神仙,有诗酒花月之神仙,有托钵叫化之神仙,而乘云跨鹤者不与焉。彼烧丹烧汞,导引胎息者,直自讨苦吃耳。然伊古以来,轻万乘而速祸败者,史不绝书,竖儒何知焉!

贾珍赞

十恶之条,一曰内乱,犯此者,在家必丧,在国必亡。贾珍席祖父馀业,恣其下流,即比房媵媵,列屋柔靡,亦何不可;而乃为不鲜不珍之求,作大蛇小蛇之弄,西(东)府中无完人矣。借非狮子介石之坚,其能免乎?然吾闻之方山子,贤者生平得狮子力居多,贾珍胡不幸焉!

贾瑞赞

贾瑞雅负痴情,不以草茅自废,愿观光于上国,亦有志之士也,特未免不自谅耳。凤姐遽置之死,无乃过甚。虽然,溺粪何物也,而敬以持赠,是欲以曾经妙处之馀相饷也,可不谓多情哉!独不识所赠物,果凤姐亲遗否?

极谐谑,极风调,但见其雅,不觉其亵。(梅阁)

焦大赞

贾家法,于乳母颇厚,重于酬庸矣。然而人尽母也,惟其乳而已。焦大以身捍患,似什伯乎乳之劳,即袝贾庙以血其食,非幸也。而乃混于舆台,侪于隶仆,致仆妇奴子皆得牛马走之,宜其无限垒块,借酒杯以浇之也。然而马粪之填,亦未始非努力劝加餐之意,不可谓不厚者。特恐醉汉饱不知德耳。

秦钟赞

秦钟者,情种也。为钟情于人之种耶？为人钟情之种耶？为钟情于人之种,斯为风流种；为人钟情之种,则为下流种。然为钟情于人,固不得不为人钟情之人,则合风流、下流二种而为种,斯为真情真种。其于智能也,莫为之前,虽美勿彰；其于宝玉也,莫为之后,虽盛莫传。然顾前不顾后,其象为夭,故不永其寿云。

如是我佛说偈曰:"女欢男爱,无挂无碍。一点生机,成此世界。"用为斯文持赠。（梅阁）

薛蟠赞

薛蟠粗枝大叶,风流自喜,而实花柳之门外汉,风月之假斯文,真堪绝倒也。然天真烂漫,纯任自然,伦类中复时时有可歌可泣之处,血性中人也,脱亦世之所希者与？晋其爵曰王,假之威曰霸,美之谥曰呆,讥之乎？予之也。

谑而虐,可以下酒,可以喷饭。（梅阁）

北静王赞

北静王表表高标，有天际真人之概，嫦娥思嫁之矣，何论乎谈文章说经济者也，而林黛玉直以臭男人蓄之。嗟乎，王也而乃臭乎哉！是天下更无不臭者矣。天下而更无不臭者也，舍宝玉其谁与哉？死矣！

甄宝玉赞

太上忘情，其次多情，其次任情，其下矫情，矫情不可问矣。甄宝玉不能为太上之忘情，不失为其次之多情也。自经济文章之说中之，而情矫矣。则甄宝玉者，世俗之伟人，而实贾宝玉之罪人也。罪人则黜之而已矣，故终之以甄宝玉云。

情字始，情字终，虽游戏文章，仍是篇法一线。（梅阁）

红楼梦论

性情嗜好之不同，如其面焉。不能强巢许为功名，犹巢许不能强尧舜为隐逸也。但能务实其实，各玉其玉，斯不负耳。然世俗之见，往往以经济文章为真宝玉,而以风花雪月为假宝玉,岂知经济文章,不本于性情,由此便生出许多不可问不可耐之事,转不若风花雪月,任其本色,犹得保其不雕不凿之天。然此风花雪月之情,可为知者道,难与俗人言,故不得不仍世俗之见,而以经济文章属之其,以风花雪月属之假。意其初必有一人如甄宝玉者,与贾宝玉缔交,其性情嗜好大抵相同,而其后为经济文章所染,将本来面目一朝改尽,做出许多不可问不可耐之事,而世且艳之羡之,其为风花雪月者乃时时为人指摘,用为口实。贾宝玉伤之,故将异事隐去,借假语村言演出此害,为自己解嘲,而亦兼哭其友也。故写贾宝玉种种越人,而于断制处从无褒语,盖自谦也。写甄宝玉初用贬词,嫌其舆己同;后用褒语,明其舆己异也。然则作书之意,断可识已。而世人乃谓讥宝宝玉而作。夫宝玉在所讥矣,而乃费如许狮子搏象力,为斯人撰一开天辟地绝无仅有之文,使斯人亦为开天辟地绝无仅有之人,是讥之实以寿之也。其孰不求讥于子?吾以知《红楼梦》之作,宝玉自况也。

红楼梦问答

或问:"《红楼梦》伊谁之作?"曰:"我之作。""何以言之?"曰:"语语自我心中爬剔而出。"

或问:"《红楼梦》为子意中之书,而独翻妙玉之案,则何也?"曰:"予亦不自知其何心,第觉良心上煞有过不去处。"

或问:"子能作宝玉乎?"曰:"能。""何以痛诋袭人也?"笑曰:"我止不能为袭人之宝玉。"

或问:"宝钗似在所无讥矣,子时有微词,何也?"曰:"宝钗深心人也。人贵坦适而已,而故深之,此《春秋》所不许也。"

或问:"宝钗深心,于何见之?"曰:"在交欢袭人。"

或问:"袭人不可交乎?"曰:"君子与君子为朋,小人与小人为朋,方以类聚,物以群分。吾不识宝钗何人也,吾不识宝钗何心也。"

或问:"宝钗与袭人交,岂有意耶?"曰:"古来奸人干进,未有不纳交左右者。以此卜之,宝钗之为宝钗,未可知也。"

或问:"宝钗与黛玉,孰为优劣?"曰:"宝钗善柔,黛玉善刚;宝钗用屈,黛玉用直;宝钗徇情,黛玉任性;宝钗做面子,黛玉绝尘埃;宝钗收人心,黛玉信天命。不知其他。"

或问:"袭人与晴雯,孰为优劣?"曰:"袭人善柔,晴雯善刚;袭人用屈,晴雯用直;袭人徇情,晴雯任性;袭人做面子,晴雯绝尘埃;袭人收人心,晴雯信天命。不知其他。"

或问:"《红楼梦》写宝钗如此,写袭人亦如此,则何也?"曰:"袭人,宝钗之影子也。写袭人,所以写宝钗也。"

或问:"《红楼梦》写黛玉如彼,写晴雯亦如彼,则何也?"曰:"晴雯,黛玉之影子也。写晴雯,所以写黛玉也。"

或问:"宝玉与黛玉有影子乎?"曰:"有。凤姐地藏庵拆散之姻缘,则远影也;贾蔷之于龄官,则近影也。潘又安之于司棋,则有情影也;柳湘莲之于尤三姐,则无情影也。"

或问:"藕官是谁影子?"曰:"是林黛玉销魂

影子。"

或问:"龄官是谁影子?"曰:"是林黛玉离魂影子。"

或问:"傻大姐是谁影子?"曰:"是醉金刚影子。"

或问:"宝玉古今人孰似?"曰:"似武陵源百姓。""黛玉古今人孰似?"曰:"似贾长沙。""宝钗古今人孰似?"曰:"似汉高祖。""湘云古今人孰似?"曰:"似虬髯公。""探春古今人孰似?"曰:"似太原公子。""宝琴古今人孰似?"曰:"似藐姑仙子。""平儿古今人孰似?"曰:"似国大夫(子产)。""紫鹃古今人孰似?"曰:"似李令伯。""妙玉古今人孰似?"曰:"似阮始平。""晴雯古今人孰似?"曰:"似杨德祖。""刘老老古今人孰似?"曰:"似冯驩。""凤姐古今人孰似?"曰:"似曹瞒。""袭人古今人孰似?"曰:"似吕雉。"

或问:"子之处宝钗也将如何?"曰:"妻之。""处晴雯也将如何?"曰:"妾之。""处芳官等也将如何?"曰:"子女之。""处紫鹃也将如何?"曰:"臣之。""处湘云也将如何?"曰:"友之。""处平儿也将如何?"曰:"宾之。""处探春也将如何?"曰:"宗师之。""处宝琴也将如何?"曰:"君之。""处宝玉也将如何?"曰:"佛之。""处黛玉也将如何?"曰:"仙之。"

或问:"何以蓄刘老老也?"曰:"俳优之。""何以蓄莺儿等也?"曰:"奴之。""何以蓄凤姐也?"曰:"贼之。""何以蓄袭人也?"曰:"蛇蝎之。"

或问:"王夫人逐晴雯、芳官等,乃家法应尔。子何痛诋之深也?"曰:"《红楼梦》只可言情,不可言法,若言法,则《红楼梦》可不作矣。且即以法论,宝玉不置之书房而置之花园,法乎否耶?不付之阿保而付之丫鬟,法乎否耶?不游之师友而游之姐妹,法乎否耶?即谓一误,不堪再误。而用袭人则非其人,逐晴雯则非其罪,徒使奸人幸进,方正流亡,颠颠倒倒,画出千古庸流之祸,作书者有危心也。贬之,不亦宜乎!"

或问:"凤姐之死黛玉,似乎利之,则何也?"曰:"不独凤姐利之,即老太太亦利之。何言乎利之也?林黛玉葬父来归,数百万家资尽归贾氏,凤实领之。脱为贾氏妇,则凤姐应算还也;不为贾氏妇而为他姓妇,则贾氏应算还也。而得不死之耶? 然则黛玉之死,死于其才,亦死于其财也。"

或问:"林黛玉数百万家资尽归贾氏,有明证与?"曰:"有。当贾琏发急时,自恨何处再发二三百万银子财,一'再'字知之。夫再者,二之名也。不有一也,而何以再耶?"

或问:"林黛玉聪明绝世,何以如许家资而乃一无所知也?"曰:"此其所以为名贵也,此其所以为宝玉之知心也。若好歹将数百万家资横据胸中,便全身烟火气矣,尚得为黛玉哉? 然使在宝钗,必有以处此。"

或问:"《红楼梦》有病乎?"曰:"有。元春长宝玉二十六岁,乃言在家时曾训诂宝玉,岂三十以后人尚能入选耶? 其他惜春屡言小,巧姐初不肯长,后长得太快,李嬷嬷过于龙钟,诸如此类,未可悉数。然不可以此疵之者,故作罅漏,示人以子虚乌有也。"

红楼梦题词并序

周绮

余偶沾微恙,寂坐小楼,竟无消遣计。适案头有雪香夫子所评《红楼梦》书,试翻数卷,不禁失笑。盖将人情世态,寓于粉迹脂痕。较诸《水浒》《西厢》尤为痛快。使雪芹有知,当亦引为同心也。然个中情事,淋漓尽致者固多,而未尽然者,亦复不少。戏拟十律,再广其意。虽画蛇添足,而亦未尝以假失真。诗甫脱稿,神倦肠枯。假寐间见一古衣冠者,揖余而言曰:"子,一闺秀也。弄月吟风,已乖姆教,而况更作《红楼梦》诗乎?岂不惧吾辈贻讥哉!"即应之曰:"君之言诚是。然乐而不淫,哀而不伤,为《国风》之始。如必以此诗为瓜李之嫌,较之言具彬彬而行仍昧昧,奚啻相悬天壤耶?"言未竟,人忽不见,吾梦亦醒。但闻桂香入幕,梧叶飘风,楼头澹月,撩人眉黛而已。古吴女史绿君周绮自序。

黛玉焚诗

不辨啼痕与墨痕,无情火断有情根。

者宵果应灯花谶,往日空怜蜀鸟魂。

慧业已随人遁世,痴鬟休为竹开门。

鸭炉兽炭寒如水,剩得心头一缕温。

香菱学咏

花前月下自凝眸,寸寸柔肠寸寸搜。
着意个中诚足惜,处身如此不关愁。
眠餐好在吟成后,啼笑都从梦里头。
知否苦辛天报汝,芳名非仗可儿留。

湘云醉眠芍药

席翻脂粉醉飞觞,酒力难支近夕阳。
无限春风困春睡,不胜红雨覆红妆。
倘非玉骨还宜暖,幸是冰肌未碍凉。
一种娇憨又娇怯,画工要画费平章。

晴雯死领芙蓉

一现优昙命太轻,临题那得不怜卿。
便填痴诔难偿恨,真做花神始称名。
素愿何尝形色笑,平生转为误聪明。
从来此事销魂最,已断尘缘未断情。

青女素娥李纨悲黛玉

月中霜里拟翩翩,姊妹班头掌翰仙。
定为清才遭白眼,岂宜红粉逝青年?
情虽有为情应笃,病到无辜病最怜。

竹自迎人人寂寂,嘻吁独我泪潸然。

水寒雪冷慧婢恨怡红

妒花风雨瘁花姿,义愤偏钟小侍儿。

果易分明仍一梦,信难凭准是相思。

怡红意气能无恨,湘馆情怀为甚痴?

几许伤心何处诉?顿教重立不多时。

苦尤娘遭赚堕计

花是丰姿月是神,东君应不负终身。

伤心漫怨庸医药,委曲难通妒妇津。

未必无情归幻境,定然有恨隔凡尘。

红颜大抵都如此,肠断千秋命薄人。

俏平儿被打含情

究未呼天剖素胸,泪纷纷咽屈重重。

好花风总凭空妒,闲草春多不意逢。

薄责原非长恨事,无言确是有情钟。

羡卿心底分明甚,要学夫人却易容。

妙玉听琴警悟

机微领略不言中,一曲丝桐忍听终。

好梦未醒长恨客,美人已定可怜虫。

从前枉受情痴累,此后都归色相空。

无限伤心成独想,馀音任付月溟濛。

鸳鸯殉主全贞

芳心迟早固难胜,侍得人归付幅绫。
为日之多岂所愿？此身以外更何凭？
休怜碎玉销香恨,应愧沽名钓誉称。
竟可梦中先醒梦,金钗十二有谁能？

以香艳缠绵之笔,作销魂动魄之言。别开生面,唤醒人情。士林中皆当敛手,况出之闺阁中耶！想红楼仕女,定亦相顾惊奇。（蒋伯生师）

以《红楼梦》之实事,作诗中之三昧。故能胸中了了,笔下超超。读此诗而人情可悟,读此诗而私欲潜消。（雪香）

红楼梦总评

王希廉

《红楼梦》一百二十回,分作二十一段看,方知结构层次。第一回为一段,说作书之缘起,如制艺之起讲,传奇之楔子。第二回为二段,叙宁、荣二府家世及林、甄、王、史各亲戚,如制艺中之起股,点清题目眉眼，才可发挥意义。三、四回为三段，叙宝钗、黛玉与宝玉聚会之因由。五回为四段，是一部《红楼梦》之纲领。六回至十六回为五段，结秦氏诲淫丧身之公案，叙熙凤作威造孽之开端。按第六回刘老老一进荣国府后，应即叙荣府情事，乃转详于宁而略于荣者，缘贾府之败，造衅开端，实起于宁。秦氏为宁府淫乱之魁，熙凤虽在荣府，而弄权实始于宁府，将来荣府之获罪，皆其所致，所以首先细叙。十七回至二十四回为六段，叙元妃沐恩省亲，宝玉姊妹等移住大观园，为荣府正盛之时。二十五回至三十二回为七段，是宝玉第一次受魇几死，虽遇双真持诵通灵，而色孽情迷，惹出无限是非。三十三回至三十八回为八段，是宝玉第二次受责几死，虽有严父痛责，而痴情益甚，又值贾政出差，更无拘束。三十九回至四十四回为九段，叙刘老老、王凤姐得贾母欢心。四十五回至五十二回为十段，于诗酒赏心时，忽叙秋窗风雨，积雪冰寒，又于情深情滥中，忽写无情绝情，变幻不测，隐寓泰极必否、盛极必衰之意。五十三回至五十六回为十一段，叙宁、荣二府祭祠家宴，探春整顿大观园，气象一新，是极盛之时。五十七回至六十三上半回为第十二段,写园中人多,又生出许多唇舌事件,所谓兴一利即有一弊也。六十三下半回至六十九回为第十三段,叙贾敬物故,贾琏纵欲,凤姐阴毒,了结尤二姐、尤三姐公案。七十回至七十八回为第十四段,叙大观园中风波叠起,贾氏宗祠先灵悲叹,宁、荣二府将衰之兆。七十九回至八十五回为第十五段,叙薛蟠悔娶,迎春误嫁,一嫁一娶,均受其殃,及宝玉再入家塾,贾环又结仇怨,伏后文中举、串卖等事。八十六回至九十三回为第十六段,写薛家悍妇,贾府匪人,俱召败家之祸。九十四回至九十八回为第十七段,写花妖异兆,通灵走失,元妃薨逝,黛玉夭亡,为荣府气运将终之象。九十九回至一百三回为第十八段,叙大观园离散一空,贾存周官箴败坏,并了结夏金桂公案。一百四回至一百十二回为第十九段,写宁、荣二府一败涂地,不可收拾,及妙玉结局。一百十三回至一百十九回为第二十段,了结凤姐、宝玉、惜春、巧姐诸人,及宁、荣二府事。一百二十回为第二十一段,总结《红楼梦》因缘始末。此一部书中之大段落也。至于各大段中尚有小段落,或夹叙别事，或补叙旧事，或埋伏后文，或照应前文，祸福倚伏，吉凶互兆，错综变化，如线穿珠，如珠走盘，不板不乱，总评中不能胪列，均于各回中逐细批明。

《红楼梦》一书，全部最要关键是"真假"二字。读者须知真即是假，假即是真；真中有假，假中有真；真不是真，假不是假。明此数意，则甄宝玉、贾宝玉是一是二，便心目了然，不为作者冷齿，亦知作者匠心。

《红楼梦》虽是说贾府盛衰情事，其实专为宝玉、黛玉、宝钗三人而作。若就贾、薛两家而论，贾府为主，薛家为宾。若就宁、荣二府而论，荣府为主，宁府为宾。若就荣国一府而论，宝玉、黛玉、宝钗三人为主，馀者皆宾。若就宝玉、黛玉、宝钗三人而论，宝玉为主，钗、黛为宾。若就钗、黛二人而论，则黛玉却是主中主，宝钗却是主中宾。至副册之香菱，是宾中宾；又副册之袭人等，不能入席矣。读者须分别清楚。

甄士隐、贾雨村为是书传述之人，然与茫茫大士、空空道人、警幻仙子等，俱是平空撰出，并非实有其人，不过借以叙述盛衰，警醒痴迷。刘老老为归结巧姐之人,其人在若有若无之间。盖全书既假托村言,必须有村妪贯串其中,故发端结局,皆用此人,所以名刘老老者,若云家运衰落,平日之爱子娇妻、美婢歌童,以及亲朋族党、幕宾门客、豪奴健仆,无不云散风流,惟剩者老妪收拾残棋败局,沧海桑田,言之酸鼻,闻者寒心。

《红楼梦》专叙宁、荣二府盛衰情事,因薛宝钗是宝玉之配,亲情更切,衰运相同,故薛蟠家事,亦叙得详细。

从来传奇小说,多托言于梦。如《西厢》之草桥惊梦,《水浒》之英雄恶梦,则一梦而止,全部俱归梦境。《还魂》之因梦而死,死而复生,《紫钗》仿佛相似,而情事迥别。《南柯》《邯郸》,功名事业,俱在梦中,各有不同,各有妙处。《红楼梦》也是说梦,而立意作法,另开生面。前后两大梦,皆游太虚幻境。而一是真梦,虽阅册听歌,茫然不解;一是神游,因缘定数,了然记得。且有甄士隐梦得一半幻境,绛芸轩梦语含糊,甄宝玉一梦而顿改前非,林黛玉一梦而情痴愈痼。又有柳湘莲梦醒出家,香菱梦里作诗,宝玉梦与甄宝玉相合,妙玉走魔恶梦,小红私情痴梦,尤二姐梦妹劝斩妒妇,王凤姐梦人强夺锦匹,宝玉梦至阴司,袭人梦见宝玉,秦氏、元妃等托梦,及宝玉想梦无梦等事,穿插其中。与别部小说传奇说梦不同。文人心思,不可思议。

《红楼梦》一书,有正笔,有反笔,有衬笔,有借笔,有明笔,有暗笔,有先伏笔,有照应笔,有著色笔,有淡描笔。各样笔法,无所不备。

一部书中,翰墨则诗词歌赋,制艺尺牍,爰书戏曲,以及对联扁额,酒令灯谜,说书笑话,无不精善;技艺则琴棋书画,医卜星相,及匠作构造,栽种花果,畜养禽鱼,针黹烹调,巨细无遗;人物则方正阴邪,贞淫顽善,节烈豪侠,刚强懦弱,及前代女将,外洋诗女,仙佛鬼怪,尼僧女道,娼妓优伶,黠奴豪仆,盗贼邪魔,醉汉无赖,色色俱有;事迹则繁华筵宴,奢纵宣淫,操守贪廉,宫闱仪制,庆吊盛衰,判狱靖寇,以及讽经设坛,贸易钻营,事事皆全;甚至寿终夭折,暴亡病故,丹戕药误,及自刎被杀,投河跳井,悬梁受逼,吞金服毒,撞阶脱精等事,亦件件俱有。可谓包罗万象,囊括无遗,岂别部小说所能望见项背。

书中多有说话冲口而出，或几句说话止说一二句，或一句说话止说两三字，便咽住不说。其中或有忌讳，不忍出口；或有隐情，不便明说，故用缩句法咽住，最是描神之笔。

福、寿、才、德四字，人生最难完全。宁、荣二府，只有贾母一人，其福其寿，固为希有；其少年理家事迹，虽不能知，然听其临终遗言说"心实吃亏"四字，仁厚诚实，德可概见；观其严查赌博，洞悉弊端，分散馀赀，井井有条，才亦可见一斑，可称四字兼全。此外如男则贾敬、贾赦无德无才，贾政有德无才，贾琏小有才而无德，贾珍亦无德无才，贾环无足论，宝玉才德另是一种，于事业无补。女则邢夫人、尤氏无德无才，王夫人虽似有德，而偏听易惑，不是真德，才亦平庸。至十二金钗：王凤姐无德而有才，故才亦不正；元春才德固好，而寿既不永，福亦不久；迎春是无能，不是有德；探春有才，德非全美；惜春是偏僻之性，非才非德；黛玉一味痴情，心地褊窄，德固不美，只有文墨之才；宝钗却是有德有才，虽寿不可知，而福薄已见；妙玉才德近于怪诞，故陷身盗贼；史湘云是旷达一流，不是正经才德；巧姐才德平平；秦氏不足论：均非福寿之器。此十二金钗所以俱隶薄命司也。

《红楼梦》一书，已全是梦境，余又从批之，真是梦中说梦，更属荒唐。然三千大千世界，古往今来事物，何处非梦，何人非梦？见余梦梦之人，梦中说梦，亦无不可。

《红楼梦》结构细密，变换错综，固是尽美尽善，除《水浒》《三国》《西游》《金瓶梅》之外，小说无有出其右者。然细细翻阅，亦有脱漏纰缪及未惬人意处。余所阅袖珍是坊肆翻板，是否作者原本，抑系翻刻漏误，无从考正。姑就所见，摘出数条，以质高明。非敢雌黄先辈，亦执经问难之意尔。

第二回冷子兴口述贾赦有二子，次子贾琏。其长子何名，是否早故，并未叙明，似属漏笔。

十二回内说是年冬底林如海病重，写书接林黛玉，贾母叫贾琏送去。至十四回中又说，贾琏遣昭儿回来投信，林如海于九月初三日病故，二爷同林姑娘送灵到苏州，年底赶回，要大毛衣服等语。若林如海于九月初身故，则写书接黛玉应在七八月间，不应迟至冬底。况贾琏冬底自京起身，大毛衣服应当时带去，何必又遣人来取？再年底才自京起程到扬，又送灵至苏，年底亦岂能赶回？先后所说，似有矛盾。

史湘云同列十二金钗中，且后来亦曾久住大观园，结社联吟，其豪迈爽直，别有一种风调，则初到宁、荣二府时，亦当叙明来历态度。及十二回以前，并未提及，至十三回秦氏丧中，叙忠靖侯史鼎夫人来吊，忽有史湘云出迎，亦不知何时先到宁府。突如其来，未免无根。恐系翻刻误植，非作者原本。

十七回大观园工程告竣，栊翠庵已圈入园内，究系何时建盖，何人题名，妙玉于何时进庵，如何与贾母等会面，竟无一字提及，未免欠细。

十八回元妃见山环佛寺，即进寺焚香拜佛，自然即是栊翠庵。维时妙玉若已进庵，岂敢不迎接元妃？抑系尚未进庵，或暂时回避，似应叙明。

三十四回袭人赴宝钗处，等至二更，宝钗方回来，曾否借书，一字不提，竟与未见宝钗无异，似有脱句。

三十六回袭人替宝玉绣兜肚，宝钗走来，爱其生活新鲜，于袭人出去时，无意中代绣两三花瓣。

文情固妩媚有致,但女工刺绣,大者上绷,小者手刺,均须绣完配里,方不露反面针脚。今兜肚是白绫红里,则正里两面已经做成,无连里刺绣之理,似于女红欠妥。

三十五回宝玉听见黛玉在院内说话,忙叫快请。究竟曾否去请,抑黛玉已经回去,与三十六回情事不接,似有脱漏。

五十三回贾母庆赏元宵,将上年嘱做灯谜一节,竟不提起,似欠照应。

五十八回将梨园女子分派各房,画蔷之龄官是死是生,作何着落,并未提及,似有漏笔。

六十三回平儿还席,尤氏带佩凤、偕鸾同来,正在园中打秋千时,忽报贾敬暴亡,尤氏即忙忙坐车带赖升一干老家人媳妇出城。佩凤、偕鸾并未先遣回家,稍觉疏漏。

尤三姐自刎,尤老娘送葬后,并未回家,自应仍与尤二姐同住,乃六十八回王凤姐到尤二姐处,并不见尤老娘,尤二姐进园时,母女亦未一见,殊属疏漏。

六十九回尤二姐吞金,既云人不知,鬼不觉,何以知其死于吞金？不于贾琏见尸时将吞金尸痕叙明一笔，亦似疏漏。

七十三回贾政差竣回京，先一日珍、琏、宝玉既出迎一站，回家伺候，应先禀知贾母、王夫人，次日即应俱在大门迎接，何致贾政已在贾母房中，直待丫头匆忙来找，宝玉始更衣前去？此处叙事，未免前后失于照应。

七十七回晴雯被逐病危，宝玉私自探望，晴雯赠宝玉指甲及换着小袄，是夜宝玉回园，临睡时袭人断无不见红袄之理，宝玉必向说明，嘱令收藏。乃竟未叙明，实为缺漏。

八十三回说夏金桂赶了薛蟠出去，虽八十回中曾有"十分闹得无法，薛蟠便出门躲避"之句，似不过偶然暂避，旋即回家。若多日不回，薛姨妈、宝钗岂有不叫人寻找，听其久出之理？今写金桂同宝蟾吵闹，竟似薛蟠已久不回家，未免先后照应不甚熨贴。

一百十二回贾母所留送终银两尚在上房收存，以致被盗，则鸳鸯生前岂有不知？乃一百十一回中鸳鸯反问凤姐银子曾否发出，此处似不甚斗笋。

林黛玉虽是仙草降凡，但心窄情痴，以致自促其年。即返真归元，应仍为仙草，与宝玉之石头无异，才是本来面目。论其生前情欲，不应即超凡入圣，遽为上界神女。至潇湘妃子，不过因其所居之馆，又善于悲哭，故借作诗社别号。且妃子二字，亦与闺媛不称，何必坐实其事。

一百十六回中宝玉神游太虚幻境，似宜同尤三姐等恍恍惚惚，似见非见，引至仙草处，见其微风吹动，飘摇妩媚。及仙女说出因缘，便可了结。末后绛殿珠帘请回侍者一段文字，转觉画蛇添足，应否删节，请质高明。

一百十九回宝玉不见，次日薛姨妈、薛蝌、史湘云、宝琴、李婶娘等俱来慰问，惟李绮、邢岫烟二人不到。李绮当是已经出阁，邢岫烟与宝钗为一家姑嫂，且宝钗素日待之甚厚，乃竟不来，终觉欠细。

说明：上序等出《新评绣像红楼梦全传》，此本内封正面题"新评绣像红楼梦全传"，背面题"道光壬辰岁之暮春上浣开雕"，首《红楼梦批序》，尾署"道光壬辰（十二年）花朝日，吴县王希廉雪芗氏书于双清仙馆"，有"双清仙馆"阴文钤一方。又有小泉程伟元《原序》(略)、又有人物绣像六十四幅,均有题赞,如警幻题"我是散相思的五瘟使",宝玉题"俏东君与樱花作主",黛玉题"多愁多病身",宝钗题"全不见半点轻狂"等。后《红楼梦目录》,凡一百二十卷。"读花人戏编"的论赞、红楼梦问答、周绮题词并序、大观园图说、红楼梦总评、音释等,正文第一叶卷端题"红楼梦卷一",署"洞庭王希濂雪香评"。半叶十行,行二十二字。

王希廉(1805—1877),字雪香,苏州人。因评赞《红楼梦》,自号洞庭护花主人,工书善诗文。侨寓虞山,聘才女周绮为副室,唱和风雅,共研红学,人艳称之,品重艺林。

周绮,字绿君,小字琴壤,昭文(今江苏常熟)王氏遗腹女。随母依舅氏辽姓周。归吴县王希濂。

妙复轩评石头记叙

孙桐生

少读《红楼梦》,喜其洋洋洒洒,浩无涯涘,其描绘人情,雕刻物态,真能抉肺腑而肖化工,以为文章之奇,莫奇于此矣,而未知其所以奇也。

丙寅寓都门,得友人刘子重贻妙复轩《石头记》评本,逐句梳栉,细加排比,反复玩索,寻其义,究其归,如是者五年。乃旷然废书而叹曰:至矣哉!天下无一本之文固若是哉!文章者,性情之华也。性情不深者,文章必不能雄奇恣肆,犹根底不固者,枝叶必不畅茂条达也。世庸有苟作之文,挦摭敷衍,支离失实,无底里可顾,无命意可求,非竭则萎,乌能斯爱而斯传哉?盖立言不根理要,既不能发挥古今之名理,焉能餍饫乎天下之人心?事有必然无疑者,然作者难,识者不易。自得妙复轩评本,然后知是书之所以传,传以奇,是书之所以奇,实奇而正也。如含玉而生,实演明德;黛为物欲,实演自新。此外融会四子六经,以俗情道文言,或用借音,或用设影,或以反笔达正意,或以前言击后语。尤奇者,教养常经也,转托诸致祸蔑伦之口;仙释借径也,实隐辟异端曲学之非。就其涉,可以化愚蒙;而极其深,可以困贤智。本谈情之旨,以尽复性之功,彻上彻下,不独为中人以下说法也。至其立忠孝之纲,存人禽之辨,主以阴阳五行,寓以劝惩褒贬,深心大义,于海涵地负中自有万变不移、一丝不紊之主宰,信乎其为奇传也。奇而不究于正，惟能照风月宝鉴反面者，乃能善用其奇也。是书之作，六十年来，无真能读、真能解者，甚有耳食目为淫书，亦大负作者立言救世苦心矣。得太平闲人发其聩，振其聋，俾书中奥义微言，昭然若揭，范围曲成，人伦日用，随地可以自尽。善乎其注文妙真人也曰："人之所以妙，妙在真，能真，斯为人而不为兽。"即此数言，可括《石头》全部。

惟作者姓名不传，访诸故老，或以为书为近代明相而作，宝玉为纳兰容若。以时事文集证之或不谬。其曰珠曰瑞，又移易其辈行而错综之。若贾雨村，即高江村也。高以诸生，觅馆入都，主于明仆，由是进身致通显。若平安州则保定府之别名，李御史即郭华野之易姓，而特以真事既隐，正令人寻踪按迹而无从。盖作文之妙，在缥缈虚无间，使人可望不可即，乃有馀味。若一征诸实，则刘四骂人，语多避忌，而口诛笔伐，亦不能畅所欲言矣。篇后有曹雪芹删定数过云云，曹雪芹或以即曹银台寅之公子，其胡老明公三子也。考其时，假馆容若，擅宏通、称莫逆者，则有梁药亭、姜西溟、顾梁汾诸君子，不能实指为某人草创，某人润色也。至书中言宝玉中第七名举人，查进士题名碑，成德中康熙十五年丙辰科二甲第七名进士，言举人者，隐之也。又按顾梁汾《弹指词·金缕曲》后注云："岁丙辰，容若年二十二，一见予，即恨相识晚，填词见赠，有'后身缘恐结它生里'，极感其意，而殊讶为不祥。后竟卒于乙丑五月，谶语果符。"是容若得年三十有一耳。考时代暨书中事迹，信为演容若也无疑。他若太平闲人为仝君卜年，评本并未注名，亦无别号，不佞冥搜苦索于意言之表得之，因别号而实以人，何尝评者之借以为名也。评者不自为名，又何有于作者？是谓亘古绝今一大奇书也可。然能识奇书，评奇书，使天下后世皆知为奇书，不致以奇书为淫书，而误于奇书，则太平闲人亦一天下之奇人也已。同治癸酉季秋月下浣，饮真外史孙桐生叙于卧云山馆。

妙复轩评石头记跋

忏梦居士

谨按：太平闲人，姓仝名卜年，山西平陆人，嘉庆辛未进士，道光末官福建台湾太守。其以太平为别号者，盖取陆放翁诗"已卜馀年见太平"意也。此君一字硐南。闻其学问渊雅，博通古今，著述颇富。评《石头记》一书，穿天心，蹑月窟，广大精微，表章绝业，洵足与原书并传不朽，而有功世道，不致使愚昧者误入歧途，尤见所学之正，与救世之慈，似此庶不愧立言二字矣。原评未有正文，予为逐句排比，按节分疏，约三四年，始编录就绪。间亦有未安未确处，容再详订另注。闲居多暇，安章宅句，手自钞录，日尽四五纸，孜孜矻矻，心力交瘁。自壬申暮春经始，至丙子十一月二十日竣事，无间寒暑者，五年有奇，获成此一种大观，并以备他年剞劂之用，庶不没作者评者一番苦心云尔。时光绪二年岁在丙子十一月二十日，巴西忏梦居士钞竣自志。男孙巘校字。

太平闲人红楼梦读法

太平闲人

《红楼梦》一书，不惟脍炙人口，亦且镌刻人心，移易性情，较《金瓶梅》尤造孽。以读者但知正面，而不知反面也。间有巨眼能见知矣，而又以恍惚迷离,旋得旋失,仍难脱累。得闲人批评,使作者正意,书中反面,一齐涌现,夫然后闻之足戒,言者无罪,岂不大妙?

《石头记》乃演性理之书,祖《大学》而宗《中庸》,故借宝玉说"明明德之外无书",又曰"不过《大学》《中庸》"。

是书大意,阐发《学》《庸》,以《周易》演消长,以《国风》正贞淫,以《春秋》示予夺。《礼经》《乐记》,融会其中。

《周易》,《学》《庸》是正传;《红楼梦》窃众书而敷衍之,是奇传。故云"倩谁记去作奇传"。

致堂胡氏曰:孔子作《春秋》,常事不书,惟败常反理,乃书于策,以训后世,使正其心术,复常循理,交适于治而已。是书实窃此意。

"世事洞明皆学问,人情练达即文章",是此书到处、警省处,故其铺叙人情世事,如燃犀烛,较诸小说后来居上。

通部《红楼》,止左氏一言概之曰"讥失教也"。

《易》曰:"臣弑其君,子弑其父,非一朝一夕之故,其所由来者渐矣。"故谨"履霜"之戒。一部《红楼》,演一"渐"字。

《鹤林玉露》云:庄子之文,以无为有;《战国策》之文,以曲作直。东坡平生熟此二书,为文惟意所到,俊辨痛快,无复滞碍。我欲以此语转赠《石头记》。

是书叙事,取法《战国策》、《史记》、三苏文处居多。

《红楼梦》脱胎在《西游记》,借径在《金瓶梅》,摄神在《水浒传》。

《红楼梦》是暗《金瓶梅》,故曰意淫。《金瓶》有苦孝说,因明以孝字结;此则暗以孝字结,至其隐痛,较作《金瓶梅》者尤深。

《金瓶》演冷热,此书亦演冷热;《金瓶》演财色,此书亦演财色。

今日小说,闲人止取其二:一《聊斋志异》,一《红楼梦》。《聊斋》以简见长,《红楼》以烦见长。《聊斋》是散段,百学之或可肖其一;《红楼》是整段,则无从学步。千百年后,人或有能学之者,然已为千百年后人之书,非今日之《红楼梦》矣。或两不相掩未可知,而在此书自足千古。故闲人特为着佛头粪。其他续而又续,及种种效颦部头,一概不敢闻教。

《红楼梦》乃此书正名,而开首空空道人"因空见色"一段文中,有《石头记》《情僧录》《风月宝鉴》。《金陵十二钗》诸名目,而绝无"红楼梦"三字,即此便是舍形取影,乃作者大主意。故凡写书中人,都从影处着笔。

"红楼梦"三字,出于第五回,实即十二钗之曲名,是《十二钗》为梦之目,《情僧录》"情"字为梦之纲。故闲人于前十二回分作三大段:第一段结《石头记》,第二段结《红楼梦》,第三段结《风月宝鉴》。而《情僧录》《十二钗》,一纲一目,在其中矣。

百二十回大书,若观海然,茫无畔岸矣,而要自有段落可寻。或四回为一段,或三回为一段,至一二回为一段,无不界划分明,囫囵吞枣者不得也。闲人为指出之,省却阅者多少心目。

宝玉有名无字,乃令人在无字处追寻,所谓喜怒哀乐未发之前,又先天本来无字也。

是书钗、黛为比肩;袭人、晴雯,乃二人影子也。凡写宝玉同黛玉事迹,接写者必是宝钗。写宝玉同宝钗事迹，接写者必是黛玉。否则用袭人代钗，用晴雯代黛，间有接以他人者，而仍不脱本处。乃一丝不走，牢不可破，通体大章法。

写黛玉处处口舌伤人，是极不善处世、极不自爱之一人，致蹈杀机而不觉；写宝钗处处以财帛笼络人，是极有城府、极圆熟之一人，究竟亦是枉了。这两种人都做不得。

或问：是书姻缘，何必内木石而外金玉？答曰：玉石演人心也。心宜向善，不宜向恶，故《易》道贵阳而贱阴，圣人抑阴而扶阳。木行东方，主春生；金行西方，主秋杀。林生于海，海处东南，阳也；金生于薛，薛犹云雪，锢冷积寒，阴也。此为林、为薛，为木、为金之所由取义也。

此书凡演姻缘离合，其人如尤二、尤三、夏金桂等，不可枚举，而无非演宝、黛、钗。凡演天人定胜，其人如王道、王医、包勇、傻大姐等，不可枚举，而无非演刘老老：换汤不换药，如此而已。解如此观，势如破竹。

书中诗词，各有隐意，若谜语然。口说这里，眼看那里。其优劣都是各随本人，按头制帽，故不揣摩大家高唱。不比他小说，先有几首诗，然后以人硬嵌上的。

是书名姓，无大无小，无巨无细，皆有寓意，甄士隐、贾雨村自揭出矣，其馀则令读者自得。有正用，有反用；有庄言，有戏言；有照应全部，有隐括本回；有即此一事而信手拈来，从无随口杂凑者。可谓妙手灵心，指麾如意。

书中大致凡歇落处，每用吃饭。人或以为笑柄，不知大道存焉。宝玉乃演人心，《大学》"正心必先诚意。"意，脾土也。吃饭，实脾土也。实脾土，诚意也。问世人解得吃饭否？

书中多用俗谚巧话，皆道地北语京语，不杂他处方言，有过僻者间为解释。

是书又总分三大支：自第六回"初试云雨情"至三十六回"梦兆绛芸轩"为第一支，以刘老老为主宰，以元春副之，以秦锺受之，以北静王证之；自四十回"三宣牙牌令"至六十九回"吞生金自逝"为第二支；以鸳鸯为主宰，以薛宝琴副之，以尤二姐受之，以尤三姐证之；自七十一回"无意遇鸳鸯"至一百十三回"凤姐托村妪"为第三支，以刘老老、鸳鸯合为主宰,以傻大姐副之,以夏金桂受之,以包勇证之。是又通身大结构。

一部《石头记》,计百二十回,洒洒洋洋,可谓繁矣,而无一句闲文。一部《石头评》,计三十万字,琐琐碎碎,可谓繁矣,而尚有千百剩义。是望善读者触类旁通,以会所未逮尔。

有谓此书止八十回,其馀四十回乃出另手,吾不能知。俱观其通体结构,如常山蛇首尾相应,安根伏线,有牵一发全身动之妙,且词句笔气,前后全无差别。则所增之四十回,从中后增入耶,抑参差夹杂增入耶?觉其难有甚于作书百倍者。虽重以父兄命、万金赏,使闲人增半回不能也。何以耳为目,随声附和者之多!

闲人幼读《石头记》,见写一刘老老,以为插科打诨,如戏中之丑脚,使全书不寂寞设也。继思作者既设科诨,则当时与燕笑。乃百二十回书中,仅记其六至荣府。末后三至,乃足完前三至,则但谓之三至也可。又若甚省而珍之者。而且第三至在丧乱中,更无所用科诨。因而疑。再详读《留馀庆》曲文,乃见其为救巧姐重收怜贫之报也。似得之矣。佀书方第六回，要紧人物未见者正多，且于宝玉初试云雨之次，恰该放口谈情，而乃重顿特提必在此人，又源源本本叙亲叙族历及数代，因而疑转甚。于是分看合看，一字一句，细细玩味，及三年乃得之，曰：是《易》道也。是全书无非《易》道也。太平闲人《石头记》批评实始于此。试指出之：刘老老一纯《坤》也，老阴生少阳，故终救巧姐。巧生于七月七日，七，少阳之数也。然阴不遽阴，从一阴始。一阴起于下，在卦为《姤》☰，以宝玉纯阳之体而初试云雨，则进初爻一阴而为《姤》矣，故紧接曰"刘老老一进荣国府"。一阴既进，驯至于《剥》☶，则老老之象已成，特馀一阳在上而已。《剥》，九月之卦也，交十月即为《坤》☷。故其来为秋末冬初，乃大往小来至极之时，故入手寻头绪曰"小小一个人家""小小之家姓王""小小京官"，"小小"字凡三见，计六"小"字，悉有妙义。《乾》三连，即王字之三横，加一直破之，则断而成《坤》。其断自下而上，初爻断为《巽》☴，巽为长女，故为母居女家；二爻断为《艮》☶，艮为狗，故婿名狗儿；三爻断为《坤》☷，坤，臣道也，故做官，与王姓联宗。则因重之为六画之《坤》☷。自《姤》☰而《遯》☶,而《否》☰,而《观》☷,而《剥》☶,而《坤》☷,悉自小小而进,其势甚利,不可制止,故联宗为势利。而荣府正当盛时,其极尚远,故为远族。狗儿之祖,但曰姓王,但曰本地人氏,而无名。本地人氏,《坤》为地也,地道无成而代有终,故不名,而名其子为成,亦相继身故也。狗儿一《艮》,王成亦即《艮》。《艮》,东北之卦,万物之所成。终而所成始也,故曰成。东北为春冬之交,故生子名板儿。板,文木反,水令退,木令反矣。又生一女名青儿,青乃木之色,由北生东,是即老阴生少阳也。《艮》在五行为土,故以务农为业。老寡妇无子息,阴不生也。久经世代者,贞元运会,万古如斯。而圣人作《易》,扶阳抑阴,及至无可如何,而此生生不息之真种,必谨谨保留之,是则所谓刘老老也:刘,留也。奈何世人于身心性命之际,独不理会一刘老老,而且为王熙凤之所笑?悲夫!

　　书中借《易》象演义者,元、迎、探、惜为最显,而又最晦。元春为《泰》☷,正月之卦,故行大;迎春为《大壮》☳,二月之卦,故行二;探春为《夬》☱,三月之卦,故行三;惜春为《乾》☰,四月之卦,故行四。

然悉女体,阳皆为阴,则元春《泰》转为《否》䷋,迎春《大壮》转为《观》䷓,探春《夬》转为《剥》䷖,惜春《乾》转为《坤》䷁。乃书中大消息也。历评在各人本传。

说明:上孙桐生序、跋均录自光绪七年湖南卧云山馆刊本《绣像石头记红楼梦》卷首。此本内封上镌"光绪辛巳新镌",下分题"妙复轩评本 绣像石头记红楼梦 卧云山馆藏板",除程伟元《原叙》外,有孙桐生叙,尾署"同治癸酉季秋月下浣,饮真外史孙桐生叙于卧云山馆",有"孙氏"阴文、"桐生"阳文钤各一方。后忏梦居士跋,尾署"时光绪二年岁在丙子十一月二十日,巴西忏梦居士钞竣自志。男孙巘校字。"又有图像和像赞以及太平闲人《读法》。正文第一叶卷端题"红楼梦第一回",半叶十行,行二十五字。

太平闲人,一说即张师吉,字新之,号昨吾,晚号太平闲人,屡试不第。道光中,援例为知县,发江西。摄靖安,地僻频灾,建义仓,民尸祝之;调丰城,土堤时溃,倡修石坝,民受其庇。卒以工程费钜,被劾去官。晚岁游幕以终。著《草野存心》《妙复轩评石头记》,识者重之。

孙桐生,见残本本《脂砚斋批评红楼梦》条。

妙复轩评石头记自记

张新之

闲人自幼喜读《石头记》,与同学董子蔗芗相剧谈,每得所触发。是时谈者多,而与闲人谈者则寥寥,以所见之违众也,然亦未敢遽著笔。洎道光戊子岁,有黑龙江之行,客都护署,清净岑寂,铅椠外乃及之,而心定神闲,觉妙义纷来,如相告憩,评因起。及辛卯春,得廿回,纲举目张,归京矣,扰扰缁尘,亦遂止。次年夏,铭子东屏相与谈,有同见,乃是书之知己也,乞借观,三阅月,屡索未还,而失之云。原评二十回,从此不知所终,心目悬悬,无非石头变现也。阅八岁庚子,短童长剑,作南游,历览山川名胜,舟中马上,是书未尝一日离。明年秋,至闽之莆田,其萧散安闲与龙沙等,评复起,以十馀年之潴蓄,较前评,思若涌,而少懒,故著墨日无多。迨乙巳,复归京,仅将五十卷,亦既鸟倦知还矣,思卒业而杜门,究不能。及戊申,得八十五卷,适不获已,为台湾之行,客都署,亦既衰且病,已喜日不过出数言,馀一无事事,眠食静息,而是评遂以成。伏念闲人不文,本不敢出以问世,特以斯评能救本书之害,于作者不为无功,观者不为无益,人心世道有小补焉,则灾梨枣也无不宜。力有未逮,姑俟之,其将来成之北,成之南,或仍归于泯灭无所闻,则非闲人所敢知矣。爰记起讫于卷末。东屏铭子,名岳,以乙未榜下,令官江西,具巨眼,能文者,后亦音相梗,有答索评札,宜附存,以见鸠鸦尚有遗羽尔。道光三十年岁次庚戌一阳月,太平闲人自述。

附:铭东屏书

铭东屏

寸心如结,思挹清风;半面才逢,恍同旧雨。花拈一笑,名悟三生,不嫌曼倩滑稽,且赏张颠醉趣。曲终略举,同病相怜,一自瞻韩,逢人说项矣。《红楼梦》批点,向来不下数十家,骥未见尾,蛇虚画足,譬之笨伯圆梦,强作解事,搔痒不着。读大作,觉一扫浮云,庐山突出也,惜未归全璧,令人闷死。专望于公馀闲暇,少吃些酒,少睡些觉,将百二十回全行批出,内翰功名,春婆说梦,漫谓外书之不可传世也。第与阁下半生潦倒,冠剑随人,一裹青毡,穷愁欲呕,必欲奋迹青云,再思著作,荣世、名世,二者兼之,非前生大作好不能也。批本再留数十日,欲拟一小序,质之阁下,骥尾附蝇,定当许我云云。

妙复轩评石头记序

紫琅山人

□□阴阳消长之义,皆以男女言,示人以易知也。然身世吉凶之兆,邦家治乱之机,□□□出乎此?《系辞》云:"有不善未尝不知,知之未尝复行",此不远复之所以为复也。其终于不善者,不善而不知耳。古者著人之不善,无非望人之复善耳。莫不善于淫奔,而《风》诗采之;莫不善于弑逆,而《春秋》笔之。可以知作者苦心矣。作者洋洋洒洒千万言,一往天下后世之知者、愚者,口之、耳之、目之,而其隐寓于语言文字之中,以待默会于语言文字之外者,又逆料天下后世必有人焉,能得其指归之所在?笑我罪我,皆弗所计。而书不尽言,言不尽意,辟诸黄钟宝鼎,与土鼓瓦缶,颠倒于富而贫、贵而贱之家，玩弄于妇孺之手，或数世，或十百世，而终有识者出也。先生于此书，如梦游先天后天图中，缊化生，一以贯之，头头是道，著之于书，俾见者闻者，恍然神山之上，巨石洞开，睹列仙真面目。向之所见为瓦砾泥沙，颠倒而玩弄之者，一变而为宝藏光气，竦然以敬，怡然以解，心目皆快，渣滓去，嗜欲清，明善复初，见天地之心，其此时乎？盖反不经而为经，则经正而邪灭，而因以挽天下后世文人学士之心于狂澜之既倒，功不在昌黎下。呜呼！游说滑稽，太史公弗去也。先生之志，将毋同？紫琅山人谨识。

妙复轩评石头记序

五桂山人

予赋性迂拙，小说家无所好，于《红楼梦》之淫靡烦芜，尤鄙之，广众中有谈者，其艳羡津津，直人□之洗耳退。岁辛丑，客莆田，张新之至自京，落拓湖海，一穷人也。既察之，觉放旷不羁中，却恬退安定。其自号太平，有以夫！遂乐与谈，风晨月夕无不俱，十三经二十一史，滔滔然，渊渊然，互相考，所见大致不径庭,而其谐可喜,其戆可畏也。偶及《红楼梦》,突称之曰:"好。"予曰:"吁!以子之识,而乃好《红楼梦》乎?其书大可烧也。"曰:"以子之识,而乃烧《红楼梦》乎?恐子之穷于措大也。子所不能烧,而我能烧之,烧烧之火,且将人人赠一炬。"笑而启以篋,出评本,薄薄帙,捉余读,格格拒;强读及数行,振振骇;读既终,而欣欣油油有所会,曰:"三百篇固各自蔽一言,《红楼梦》固不淫靡烦芜,而整齐严肃也。"遂因新之之所好而好之,转有甚惜其耽逸喜游,嗜洒多睡,评甫廿馀卷,其将何日成?迨甲辰,得五十卷,新之亦遂归京矣。南北六千里,后会何敢期,而往来问讯中,未尝不以《红楼》评为勉勖。阅四年,新之竟后来,意外之逢可喜,而尤喜《红楼梦》评之窥全璧也。遽询之,而仍止八十卷。同游台湾,居郡署,稍暇,即促之,阅一载,百二十回竟脱稿。噫嘻!以数十年未成之书,而一旦成之,洗作者蒙不洁,而新读者之耳目,换读者之心思,于以破撮戏法者之包藏诀,举平日所为慕者、所为口者、所为喜者、所为怒者,不拍案叫绝而各为愉快者乎?虽然,以新之茸阘阑珊,非山人之督课,是书未必成，则读者之受赠无穷，即谓受之山人也无不可。而新之不来，则何自而督课之，此其中有默相者焉，其殆不欲以《红楼梦》毒天下乎？于山人乎何与！抑又于新之乎何与！道光三十年庚戌一阳月，五桂山人跋。

妙复轩评石头记序

鸳湖月痴子

宋儒注《易》，专主理说，而惜多笼统语，不若汉儒，以大象为宗，后人有讥其穿凿者，不知六十四卦，三百八十四爻，俱从无中生有，求其所以然之故，终不可得。若但说理，何以龙潜狐济，妄传怪诞之词；格帝享王，侈作夸张之语。观大象所指，及虞氏九家逸象，参以康成爻辰，京房纳甲，若者为某事，若者为某物，然后知圣人作《易》，并非无故敷陈。说者谓《易》为卜筮之书，汉儒去古未远，必得真解，岂有意祖汉抑宋哉？

《红楼梦》一书，无稽小说，作者洋洋洒洒，特衍出百二十回绝妙文字，而此百二十回中，有自相矛盾处，有不着边际处，有故作罅漏处，初视之，若漫不经意者。然太平闲人乃正于此中得间，为一二拈出，经以《大学》，纬以《周易》，较之金氏圣叹评《三国》《水浒》《西厢记》，似圣叹尚为其易，而闲人独为其难。何也？圣叹之评，但评其文字之绝妙而已；闲人之评，并能括出命意所在。不啻亲造作者之室，日接作者之席，为作者宛转指授，而乃于评语中为之微言之，显揭之，罕譬曲喻之。似作者无心于《大学》，而毅然以一部《大学》为作者之指归；作者无心于《周易》，而隐然以一部《周易》为作者之印证。使天下后世直视《红楼梦》为有功名教之书，有裨学问之书，有关世道人心之书，而不敢以无稽小说薄之。即起作者于九京而问之，不引为千古第一知己，吾不信也。是书作于雍、乾间，去闲人之生，不过数十寒暑，与汉儒之去文王、周公、孔子，吾不知其年代之远近若何，而言之凿凿，如镜镜形，如烛烛物。犹有以穿凿为言，吾虽不能为闲人辨，而终不敢谓闲人非为作《红楼梦》之功臣，而反为读《红楼梦》之罪人也。故以汉儒注《易》为比。彼但艳称圣叹之评《三国》《水浒》《西厢》，而不知闲人之一片苦心，竟等诸败坏《易》学之王辅嗣可也。咸丰元年小春望前一日，鸳湖月痴子跋于台阳水流观音寓斋。

说明：上自记、序等，均出《妙复轩评石头记》抄本卷首。

铭东屏、紫琅山人、五桂山人、鸳湖月痴子，真实身份、生平事迹待考。

金玉缘序

华阳仙裔

天名离恨，仅看一现之昙华；地接长安，拟种连枝之芍药。绛珠幻影，黛玉前身；源竭爱河，慧生顽石。红楼梦醒，犹疑人月团圆；碧简灰飞，谁信沧桑颠倒。尽许情根蟠结，原为乌有之谈；直教慧剑精莹，难割鸳俦之累。此间以眼泪洗面，旁观方手倦支颐。似空似色，疑假疑真，如曹雪芹《石头记》原编，继以沈青士《红楼梦》诸赋。端相正面者，堕风月宝鉴之情魔；别具会心者，即玉茗传奇之性理。乃复梦中说梦，痴不胜痴，图绘传神，评赞索隐，断以《春秋》之笔，凝为水墨之魂。太虚幻境，偏多柱史之才；新志《齐谐》，亦有卧游之乐。彼姑妄言，我参别解。一人一赞,一卷一图,或合或分,生渐生悟。茶初酒半,灯烬香温,其求诸《南华》之解脱乎,抑寄诸北苑之丰神乎?则此卷之旖旎萧疏,殆有胜于博弈之百损而无一益也已。光绪十四年小阳月望日,华阳仙裔识。

明斋主人总评

明斋主人

《石头记》一书,脍炙人口,而阅者各有所得。或爱其繁华富丽,或爱其缠绵悱恻,或爱其描写口吻一一逼肖,或爱随时随地各有景象;或谓其一肚牢骚,或谓其盛衰循环,提矇觉瞆,或谓因色悟空,回头见道;或谓章法句法,本诸盲左腐迁:亦见浅见深,随人所近耳。

书中无一正笔,无一呆笔,无一复笔,无一闲笔,皆在旁面、反面、前面、后面渲染出来。中有点缀,有翦裁,有安放。或后回之事先为提挈,或前回之事闲中补点。笔臻灵妙,使人莫测。总须领其笔外之神情,言时之景状。

作者无所不知,上自诗词文赋、琴理画趣,下至医卜星相、弹棋唱曲、叶戏陆博诸杂技,言来悉中肯綮。想八斗之才,又被曹家独得。

全部一百二十回书,吾以三字概之:曰真,曰新,曰文。

名姓各有所取义:贾与甄,夫人知之矣。若贾母之姓史,则作者以野史自命也。他如秦之为情,邢之为淫,尤之为尤物,薛之为雪,王之为忘,林之为灵,政之为正,琏之为恋,环之为顽,瑞之为瘁,湘莲之为相怜;赦则言其获罪也,钗则言其差也,黛则言其代也,纨则言其完节也,晴雯言其情文相生也,袭则言其充美也,鸳鸯言其不得双飞也,司棋言其厮奇也;莺为出谷,言其得随宝钗也;香菱不在园中,言与香为邻也;岫烟同于就烟,言其无也;凤姐欲壑难盈,故以丰为之辅,平为之概;颦卿善哭,故婢为啼血之鹃,雪中之雁。其馀亦必有所取,特粗心人未曾觉悟耳。

书本脱胎于《金瓶梅》,而亵嫚之词,淘汰至尽。中间写情写景,无些黠牙后慧。非特青出于蓝,直是蝉蜕于秽。

凡值宝、黛相逢之际,其万种柔肠,千端苦绪,

——剖心呕血以出之。细等缕尘，明如通犀。若云空中楼阁，吾不信也；即云为人记事，吾亦不信也。

公子之名，上一字与薛家同，下一字与林家同，自己日趣于下，父母必欲其向上，泊乎飘然远去，则又不上不下。

所引俗语，一经运用，罔不入妙。胸中自有炉锤。

宝玉于黛玉，木石缘也；其于宝钗，金玉缘也。木石之与金玉，岂可同日语哉！

人怜黛玉一朝奄忽，万古尘埃，谷则异室，死不同穴，此恨绵绵无绝。予谓宝钗更可怜：才成连理，便守空房，良人一去，绝无眷顾，反不若赍恨以终，令人凭吊于无穷也。要之均属红颜薄命耳。

或指此书为导淫之书，吾以为戒淫之书。盖食色天性，谁则无情？见夫钗、黛诸人，西眉南脸，连袂花前月底，始是莺俦燕侣，彼村妇巷女之憨情妖态，直可粪土视之，庶几忏悔了窃玉偷香胆。

凡稗官小说，于人之名字、居处、年岁、履历，无不凿凿记出，其究归于子虚乌有。是书半属含糊，以彼实之皆虚，知此虚者之必实。

自古言情者，无过《西厢》。然《西厢》只两人事，组织欢愁，摘词易工。若《石头记》则人甚多，事甚杂，乃以家常之说话，抒各种之性情，俾雅俗共赏，较《西厢》为更胜。

白门为六朝佳丽地，系雪芹先生旧游处，而全无一二点染，知非金陵之事。且凤姐临终时，声声要到金陵去，宝玉谓他去做甚；又于二十五回云跳神，五十七回云鼓楼西，八十三回云衖衖，八十七回云南边北边。明辨以晰，益知非金陵之事。

总核书中人数，除无姓名及古人不算外，共男子二百三十二人，女子一百八十九人，亦云夥矣。

园中诸女，皆有如花之貌，即以花论：黛玉如兰，宝钗如牡丹，李纨如古梅，熙凤如海棠，湘云如水仙，迎春如梨，探春如杏，惜春如菊，岫烟如荷，宝琴如芍药，李纹、李绮如素馨，可卿如含笑，巧姐如荼蘼，妙玉如蒼蔔，平儿如桂，香菱如玉兰，鸳鸯如凌霄，紫鹃如蜡梅，莺儿如山茶，晴雯如芙蓉，袭人如桃花，尤二姐如杨花，三姐如刺桐梅。而如蝴蝶之栩栩然游于其中者，则怡红公子也。

昔贤诏人读有用书，然有用无用，不在乎书，在读之者。此书传儿女闺房琐事，最为无用，而中寓作文之法，状难显之情，正有无穷妙义。不探索其精微，而概曰无用，是人之无用，非书之无用。

头脑冬烘辈斥为小说不足观，可勿与论矣。若见而信以为有者，其人必拘；见而决其为无者，其人必无情；大约在可信可疑、若有若无间，斯为善读者。

人至于死，无不一矣。如可卿之死也，使人思；金钏之死也，使人惜；晴雯之死也，使人惨；尤三姐之死也，使人愤；二姐之死也，使人恨；司棋之死也，使人骇；黛玉之死也，使人伤；金桂之死也，使人爽；迎春之死也，使人恼；贾母之死也，使人羡；鸳鸯之死也，使人敬；赵姨娘之死也，使人快；凤姐之死也，使人叹；妙玉之死也，使人疑：竟无一人同者。非死者之不同，乃生者之笔不同也。

昔仲春之夕，与友会饮晦香居，酒既啉，各述生平奇梦。一客曰："吾曾梦历天庭，手搭星斗，云霞拂衫袖，下视城郭，蠕蠕欲动。"一曰："吾梦为僧，结庐深山顶，觉尔时万缘俱寂。"一曰："吾梦得窖银数百万，遂治园亭，蓄姬媵，食必珍，出必车马，座上客满,誉声盈耳,若固有之矣。"一曰:"吾梦与灵(均)俱谈,维时兰蕙百晦,香沁心腑,徐叩《天问》《招魂》诸篇意义,笑而不答。"一曰:"吾梦涉海,汪洋万顷,四顾无人,不知身之所如。"一曰:"吾梦锦标簪花以归。"一曰:"吾梦诸儿成立,侍养无缺。"一曰:"吾梦杀贼,振臂大呼,群丑悉窜。盗魁倔强,引刀斩之,髑髅滚地,血溅衣履。"一曰:"吾梦至地狱,见断手缺足者,现诸苦恼状。"一曰:"吾梦为匄,饥肠作鸣,沿门叫呼,讫无一应。"余时不语。客诘之,余曰:"备闻诸梦,幻也,壮也,清也,妖也,噩也。诸公之梦,皆吾之梦。吾多梦,吾亦无梦。且与诸公同读《石头记》一梦。"

余自叹年来死灰槁木,已超一切非非想,只镜奁间尚恨恨不能去。适来无事,雨窗展此,唯恐擅失,窃谓当煮苦茗读之,爇名香读之,于好花前读之,空山中读之,清风明月下读之,继《南华》《离骚》读之,伴《涅盘(槃)》《维摩》读之。天下不少慧眼人,其以予言为然乎?否乎?

袁子才诗话谓纪随园事,言难征信,无厘毫似处。不过珍爱倍至,而硬拉之,弗顾旁人齿冷矣。

二知道人说梦曰：宝玉如主司，金钗十二为应试诸生。迎春、探春、惜春似回避不入闱者；湘云、李纹、李绮似不屑作第二想，竟不入闱者；岫烟、宝琴业已许人，似隔省游学生，例不入闱者；紫鹃、莺儿似已列副车，临榜抽出者；宝钗似顶冒而侥幸中式者；袭人似以关节中副车者；其馀诸婢，似录遗无名，欲观光而不能者。吾谓黛玉似因夺元而被摈者，可卿似进场后毙于号舍者，妙玉、鸳鸯似弗工时艺不及入闱者，金钏、晴雯似犯规致黜者，平儿、香菱似佐杂职不许入闱者，五儿似缴白卷者，小红似不得终场者，芳官、四儿似未入泮不敢入场者。他若李纨、尤氏、凤姐诸人，皆纷纷送考者耳。

又云：贾赦色中之厉鬼，贾珍色中之灵鬼，贾琏色中之饿鬼，宝玉色中之精细鬼，贾环色中之偷生鬼，贾蓉色中之刁钻鬼，贾瑞色中之馋痨鬼，薛蟠色中之冒失鬼。吾谓秦锺色中之倒运鬼，湘莲色中之强鬼，贾蔷色中之倒塌鬼，焙茗色中之小鬼。

贾媪生二子一女，赦之出也爱其媳，政之出也爱其子，敏之出也爱其女：其为爱也公而溥。

小说家结构，大抵由悲而欢，由离而合、是书则由欢而悲，由合而离，遂觉壁垒一新。

大某山民总评

大某山民

贾母第一会寻乐人，亦第一不解事人。

元妃之归，枕霞独不与，而自识南安太妃，故姜季南有诗云："憨云不预宫车会，独识南安老太妃。"

薛姨妈寄人篱下，阴行其诈，笑脸沈机，书中第一。尤奸处，在搬入潇湘馆。

李婶娘来时坐雇车，一府皆笑，岂知自亦尔尔。

甄夫人之来，为取寄帑耳，岂知又遭抄去乎？

刘老老携巧姐去，是谓潜飞。

指袭人为妖狐，李嬷嬷自是识人。

宫裁得礼之正，故父名守中。

凤姐坏处，笔难罄述，但使事老祖宗作一猥婢，自是可儿。

宝钗奸险性生，不让乃母。

凤之辣，人所易见；钗之谲，人所不觉。一露一藏也。

二姐堕胎，为凤姐生平第一罪。

人谓凤姐险,我谓平儿尤奸,盖凤姐亦被其笼络也。

湘云未见园中另住,记贾母之不袒母族,以反衬王夫人也。

怀古诗谜,人有猜之者矣,予未敢深信。

迎春花开于春先,春初已落,是为不耐东风。

贾氏孙男,俱从玉旁,探春玫瑰之名,恰有深意,不独色香刺也。

惜春独善丹青,早为卧佛张本。

姜季南诗谓鸳鸯之死,半殉主,半殉节。殉节之意于袭人、赦老口中见之,又于吃口脂时知之,非唐突也。

婢名琥珀,以喻长在松根。贾母,松也。

送殡之去,但藏珍珠、琥珀于上房,是失检处,亦诲盗处。

鹦哥者,紫鹃旧名;珍珠者,袭人旧名。贾母补此二人,欲使宝、黛如在膝下也。

尤氏以妇人一味不妒,视男子为可有可无,毫无关切,其情尚可问哉!

秦,情也。情可轻而不可倾,此为全书纲领。

贾珍一生昏愦,于宝珠之事益信。

秋桐定属邢夫人以鸳鸯之故,授意使其来扰,岂知反为凤姐所使。

王夫人代袭人行妒,于晴雯一事尤谬误。

花袭人者,为花贱人也。命名之意,在在有因。偶标一二,馀俟解人自解。

一人有一人身分,秋纹诸事,每觉器小。

镜即月也。镜中相射,是为麝月。

凤姐之嫉黛玉固由畏忌,亦由小红在侧,为斋中语,故定多暗中播弄也。

未曾真个消魂者,茜雪一人而已。

妙玉于芳洁中,别饶春色,雪里红梅,正是此意。

香菱家室遭焚,遇人不淑,英莲者,终身火中莲也。

雪雁之不返江南,作者有馀痛焉。

凤生之日,即钏生之日也。水仙一祭,井中人无恨矣。拟曰洛神,却切。

彩云为恶姻缘。

一着错,满盘输,故以司棋名之。

侍书骂王家的,胜乃主之打。

紫鹃从四姑娘出家,所谓主未成双,婢却作对,一僧一尼之谓也。

莺儿络玉一笔,直贯一百零九回"妙合而凝"一语,刺钗也。

柳女曰五儿,五者,窝也。北音五读如窝。

彩霞于宝玉写经时,灯后神情独妙。

瓶梅斜抱,定是小螺。

木头无声,全凭橘树有刺。

翠墨私嘱小蝉,致滋纷扰,故解语花有妙有不妙也。若彩屏不同清静,去紫鹃远矣。

文杏为钗婢,蘅芜秋院,而亦惹春风。着一杏字,所以刺宝钗远矣。

戴若恩、石崇辈,不及一岫烟之篆儿。

善姐必为王凤姐所使。

小鹊本来报喜,反致受惊,故吉凶不在鸟音中。

傻大姐一笑死晴雯,一哭死黛玉,其关系不小。

林家死绝一语,虽属率尔,何堪入林之孝妻之耳乎!

一样为奴,独依两姓,奴何不幸而为赠嫁之奴,如周瑞家的是已。

鲍二嫂曰阎王,尤三姐曰夜叉,都为二奶奶定评。

秦显家的以五日京兆,即时撤委。

打王善保家的,仅仅一掌,我犹恨其少。

若彩霞者,奈旺儿媳妇何?若玉桂媳妇,亦被玫瑰花刺者。

于鸳鸯辱金文翔媳妇,浮一大白,更罚东风一大白。东风,赦老也。

吴贵妇宜配包勇。

多姑娘之于琏儿,丑态可掬。

文官为梨香班首。芳官侍宝玉,抹墨二字,玉哥定从戏字上生出,然其情可想。藕官侍黛玉,与宝玉恨不作女儿同心,故曰一流人。蕊官以女儿学旦,轻车熟路。钗之来住黎香院,后作戏院,刺之者深矣。葵官侍湘云,色配净。荳官侍宝琴,色配丑。艾官侍探春,色配外。茄官侍尤氏,色配老旦。龄官与宝官、玉官,俱属先去。

警幻仙姑第一淫人,玉犹后焉。

兼美为钗、黛关锁。

宝玉《姽婳行》独压平日之作,盖社中不欲诸女一人下第,深情体贴,故藏才焉。

　　真真国女,真耶,假耶？不过闲中点缀耳。

　　傅秋芳真所谓处士虚声者。

　　张金哥死而有知,必为厉鬼相报。

　　刘老老于茗玉为抽柴之说,真所谓满口柴胡。

　　王作梅作张小姐之媒,故曰作梅。

　　娇杏以婢作夫人,何等徼幸！

　　红衣女,亦无中生有。

　　可人,一昙花耳。

　　北静王为玉哥生平第一知己。

　　政老谓宝玉哄了贾母十九年,吾谓被哄者甚众。(据《痴人说梦》,十九年作二十年。)

　　以霸王、虞姬拟小柳、小尤,亦新而切。

　　姜季南咏秦锺句云:"优尼戏罢伴僧眠。"僧谓宝玉,盖讨智能之便宜,以供宝玉之算帐也。

　　蝌与菱独有深情,自在意言之表。若金桂者,我亦不敢奉命。

　　败子回头真宝贝,故曰甄宝玉。

　　贾兰者,贾阑也。贾兰中而贾氏阑珊矣。

贾蔷真是假墙,庙中固多此物,然一入庙中,便如将军何也。

大观园影事十二咏

宝钗扑蝶

纷飞蛺蝶绕楼台,暖逐东风扑几回。扇影乱摇忙玉腕,粉痕斜溜湿香腮。偶因游戏闲消遣,岂为迷藏暗捉来。恰怪亭中私语久,防人忽把绮窗开。

黛玉葬花

远离丘墓附姻亲,蓬梗飘零惜此身。况复经过寒食节,更教愁杀断肠人。有缘玉骨归香土,无主芳心泣暮春。底事红颜同薄命,问花花亦悄含颦。

湘云眠石

宴罢群芳酒满卮,云根小憩力难支。碧萦苔篆侵双鬓,红沁花香入四肢。醉态朦胧身欲化,春情约略梦先知。偶闻啼鸟微惊觉,扶起还应倩侍儿。

宝琴立雪

新诗咏罢散空庭,微步冲寒酒半醒。雪里裘披痕粲粲,风前玉立影亭亭。泥人一笑舒眉黛,伴汝双丫抱胆瓶。更有梅花颜色好,都应写照入丹青。

晴雯补裘

熏笼斜倚鬓鬇松,手把裘裳仔细缝。未抱衾裯心已碎,强拈针线力还慵。剧怜衣上馀金缕,何意人间断玉容。他日启箱重认取,不胜惆怅对芙蓉。

小红遗帕

年来心事渐知愁,手帕遗忘何处求?感悦无声谁拾取,沾巾有泪自双流。秋波斜溜曾留约,春梦微酣尚带羞。差幸小鬟能解意,隔窗私语诉绸缪。

藕官焚纸

逢场作戏历年年,优孟衣冠亦偶然。岂料痴心成幻想,错疑结发缔良缘。魂消夜月埋香玉,肠断春风泣纸钱。扑朔迷离浑莫辨,鸾胶今尚续新弦。

玉钏尝羹

忆调阿姊恼萱堂,强送杯羹暗自伤。欲藉柔情消彼恨,故将巧说赚先尝。怀疑试辨膏腴味,侥幸微沾口泽香。为问噙丹人在否,一经回首转凄凉。

龄官画蔷

忽闻花外发哀音,知是何人带泪吟?身隔云霞难识面,眼随波磔亦关心。画成依样文无异,事若书空怪转深。急雨飞来浑不觉,相呼始讶各沾襟。

香菱鬬草

艳阳天气草缤纷,团坐庭前喜结群。姐妹喧呼皆雅谑,夫妻名色本新闻。狂风乱扑揎红袖,积雨微沾浣茜裙。恰笑东君情太热,惜花别具意殷勤。

平儿藏发

行李归家着意看,伊谁剪发赠新欢。浪交原是痴郎错,表记须将大妇瞒。诡说同心机善变,仅存把鼻罚从宽。如何乘间反来夺,深恐留藏作祸端。

莺儿结络

倚床斜坐态盈盈,费尽工夫组织精。玉瑾双肩看秀削,丝抽十指任纵横。花团已觉翻新样,絮女犹怜话小名。更把柳条轻折取,编篮馀技亦聪明。

说明:上序等均出己丑(光绪十五年)仲夏沪上石印本《增评补像全图金玉缘》。此本有序、太平闲人石头记读法、护花主人批序、护花主人摘误、护花主人总评、明斋主人总评、大某山民总评、读花人论赞、或问、大观园影事十二咏、题词并序、音释。其中太平闲人石头记读法、护花主人批序、护花主人摘误、护花主人总评、读花人论赞、或问、题词并序均已录于《新评绣像红楼梦全传》本条下,不另赘。

华阳仙裔,待考。

大某山民,即姚燮(1805—1865),字梅伯,号复庄,又号大某山民、复翁、复道人、野桥、东海生等,浙江镇海(今属宁波)人,祖籍诸暨。晚清文学家、画家。道光间举人。有《复庄诗问》《复庄骈俪文榷》《疏影楼词》《今乐考证》《红楼梦纲领》《退红衫》《梅沁雪》《苦海航》等,编有《今乐府选》《皇朝骈文类苑》等,所著编为《大梅山馆集》传世。

明斋主人,即诸联(1765—?),字星如,号晦香,又号明斋主人,嘉庆、道光年间青浦(今上海)人,著有《明斋小识》《红楼梦评》《晦香诗钞》等。

新译红楼梦序

哈斯宝

凡生在世上的生灵都有一知。知,是天赋的,所以无伪。人说大知凌云瞰世,小知卧井观天。凌云瞰世与卧井观天,都是一个知,虽有大小之分,却都是无伪的。所以,总不妨凭一己之知来议论述说一番。

综观人世间事,我要放声痛哭的有一桩,情不自禁而落泪的有一桩,为之喟然长叹的有两桩,羡慕向往的又有两桩。

古书上说,天生人。如果天使人降生,也就罢了,理应使人长生。可是不仅不使人长生,还要让他像过客一样逝去。既然有如过客之逝,就让他瞬间逝去好了,偏又不,还要让他暂短地活下去。让他暂短地活下去,又不让他安宁,使他尝尽各种苦难。好不容易熬出个苦尽甘来,过客之逝的期限便到来了。为此我想放声痛哭。

如今我观察,人人都知道这个。既然人人都知道,也就罢了,理应养冶身心。可是不去养冶身心,反像蜜蜂一般奔忙。既然奔忙如蜂,就理应自己享用吧?偏偏又不,还要遗留后代。遗留给后代,又嫌留得太少,非要多多益善而后已。大积大攒,好不容易心满意足,眼看家财安如泰山了,不料后代却在一刹那间耗个精光,有如雪融一般。为此我情不自禁潸然泪下。

有的人也不尽如此,说要以养身来消遣一生,辛辛苦苦,购置良田,挣挣扎扎,广蓄奴仆,恣意受用美食华服,精选粉脂香艳。这也算一种消遣一生之道。在众人面前炫耀德行,显赫一时,侍从载道,入仕为国家操劳,喜则慨颁赏赉,怒则刑罚加人。这也是一种消遣一生之道。这里,我为这两种人长叹息。

还有一等人超脱尘世,专以养心修性为务,用清泉之水漱口洗手,在深山密林悟道参禅,整日一餐麦饭,终夜一枕袈裟。这也是一种修心之道。案上摆列墨砚,两边堆起笔纸,有兴则信手赋诗,厌倦则翻阅典籍,口诵心怡。这也是一种修心之道。为这缘故,我惊羡向往这两种人。

心神向往,唯不能以清泉之水漱口度日,我便一直效法笔墨列案的人。读了这部《红楼梦》,更是欢喜爱慕,加批为评,译了下来。这种修心之道也是消遣一生之道。修心之道、消遣一生之道俱备,也终究逃不脱过客一样地逝去,因此真想放声大哭一通。但又听得佛说有云,有如过客之逝乃世道之常,遍尝苦难是人间因果。若这样,我既已生在世间为人,又如何逃得过世道之常,人间因果!痛哭也无济于事,真是无可奈何。无可奈何之下,思量我现今该如何是好。除了读古人书,修自己心性,趁这时光作一番译著之业,聊以消遣此生,实在别无他途。看来这还可以与当今同道共欢同乐,并且遗留给后来羡慕向往的人。咳!后人看待当今,犹如今人看待古时。咳!今天的风和日丽,窗明月皎,也是一代难逢的机缘。不一会儿,就是明天,今天便成为过去的一天。门外啼叫的喜鹊,落在纸上的乌蝇,是我写这篇序文时的伴侣。今天一逝去,它俩便成了逝去的机缘。光阴消逝是如此之速,岂可对消遣一生不作选择?

这部书的作者,文思之深有如大海之水,文章的微妙有如牛毛之细,络脉贯通,针线交织。虽然我只从井底窥测星宿,演述自己一知半解,算不得冰释雪消,但在终不一免过客之逝的此生中,想来这是消遣自己的上策。为此,悲怆述怀,写下这篇序文。

小可斗胆,信口雌黄。哪位君子指出谬误,他便是我师之师。

　　　　道光二十七年孟秋朔日撰起。

新译红楼梦读法

哈斯宝

《红楼梦》一书的撰著,是因忠臣义士身受仁主恩泽,唯遇奸逆挡道,谗佞夺位,上不能事主尽忠,下不能济民行义,无奈之馀写下这部书来泄恨书愤的。何以这样说?书中写出补天不成的顽石,痴情不得遂愿的黛玉,便是比喻作者自己的:我虽未能仕君,终不应像庶民一样声消迹匿,总会有知音的仁人君子,——于是有自悲自愧的顽石由仙人引至人间出世。你们虽然蒙蔽人主,使我坎坷不遇,但皇恩于我深厚,我至死矢不易志,——于是有黛玉怀着不移如一的深情死去。这一部书的真正关键就在于此。第一回里说书中写的是"亲见亲闻的这几个女子",不过是指松说柏的手法,并非其实。仁人君子应当品味他"我堂堂须眉","背父兄教育之恩,负师友规训之德"这些话,切勿为他移花接木的手段瞒过了。这些不必我来絮叨,明哲之士留心读下去,自会明白。

读此书,若探求文章的神灵微妙,便愈读愈得味,愈是入神;若追求热闹骚噪,便愈读愈乏味,愈是生厌。寻求热闹故事的人自不愿看我译的书，我也压根儿不愿那种人读我译的书。圣叹先生批《西厢记》，说"发愿只与后世锦绣才子共读，曾不许贩夫皂隶也来读。"我则不然。我批的这部书，即使牧人农夫读也不妨。他如果读而不解，自会厌倦。这部书里，凡是寓意深邃、原有来由的话，我都傍加了圈；中等的佳处，傍加了点；歹人秘语，则划线标识。看官由此入门，便会步入深处。此书中，从一诗一词到谜语戏言都有深意微旨，读时不查，含糊滑过，就可惜了。

读了小可为每回所写的批评，如有不符事理之处，就请提笔郢正。

抄录窥自太虚幻境的十二钗正册，拟绘肖象，谨供看官鉴阅。

《新译红楼梦》总录

哈斯宝

论来世界上最真莫过于纲常，最假不外乎财色。纲常中，君臣、朋友、夫妇是相结相合的，而父子、兄弟则有如同源之水、同根之木，流分枝离，并不是自来非真。但又出来假父假子假兄假弟这一等人,从根上就是假的,何能不假。富贵则假可成真,贫贱则真亦成假。富贵是热,热则莫不成真,其真即是假。贫贱是冷,冷则莫不成假,其假中亦有真。不唯热冷二字可将真假颠倒到如此地步,且那热冷本身亦是无定的。今日冷而明日热,则今日之真便成假,明日之假便成真。今日热而明日冷,则今日之真全是明日之假。咳,自来是欲业使人迷于财色,由财色生冷热,冷热搅乱真假。彼辈作伪,为行其奸诡,使我辈之真皆致贻害。所以一展卷便论真假,结尾又讲冷热。

　　既有假父假子,自有假母假女,既有假兄假弟,便有假妯娌,既有假夫妇,便有假滕妾,既有假亲戚,自有假孝子。看到他们的假,便能测知他们的冷热。我守真,我自尽孝。但是彼辈上蔽我主,下误我黎民,且害我宗族,使我欲作忠臣而成为不忠,欲作义士而成为无义,于是有此书成。写成此书,岂不就能以墨水洗恨,以笔剑报仇么?呵,可亲可悲!

　　我就是这样解说,这样批评的。

有人说作者原意实为如此。还有人说实非如此。若实为如此,我便是作者世后的知音。若实非如此,则摘译者是我,加批者是我,此书便是我的另一部《红楼梦》。未经我加批的全文本则是作者自己的《红楼梦》。

王右军《兰亭序》中说:"后之视今,亦犹今之视昔。"后世明哲读此书,若以我的评论为是,则他便是我的知音。若另有所释另有批评,那又是他的别一部《红楼梦》,而非我今日之《红楼梦》了。但他若另作批评,必是看出我批评的谬误,所以我说他便是我师。

去一边!把这书题为梦,岂非太无道理?我批此书原是批不尽的。莫说此书是梦,连这世间一切原来全是一场梦。但梦有长有短,有大有小。我要全译此书,怎奈学浅才疏,不能如愿,便摘出两玉之事,节译为四十回。故此书亦可名之为《小红楼梦》了。

大吉祥!

说明:上序出自哈斯宝蒙文译本《红楼梦》,蒙文本藏内蒙古图书馆、内蒙古大学图书馆、内蒙古语文历史研究所。此本以宝黛爱情故事为中心,将一百二十回原著节译成四十回。有道光二十七年(1847)孟秋哈斯宝的自序、读法、总录。回有回批。上序等录自1979年内蒙古人民出版社《新译红楼梦回批》,译者为亦邻真。

哈斯宝,号施乐斋主人、耽墨子,清嘉庆、道光年蒙古族人。

(桐花凤阁评红楼梦)吊梦文

桐花凤阁主人

呜呼!既不能学太上之忘情,又乌敢说至人之无梦?梦醒百年,古今一恸。予年十七,始读《红楼梦》传奇。悦其舌本之香,醉其艳情之长。春秋二十有五,脱若梦境之飞扬。残灯耿耿,明星煌煌。呜呼噫嘻!而今梦矣。乃召梦而告之曰:噫嘻乎梦哉!我梦为顽石,不许娲皇炼五色。我梦为仙草,不许嫦娥修七宝。我梦为绛珠,不要灵芸贮唾壶。我梦为香息,不替玉环装钿盒:盒以订梦之婚,壶以招梦之魂,草以碧梦之血,石以瘦梦之骨。裁梦焚之鲛帕,以织梦之锦囊;拾梦补之雀裘,以铺梦之绣缛。梦冢之花,以簪梦之鬓鸦;梦窗之竹,以响梦之佩玉。噫嘻乎梦哉! 赏心乐事,潇湘馆也;如花美眷,怡红院也。终日情思,拭胭脂也;他年葬侬,诔芙蓉也。美人是谁,好妹妹也。宝玉你好,爱哥哥也。放熙凤于昭阳,还宝钗于洛浦。唤紫鹃于茜纱,劫晴雯于黄土。麝月梳头,花娘捶股。打线黄莺儿,唱诗绿英武。奈何哉,地荒天老,红楼北邙。两情恻恻,一梦堂堂。噫嘻乎梦哉! 玉兔金乌,往来一梦也;结绮临春,繁华一梦也;绣虎雕龙,才人一梦也;铁马雕戈,英雄一梦也。则不知我之梦之耶,梦之梦我耶。梦我为黛螺,点修蛾些;梦我为海棠,晕唇涡些;梦我为胡桃,揾秋波些;梦我为香薷,酥病魔些;梦我为落花,承娇歌些;梦我为瑶琴,诉檀口些;梦我为金穗,剪掺手些;梦我为螃蟹,咽美酒些;梦我为相思,给一斗些。噫嘻乎梦哉! 梦来何所,情天一个;梦返何乡,哭地千场。梦化为影,缥缈金井;梦化为形,迷藏画屏;梦化为魄,鸾镜漆黑;梦化为声,凤箫月明;梦化为泪,丛篁失翠;梦化为魂,桃花昼昏;梦化为佛,苍苔绣偈;梦化为仙,白云乘船。噫嘻乎梦哉! 采罗浮之绿梅,熟邯郸之黄梁,飞漆园之蝴蝶,跨秦台之凤皇;泪横江之孤鹤,荐蹴蔬之修羊。写以牡丹亭畔之笔,镌以青埂峰头之石;供以红楼梦里之图,藏以紫琼馆中之箧。辞曰:"红楼兮玉京,潇湘馆兮芙蓉城!弹紫璃兮为我吟,梦之来兮鉴我情!桐华(花)凤阁主人题。

(桐花凤阁评红楼梦跋)

桐花凤阁主人

余评此书,亲友借阅,几无虚日。辗转传观,失去一套。遍索不得。因忆昔年朱君秋尹曾过录一本,并将俗本与聚珍版不同处校正之。秋尹已作古人。其弟孚山,出以相示。因属友照录第八十一至一百,凡二十回。仍手录所评于上,以补其阙。惟聚珍版本,今已无从购致。曾见朱鲁臣别驾有一部,是初印精本,胜于余之所藏。曾向别驾之哲嗣蘅轩借钞此二十回。蘅轩虽诺,以远客未归,尚迟见付。异日借得,当再校对一过,以存初写黄庭耳。桐花凤阁。

说明:上"吊梦文"及跋均出自《桐花凤阁评红楼梦》,此本除程乙刻本卷首原有诸篇外,又有桐花凤阁主人《吊梦文》及《红楼梦回目拟改》。书末有跋。此本第八十一回上有朱笔眉批"自此回以后，系另一人续成之，多与前八十回矛盾处"。有北京图书馆出版社影印本《红楼梦（程乙本）——桐花凤阁批评本》。

桐花凤阁主人，即陈其泰（1800—1884），字静卿，号琴斋，别号桐花凤阁主人。浙江海盐人。道光十九年（1839）举人，曾任长兴教谕等。著有《行素斋诗文集》《琴斋随笔》《桐花凤阁诗文集》等。

阅红楼梦记

周春

乾隆庚戌秋，杨畹耕语余云："雁隅以重价购钞本两部：一为《石头记》，八十回；一为《红楼梦》，一百廿回，微有异同，爱不释手。监临省试，必携带入闱，闽中传为佳话。"时始闻《红楼梦》之名，而未得见也。壬子冬，知吴门坊间已开雕矣。兹苕估以新刻本来，方阅其全。相传此书为纳兰太傅而作。余细观之，乃知非纳兰太傅，而序金陵张侯家事也。忆少时见《爵秩便览》，江宁有一等侯张谦，上元县人。癸亥、甲子间,余读书家塾,听父老谈张侯事,虽不能尽记,约略与此书相符,然犹不敢臆断。再证以《曝书亭集》《池北偶谈》《江南通志》《随园诗话》《张侯行述》诸书,遂决其无疑义矣。

案:靖逆襄壮侯勇长子恪定侯云翼,幼子宁国府知府云翰,此"宁国""荣国"之名所由起也。襄壮祖籍辽左,父通,流寓汉中之洋县。既贵,迁于长安。恪定开阃云间,复移家金陵,遂占籍焉。其曰"代善"者,即恪定之子宗仁也。由孝廉官中翰,袭侯十年,结客好施,废家资百万而卒。其曰"史太君"者,即宗仁妻高氏也。建昌太宗琦女,能诗,有《红雪轩集》。宗仁在时,预埋三十万于后园,交其子谦,方得袭爵。其曰"林如海"者,即曹雪芹之父楝亭也。楝亭名寅,字子清,号荔轩,满洲人,官江宁织造,四任巡盐。曹则何以廋词曰"林"?盖曹本作曺,与林并为双木。作者于张字曰挂弓,显而易见;于林字曰双木,隐而难知也。嗟乎!贾假甄真,镜花水月,本不必求其人以实之。但此书以双"玉"为关键,若不溯二姓之源流,又焉知作者之命意乎?故特详书之,庶使将来阅《红楼梦》者,有所考信云。

甲寅中元日,黍谷居士记。

"贾雨村"者,张鸣钧也。浙江乌程人,康熙乙未甲科,官至顺天府尹而罢。首回明云雨村湖州人,且鸣钧先曾褫职,亦复正合。此书以两村开场,后来又被包勇痛骂,乃《红楼梦》最着眼之人,当附记之。十月既望又书。

说明:上记出周春《阅红楼梦随笔》,录自此书影印拜经楼钞本之卷首,此本内封题"阅红楼梦随笔",正文第一叶卷端题"阅红楼梦随笔",署"海昌黍谷居士周春著"。

周春(1729—1815),字松霭,号芘分,晚号黍谷居士,浙江海宁人。乾隆十九年进士,曾任广西岑溪知县。著有《杜诗双声叠韵谱概论》《十三经音略》《尔雅补注》《辽诗话》等。《阅红楼梦随笔》约成于乾隆末(详参《红楼梦大辞典(增订本)》第555页)。

红楼梦偶得

徐凤仪

第一回雨村对士隐,自称晚生;一百二回重逢,则称学生,势利如此。

第二回子兴无意演说,雨村默识于心,遂为进京攀附之机。九十二回冯紫英询问贾政,口中始详露耳。雨村答子兴云:"荣国一支,却是同谱",为冒宗拉拢伏线。盖此一回乃为雨村起复后一紧要关键也。

第二回冷子兴云:"贾赦有二子,次名琏。"贾府中并称琏二爷,则当居次。而书中从未带及贾琏之兄,何耶?

第五回警幻如今后数语,譬如传邪教者,授受之时,必有不许犯淫欲之戒,孰又戒欤?

第五回可卿答老嬷云"他能多大了"云云,岂有与乃弟同年之人,就不忌讳?此中暧昧,作者不待明言。

第六回袭人初试是正面,上回之可卿乃是反面。此书妙文全在反面。然假梦幻犹是正面,如珍、蓉、蔷等种种暧昧,始是反面。

第七回焦大骂中"连贾珍都说出来"七字,足褫可卿之魄。所以绘其缢死之由,一百十一回鸳鸯云:"他什么又上吊呢!"词中亦有"画梁春尽"之句。阅者勿被瞒过。

第七回焦大一骂之后,不复闻再闹事,想凤姐车上嘱咐之言,蓉必默会,次日即调派至闲静处矣。故直至一百五回始一出面也。

第八回宝玉酒醉回房,因茶欲撵李嬷。但十九回李嬷云:"为茶撵了茜雪。"何以前后互异?此后即不提及茜雪,似茜雪已被撵矣。但如何归罪茜雪?何人作主撵出?宝玉何故忍心不为挽回?作者曾未之及。

第十回贾敬生日,逗出尤老娘;十三回秦氏之丧,逗出尤氏姊妹。

十三回秦氏之丧,贾珍锐意穷奢极欲。然作者欲借此以写凤姐之才,当富足之时,人皆趋利,颐指气使,固所乐从;若一百十一回贾母之丧,邢夫人吝财,且故掣其肘,呼应不灵,非其因运败而才短也?

据十三回秦氏之丧,写尤氏眷属姊妹都来了,贾琏何未之见,至六十四回,始见而垂涎耶?

据十五回水月庵即馒头庵,九十三回平儿答凤姐之言,似判为二。

十七回女戏子住梨香院,止派旧学歌唱老妪照管,五十八回分拨芳官等时,添出许多干妈,似失照应。

十九回省亲事甫毕,接写贾珍邀宝玉听戏看灯,隔日未久,湘云即来荣府。但湘云乃贾母素爱之人,省亲大典,何不接伊来府?若谓来在府中,何不与外亲之钗、黛,一同带见赋诗,而使之向隅?且元春又与之姊妹行,何竟不询及?

十九回袭人规劝宝玉,确是良言,惜其后嫁琪官。此时似属笼络,然余不以人废言。

三十四回薛蟠曾为秦钟闹醋,在宝钗暗想之中补出。

三十四回王夫人既知袭人之言有理,宝玉棒疮痊好,仍未搬移,何其溺爱?

四十四回凤姐、贾琏打骂平儿,写平儿受如许委屈,乃为宝玉让平儿到怡红院,得以亲近之地步。

四十五回婆子们聚赌,为后文奸盗诸事作引。

四十八回贾琏挨打,在平儿口中叙出,虽带写雨村为人,乃为一百五回文章伏脉。

五十一回《怀古诗灯谜》,《赤壁》猜盂兰会所焚之法船,《交趾》似隐喇叭,《钟山》似隐傀儡,《淮阴》似隐马桶,《广陵》似隐柳木牙签,《青冢》似隐墨斗,《梅花观》似隐纨扇。

六十二回宝玉生日,未见李纹、李绮在座,似不在贾府中则可,而七十一回贾母八旬寿辰,纹、绮已来,何故未得随众庆祝?七十回碧月虽有明年回去之言,岂斯时已回去耶?但九十四回消寒会,又有纹、绮二人,前后殊失照应。

东府墙茨之讥,向止暗写,至六十三回贾蓉与母姨狂谑,丑态毕露。其丫头之骂,贾蓉之答,又将贾琏丑事说明。

六十四回写尤二姐收表记,暇豫之至,询是惯家。

六十五回贾赦遣贾琏往平安州说事,乃为后文参劾伏脉,亦为凤姐得乘贾琏外出,赚尤二姐入府张本。

六十六回"东府只有两个石狮子干净",虽湘莲信口之言,然在宝玉前而不及西府,尚容情也。

七十八回林四娘,《聊斋志异》集中,某观察所遇恒藩姬妾林四娘,便是姽婳将军小传。

黛玉处尚有春纤一婢,九十七回黛玉临终时,不知何往,又叫去雪雁,只剩一紫鹃耶?

九十九回贾母谓凤姐提防黛玉,为一百一回见鬼作引。

九十九回贾政身任监司,不谙吏治,任凭李十搬弄,其邸抄皆未寓目,仅于官厅候传翻阅废纸,始睹薛蟠翻案塘抄,其惶遽之状,历历如绘,尤为可哂。

一百五回番役及内外衙门皂快捕人搜赃,与盗奚异?焦大云:"只有我们捆人的,那里倒叫人捆起来?"天理循环,亦不可不知也。

强占民妻为妾,及尤三姐自刎,未经报官,厥咎在琏。一百五回乃移罪于珍,奇甚!

一百七回贾政素性昏聩,近因被参,心胆俱裂,陡闻包勇闹事,焉得不生惊惧,不即驱逐,尚令守园,盗发得其救护,亦忠厚御下之报。

一百十四回岫烟出嫁,虽于宝钗口中补出,不知在何处上轿。一百八回贾母向湘云言:"你邢妹妹在大太太那边很苦。"似仍依于邢夫人处。何以许久绝不写及岫烟,似已离却荣府。但此回宝钗说及薛蝌娶亲,是在贾母丧事之时,府中俱皆穿孝,岂能聘嫁岫烟？

一百十七回已写薛家搬出，一百二十回薛蟠回家，诣荣府拜谢，写薛姨妈、宝钗也过来了，似仍住贾府房屋之词。

一百十七回贾琏临行，言及巧姐，王夫人云"孩子也大了，倘或你父亲有个一差二错，又耽搁住了"等语，似巧姐年将及笄矣。但一百一回尚须奶子拍哄始睡，凤姐又命平儿抱过来，似在襁褓。曾几何时，倏忽若此长成耶？又书内凡写巧姐，总是奶子抱着，惟九十二回、一百五回虽不抱着，尚写雏幼似髫年耳。

说明：上文出周春《阅红楼梦随笔》附录（浙江人民美术出版社2019年版）。

徐凤仪，生平待考。

红楼梦纪略

青山仙农

《红楼梦》何以作？为贾宝玉、林黛玉二人作也。

宝玉含玉而生，为祖母史太君、母王夫人所钟爱。父贾政训之严，而重慈护之特甚。政长子珠早亡，妇李氏举遗腹子兰。政妾赵氏生幼子环，劣而不慧。故贾政期望于宝玉不浅。政有同母兄赦，与政之同祖侄珍袭封宁国公者同居。赦之子琏，娶政之妻侄女王熙凤为室。政乃招其夫妇来，授以家计。赦袭荣国公爵，政则从事农部。政不能家人事，自得琏与熙凤，以家委之。熙凤善事贾母、王夫人，适当李氏寡而宝玉幼，骎骎乎擅荣府而有之矣。

宝玉者，幼即心淫渔色，而贾母又以美婢晴雯、袭人等侍之，晴雯虽贞，袭人则早导以淫。熙凤窥之深，亦与宣淫，以顺其意，并勾引珍子蓉妻秦可卿及可卿之弟秦钟与相往来，欲宝玉荒于色而愚昧，则荣府皆己有也。惟贾母、王夫人不悟耳。

贾有爱女敏，适林运司如海。敏亡，遗甥女黛玉。黛玉者，国色也。贾母迎之来，爱之甚，使同宝玉伴。已始则两小无猜，继则形影从而心神许。顾能相持以礼，不及于乱，此可嘉焉。黛玉机警而辩，熙凤窃畏之。虑偶宝玉，必反家政。适王夫人姊薛姨，携其女宝钗来，亦殊有色，又柔讷而下人，熙凤心喜。以为王夫人之姊女也，是可惑宝玉而逐黛玉，惟我计耳。乃浸润抑扬于史太君、王夫人前。二人渐以惑，而宝玉不渝也。

于是，林如海死矣，黛玉愁怨深，病时作。史之侄孙女湘云，政妾之女探春，政兄赦女迎春、敬女惜春，并李氏及宝钗，皆怜之。宝玉益忧之甚。政长女元春，为贵妃，亦爱宝玉。归省时，隐为择偶，以黛玉赋诗最工，意深许。间有言其病者，乃属宝钗，贻以麝串。于是黛玉益恚矣。宝玉既不得志，遂狎婢，并伶人蒋琪。政知，欲置之死，得贾母救，乃免。于是袭人在王夫人前，谮晴雯及似晴雯之五儿，并及黛玉。王夫人怒，立遣晴雯。晴雯遂死，而王夫人之恶黛玉亦深。

既而元春薨，荣府中落，熙凤恃势渔利，通外官，营利债，恣所欲为，而心益忌黛玉。黛玉痛念无家，又隐为熙凤排挤不已，求速死，病日剧。宝玉伤之深，亦病。熙凤乃以宝钗爱系金锁，谓与宝玉有天缘。恐宝玉不从也，计伪为娶黛玉者。贾母及政夫妇皆从之。时黛玉方病亟，欲令其婢紫鹃来，使扶宝钗以愚宝玉。紫鹃哭守黛玉，不行。乃唤其旧奴雪雁去。黛玉即于是夕呕血死。宝钗之嫂甄香菱者，向以父士隐弃家入道，自伤无亲，谓与黛玉相似，故从之学诗。及黛玉死，亦大痛。弥留时，独李氏与探春、紫鹃送其死。贾母辈皆忙宝玉姻事，不之顾也。宝玉迷惘就婚，醒而知其情，痛不欲生，而已无如之何。自此，遂有出世意。

时贾政以粮储道被议回部，贾赦、贾珍以下仍不自敛，加以熙凤所为益横，忽御史台露章参劾，锦衣卫飞骑查抄，两府顷刻毁败。众口腾谤，熙凤乃俯仰无以为人。贾母见背，虽以先世功勋复爵还产，凋敝之馀，治丧俱难也。初贾母爱奉佛，既迎女冠妙玉于园中栊翠庵，又使宝玉事张道士。或传妙玉固得道者，因盗劫，以术幻去。遂有僧道与宝玉往来。宝玉屡欲遁迹，辄为家人阻留。

至是，贾政扶榇归里，宝玉携贾兰赴秋试。宝玉既出闱，遂遁去，识者知其为黛玉故也。榜发，叔侄皆中试，王夫人悲喜交集，而已无从为计。自是，宝钗寡，袭人嫁。

金玉之良缘谋之于人，反不如罗巾之预兆定之于天。此一部《红楼梦》之大略也。尝考荣府事，以王夫人为主。乃王夫人意中，则以宝钗为淑女，袭人为良婢也。然宝钗有先奸后娶之讥，袭人首导宝玉以淫，是淑者不淑而良者不良。譬诸人臣，所谓忠者不忠贤者不贤也。王夫人意中疑黛玉与宝玉有私，又以晴雯妖媚惑主，乃黛玉临终有我身干净之言，晴雯临终有悔不当初之语。是私固无私，惑亦无惑。譬诸人臣，所谓忠而见疑、信而获谤也。屈原废，而怀王卒以亡国；黛玉死，而宝玉因以出家。古今信谗之祸家与国如出一辙。美人香草作《离骚》者，其有忧患乎？吾于是书，亦安能无感慨系之哉。

红楼梦广义

青山仙农

宝玉

宝玉淫行，书中并未明写，独于秦氏房中，托之于梦，而以袭人云雨实之，是时玉才十三岁耳，而狎婢乱伦，无所不至。可卿如是，则凡同于可卿可知；袭人如此，而凡类于袭人可推。可卿其天风之姤乎！袭人其天山之遯乎！驯至绣鸳鸯，眠芍药，扑蛱蝶，解石榴，拢翠听琴，魇迷平性；怡红开宴，玉失通灵,其山风之蛊,山地之剥乎!君子是以嘉黛玉而善晴雯也。黛玉聪明机警,为群钗冠,使偶宝玉,必能反凤姐所为而大兴荣府。惟是性忌而情痴,气高而量褊,眼泪之淌,适以自促其天年,此则可议焉。然而屈原被放,托山鬼以抒愁;贾傅不容,吊汨罗而见志。千古忠臣义士,皆血泪中人也,黛玉又何间然!

宝钗

宝钗善结袭人,善事宝玉,同恶相济,以售其奸。始则携刷挥蝇,愿学水鸳之戏;继则移花接木,甘受雪雁之扶。王莽谦恭,以移汉祚;宝钗谦恭,以夺林婚。枭雄伎俩,如出一辙。宝玉厌之矣,出闱之遁,有以也夫!

湘云

湘云英气勃勃,纯乎豪者也。祖药酣眠,何其豪迈!烧鹿大嚼,何其豪爽!拖青丝于枕畔,撂白臂于床沿,又何其豪放!宝玉须眉而巾帼,湘云巾帼而须眉。倘令易男子装,黄崇嘏不得独擅千古矣。至于与袭人诋宝玉、论经济,尤觉豪之又豪,不可以压倒群钗欤?

探春

探春聪明不及黛玉,温文不及宝钗,豪爽不及湘云,独能化三美之长,而自成其美。建社吟诗,何其风雅!钓鱼占相,何其雍容!赏花知妖,何其颖悟!停棋判事,何其精明!宝玉温柔如女子态,探春英断有丈夫风。生女莫生男,殆探春之谓与?要其大过人处,尤在斥熙凤、击王善保家一节,理直气壮,足寒小人之胆,而为群艳干城。张良椎,陈琳檄,兼而有之。吾爱其人,吾畏其风。

元春

元春才德兼备,足为仕女班头。惟是仙源之诗,知赏黛玉;香麝之串,独贻宝钗。后此之以薛易林,皆元春先启其端也。世无宝玉,其谁为蘩儿真知己哉?

迎春

迎春以鸠拙之资,嫁狼跋之婿,遇人不淑,饮恨以终。令人有实命不犹之感。然贵如元春,竟伤早逝;慧如惜春,终落空门。贾氏闺秀,大抵皆薄命司也。于中山狼又何责焉。

惜春

惜春奇僻似妙玉,而操守过之,故其修行在妙玉之后,悟道则在妙玉之前。语曰:"青出于蓝而胜于蓝,冰生于水而寒于水。"观于惜春,诚后来居上焉。

宝琴

宝琴丰度翩翩,无人间烟火气。譬诸诗家,宝钗为能品,宝琴为神品,小乔身份,固远胜大乔也。且以金玉之良缘,成诸人谋;孰若梅雪之佳偶,出诸天然?天下惟天然,为难能而可贵耳。美哉宝琴,夫何修而到此!

李绮、李纹

李绮、李纹无所表见,惟有一二诗可传,亦一时之选也。吾闻女无美恶,入宫见妒;士无贤不肖,入门见嫉。千古才人遭忌妒而磨灭不彰者,何可胜道!彼二女者,寄身大观园,因得以诗流传,抑何其幸也。

邢岫烟

邢岫烟之依姑母,犹宝钗之依姨母也。乃宝钗如此赫赫,岫烟如此寂寂,俗态炎凉,人情冷暖,直有与人难堪之势,烟也处之泰然,喜怒不形,忮求胥泯,譬如飞鸟依人,人自怜之,可以久处约,即可以长处乐矣。得嫁佳婿，宜哉。

妙玉

妙玉外似孤高，内实尘俗。花下听琴，自诩知音，反忘来路。情魔一起，而蒲团之趺坐，竟弃前功，内贼炽，斯外贼乘之耳。物必先腐也，而后虫生；人必自乱也，而后盗劫。慢藏诲盗，冶容诲淫，古训有明征矣。若妙玉者，其亦自贻伊戚也。

李纨

李纨优于德而短于才，有庐（卢）怀慎伴食之风。然以熙凤之恃才，适以召祸；孰如纨之积德，有以致福？贾兰英发，大振家门，画荻之功，同于欧母，可以慰贾珠于地下矣。

王熙凤

王熙凤智足以谋天，力足以制人，骎骎乎擅两府，而惟其所欲为矣。乃身死未寒，爱女莫保，平日之肆恶于人者，适以贻祸其子孙，不有平儿之忠，刘姥姥之侠，恐欲为田家妇而不能也。操移汉祚，髦免不终；懿夺魏禅，怀愍被害。千古奸雄，能窃神器于生前，而不能保子孙于身后，皆凤姐类也。凤姐其犹幸焉耳！

巧姐

巧姐一见贾芸,即大哭不止,少时聪明,一斑可见。观其对王仁数语,不厚母而薄父,尤为落落大方。异日嫁为田家妇,椎髻荆裳,相我夫子,必有林下风者。一部《红楼》,以宝玉之出家作结,所谓色即是空,佛家之法旨也。以巧姐之许婚作收,所谓博而反约,儒家之实理也。巧哉巧姐,得其所哉!

秦可卿

秦可卿本死于缢,而书则言其病,必当时深讳其事,而以疾告于人者。观其经理丧殡,贾珍如此哀痛,如此慎重,而贾蓉反漠不相关。父子之间,嫌隙久生。向使可卿不早自图,老贼万段之祸,未必不再见于阿翁也。呜呼,可卿!其死晚矣。

鸳鸯

鸳鸯服事贾母,能得欢心,为人子者,所当爱之敬之,以姊妹行相待,奈何虎视眈眈,图一己之欢娱,不思慈闱之劳苦,则于贾母为不孝,于鸳鸯为不顺。律以人臣无将之义,当受上刑之诛矣。然鸳鸯固心在宝玉者也,心在宝玉,既不可嫁贾赦,又不能嫁宝玉,计惟有一死,以绝贾赦而谢宝玉。他时赦老归来,当为之歌曰:"莫打鸭,打鸭惊鸳鸯。鸳鸯新向池中浴,不比孤洲老鹁鸪。鹁鸪尚欲远飞去,何况鸳鸯羽翼荒!"

香菱

香菱,香国之陈涉也。刘、项未兴,陈涉先起;钗、黛未出,英莲先生。陈涉为刘、项发难端,香菱为钗、黛开幻境。且僧、道求舍,早伏宝玉出家之基;冯、薛争人,又伏钗、黛易婚之兆。冯死而薛逃,并为玉、钗聚首之由,一部中之大关键也。故是书以英莲起,以英莲结焉。

平儿

平儿不矜才,不使气,不恃宠,不市恩,不辞劳怨,有古名臣事君之风。要其本领,在积之以诚,而行之以礼。诚至而物无不动,礼至而人莫能陵。故以凤姐之猜疑,始尚忌之,继则安之,终其身,油油与共,绝无纤芥之嫌。得是道以立朝,韩、彭醢菹之祸,可无作也。至于见义必为,不避艰险,卒能脱巧姐于难。人谓其知不可及,吾谓其愚尤不可及。

紫鹃

紫鹃,黛玉之张承业也。承业忠于唐,而不能禁李存勖之僭位；紫鹃忠于林，而不能禁薛宝钗之夺婚。一片热肠，为知己愁，不能为知己助。迨至黛玉死，宝玉亡，长斋绣佛，终身不事二主，非具大气节而能若是乎？呜呼！可以愧王、魏之流矣。

晴雯

晴雯立品与黛玉同，其全节较黛玉难：地处密迩，则泾渭易于相淆；身属卑微，则薰莸难以自异。雯也，具不降不辱之志，表独清独醒之风，可亲可爱，而不可玩；可敬可畏，而不可欺。殆所谓出水芙蓉，一尘不染者。生为贞女，殁作花神，不亦宜乎！

袭人

袭人，贾府之秦桧也。秦桧通于兀术，而以无罪贬赵鼎、杀武穆；袭人通于宝玉，而以无罪谮黛玉、死晴雯。其奸同，其恶同也。然桧之奸恶，举朝犹能知之，至袭人，则贾母不之知，贾政不之知，王夫人不之知，贾府上下并不之知。不有晴雯，谁能发其奸而数其恶哉？然而晴雯死矣！

金钏

金钏钟情宝玉，已非一日。金簪之对，直是情不自禁，王夫人逐之，宜矣。独是慈闱何地，奸淫何事,是可忍,孰不可忍?则平日之眠花问柳,夫亦何所不至哉。王夫人知罪金钏,而不知罪宝玉,是犹随波逐流而欲源之清也。君子是以知其暗也。

秋纹、麝月

晴雯以不附袭人而死,秋纹、麝月以党于袭人而存。以晴雯之固执,不如秋、麝之圆通。乃晴雯卒为贞女,秋、麝不免流为小人。黄泉易逝,青史难诬。失足一朝,诛心千载。有志者当效晴雯之死,而不可以秋、麝为法。

雪雁

雪雁,丁公之流也。项羽未亡,丁公早贰;黛玉未死,雪雁先行。弃垂危之主而事新人,宜其功高开国,宠擅专房,与家国同休矣。乃汉高卒斩丁公,宝钗先嫁雪雁,反颜事仇,适为人弃。世之为雪雁者,可以愧矣。世之如雪雁者,正可以鉴矣。

小红

小红结想最奢,居心最巧,目中惟知有宝玉,并不知有晴、麝诸人,故晴雯等待之独刻,防之亦甚严,递茶之役,偶尔垂青,即遭抢白。红其能郁郁久居此乎?蜂桥传心,切切私语,宝钗不发其奸,而反为之掩覆,从此飞上高枝,日图报复。怡红院几成敌国,古人谓:蜂虿有毒。信哉。

五儿

五儿容颜酷似晴雯,而性情柔顺过之,故晴雯死,而五儿独存。深宵伴睡,未会真仙,徒闻呆语。天殆留此人,以醒红楼之梦乎?盖自是移花接木之计行,而卧榻之旁,不容他人鼾睡矣。回想当年,得毋曰:风景不殊,举目有河山之感。

侍书

侍书,词令之妙品也。当夫黉夜大搜,变生不测。凡诸侍女,避过不遑,其敢侃侃而陈者,惟有晴雯与侍书。然晴雯言激而锋利,故取祸;侍书味腴而韵辣,故无罪。士君子居下位,处末流,值不得尽言之时,而又逼于不得不言之势,以侍书为法焉可。

绣橘

绣橘之激迎春,犹郤正之教后主也。郤正能教后主以哭,而不能教后主之淌泪;绣橘能激迎春以言,而不能激迎春之发怒。诚如尊命,即孔明亦莫如之何,况郤正乎!何必如此,即探春亦莫如之何,况绣橘乎!此中山狼所以得肆其猖狂也。

司棋

司棋与潘又安为中表亲,如黛玉之于宝玉也。黛玉发乎情而惟恐莫遂其情,故情深而成病;司棋溺于情而必思得遂其情,故情急而成奸。黛玉得其正,司棋得其偏,要皆不失为真情也。迨至获赃败露,声色不形,视死如归。后先相继,虽非从容就义,亦足愧世之隐忍偷生者矣。

入画

入画私相授受,情有可原,且熙凤、尤氏,均信其无他,似可无容议弃。而惜春顾为此已甚者,盖有伤于贾珍之不友也。奴婢尚有手足之情,而生长华门,反无骨肉之谊,长舌厉阶,藐躬安寄,人之无良,奈何我以为兄乎?且贾珍有银赏其奴,并不闻有恩及其妹,奴何厚,而妹何薄?言之尤觉心恻。故去入画以绝尤氏,即借入画以绝宁府。盖其修行之志,已决于去入画之时矣。

莺儿

婴儿憨态痴情,颇似香菱。始观玉文而提及金锁,继打玉络而配用金线,金玉良缘成诸凤姐,实肇诸莺儿。且黛玉线穗既已剪断,宝玉线络从此结成。而绛芸兆梦，鸳鸯作绣，皆此日有以撮合也。茶水之事，首荐莺儿，袭人其有深意乎？莺儿诚造化哉。

翠缕

翠缕究论阴阳，前后之大关键也。天地消长之机，家国盛衰之理，不外阴阳。贾府先世，以寒微而建大功，一阳初生，地雷之复也。宁、荣赐府，赦、珍袭封，其地天之泰乎？凤藻选才，元妃归省，其纯乾之象乎？而听曲悟禅，制谜悲谶，姤已伏于此矣。推之马婆行魇，花婢进谗，则天地之否也。园内搜奸，祠中闻鬼，则风地之观也。元妃薨逝，两府查抄，先业荡尽，对天之祷，孰若罪己之诏，犹知补过于事后乎？至于以薛易林，一举而害三人，尤与汉武之诛太子、杀皇后者，同为耄老而昏。有国家者，所当列以为戒。

贾政

贾政优柔寡断，迂腐鲜通，日在伦常上用功，其于伦常大道理，全未窥见。居官不持大体，徒务小廉，致奴婢辈得以朋比为奸，是谓不忠；事亲不积诚心，只听乱命，致子侄等得以恃符妄作，是谓不孝；

兄刚而愎，未闻有所箴规，致以贪财获戾，是谓不弟；子顽而淫，未闻时加教训，致以好色亡身，是谓不慈；家计聩聩，毫无觉察，竟以千金重担，付之孽侄，背手跺脚，后悔奚追？腐儒诚不足与言国家大计也。

王夫人

王夫人怒金钏，逐晴雯、芳官，似属家法应尔。然以家法论，宝玉也不置之书房，而置之花园，法乎？否耶。不付之阿保，而付之丫鬟，法乎？否耶。不游之师友，而游之姊妹，法乎？否耶。即谓一误不堪再误，而用袭人，则非其人；逐晴雯，则非其罪。徒使佥壬倖进，方正流亡，颠颠倒倒，演出千古庸流之祸。作书者有危心焉。贬之不亦宜乎。

赵姨娘

赵姨娘以齷齪之心，行阴毒之事，狗彘将不食其馀，死于鬼祸，宜矣。独怪政老不亲女色，反于此妇，爱之有馀慕者。爱其德乎？爱其才乎？抑岂大丈夫之爱细君别有肺肠，精粗美恶，固所不暇计乎？则且为古谚易一解曰：人莫知知其妾之恶。

贾环

贾环不可教训，不知话言，固贾府之梼杌也。

较之宝玉，又不啻天渊矣。乃贾政于宝玉，训之尚严；于贾环，反爱之特甚。是岂爱怜少子，赵左师之心法，固相传未替乎？抑岂子以母宠，卫州吁之好兵，固在所弗禁乎？吾于宝玉，知贾政齐家之疏；吾于贾环，知贾政居心之偏。

彩云

彩云失身贾环，至甘为之作贼，甘为之认过，色界中之最下乘也。然"士为知己者死，女为悦己者容"，甘心事桀之人，较之朝秦暮楚之人，自有天渊之别。《五代史》所由以全节予王彦章也，而何讥夫彩云？

小鹊

小鹊身事赵姨娘，而心在宝玉，故凡有关于宝玉者，必以告宝玉，殆怡红院之报信鸟也。乃以杯弓蛇影，顿起疑心，遂令鹤唳风声，皆成危境。自是而呼贼，自是而装病，自是而查赌，自是而钞园，皆小鹊报信不实有以致之也。人谓鹊噪非吉，而人家之子弟，必以喜鹊为戒，其意深哉。

贾兰

贾兰中流之砥柱也。两府查抄，贾政被议，先世遗烈，荡矣无存。加以琏之荒，玉之淫，环之顽劣，贾氏至此，奄奄无生气矣。兰也少成若性，入秉慈训，出受师傅。生富贵之家，不染膏粱之习，卒能学就名成，挽狂澜于既倒。然则人特患不能立志耳，谁谓习俗可以移人哉。

薛姨妈

薛姨妈谨慎持身，和平处众。故贾府上下皆爱之。特其许婚一节，殊不可解。贾府何时？宝玉何人？高明之家，鬼瞰其室，有识者早戒与往来矣，况黛玉病，宝玉疯，有生生死死之势。薛姨妈即不为黛玉计，独不为宝玉计乎？不为宝玉计，岂并不为宝钗计乎？而乃势利熏心，听移花接木之谋，为掩耳盗铃之举，迨至黛玉死，宝玉亡，宝钗亦伤乎早寡，是谁之过与？

薛蟠

薛蟠之惧内与贾琏之惧内，相似而实不同。贾琏之所惧者智妇，智妇之悍，悍在太刻，而积威有渐。薛蟠之所惧者愚妇，愚妇之悍，悍在不明，而撒赖难当，说又不好，劝又不好，打又不好，央告又不好，即英雄如霸王，恐亦无用武之地也。况降格而为呆,则假之中又有假焉。其惧内也固宜。

贾赦

贾赦刚愎而多欲,王(邢)夫人柔邪而多猜,是天生一对夫妻。其欲娶鸳鸯也,虽为好色而起,实为贪财而生。是时贾母已老,所有私财,尽归鸳鸯掌管。宝玉美而幼,贾母钟爱之甚。他日成人受室,必为宝玉有也。琏、凤向外,各自为谋,王(邢)夫人又不合亲心,惟鸳鸯于贾母言听计从,收之房中,既可因鸳鸯而联络贾母之心,即可借鸳鸯而觊觎贾母之财。此东窗下夫妇之秘计也。天良斲丧,禽兽几希。钞封问罪,不亦宜乎?

贾琏

贾琏力不足以制凤姐,而不肯诚服凤姐,故凤姐待之甚刻,防之亦甚严,几几乎军中闻将军令不闻天子诏矣。拔剑之击,其殆太阿独持,转弱为强之机乎?乃卒之拔其帜而树娘子帜,甘为下风之拜,从此大权尽落,跋扈更不可制。然而,琏且曰:吾岂若是小丈夫然哉!吾有所受之也。

尤二姐

尤二姐容貌可观,性亦柔顺,置之大观园中,亦可附骥尾而成名,而顾不列于群芳者,以其失身也。嗟夫!士有百行,以孝为先;女有四德,以贞为贵。若尤二姐者,失身于珍,失身于蓉,而又委身事琏,有觍面目,恬不为非。我思古人,其五代之长乐老欤?

傻大姐

傻大姐所拾之绣春囊,即潘又安所赠之香袋也。园中之大,无奇不有,绣春囊亦何足定为奸淫铁案?乃邢夫人挟鸳鸯之隙,借剑杀人;王夫人信袭人之谮,乘风生浪;王熙凤又思寻出宝、黛破绽,得遂其以薛易林之谋。而春花秋月之场,忽变为苦雨凄风之象。然则傻大姐,人妖也;绣春囊,物妖也。人无衅焉,妖不自作。异时两府查抄,即于大观园之搜检,预示其兆也。探春知之矣。

王善保家

王善保家之搜大观,赵堂官之先声也。赵堂官遇事生风,而两府半遭其荼毒;王善保家从旁扇火,而群钗均受其摧残。狐假虎威,令人不胜恨恨。然赵堂官执法不阿,犹属君命应尔,至此妇,则借端泄忿,直欲以列屋之阿娇,作一网之打尽。不有焦

（蕉）下客，孰能制伏此老魅耶！迨夫司棋被获，欲盖无从，寻人之丑者，反以自献其丑。天眼恢恢，良可畏也。

贾敬

贾敬之学为仙，与贾政之学为儒同。贾政学为儒，而章句之是溺；贾敬学为仙，而丹汞之是惑。溺章句者，儒之贼，害必贻于家国；惑丹汞者，仙之蠹，祸且中于身心。伊古以来，万乘之主，罹此祸者，史不绝书矣。仙乎仙乎，亦又奚求！

贾珍

贾珍袭祖父之馀荫，生而富贵，苟持家有道，即声伎满前，亦不失为风流子弟。而乃人面兽心，乱自内作。始则如梁朱温之于张王，疏其子而嬖其妇；继则如唐明皇之于秦、虢，纳其姐而通其妹。秽德彰闻，丑声远播，石狮子之喻，浪子且羞与为伍矣。贾敬修道，惜春为尼，其殆有所激而然欤。

尤氏

尤氏无违夫子，似属妇道应尔。然诗歌偕老，仪著委蛇，易筮家人，象惩嘻嗃，古来贤夫妇未有不交相儆戒，以成其德者。尤氏年已半老，上之不能正其身，次之不能匡其夫，下之不能训其子若妇，致令门内宣淫，酿成聚麀之祸。为稽其罪，盖浮于珍焉。氏之曰尤，美之乎？抑尤之也？

贾蓉

贾蓉衣裳楚楚，殆诗所谓蜉蝣之羽者也。作书者借刘老老目中，将其眉眼身材、衣服冠带，一一写出，而蓉之荡，凤之淫，均可不言而喻。至于欲借故靳，临去又回，两下深情，依依不舍。一时如此，平日可知；人前如此，背地可知。蓉大爷才是他侄儿，周瑞家其有微词乎。然而可卿救我，阿叔固不痴也。呜呼噫嘻。

林黛玉

林黛玉藕断丝连，尤三姐斩钉截铁，似三姐之忘情，不如黛玉之多情。然天下惟情之至者可以多情，亦可以忘情。黛玉遇宝玉，而两心相印，故多情；三姐遇湘莲，而一心独向，故忘情。其忘情者，正其多情之甚也。黛玉、三姐，易地则皆然耳。

尤三姐

柳湘莲一浪子耳，而三姐许以终身，且为之死，岂膏粱文绣之中，均非佳偶；而牝牡骊黄之外，别有知音乎？然莲，有志之士也。志士必自洁其身，故呆霸王之戏，拒之甚严。志士必不乱其伦，故石狮子之喻，言之甚切。迨至鸳剑倏分，美人不作，屠刀立放，尘世皆空，然后知成仙成佛，皆从立志来也。三姐诚知人哉！

芳官

芳官一身凡三变：始为戏子，何其飘逸；继作丫头，何其刁钻；终作尼姑，何其静穆。惜春以闺秀而修行，芳官以女伶而悟道，皆有放下屠刀，立地成佛之妙。佛门广大，何所不容？惟言清而行浊如妙玉者，则我佛如来，当付诸万劫之中。

藕官

藕官以戏为真，深得戏中三昧。天下事，何往非真？何往非戏？嬉笑怒骂，皆成文章，此戏中之真也；富贵功名，终归梦幻，此真中之戏也。悟其戏，则到处可以见真；守其真，则逢场可以作戏。大荒山、大观园、太虚幻境，皆戏也，即皆真也。杏阴烧纸，以假凤泣虚凤，藕官其善戏乎？可与率真矣。

龄官

龄官思远忧深，直是颦儿高弟子。架下画蔷，不殊陂后葬花也；雀儿串戏，奚异鹦哥唱诗也。所未达一间者，只少泪眼一副耳。独怪宝玉得色界真传，与吾言无所不悦，而不能邀龄官顾盼之荣，人生情缘，如有定分，阅世之言，即见道之语也。然而色魔自此愈深矣。

蕊官、荳官、葵官

蕊官、荳官、葵官，以类聚者也。以类聚者，多以类争。贤如宝钗，思危黛玉；不肖如袭人，思逐晴雯。争妍斗巧，伺隙行谗，同类相残，而花团锦簇之场，忽变为云散风流之会。君子是以伤其隐也。蕊官等本同患之情，为一时之愤，义气激发，奋不顾身，直使老魅降伏，不敢以吾辈为可欺。昔苏子美读汉文至博浪一椎，击节叫快，浮一大白。吾于是书亦然。

贾代儒

贾代儒以儒为名，必其自命为真儒也者。顾儒亦不同：居仁由义，孔、孟之儒；笺经注礼，马、郑之儒；主敬存诚，程、朱之儒；明心见性，陆、王之儒。若沾沾然以八股为事，其自命居何等也？无以名之。名之为贾代儒而已。

贾瑞

贾瑞不度德,不量力,竟以傲象之心,作毛遂之荐,昏暮乞人,遽遭粪溺,可为躁进自媒者戒。独是粪可耕田,溺堪作药。粪溺虽秽,终非毒物。残酷若凤姐,曾粪溺之不如。风月之鉴,现形骷髅,明明可睹,惜贾瑞不之悟耳。

焦大

焦大有大功于贾,即祔贾庙而隆其血食,谁曰不宜?乃至奴隶侪之,牛马驱之,甚且溺粪污之。一片牢骚,无可发泄,宜其借杯酒以浇块垒也。然吾闻纪信代王,未蒙上赏,韩、彭百战,卒受显诛。狡兔尽,走狗烹,千古功臣,有同叹矣。若焦大得老死牖下,以终其身,其犹不幸之幸也夫。

包勇

包勇,焦大之替身也。焦大以老成而被弃,包勇以新进而见疏。贾府用人,概可知矣。但士不穷,不见节义;世不乱,不识忠臣。大盗之劫,天殆生此变故,以显忠良也。贾政诸人,能无愧煞?

焙茗

焙茗与袭人,固表里为奸者也。袭人事内,而独得欢心；焙茗事外，而能如人意。少男少女，憧憧往来，宜其感不以道矣。大抵宝玉所欲为之事，或不为袭人告，断未有不为焙茗告。故袭人犹伪托于正，焙茗则直出以谐。美女庙中，偏遇见瘟人像，其亦好色之当头棒乎。惜痴人不悟耳。

刘姥姥

刘姥姥阅历人情，揣摩世故，出其馀技，以取人财帛，如外府然。殆仪、秦之流亚欤。及一旦祸变猝乘，亲者生心，疏者却步，乃能不动声色，不避嫌疑，脱弱息于难，而成婴、杵之功，又何其忠而侠也。呜呼姥姥，吾莫测其所至矣。

北静王

北静王丰姿美秀，德性谦和，殆古之贤王好善而忘势者也。送丧之役，一见宝玉，即深情无已。香串之赠，王其有龙阳之好乎？宜黛玉以臭男人目之也。

秦钟

秦钟美而不寿，其状貌殆如妇人女子，不特宝玉爱之、凤姐爱之，即人人亦喜之矣。馒头庵之宿，得趣智能，作书者其有微词乎？独是秦钟者，情钟也。情之所钟,岂真独在我辈?其钟情宝玉也,谓之后门进狼;其钟情智能也,谓之前门进虎。一人之身,前后交攻,其情溺,其性伐矣。钟而有知,当为之咏曰:无情何必生斯世!

蒋玉函

蒋玉函与柳湘莲,同一美男子耳,乃湘莲可以成仙,而玉函终于作戏。莲奇而函俗,莲洁而函污也。仙凡之隔,祇判几微;清浊之区,遂分霄壤。袭人之娶,所以著下流之归。绝之,非幸之也。

贾雨村

贾雨村一介寒儒,骤膺显职,即遭斥革,自应痛改前非,以作桑榆之补,乃再起再厉,终以贪败。膏以光自煎,象以齿自焚,好色贪财,败亡一辙。急流津、觉迷渡,为好色者指一宝筏,即为贪财者造一慈航也。三十年宰相,独不记铃山堂十二年读书时乎?凡百君子,三复斯言。

詹光、单聘仁、程日兴

詹光、单聘仁、程日兴,贾府之门下客也。冯骧弹铗,薛券是焚;毛遂见锥,赵纵可合。即鸡鸣狗盗之流,亦能脱孟尝于难。食人食者,事人事。所由缓急可恃，而休戚相关也。詹光等寄食贾府，上之不闻决疑定计，赞襄于未事；次之不闻图艰思危，规陈于将事；下之又不闻救弊补偏，匡扶于既事。依阿取容，优容养望，坐视其子侄奴仆，作奸作蠹，而嘿然不出一言，博长厚之名，而忘主宾之谊。此等清客，当麾诸门墙之外，毋令鸡鸣狗盗辈笑人也。

邢大舅、王仁、薛蝌

邢大舅、王仁，贾府至亲也；薛蝌，则亲外亲也。两府查抄，凡兹亲戚，惧祸不前，而出力探事者，乃出于薛蝌一人。人情之尖薄，概可知矣。及乘贾琏之省亲，则又以照家为名，勾结贾环，聚集丑类，以泄其小忿之心，掩耳盗铃。凤姐以之危黛玉者，二人即借以谋巧姐。虽曰天道好还，人心亦安可问哉！天下之为薛蝌者恒少，而为邢大舅、王仁者常多。居家者，当知亲君子，远小人，无徒曰悦亲戚之情话也。

贾芹、贾蔷、贾芸

贾芹、贾蔷、贾芸，皆贾府无赖子弟也，游手好闲，不事生业，即绝于往来，亦不为过。抑或推念同气，给之衣食，以赡其身，断不宜假以事权。乃芹也派管女尼,蔷也派司戏子,芸也派栽园内花木。以飞扬浮动之人,而使之历声色货利之场,非惟无益,适以厚其疾而益其毒耳。厥后贾芹被撵,而芸、蔷犹托其管家,卒至巧姐之变。贾琏夫妇,用人如此聩聩,安得不败?

赖大

赖大世为贾奴,居然求田问舍,纳粟捐官,赖之肥也贾之瘠,其由来自不可问。然使以不义取之,以义报之,临雪送炭,犹不失为饮水知源。乃借者不奢,而与者甚吝,告假赎身,直写出世家破落,奴辈负恩,不堪回首之象。富贵子弟,慎勿挥金如土,反为此辈所侮慢也。

王道士

王道士疗妒之方虽属胡诌,却是实情。妇人之病,莫过淫妒。然犯淫者什之一,犯妒者什之九。一罹此疾,如入膏肓,牢不可破。以仓庚医之不效也,以鸩酒治之不惧也。惟有明洪武之羹汤,为古今第一良方。否则,当仿王一贴之法,润其肺肠,平其心性,勿使相火冲生,厥疾庶有瘳欤?

赵国材

赵国材似亲非亲,即今所谓舅爷也。就私情而论,则赵姨娘为妹,国材为兄,于贾环俨有甥舅之谊;就大义而言,则赵姨娘为妾,国材为奴,于贾环实有主仆之分。情不可却,而义不可逾。计维给之衣食,赡其身家,勿与往来,庶于情义兼尽。贾政愦愦,留之在家,又使之服侍贾环,干名犯义,莫此为甚。幸而国材早死,赵姨娘亦遭鬼祸,否则狼狈为奸,必为贾门之患。近日此风盛行,何贾存周衣钵之多也。

马婆

马婆行魇,而凤姐、宝玉即同时抱病,可见邪法亦自有灵,不得谓古来之巫蛊,尽属子虚也。然使贾府上下和睦,内外整肃,人无衅焉,妖不自作,马婆虽奸,亦何所施其技?乃引妖入室,拜之为干亲,奉之为菩萨,因钞经而启衅,因启衅而招邪,是行魇者马婆,而使之行魇者,乃贾母也。独怪黛玉聪明绝世,而情不自禁,忽然念佛一声,宜其为宝钗所窃笑欤。

周瑞家、来旺妇

周瑞家、来旺妇不过贾府一陪房耳,给茶水,抱衾裯(裯),是其专职,房闼之外,彼固不得与闻焉。

乃一则儿子犯法,而熙凤不敢驱除;一则儿子霸亲,而贾琏不能禁止。仆妇弄权,至于此极!异时何三之盗,妙玉之劫,皆此辈为之作线也。古人谓:"三姑六婆,实淫盗之媒。"居家者,均当书之座右。

夏金桂

　　夏金桂有熙凤之妒,而逊其精明;有熙凤之淫,而无其机变。故熙凤尚令人爱,金桂直令人憎。譬诸东汉,熙凤如曹操,金桂如董卓。曹操之奸,犹足以欺世;董卓之恶,必至于杀身。摈之于大观园之外,不与群芳伍,盖所以深绝之也。

警幻仙姑

　　警幻仙姑非仙也,其人也。秦氏房中,何得有仙姑?仙姑何致教人以淫?且所言之事与所教之事,判若两途。太虚虽幻,不应如此之妄诞不经。夫贾府中日以正言规宝玉者,伊何人?袭人也。日以淫行导宝玉者,伊何人?袭人也。钟郝其言,吕武其行。异趣者构之使离,同志者撮之使合。而若宝钗之刺绣,平儿之理妆,香菱之解裙,莺儿之打络,皆此婢为之勾引,要皆自秦氏房中始也。观于入房之际,一则曰"香甜袭人",再则曰"芳气袭人"。而且可卿之呼,袭人独闻之。裤裆之湿,袭人独知之。云雨之秘,袭人独演之。袭人其司人间之风情月债乎？彼以警幻为仙姑者,奚啻梦中说梦。

智能

智能,凤姐之身外身也。凤姐自见秦钟,即深情无已:平儿送礼,嫌其太薄。嗣是请之同读,邀之同行。宝玉之意,皆凤姐之谋也。馒头庵之宿,会逢其适。其殆如秦氏之房中,托之于警幻乎？然而雨云易散,只图顷刻之欢；水月终虚,难忘异时之合。情愈钟,则缘愈短。虽有智能,亦何所施其技哉。世之好色者,曷不以此为鉴。

甄宝玉

甄宝玉与宝玉二而一,一而二者也。宝玉好色,甄宝玉亦好色。宝玉登科,甄宝玉亦登科。乃假者如此,真者如彼,则热中误之也。天下有浪子之神仙,断无热中之神仙。君子观于甄、贾,而知宝玉之所以分；观于宝玉,而知甄、贾之所以合。

说明:上纪略出一石印本,此本一册,半叶十行,行二十四字。正文凡五十五叶,约二万六千字。首有《红楼梦纪略》,后附《红楼梦论赞》。封面题签已失,刊刻时间不详。参见王振良《红楼梦广义》(稗谈书影录之三)。馀则录自上海中西书局印本《红楼梦广义》卷上。此本内封分题"青山仙农编""红楼梦广义""上海中西书局印行"。第一叶卷端题"红楼梦广义卷上",署"青山仙农"。卷上末有广告页。卷下凡四十五页,为"问""曰"(略),版权页题"红楼梦广义""全一册,定价大洋四角""编著者青山仙农"。

青山仙农,即黄见三。据官桂铨《〈红楼梦广义〉作者考》等钩稽:青山仙农本名黄见三,字景知,一字心垣,福建长乐人。咸丰三年(1853)进士,历任河南杞县、汜水、内黄、林县、太康、郑州知县,升睢州知州。任内颇有政绩。同治八年(1869)回家守孝期间,曾参与《长乐县志》编纂。另著有《学宫景仰篇》四卷、《全史辑要》二卷。民国间林县志中有传。

(红楼梦类索)丛说

姚燮

书中之生日可证者:元春正月初一日,又为太祖冥寿；宝钗正月二十一日，薛姨妈、贾政并在二三月间，日月无考；王夫人三月初一日，贾琏三月初九日，王子腾夫人亦三月间，其日无考；林黛玉二月十二日，与袭人同日生；宝玉、岫烟、宝琴、平儿、四儿五人同日生，大约在四月间；探春在三月初三日；薛蟠五月初三日；巧姐七月初七日，凤姐九月初二日，与金钏同生日，贾敬在九月；王子腾在十一月底，其日均无考；贾母则八月初三日也。

王雪香总评云：一部书中，凡寿终、夭折、暴亡、病故、丹戕、药误及自刎、被杀、投河、跳井、悬梁、受逼、吞金、服毒、撞阶、脱精等事，件件俱有。今查林如海以病死，秦氏以阻经不通水亏火旺犯色欲死，瑞珠以触柱殉秦氏死，冯渊被薛蟠殴打死，张金哥自缢死，守备之子以投河死，秦邦业因秦锺智能事发老病气死，秦锺以劳怯死，金钏以投井死，鲍二家以吊死，贾敬以吞金服沙烧胀死，多浑虫以酒痨死，尤三姐以姻亲不遂携鸳鸯剑自刎死，尤二姐以误服胡君荣药将胎打落后被凤姐凌逼吞金死，鸳鸯之姊害血山崩死，黛玉以忧郁急痛绝粒死，晴雯以被撵气郁害女儿痨死，司棋以撞墙死，潘又安以小刀自刎死,元妃以痰厥死,吴贵媳妇被妖怪吸精死,贾瑞为凤姐梦遗脱精死,石呆子以古扇一案自尽死,当槽儿被薛蟠以碗砸伤脑门死,何三被包勇木棍打死,夏金桂以砒霜自药死,湘云之夫以弱症夭死,迎春被孙家揉搓死,鸳鸯殉贾母自缢死,赵姨被阴司拷打在铁槛寺中死,凤姐以劳弱被冤魂索命死,香菱以产难死,则足以考终命者,其惟贾母一人乎?

贾府姊妹自乳母外,有教引老妈子四人,贴身丫头二人,充洒扫使役小丫头四五人,自拨入大观园后,各添老嬷嬷二人,又各派使役丫头数人,以一女子而服役者十馀人,其他可知矣。

论月费一项,王夫人月例每二十两,李纨每月月银十两,后又添十两,周、赵二姨每月二两,贾母处丫头每人每月一两,外钱四吊,宝玉处大丫头每人月各一吊,小丫头八人每人月各五百,其馀各房等皆如例,即此一项,其费已侈矣。

内外下人俱各有花名档子册,凡取物各有对牌,其有犯事者,或革去月钱,或交总事者打四十板、二十板不等,或拨入圊厕行内,或捆交马圈子里看守,或竟撵出,具见大家规矩。

查抄以后，一切下人除贾赦一边入官人数外，府中管事者尚有三十馀家，共计男女二百十二名，至贾母丧时，查剩男仆二十一人，女仆十九人，盛衰之速如此。

凤姐放债盘利，于十一回中则平儿尝说旺儿媳妇送进三百两利银，第十六回云旺儿送利银来，三十九回云将月钱放利，每年翻几百两体己钱，一年可得利上千，七十二回凤姐催来旺妇收利账，叙笔无多，其一生之罪案已著。

凤姐叫宝玉所开之账，为大红妆缎四十疋、蟒缎四十疋、各色上用纱一百疋、金项圈四个，虽卒未知其所用，亦见其侈糜之一端。

两府中上下内外出纳之财数，见于明文者，如芹儿管沙弥道士每月供给银一百两；芸儿派种树领银二百两；给张材家的绣匠工价银一百二十两；贵妃送醮银一百二十两；金钏死，王夫人赏银五十两；王夫人与刘老老二百两；凤姐生日凑公分一百五十两有馀；鲍二家死，琏以二百两与之，入流年账上；诗社之始，凤姐先放银五十两；贾赦以八百两买妾；度岁之时，以碎金二百五十三两六钱七分，倾压岁锞二百二十个；乌庄头常例物外缴银二千五百两，东西折银二三千两；袭人母死，太君赏银四十两；园中出息，每年添四百两；贾敬丧时，棚杠、孝布等共使银一千一百十两；尤二姐新房，每月供给银十五两；张华讼事，凤姐打点银三百两，贾珍二百两，凤又讹尤氏银五百两；金自鸣钟卖去银五百六十两；夏太监向凤姐借银二百两；金项圈押银四百两；薛蟠命案，薛家费数千两；查抄后欲为监中使费，押地亩数千两；至凤姐铁槛寺所得银三千两；贾母分派与赦、珍等银万馀两；贾母之死，礼部赏银一千两。无论出纳，真书中所云如淌海水者。宜乎六亲同运，至一败而不可收也。

　　元妃宠时，其所载赏赐之隆，不一而足，至贾母八十生寿，其赏赐及王侯礼物亦可谓富盛一时。至酬赠如甄家进京时，送贾府礼叙上，用妆缎蟒缎十二疋，上用杂色缎十二疋，上用各色纱十二疋，上用宫绸十二疋，官用各色纱缎绸绫二十疋；贾敬死时，甄家送打祭银五百两：举此二端，凡所酬赠者可知。至礼节如宝玉行聘之物，叙金项圈金珠首饰八十件，妆蟒四十疋，各色绸缎一百二十疋，四季衣服一百二十件,外羊酒折银,举此一端,其他之婚丧礼节可知。殆所谓开大门楣,不能作小家举止耶?

详叙乌庄头货物单,所以纪其盛,而此时贾珍之辞,犹以为未足;详叙抄没时货物单,所以纪其衰,而此时赦、政之心殊苦。其他多一入一出,一喜一悲,祸福乘除,信有互相倚伏者。

英莲方在抱,僧道欲度其出家;黛玉三岁,亦欲化之出家,且言外亲不见,方可平安了世;又引宝玉入幻境;又为宝钗作冷香丸方,并与以金锁;又于贾瑞病时,授以风月宝鉴;又于宝玉闹五鬼时,入府祝玉;又于尤三姐死后,度湘莲出家;又于还宝玉之玉后,度宝玉出家,正不独甄士隐先机早作也。则一部之书,实一僧一道始终之。

谚云:"一生无病便为福"。今书中所记,如云宝玉急火攻心,以致吐血;如云尤氏素有胃痛症;如云迎春病;如云袭人偶感风寒,身体发重,头疼目胀,四肢火热;如云探春病;如云秋纹到家养病几日,如云巧姐方病,贾母感风寒亦病;如云王夫人多病多痰;如云芦雪亭赏雪时迎春病;如云宝琴之母素有痰症;如云李纨以时气感冒;如云邢夫人害火眼;如云湘云在园中病;如云五儿多病;如云李纨因兰儿病不理园事;如云五儿受软禁后又病;如云贾母感风霜病;如云薛蟠因出门不服水土生病,如云琥珀有病;如云五儿之病愈深,似染怔忡之症;如云宝玉又以外感风寒成病;如云香菱有干血之症;如云薛姨妈被金桂怄得生肝气病;如云巧姐惊风内热;如云妙玉以打坐走魔得病,如云宝钗病重;如云王夫人心疼病;如云尤氏自园中归大病,贾珍亦病;如云贾母以感冒风寒得病;如云宝玉去后,袭人急病;如云贾赦有痰症之类,几乎无人不病过矣,则病固人所难免乎?至于凤姐、黛玉诸人,其因病而死者,书中所述,又难尽记者矣。

凡宝、黛二人相见争怄之事,若游园归后将荷包剪碎一段,史湘云来时斗口一段,看《会真记》以谑词激怒一段,怡红院不开门一段,因落花伤感一段,贾母处裁衣口角一段,元妃赐物时论金玉口角一段,清虚观怀麒麟后一段,翦玉穗子大闹一段,潇湘馆大闹掷帕与拭泪一段,两人诉肺腑一段,向袭人误认黛玉一段,铰扇套儿一段,听宝与湘说林妹妹再不说这话一段,放心不放心二人辩说一段,黛玉奠亲后宝玉过谈并看五美吟一段,梦中见剖心一段,听琴后论知音一段,闻雪雁宝玉定亲之语自己糟蹋身子一段,闻傻大姐语过宝玉见面一段,皆关目之紧要者。须玩其一节深一节处,斯不负作者之苦心。

宝玉立誓之奇,有令人读之喷饭者。其对袭人云:"化一股轻烟,风一吹便散。"拿簪子跌断云:"同这簪子一样。"对湘云云:"我要有坏心,立刻化成灰,教万人践踏。"对黛玉云:"若有心欺负你,明儿我掉在池子里,叫个癞头鼋吃了去,变个大忘八,等你明儿做了一品夫人,病老归西的时候,我往你坟上替你驮一辈子碑去。"又云:"再说这样话,就长个疔,烂了舌头。"又云:"天诛地灭,万世不得人身。"又对袭人云:"我就死了,再能够你哭我的眼泪,流成大河,把我尸首漂起来,送到那鸦雀不到的幽僻之处,随风化了,自此再不要托生为人,就是我死的得时了。"对紫鹃云:"我只愿这会子立刻我死了,把心迸出来,你们瞧见了,然后连皮带骨一概都化成一股灰,再化成一股烟,一阵大风,吹得四面八方,都登时散了,这才好。"对尤氏云:"人事莫定,谁死谁活,倘或我在今日明日、今年明年死了,也算是随心一辈子了。"聊集录之,以供一览。此书者,真能以匪夷之想肖之。

宝玉于园中姊妹及丫头辈,无在不细心体贴。钗、黛、晴、袭身上,抑无论矣。其于湘云也,则怀金麒麟相证;其于妙玉也,于惜春弈棋之候,则相对含情;于金钏也,则以香雪丹相送;于莺儿也,则于打络时哓哓诘问;于鸳鸯也,则凑脖子上嗅香气;于麝月也,则灯下替其篦头;于四儿也,则命其剪烛烹茶;于小红也,则入房倒茶之时,以意相眷;于碧痕也,则群婢有洗澡之谑;于玉钏也,有吃荷叶汤时之戏;于紫鹃也,有小镜子之留;于藕官也,有烧纸钱之庇;于芳官也,有醉后同榻之缘;于五儿也,有夜半挑逗之语;于佩凤、偕鸾也,则有送秋千之事;于纹、绮、岫烟也,则有同钓鱼之事;于二姐、三姐也,则有佛场身庇之事;而得诸意外之侥幸者,尤在为平儿理妆、为香菱换裙两端。

宝玉过梨香院,遭龄官白眼之看,黛玉过栊翠庵,受妙玉俗人之诮,皆其平生所仅有者。

赦老纯乎官派气,政老纯乎书腐气,珍儿纯乎财主气,琏儿纯乎荡子气,蓉儿纯乎油头气,宝玉纯乎傻子气,环儿纯乎村俗气,我唯取兰哥一人。

贾环之与彩云,贾蔷之与龄官,贾芸之与小红,贾芹之与沁香、鹤仙,贾琏之与鲍二家、多姑娘等,或以事,或以情,皆不脱娼妓家行径,未可与言情者。

贾瑞之于凤,薛蟠之于柳,真所谓癞虾蟆者,其受祸也宜矣。若吴贵媳妇之夹腿,何妈之吹汤,亦未能自知分量。

吾愿以柳湘莲之鞭,治天下之馋色而生妄心者;吾愿以贾探春之掌,治天下之挟私而起衅事者。

以金桂之蛊惑,而蝌儿能坚守之,古之所难;以赵姨之鄙劣,而政老偏宠嗜之,亦世之所罕。

提宝玉于鸳鸯、尤三姐之前,便厉色抵拒之,然谓其心口相符,吾不信也。

探姑娘之待赵姨,其性太漓,惜姑娘之许尤氏,其词太峻,皆不可为训者。

此书全部时令以炎夏永昼,士隐闲坐起,以贾政雪天遇宝玉止,始于热,终于冷,天时人事,默然相吻合,作者之微意也。

还泪之说甚奇,然天下之情,至不可解处,即还泪亦不足极其缠绵固结情也。林黛玉自是可人,泪一日不还,黛玉尚在,泪既枯,黛玉亦物化矣。

士隐之赠雨村银五十两,赖县之答贾政亦五十两,其数同,其情异。

读好了歌,知无好而不了者,然天下亦有好不好、了不了之人,且天下有了而不好之人,未有好而不了之人。

王嬷嬷妖狐之骂,直诛花姑娘之心,蟠哥哥金玉之言,能揭宝妹妹之隐,读此两节,当满浮三大白。

宝玉之婢,阴险莫如袭人,刁钻莫如晴雯,狭窄莫如秋纹,懒散莫如麝月,各有所短,然亦各有所长,若绮霞、碧痕者流,委蛇进退焉而已。

袭人与紫鹃,皆出自太君房中,一与宝玉,一与黛玉,迨至宝玉僧,黛玉死,而袭人嫁玉函为妻,紫鹃从惜春逃佛,孰是孰非,知者辨之。

观平儿之于凤姐,可以事危疑之主;观宝钗之于黛玉,可以立媢忌之朝。

葫芦庙小沙弥,与江西署之李十儿,皆牵主人如傀儡，而一升官，一坏事者，亦视乎其所驾驭耳。

茜雪之撵，左右寒心，则檀云之脱然而去也，固有先几之智矣。

男子如薛蝌，女子如岫烟，皆书中所罕有，真是一对好夫妻。

写士隐之依丈人者，为全书中如黛玉之依外祖母、薛氏母女之依姊妹、邢岫烟之依姑母、李婶母女之依侄女儿、尤氏母女之依女婿等作一影子。

世态之幻，无幻不搜，文章之法，无法不尽，但赏其昵昵儿女之情，非善读此书者。

未入园时，宝玉、黛玉住贾母处，李纨、迎、探、惜住王夫人处三间抱厦内；湘云、袭人少时，住贾母西边暖阁上；梨香院教习女伶后，薛姨妈另住东南上一所幽静房舍；宝琴初到时，跟贾母睡；薛蝌住蟠儿书房，岫烟与迎春同住，李婶同纹、绮住稻香邨。

袭人初出场，则云大丫头名唤袭人者，特用一个者字，作者有微意焉。若他人出场，并无此例。

宁、荣两府房屋，街东为宁国府，稍西为黑油大门，荣府之旁院也，贾赦、邢夫人居之，而二宅之间，中有小花园隔住。再西为荣府大门，其正堂之东一院,贾政、王夫人居之;其正堂之后,在王夫人所住之西者,凤姐居之;其自仪门内西垂花门进去,一所院落,贾母居之。出贾母所住后门,与凤姐所住之院落相通,故凤姐初入贾母处,自后门来。

红楼之制题,如曰俊袭人,俏平儿,痴女儿(小红也),情哥哥(宝玉也),冷郎君(湘莲也),勇晴雯,敏探春,贤宝钗,慧紫鹃,慈姨妈,呆香菱,憨湘云,幽淑女(黛玉也),浪荡子(贾琏也),情小妹(尤三姐),苦尤娘(尤二姐),酸凤姐,痴丫头(傻大姐),懦小姐(迎春),苦绛珠(黛),病神瑛之类,皆能因事立宜,如锡美谥。

园中韵事之可记者,黛玉葬花冢,梨香院隔墙听曲,芒种日饯花神,宝玉替麝月篦头,怡红院丫头在回廊上看画眉洗浴,蔷薇花架下龄官画蔷,堵院中沟水戏水鸟,跌扇撕扇,湘云与翠缕说阴阳,潇湘馆下纱屉看大燕子回来,袭人烦湘云打蝴蝶结子,黛玉教鹦鹉念诗,山石边掐凤仙花,绣鸳鸯肚兜,翠墨传笺邀社,怡红院以缠丝白玛瑙碟送荔支与探春,看菊吃蟹,黛玉坐绣墩倚栏钓鱼,宝钗倚窗槛掐桂蕊引游鱼唼喋,探、纨、惜在垂柳阴中看鸥鹭,迎春在花阴下拿花针穿茉莉花，扫落叶，碧月捧大荷叶翡翠盘养各色折枝菊花，宣窑磁合取玉簪花中紫茉莉粉，小白玉合中取胭脂膏助平儿妆，剪并蒂秋蕙为平儿簪髻，鸳鸯坐枫树下与平、袭谈心，香菱学诗，湘云以火箸击手炉催诗，晴雯在薰笼上围坐，宝琴披凫靥裘、丫鬟抱红梅瓶站雪山上，看驾娘夹泥种藕，袭人取花露油、鸡蛋香皂、头绳为芳官添妆，紫鹃坐回廊上做针线，藕官于杏子阴吊药官，莺儿过杏叶渚以嫩柳条编玲珑过梁篮子送颦卿，麝月在海棠下晾手巾，蕊官以蔷薇硝送芳宫，芳官掰手中糕逗雀儿玩，湘云醉后卧芍药裀，探春和宝琴下棋岫烟观局，小螺、香菱、芳、蕊、藕、荳等斗草，荳官辨夫妻蕙，宝玉为香菱换石榴裙，以树枝挖地坑埋并蒂菱、夫妻蕙，以落花掩之，怡红院夜宴行令唱曲，佩凤、偕鸾作秋千戏，建桃花社，柳絮词唱和，傻大姐掏促织拾绣香囊，凸碧堂赏月以桂花传鼓，听月夜品笛，凹晶馆倚阑联句，作芙蓉诔祭晴雯，紫鹃掐花儿，潇湘馆听琴，其他琐事不一，聊摘拾如右，以备画本。

《红楼梦类索》纠疑

姚燮

暇尝涉览二十四史,其前后相矛盾者,不一而足,况空中结撰,无关典要之书耶!今条著其可疑者如左,非敢吹毛之求,亦以明读者之不可草草了事云尔!

凤姐为王夫人大兄之女,王夫人三姊妹,次即薛姨妈,其兄弟三人,子腾行二,子胜行三,今一百一回中,称子腾为大舅太爷,子胜为二舅太爷,殊失检点。

第四回点明李纨时系己酉年,就后文甲寅年云贾兰十五岁,则是时兰当八岁,其云五岁者误也。

黛玉母死时,遽云年方六岁,而即谓其奉侍汤药,守丧尽礼,又谓其旧症复发云云,皆于理欠的。

阅第五十三回宁国公名演,荣园公名法,今阅第三回云荣国公贾源,为源为法,其不相合者如此。

据第二回云,大年初一生元春,次年又生一公子衔玉云云,是玉之与元春仅差一年,何后文所说意似差十馀年者,此等处不能为之原谅也。查后元春二十六岁时,宝玉方十二岁,故知次年二字之谬,特出自冷子兴口中,岂因传闻于人,随口演说耶?

二回冷子兴又云,长女元春,因贤孝才德选入宫中作女史,上文既云元春生后一年生宝玉,则此时宝玉方七八岁,元春不过十岁内耳,何便决其为贤孝才德,即选作女史也?

查是年元春廿六岁,为王夫人廿二岁所生,若宝玉则王夫人三十六岁时所生也,书中俱可推算。

黛玉初入荣府时,为十一岁,宝玉方十二岁,而前一回子兴云黛玉方五六岁,宝玉七八岁,未免长成得太快。

第十回,东府菊花盛开,已交秋末时节,而云吃桃子,于理未合。

第十二回云,如海冬底病重,而十三回,昭儿自苏回云,如海九月初三日巳时没,不甚斗笋。

凤姐处置贾瑞之时,明明点出腊底二字,迟之久而秦氏始死,亦在岁底者。然此时去秦氏死期已过五七,派时令亦入新年中二月光景矣,而昭儿回来犹云年底可赶回,犹要大毛衣服云云,何不顾前后如此?

元妃生于甲申年,书有明文,至省亲时,实系二十九岁,宝玉是年十五岁。当宝玉三四岁时,元妃已十七八岁,故能教幼弟之书,想此时尚未入选为女史也。后元妃于甲寅年薨,系年三十一岁,今书中作元妃死时四十四岁,殊不合。

三十二回为壬子,袭人时十七岁,其与湘云十年前同住西边暖阁上,晚上你同我说那话儿,那会子不害臊,这会子怎么又臊了,按十年前袭人与湘云不过七岁上下,如何便解说此等言语?

三十九回时,太君年已七十八岁,其问刘老老年则云七十五,而太君云比我大好几岁,还这么硬朗,于理甚谬。或改刘老老年为八十一二,方合。

四十五回黛玉云,我今年十五岁,当作十四岁为是。

三十六回云,明儿是薛姨妈生日,时盖壬子年夏末秋初也,至第五十七回亦云,目今是薛姨妈生日,时癸丑年春二月间也,岂一人有春秋两生日耶?至贾母生日已详叙八月初三一段事,今六十一回探春云,过了灯节是老太太生日,则又何也!

六十九回云,秋桐十七岁,又云属兔,大误。是年癸丑,则十七岁当是丁酉生,属鸡。

七十回送尤二姐丧,有王姓夫妇,不知何人。

八十五回系甲寅秋间事,为黛玉作生日,据前书云,黛玉二月十二日,与袭人同日生,而此处生日忽又在秋间矣。

九十二回云,十一月初一日作消寒会,至九十三回,则记云十月中,时令颠倒。

元妃之薨,辨其为三十一岁,而以四十四岁为误者,一则年近四十,安能复蒙宠进,一则王夫人是年为五十三岁,岂王夫人八岁便能生妃耶?

说明:上二文录自《红楼梦类索》(又名《读红楼梦纲领》)卷三,著者姚燮。书凡三卷,卷一为"人索",卷二为"事索"。卷三为"馀索",包括"丛说""纠疑""诸家撰述提要"等。

姚燮,见《增评补像全图金玉缘》大某山民条。

〈红楼梦考证总评〉

洪秋蕃

言情之书,盈签满架,《红楼》独得其正,盖出乎节义也;纪事之书,盈签满架,《红楼》独矫其常,盖一于含蓄也。宝玉元配本属黛玉,宝钗起而谋夺之，贾母遂背黛而娶钗，于是黛玉守节死矣，宝玉不忍黛玉守节死，亦守义而亡。卒之守节义者得会合于天仙福地，肆谋夺者长嫠泣于怨雨凄风，而且家道日见陵夷，祸患因而迭至。贾母一事乖谬，百戾随之，以全福全寿之人，卒不得全受以归，《书》所谓从逆凶者非欤？然韬其意于字里行间，不使读者一眼窥破，遂成天下古今有一无二之书。仆自束发受书以来，即读《红楼》，即有心得，辄叹天下传奇小说有此一副异样笔墨，然自少至壮，足迹半天下，抵掌谈《红楼》迄无意见相合者，且有抵牾而加姗笑者。乃舍斯人而求诸书肆，凡批本及传赞图咏，悉取览焉。甫数行，即与意迕，窃自讶鄙见果有偏耶？抑斯人之目光不炯耶？因再取全传潜玩之，审乎所见不谬，遂随笔而记之。嗣以一行作吏，此事遂废，束置高阁者三十年。罢官后，为小儿昌言迎养粤西之苍梧、富川等县署，课孙暇，一无事事，爰将前所笔记增足而手录之，虽不足当大雅一粲，而作者惨淡经营之苦心，或不致泯灭焉。呜呼！生平所读何书？不能羽翼圣经贤传，愿于传奇小说阐发其奥义，斯亦陋矣。虽然，贤者识大，不贤者识小，仆为世人所弃，其不贤甚矣，小者之识，不亦宜乎！

《红楼梦》是天下古今有一无二之书，立意新，布局巧，词藻美，头绪清，起结奇，穿插妙，描摹肖，铺序工，见事真，言情挚，命名切，用笔周，妙处殆不可枚举，而且讥讽得诗人之厚，褒贬有史笔之严，言鬼不觉荒唐，赋物不见堆砌，无一语自相矛盾，无一事不中人情。他如拜年贺节，庆寿理丧，问卜延医，斗酒聚赌，失物见妖，遭火被盗，以及家常琐碎，儿女私情，靡不极人事之常而备纪之。至若琴棋书画，医卜星命，抉理甚精，覼举悉当，叱（此）又龙门所谓于学无所不窥者也，然特馀事耳。莫妙于诗词联额，酒令灯谜，以及带叙旁文，点演戏曲，无不暗合正意，一笔双关。斯诚空前绝后，戛戛独造之书也，宜登四库，增富百城。

《红楼》妙处不可枚举，尤妙者莫如立意之新。"意淫"二字，创千古经传稗史未有之奇，明明剑也而匣之，明明灯也而帷之，令观之者见匣不见剑，见帷不见灯，逼视之，乃知匣有剑，帷有灯，然笔下则但写匣与帷，更不示人以剑与灯，花样新翻，得未曾有。风流之事如是，婚姻之事亦如是，纪叙之辞如是,臧否之辞亦如是。盖"淫"之一字匪惟色欲之称,举不善皆淫,如《书》之"福善祸淫""无即慆淫",《左传》之"赏善刑淫""岁在星纪而淫于玄枵"之类是也。又非但不美之称,其美处亦淫,如皇甫谧、刘峻皆号书淫,孟东野诗"寝淫乎汉氏"之类是也。"意"者,含而未申之谓也。故凡藏于中而不显著于外者,皆得谓之意淫。悔婚而不言悔,赖婚而不言赖,夺婚而不言夺,以及不善而称为善,不贤而称为贤,匦其剑而帷其灯,意淫之说也;订盟而不言订,守盟而不言守,践盟而不言践,以及善而类于不善,贤而类于不贤,示以匦与帷而不示以剑与灯,亦意淫之说也。此二字包罗一切,统括全篇,不专为宝玉定评。若专为宝玉定评,则宝玉岂仅意淫而已哉!欲读是书,请先于云水光中洗眼来。

《红楼》妙处,又莫如布局之巧。写富不写极富,开卷便说宁、荣两府也都萧索,内囊已尽上来。写贵不写极贵,元春初选女史,继封才人,晋册贵妃;贾政初赏主事衔,洊升员外郎中之职,外任亦只学使粮道而止;赦、珍袭职而已,贾琏捐纳同知而已。此为布局之巧。昔有二画师艺名相埒,各画

《汉宫春晓图》。其一聚精会神,工绘妃后,而于服役宫娥不无差等,有美中不足之憾;其一镂金错采,专画宫娥,而于后宫佳丽不着一人,但见锦帐低垂,珠帘委地,以取春晓之意。合两幅观之,人多珍视画宫娥者,谓袍袴宫人已极美丽,其擅椒房宠者当更何如,而其实只以上等笔墨画中等人材,遂使上等人材令人拟为无上上等,如孙武子以上驷敌中驷、中驷敌下驷之巧诀耳。《红楼》布局正与此同。俗手不然,写富贵必臻其极,及序其起居服食,陈设应酬,则有婆子村气,见笑大方,亦何弗取《红楼》读之而师之哉!

《红楼》妙处,又莫如词藻之美。尖叉斗险,征引搜奇,固已含英咀华,即辞令之妙,亦非他书所及。

《红楼》妙处,又莫如头绪之清。一部廿一史从何处翻起,最是闷人。试观冷子兴演说荣国府,贾宝玉试才题匾额,遂将贾府诸人,大观园全境,逐一点出,不独使读者一目了然,即作者信笔写去,亦不致有颠倒错落之弊,创著述家第一妙诀。

《红楼》妙处,又莫如起结之奇。开卷一叙,已将结局倒摄一百二十回之前；末后一结，更将本传结到数千百年之后。且他书皆后人传前人之事，或他人传本传之人，《红楼》则为宝玉自撰，尤创古今未有之格。

《红楼》妙处，又莫如穿插之妙。全传百馀人，琐事百馀件，其中穿插斗笋，如无缝天衣，组织之工，可与《三国演义》并驾。

《红楼》妙处，又莫如描摹之肖。性情各以其人殊，声吻若自其口出，至隐揭奸诈胸藏，曲绘媟亵情状，尤为传神阿堵。佛家谓菩萨现身说法，欲说何法，即现何身，作者其如菩萨乎！

《红楼》妙处，又莫如铺序之工。挥写富贵之像易，欲无斧凿之痕难，《红楼》铺张扬厉，独免此弊。

《红楼》妙处，又莫如见事之真。深人无浅语，以见事理真也。若见之不真，则下笔多隔靴搔痒之病。《红楼》序一人，序一事，无不深透膜里，入木三分，总由见得真，斯言之切耳。

《红楼》妙处，又莫如言情之挚。款款深深，世无其匹，是真能得个中三昧者。言情之书，汗牛充栋，要不能不推《红楼》独步。

《红楼》妙处，又莫如命名之切。他书姓名，皆随笔杂凑，间有一二有意义者，非失之浅率，即不能周详，岂若《红楼》一姓一名皆具精意，惟囫囵读之，则不觉耳。兹胪举以质天下善读《红楼》之人：何为宝玉？宝黛玉也。谓惟黛玉是宝，非黛玉不娶也。曰神瑛，对顽石而言也。初则顽石，煅炼则成通灵，幻化而为神瑛，明其不顽也。何为黛玉？待宝玉也。谓惟宝玉是待，非宝玉不嫁也。曰颦儿，则以有效颦之人也。西施有效颦之人，而身价益高矣。其氏林，以其来自灵河岸，且谓有林下风，以才女目之，又如月明林下，以美人属之，尊之也。宝钗者何？宝差也。谓贾母、王夫人以宝钗为宝，识见差谬也，贬之也。薛，雪也，有阴冷之象。林遇雪，则无欣欣向荣之兆，而有萧萧就萎之忧。然雪虽虐林，而有晴雯小照于林间，犹有和煦之景，晴雯去而林无生气矣，故晴雯为黛玉小照。袭人者，能袭人婚姻以与人者也。宝玉正配本属黛玉，袭人能袭取以予宝钗，并不明张旗鼓，如潜师夜袭者然，故曰袭人。然其所以故，则以宝钗行为与己相合，故为宝钗小照。至旧名珍珠，以在贾母处耳，及侍宝玉，珠已破而不圆，不成其为珠，故夺其名以予贾母后补之婢。太君，无信之人也。宝玉亲事，既许黛玉，复迁异于宝琴，既改宝钗，复游移于傅试之妹，婚可赖，盟可背，人而无信，莫此为甚！古无信史，故氏太君以史。政者，正也，所以正人之不正也。然必自率以正，而后能正人之不正。贾政内不能刑于妻妾，外不能驾驭豪奴，徒知严厉于其冢子，是谓道之以政，非率之以正也，故不曰正而曰政。又政，真也，谓贾政乃真有其人。与甄应嘉对勘，嘉，假也，谓甄应嘉虽氏甄，应作假论。太虚幻境对联云："假作真时真亦假"，盖指此。然皆统乎宝玉而言，谓贾宝玉乃真宝玉，甄宝玉乃假宝玉也。敬之文曰苟，谓贾敬上不能报国，下不能齐家，惟苟免于是非场而已。赦者，有罪之辞，然贾赦之罪犹可赦，故后获谴亦遇赦。珍与殄相似，贾珍自取灭亡，有类乎殄。琏以连为文，贾琏连类而及，稍次其兄。蓉小子庸劣不堪，环小子顽梗实甚。珠号夜光，故贾珠早世。兰香远袭，卜贾兰亢宗。王夫人不能主中馈之人，家务则仰赖于侄妇，婚姻则颠倒于妖鬟，但知听宵小之言，遂纷召乖戾之气，中藏无主，故去一点以氏王。邢夫人初具人形而已，处事则糊涂无见，待人则刻薄居心，于时为秋，于行为金，于声为商，于官为刑，故取声象形而氏邢。纨，扇也，李纨少寡，如秋扇之见捐。然有令德，能奉扬仁风，李花白如缟素，故氏李。熙，希也；凤，奉也，谓凤姐为人专以希意旨工趋奉也，他都无论。王夫人撺掇贾母悔黛玉之婚，改宝钗之聘，明知其不可而迎合以成之，故以希奉名其人。且尅扣盘剥，亦非主持家政之道，故亦氏王而为王夫人之侄女。元春得春气之先，占尽春光，故有椒房之贵。迎春如当春花木，迎其气则开，过其时则谢，其性类木，故又谓之木头。惜春，谓青灯古佛，辜负春光，故曰惜春。若探春则不然。有春则赏之，无春则探之，不肯虚掷春光，故其为人果敢有为，长得春气，非葳蕤自守者比，且明于事理，腹有阳秋，皆探讨之功也，故曰探春。尤氏，丛过之人。秦氏，可轻之人，去来无定者。湘上闲云，故湘云以名。其始与黛玉莫逆，后为宝钗交欢，遂与黛玉反眼若雠，此不信乎朋友之人也，故亦如太君之姓。出岫之云，可为霖雨；出岫之烟，无足重轻。邢岫烟郊寒岛瘦，亦秋官之象，故亦如邢夫人之姓。宝琴，抱琴也。琴少知音，故与宝玉无缱绻；梅花三弄，是其所托，故以瓶梅题其艳，适梅终其身。水波散处为纹，馀霞散处成绮，故李纹、李绮为大观园闲散之人。花当春则旺，当秋则零，秋芳之花，不能与群芳斗艳，故傅秋芳不入大观园而向隅。然宝玉亲事，贾母亦为之游移，如荇卷之副本，故氏以傅，而为傅试之妹。周姨娘，其内吉之人；赵姨娘，如山魈之人。梧桐惊秋而叶落，秋桐来，肃杀至矣，故曰秋桐。巧姐，巧于遇者也，遇刘极巧，故曰巧姐。妙玉，妙于窃者也，窃玉极妙，故曰妙玉。尤二姐，尤物也；尤三姐，则有尤人之意矣。紫鹃，啼冷月之鸟也，托于林而遇雪，尤有寒鸦之色，然有血性，故忠于事主而有赤心。鸳鸯，不独宿之鸟也，然不妄耦，故以名。莺儿，善为枝上啼以惊人梦醒之鸟，宝钗教令笼络宝玉，即游扬其主之美以唤醒梦梦之人，故曰莺儿，而氏以黄。或曰：黄金莺，黄金缨也，宝钗用以络玉，故名，亦通。平者，平其所不平也，如平斛之概。凤姐行事太过，赖平儿以平之，故平儿最贤。雪雁，宝钗藉以为赝者也，曾为薛氏赝婢，故曰雪雁。素云，与李纨而为素者也；侍书，则侍书而已。司棋,人奇事奇,志节尤奇,青衣有此,斯亦奇矣,故曰司棋。高士之女,辱于青衣,属于俗子,其遇应怜,故曰英莲。中材之婢,偶因一顾,便作夫人,其实侥幸,故曰娇杏。金桂,精怪也,雪遇夏,未有不销亡者,故氏夏。蟾,有毒之物,薛蟠宝之,故曰宝蟾。薛蟠,谓蟠踞贾家而不去也。薛蝌,谓蝌蚪虽能作字,而文理不属,然较误认庚黄之兄差胜矣。秦锺,以情终也。秦业,秦孽也。代儒有呆迂之象。贾瑞真睡梦之人。王仁谓忘其为人。卜世仁是不是人。卜固修是不顾羞。邢德全,谓仅形貌生得全,而无人心。张友士,谓医道有足恃。胡君荣,谓胡姓真庸医。冯渊是逢冤。詹光是沾光。单聘仁是善骗人。王尔调谓调和作媒。程日兴谓能条陈家道日兴。焦大,焦躁之仆。包勇,抱勇之夫。柳,解舞之物,与宝玉相怜,故曰柳湘莲。函,受矢之物,为宝玉受矢,故曰玉函。又蒋,将也,将变函人为矢人,以射宝玉之人,故氏蒋。茗烟,盟湮也;焙茗,背盟也,谓宝黛婚媾之盟既湮没不彰,遂为贾母悔而背之,亦犹袭人旧名珍珠,谓宝黛婚姻之事如珍珠之圆,后为袭人袭而败之。非然者,珍珠、茗烟皆极俗字,后改袭人、焙茗亦无意义,何必多此一番笔墨乎?凡此种种,皆从甄士隐、贾雨村脱化出来。至王善保家及善姐,皆极不善之人,而以善称,则以反证大贤大德之宝钗,至善至贵之袭人,与全传命名之意不同。《红楼》一名一姓,不苟如此。岂他书所能企及。

《红楼》妙处,又莫如用笔之周。他书序事,顾此失彼,或挂一漏万。《红楼》无此弊,虽琐琐碎碎极不要紧之事,亦必细针密缕,周匝无遗。

《红楼》妙处,又莫如讥讽得诗人之厚,褒贬有史笔之严。贾政不学无文,惟躭博弈,然状其为人,颇类迂拘之学究,严以教子,似承诗礼之名家,且携儿辈应酬,常赴诗坛文会,膺简命出使,居然视学衡文,固未尝诋其不文也。然而题联额于新园,吟髭捻断,拟破承为程式,只字无成,虽不诋其不文,终不予以能文也。贾母悔黛玉亲事,确背前盟,宝钗夺黛玉婚姻,实由篡取,然写贾母改定宝钗,若与黛玉无涉,叙宝钗得配宝玉,俨如金玉天成,固未尝明书其悔婚夺亲也。然而偷梁换柱,公论难逭,借雁藏莺,阴谋自著,虽不明书悔婚夺亲,不啻明书悔婚夺亲也。宝钗矫诈盗名,袭人奸淫肆妒,然序两人行事,竟如媲美贤媛,不独瞽俗眼于一时,直欲盗盛名于千古,固未尝直揭其隐恶也。然而甘卑污以贡媚,一生之品行全隳,适优伶以贪欢,通体之奸淫毕露,虽不直揭其隐恶,不啻直揭其隐恶也。他如苟且之事,暧昧之行,诸如此类,笔不胜书,莫不含蓄其词如诗人之厚,而又激扬其语如史笔之严,然则《红楼》真枕经葄史之文哉!

说明:上总评出上海印书馆民国二十四年铅排印再版本《红楼梦考证》(又名《红楼梦抉隐》)。此本版权页竖题"中华民国二十四年再版""红楼梦考证""全八册""定价大洋十元",横题"版权所有、不准翻印",下题"著作者武林洪秋蕃""鉴定者海上漱石生"。首海上漱石生序,次昭潭李兆员序。又次"红楼梦考证总目"。正文第一页卷端题"海上漱石生鉴定红楼梦考证卷一",署"著作者 武林洪秋蕃 校正者 铁沙徐行素",正文开始即上所录总评。

洪秋蕃,名锡绶,字秋蕃。武林(今浙江杭州)人,监生,曾任临武、湘潭等县知县。罢官后,为其子昌言迎养苍梧、富川官署。罢官前即将读红心得,随笔记之。罢官后"爰将前笔记增足而手录之"而后成书,书名《红楼梦抉隐》亦即《红楼梦考证》。

读红楼梦杂记

愿为明镜室主人

《红楼梦》,小说也,正人君子所弗屑道。或以为好色不淫,得国风之旨,言情者宗之。明镜主人曰:《红楼梦》,悟书也。其所遇之人,皆阅历之人;其所叙之事,皆阅历之事;其所写之情与景,皆阅历之情与景。正如白发宫人,涕泣而谈天宝,不知者徒艳其纷华靡丽,有心人见之,皆缕缕血痕也。人生数十寒暑,虽圣哲上智,不以升沉得失萦诸怀抱,而盛衰之境,离合之惊,亦所时有。岂能心如木石,漠然无所动哉!缠绵徘恻于始,涕泣悲歌于后,至无可奈何之时,安得不悟?谓之"梦",即一切有为法,作如是观也。非悟而能解脱,如是乎?

真假二字,幻出甄贾二姓,已落痕迹。又必说一甄宝玉以形贾宝玉,一而二,二而一,互相发明,人孰不解?比较处,尤落小说家俗套。

"风尘碌碌,一事无成。已往所赖之天恩祖德,锦衣纨袴之时,饫甘餍肥之日,背父母教育之恩,负师友规训之德,以致半生潦倒,罪不可逭。"此数语古往今来,人人蹈之而悔不可追者。孰能作为文章,劝来世而赎前愆乎?同病相怜,余读《红楼》,尤三复焉而涕泪从之。

"满纸荒唐言,一把辛酸泪。都云作者痴,谁解其中味。"此缘起诗也。言中有泪,何至荒唐;含泪而言,但觉辛酸矣。作者痴,读者与之俱痴。读者未尝不解其中味也,辛酸之外,别无他味,我亦解人。

《西游记》托名元人,而书中有明代官爵。今《红楼梦》书中有兰台寺大夫及九省统制节度使等官,又杂出本朝各官,殊嫌芜杂。

王雪香《红楼问答》云:宝玉似武陵源百姓。黛玉似贾长沙。宝钗似汉高祖。湘云似虬髯公。探春似太原公子。宝琴似藐姑仙子。平儿似国大夫。紫鹃似李令伯。妙玉似阮始平。晴雯似杨德祖。刘姥姥似冯驩。凤姐似曹嵩。袭人似吕雉。明镜主人曰:宝玉似唐明皇。黛玉似李广,又似唐衢。

宝钗似王莽。湘云似李太白。探春似汉文帝。宝琴似张绪。平儿似陈平。紫鹃似豫让。妙玉似倪云林。晴雯似祢衡。刘姥姥似柳敬亭。凤姐似严嵩。袭人似魏藻德。

又论刘姥姥云：家运衰落，平日之爱子娇妻、美婢歌童，以及亲朋族党、幕宾门客、豪奴健仆，无不云散风流，惟剩此老妪收拾残棋败局。读至此，不独孟尝、平原，徒夸食客，凡豪门势宦，皆可为之痛哭矣。

又贾兰赞云："乳臭未脱，即以八股为务，是于下下乘觅立足地。仕宦中多一热人，性灵中少一韵人。"明镜主人曰：贾兰之才，正以见宝玉之不才。在作书者原以半生自误，不能为贾兰而为宝玉，愿天下后世之人，皆勿为宝玉而为贾兰。然而吾读《红楼》，仍欲为宝玉而不为贾兰。吾之甘为不才也，天下后世之读《红楼》者，于意云何耶？

古来轻薄，皆以"好色不淫"为解，又以"情而不淫"为案，此皆饰非掩丑之语。好色即淫，知情更淫。明镜主人曰：如此论情，如此论淫，藉口《国风》者，吾知其伪矣！今之为香奁者，欲饰其非而非不免,欲掩其丑而丑弥彰。所谓无伊尹之志则篡也。若寓言八九,只可依托香草,不能附会好逑。作者其知之。

马婆魇魔,芥起彩霞。贾环搬舌,祸由金钏。宝玉之濒死,皆赵姨所致。昔人谓尹吉甫一代贤者,伯奇有履霜之操,不知妇人女子之毒,实出人情之外。政老品学,迥出流俗,乃见欺于不宠之妾。骊姬、申生之事,何代无之?不必为吉甫辩也。

赖大是贾家总管,其子竟矇捐而选知县。承平之世,流品已如此。亦必当时实有其人,故详细书之以寓讽,亦国法所不容者。

李纨、探春代凤姐管事,理所应当。兼请宝钗,实出情理之外。

红楼人物以宝玉为第一,作者现宰官身而有微词。袭人之不死,则明斥其非曰:"孤臣孽子,义夫节妇,'不得已'三字,不是一概推诿得的。"宝玉之不死,则以"不知谁何之人",示以伦常至重,而不可死。非真有人示之也,实欲死时之转念耳。古今忠臣孝子、义夫烈妇,其慷慨捐身,则只有初念而并无转念。失此一时,抱恨千秋,作者非不知也。

小说淫辞，正人所不屑道。《红楼梦》李十儿骗贾政一节，君子仁人，孰不愿为贾政，孰不为李十儿所骗？试取此书细读之，倘亦知家人舞弊，而绝其信任之心乎？然而知之者伊谁。

尤三姐云："除了宝玉，天下就没有好男人？"此背面言之也。宝玉因画蔷而见龄官之娇、贾蔷之痴，深悟各人眼泪还各人债。此等觉悟，真能放下一切。若小红，因见妒而另识贾芸，则逼之使然，未为达也。

尤三姐惜宝玉之多情，可谓宝玉知己。然意不在宝玉，而在湘莲。岂湘莲果胜于宝玉？不知宝玉爱博而情不专。及至黛玉死而宝玉不死，三姐死而湘莲立断尘缘，始信三姐之知人。设而不死，其专于一人，必不同于宝玉。惜乎三姐知宝玉，宝玉不知三姐。以一言启湘莲之疑，死者死而遁者遁，非宝玉之咎乎？

柳湘莲以雄剑断万根烦恼，非出家也，亦自刎耳。

水月庵翻风月案，非写女尼女道士之淫，实写芳官之洁。

"多多少少穿靴带帽的强盗来了,翻箱倒笼拿东西。"强盗而竟"穿靴带帽",奇文!虽"穿靴带帽"而拿东西,实凶于强盗。文外微旨。

或谓《红楼梦》为明珠相国作,宝玉对明珠而言,即容若也。窃案《饮水》一集,其才十倍宝玉。苟以宝玉代明珠,是以子代父矣。况《饮水词》中,欢语少而愁语多,与宝玉性情不类。盖《红楼梦》所记之事,皆作者自道其生平,非有所指,如《金瓶》等书,意在报仇泄愤也。数十年之阅历,悔过不暇,自怨自艾,自忏自悔,而暇及人乎哉!所谓宝玉者,即顽石耳。

又有满洲巨公谓《红楼梦》为毁谤旗人之书,亟欲焚其版。余不觉哑然失笑。无论所纪非违律犯法之事,伤风败俗之行,即以获罪论,亦只以贿酿人命为最大,然实出于妇人女子之手。较当代诸公身膺疆寄,贿赂公行,苞苴不禁,冤死穷民无告者不知几人。设有人笔之于书,则又奈何?且笔之于书以儆将来,视已犯法而明正典刑者,又何如也!《红楼》所纪,皆闺房儿女子语,所谓有甚于画眉者,何所谓毁?何所谓谤?《红楼》之金闺硕彦,皆出乎情而守乎礼,即荡检逾闲如司棋等,亦矢志不移。其淫荡无耻者,皆不足数之人。惟袭人可恨,然亦天下常有之事而已。贬之不遗馀力,屡告阅者以申明之。苟非袭人,使金谷园中皆从绿珠坠楼乎?

《红楼》以言情为宗,自以宝玉、黛玉作主,馀皆陪衬物。而论纪事,则凤姐又若龙之珠,狮之球。何也?古今奸邪柄政,如卢杞、严嵩,皆受参劾于生前。独凤姐擅权,虽其夫亦受节制;至已败国亡家,而太夫人犹不悔,非秦之赵高乎?况太夫人并非二世庸碌之主,能道其奸者,惟一赵姨娘。而凤姐卒受冥诛,似亦为警世起见。

世禄之家,鲜克由礼。《红楼》所记,独一奢侈之罪,然已受抄拣之辱,军台之苦,其警戒为何如?今之缙绅阀阅之家,岂仅奢侈一端而已哉!不仅此奢侈一端,其幸逃法网,曷若《红楼》之堪为殷鉴耶?

《红楼》所载,闺房琐屑儿女私情。然才之屈伸,可通于国家用人之理。如黛玉之孤僻,汲黯之戆直也。骨鲠之臣,见弃于圣明。彼圆通世故者,不群以为相度乎?英明之主,且以此为腹心,何况昏庸?长沙吊屈,吾读《红楼》,为古今人才痛哭而不能已。

仁和吴苹香女史（藻），有［金缕曲］一阕云：

欲补天何用。倩销魂、红楼深处，翠围香拥。呆女痴儿愁不醒，日日苦将情种。问谁个、是真情种？顽石有灵仙有恨，只蚕丝、蜡泪三生共。勾却了，太虚梦。　　喁喁话向苍苔空。似依依、玉钗头上，桐花小凤。黄土茜纱成语谶，消得美人心痛。何处吊、埋香故冢。花落花开人不见，哭春风、有泪和花恸。花不语，泪如涌。

明镜生和一阕云：

悔入迷香洞。只痴情、缠绵一缕，死生断送。打破繁华归大觉，醒到红楼好梦。始信道、聪明误用。往事凄凉都忆着，怎招魂、苦了悲秋宋。难补满，情天空。　　漫言缘是前生种。便神仙、尘寰堕落，任人搬弄。呆女痴儿如许事，织出天衣无缝。赚千古、才人一恸。无可奈何花落去（成句），悟空明、镜影偏珍重。人宛在，香花供。

说明：上杂记录自《香艳丛书》。

愿为明镜室主人，即江顺怡（1822—1889），字秋珊，自署愿为明镜室主人，安徽旌德人。浙江候补县丞。著有《愿为明镜室词》《词学集成》及《读红楼梦杂记》等书，并行于世。

红楼梦竹枝词

卢先骆

娲皇不补奈何天，放下瑶台女谪仙。不合大荒山下过，好姻缘是恶姻缘。

朱门富贵好繁华，处处楼台面面花。底把灌愁河畔水，一齐都付与儿家。

湘馆凄凉夜正孤，茜纱窗下月模糊。拚将两眼相思泪，酬得郎恩一半无。

风调何人似可卿，前身疑是许飞琼。无端偷试阳台梦，唐突人前唤小名。

底事蛾眉不解颦，情天孽海渺无垠。黄金不打葳蕤锁，妒煞蘅芜院里人。

教郎莫灌漏壶水，教郎莫看自行船。水自东流船自去，相亲相近总无缘。

拨断冰弦泪欲倾,无人得见此时情。生憎窗外千竿竹,不是风声即雨声。

姊妹何人数独先,花家娘子自神仙。近来新得夫人宠,不共傍人领月钱。

琼瑶池馆玉楼台,月殿云宫四面开。鼓乐忽惊红袖乱,门前齐报凤舆来。

新诗尽许献风流,红叶何时出御沟。怕说麝香珠一串,承恩偏是宝丫头。

人日才过日几天,明宵又是月团圆。上房传说花灯节,预备青铜赏戏钱。

满堂箫鼓月当头,一出新声演醉楼。漏尽铜壶归不得,太君真个解风流。

斑衣学舞戏红罗,谑浪无心惹趣多。一笑喧阗齐拍手,可人终让凤哥哥。

慵整花钿对镜台,宫花一朵鬓边开。烟鬟齐带朝云色,知是高唐梦里来。

却下重帷会所私,炕屏那惜借玻璃。痴儿若解侬情意,便是低头一笑时。

无多恩爱便情深,宫粉新分白玉簪。妾自有夫郎有妇,与郎暗里结同心。

薰笼倦倚两情依，金玉良缘是也非。一语醋人禁不得，看他呆雁一双飞。

香肩并倚坐筠床，软语娇羞啐玉郎。任是麝兰薰透骨，怎如林子洞中香。

笑煞檀郎没事忙，朝朝寻艳复寻香。叮咛莫似颠狂蝶，又逐东风过别墙。

三尺红绡寄恨书，小诗读罢泪如珠。可怜秋水蒲桃眼，多恐鲛人泣不如。

小楷临摹点画工，绿窗费尽许多功。行间真假知谁是，毕竟心同手亦同。

毒手谁防暗箭多，无端簧舌起风波。只因孽海情魔重，休怪龙钟马道婆。

娇喘如丝强自持，郎心只许妾心知。神仙那有相思药，枉煞行时王太医。

巾箱宠爱日无多，三寸桐棺掩面过。不独伤心尤二姐，本来娘子是阎罗。

银壶浊酒夜三更，为访襄王犯露行。立尽苍苔冰透骨，蝌郎底事太无情。

连天爆竹响迷离，金字牌衔列绣旗。一路佩环声不了，香车齐会祭宗祠。

美景良辰二月天，相邀姊妹敛金钱。明朝正是花朝节，传说堂前摆寿筵。

芳草青青水蔚蓝，一鞭游骑出城南。问郎系马谁家好，莫是烧香水月庵。

镇日蟾宫锁不开，紫云何自降瑶台。金钗斜拔书蔷字，惹得巫山暮雨来。

阿姨丰度自翩翩，不在梅边在柳边。值得堂前身一死，风流几个似湘莲。

蓼汀一带碧波流，灯影衣香水面浮。箫鼓声声人不见，龙船划过紫菱州。

花家门巷夜寻欢，绵绣成围玉作团。一骑连钱骢马去，许多红袖卷帘看。

梨香院宇结芳邻，一树花光白似银。麦饭纸钱寒食节，个中亦有断肠人。

昼永闲廷绣幔开，残棋一局小徘徊。回头错落枰心子，笑问郎从何处来。

雨水雨儿霜降霜，费侬辛苦几年藏。郎心但解冷香好，那识温柔别有香。

冰麝无心更检挑，铅华不御自妖娇。只搽茉莉纤纤粉，添上蔷薇薄薄硝。

口滴樱桃一点工,避人调笑唾残绒。教郎细向唇边看,新买胭脂红不红。

松花衫子绿鹦哥,彩线盘金绣不多。病体却嫌蝉翼重,阿婆还有软烟罗。

拢翠庵前树似霞,为郎偷赠一枝花。含情笑脱袈裟道,可吃千红一窟茶。

活火金炉兽炭销,绣衾不暖坐深宵。北风一夜琼瑶雪,齐脱湘裙换紫貂。

猩红笠子太憨生,雪里梅花一朵轻。不是郎心偏爱惜,薛家姊妹本多情。

翠线条条手自抽,与郎细补雀金裘。花针若个赢人巧,偏是烧香总断头。

淹淹扶喘别朱门,冤枉何人为剖分。同住红楼云雨地,偏无好梦到晴雯。

一面匆匆死别时,红绫袄上泪如丝。伤心为制芙蓉诔,诉向花前知不知。

翠被怜香事已非,年年空忆梦魂归。残宫落尽棠梨雨,忍学飘零扇子飞。

偶向花前践宿盟,太湖石畔订三生。无心失落香囊袋,惊醒巫山梦不成。

雪罗衫子趁身裁,朵朵梨花月下开。云板一声车马乱,馒头庵里送灵来。

绣衾留恋梦温存,晓日临窗未启门。昨夜不知春雨过,杏花红遍稻香村。

缀锦楼前草似茵,小鬟传信踏青春。教郎莫到葬花处,满地残花愁煞人。

六幅湘裙污石榴,为寻芳草斗风流。侬家赢得夫妻蕙,姊妹何人是并头。

冰梅小几馔陈初,为赏良辰乐自如。传到太君亲赴宴,齐来花下接肩舆。

酒兵队里女将军,跌宕风骚总不群。除却尤家三妹子,更无人敌史湘云。

芍药阴中昼正长,避人扶醉赴高唐。落花不管春狼籍,飞上罗裙格外香。

鹦鹉螺杯镂绛霞,融酥茶点样新花。熊蹯鸡跖尝应遍,添上冰盘哈密瓜。

村语撩人亦雅驯,笋蔬风味自天真。千金难买蛾眉笑,老老原来是解人。

会芳园里暂相亲,路入桃源认不真。一枕相思憔悴死,可怜风月镜中人。

秦家小子太憨生,绝世温柔玉性情。不是同车恩义重,也应分爱到鲸卿。

倚托良媒亦自怜,淡妆素服一婵娟。绮罗队里神仙客,谁是风流邢岫烟。

莲花巧舌让人多,艾艾何心自舛讹。试问眼前诸姊妹,阿谁曾不爱哥哥。

娇痴小婢绝聪明,解把阴阳细品评。拾得麒麟私撮合,儿家亦是有风情。

瑶林贝阙望分明,凸碧堂西雨乍晴。最好风光是三月,暖香坞里放风筝。

滴翠胭脂拂绢初,亭台新写大观图。多情一管描花笔,只恐蛾眉画不如。

藕榭菱洲一带疏,晓妆妒煞木芙蕖。痴郎贪看池中影,故倚阑干学钓鱼。

太平鼓子响粼粼,文凤求凰一曲新。筵上忽飞红雨过,传花刚到太夫人。

宝镜玲珑映碧纱,枝枝照见满头花。携蝗一觉浑无事,醉眼朦胧拜亲家。

飞盏流觞小令工,浓歌艳曲满筵红。阿侬看过西厢记,编出牙牌便不同。

蜂腰桥畔柳如烟,编个花蓝郎枕边。妾貌如花眉是柳,教郎常似伴侬眠。

私语无端入耳听,惹人情窦太零星。却嫌蝴蝶真多事,勾引侬来滴翠亭。

玲珑新样小荷汤,捧向樱唇劝共尝。小语问郎滋味好,可知还有口脂香。

丝丝冰线绾通灵,联却梅花络子轻。试向枕边亲问讯,小名真不愧莺莺。

云笺半幅手亲裁,小楷蝇头写麝煤。忙煞一秋诗兴好,海棠开后菊花开。

桂花作艇玉为堂,新打兰桡七尺长。一阵香风花里过,无人知是驾船娘。

为郎扮作小渔婆,侬着青篷郎着簑。郎自撑篙侬把舵,与郎照影到恒河。

窗下无人私语时,对郎调戏笑郎痴。近来学作参禅诀,究竟何如总不知。

东风昨夜梦天涯,晓起凭栏数落花。侬命也同花命薄,飘零一样是无家。

绣帘风细袅晴丝,彩笔分填柳絮词。妾愿如丝郎似柳,便随风去莫相离。

绿阴庭院锁青苔,红楼前年燕子来。春色不关人意绪,断肠莫问李宫裁。

丝丝鬈发腻于油,一线红潮枕畔收。匿笑回身向郎抱,碧纱窗下共梳头。

销金绣幔紫檀床,锦被浓薰百合香。多谢穿衣三尺镜,灯前夜夜照鸳鸯。

冰雪聪明慧性存,绛珠仙草本灵根。外婆若问阿谁好,绝妙词原是外孙。

瓣香新祝女先生,一卷唐诗口授成。好把社中添一座,甄家娘子亦风情。

凹晶馆外桂初芬,紫蟹肥时酒半醺。不敢持螯郎会否,妾心亦似卓文君。

金塘水满睡初酣,风雨无端折画栏。惊散鸳鸯无好梦,何人不怨赵堂官。

香车百辆别乡关,碧海归宁有梦还。回首可怜歌舞地,一天风雪望家山。

一朵鲜花色有香,纵然多刺亦何妨。不因摒挡抒才干,谁信雅巢出凤凰。

寄语檀郎莫更痴,从今了却旧相思。洞房昨夜新人笑,正是颦儿死别时。

瑶台怅望返云车，愁听鹦哥唤倒茶。何处朝云何处雨，绛珠宫里是奴家。

高情枉自梦梨花，赦老风情也不差。三尺红绡人断送，阿爷真个误儿家。

雏凤谁怜铩羽翎，十三学织便零丁。聘钱十万无人借，憔悴河边织女星。

缁衣初换道家妆，薄命真成枉断肠。岁岁春花与秋月，可怜愁煞惜姑娘。

转眼莺花委逝川，蓝田芜尽玉成烟。伤心林下人归去，庭院无人泣紫鹃。

掌花人去泪空弹，花气犹含泪未干。不是茜纱罗一幅，肯教便益蒋琪官。

梦入怡红往事空，伯劳飞燕各西东。金簪落井无寻处，更把何人换小红。

绝可人怜是五儿，病中细与诉相思。海棠萎尽垂丝树，剩有章台柳一枝。

明珠已碎镜埋尘，碧瓦成堆曲沼湮。一夜西风花落尽，伤心岂独贾迎春。

访旧休招素女魂，不堪重问大观园。沁芳桥下桃花水，尽是情虫血泪痕。

谁人辛苦未分明,翠被怜香夜夜情。便益风流傻大姐,一双呆眼看妖精。

悼玉悲金也是疑,伤红惜翠总情痴。荣宁两府人多少,占得清名是石猊。

诗成亦自笑余痴,镂血揉肠苦费思。谁把江郎传恨笔,为侬传遍竹枝词。

红牙拍碎暗伤神,过眼莺花莫认真。推醒红楼酣睡客,回头便是急流津。

说明:上竹枝词录自《香艳丛书》。

卢先骆,字杰三,号半溪。清道光十二年(1832)进士,任广东龙川知县。喜为诗,不加雕饰。著有《红楼梦竹枝词》《循兰馆诗存》(《安徽人物大辞典》)。

红楼梦赋叙

何镛

除是虫鱼,不解相思红豆;倘非木石,都知写恨乌丝。诵王建之宫词,未必终为情死;效徐陵之艳体,何尝遽作浪游。李学士之清狂,犹咏名花倾国;屈大夫之孤愤,亦云香草美人。而况假假真真,唤醒红楼噩梦；空空色色，幻成碧落奇缘。何妨借题以发挥，藉吐才人之块垒。于是描来仙境，比宋玉之寓言；话到闺游，写韩凭之变相。花魂葬送，红雨春归；诗社联吟，白棠秋老。品从鹿女，陆鸿渐之茶经；啼到猿公，张若虚之词格。赏雪则佳人割肉，兽炭云烘；乞梅则公子多情，雀裘霞映。侍儿妙手，灭针迹于无痕；贫女孤身，痛衣香之已尽。眠酣藉绿，衬合群芳；寿上怡红，邀来众艳。生怜薄命，怀故国以颦眉；事欲翻新，洗人间之俗耳。斗尖义之险韵，鹤瘦寒塘；绘闺阁之闲情，鱼肥秋淑。丹维白博，天上月共证素心；翠屭红韬，镜中缘只馀灰劫。无花不幻，空归环珮之魂；有子能诗，聊继缥缃之业。儿此骈四俪六，妆成七宝之楼；是真寡二少双，种得三珠之树。而乃人口之脍炙未遍，贼氛之燔灼旋来。简汗方枯，不见标题之迹；璧完犹在，亦关文字之缘。爰付手民，重为寿世；凡诸心赏，莫笑痴人。光绪二年太岁在柔兆困敦清和上澣，山阴何镛桂笙氏书于申江旅次。

(红楼梦赋自叙)

沈谦

红楼梦赋二十首,嘉庆己巳年作。时则孩儿绷倒,纲官贡归。退鹢不飞,缩龙谁掇。破衫如叶,枯管无花。冯骧之歌,弹有三叠;堇父之布,坠欲再登。遂乃依砚为田,迁书就榻。屋梁落月,山顶望云。感友朋之萍逢,负妻子之鹤望。钟仪君子,犹操土音;庄舄鄙人,不忘乡语。荒凉徒伫,块独寡偕。悁结弥深,郁伊未释。爰假《红楼梦》阅之,以消长日。夫其莺花丛里,螺黛天边。星晚露初,晴朝雨夕。平台茗约,小院棋谈。披家庆之图,红裤锦髻;赴仙庭之会,檀板云璈。莲叶尝来,好添食谱;鹦哥唤起,都杂诗声。不料驹隙易过,萤光如闪。残花频落,僵柳难扶。子夜魂销,丁帘影寂。舞馆歌台之地,日月一瓢;脂奁粉碓之场,烟尘十斛。此又盛衰之理,古今同慨矣!于焉沁愁入纸,择雅阄题。乡写温柔,文成游戏。仿冬郎之体,伸秋士之悲;颦效西施,记同北里。浑忘绮忏,聊慰蓬楼。未尝不坦然自怡,悠然自解也。顾或谓琵琶曲苦,托恨事于赵家;蝴蝶梦酣,契寓言于庄叟。自来稗官小说，半皆佛门泡电、海市楼台，必欲铺藻摘文、寻声察影，毋乃作胶柱之鼓，契船之求也乎？况复侧艳不庄，牢愁益固。仲宣体弱，元子声雌。既唐突之可嫌，亦轻俗之见诮。窃恐侍郎试罢，未必降阶；伧父成时，适以覆瓿耳。然而枯鱼穷鸟，寓旨遥深；翠羽明珰，选词绮丽。借神仙眷属，结文字因缘。气愧凌云，原不期乎杨意；门迎倒屣，敢相赏于李溪。弄到偏弦，握馀惭笔。因风屈体，难堪竹叶笑人；破梦吹香，却被梅花恼我。道光壬午中秋前十日，青士沈谦自叙于京寓之留香书垫（改名锡庚）。

红楼梦赋

沈谦

贾宝玉梦游太虚境赋

　　有缘皆幻，无色不空。风愁月恨，都是梦中。恨不照秦皇之镜，然温峤之犀。早离海苦，莫问津迷。何须春怨秋怨，朝啼夜啼；泪弹珠落，眉锁山低。则有警幻仙姑，身寄清都，职司姻箓，薄命谁怜，钟情必录。国号众香，峰依群玉。会饮琼浆，界分金粟。登碧落兮千重,傍红墙兮一曲。笑此地情天孽海,岂有神仙;愿世间才子佳人,都成眷属。遂令云母屏前,水晶枕上,壳破蝉飞,香迷蝶放。境黑仍酣,云青无障。炯引双光,灵开十相。琼花瑶草,翻添妩媚之容;绿榭红亭,别构玲珑之样。于是手披旧册,目注新图。细摹诗谶,历访仙姝。玉容惨澹,墨迹模糊。石竟顽而不转,花未老而先瘅。慧剑凭挥,好破城中烦恼;呆灯空对,终疑画里葫芦。尔乃烹羊脯,剖麟脂,调赤薤,劈斑螭。酒酿群芳,万艳同杯之胜;茶煎宿露,千红一窟之奇。固宜舠飞鹦鹉,卮献玻璃;神移玉阙,心醉珠帷。况复飞琼鼓瑟,弄玉吹笙;江妃拊石,毛女弹筝。绛节记竿头之舞,霓裳流花底之声。灵香王妙想,雅奏董双成。朝云暮雨之期,行来一度;红粉青娥之局,话了三生。无何仙界难留,锦屏易晓。眼前好景俱空,梁上馀音犹绕。人生行乐只如此,十二金钗都杳渺。不想红楼命名意,误煞少年又多少!

吹大法螺,击大法鼓,然大法炬。如来说法,真要唤醒一切,救度一切。(余霞轩)

滴翠亭扑蝶赋

杨柳阴中春色稀，饯春今日送春归。惟有痴情蝶不知，双双犹傍花间飞。昔之韩凭夫妇，谢逸诗篇。藤峡一枝之翠，云峰五色之烟。轻盈善舞，缥渺俱仙。墙高粉落，帘细须穿。莫不罗扇暗拂，彩衣频牵。认尔前生，鹤子花头之叶；添谁好样，宫人鬓上之钿。爰有淑女，小名宝钗。香闺旧伴，有约忘怀。欲访不果，相思无涯。寻春玉槛，转步苔阶。飞絮和烟光欲活，落花与云影俱埋。青描螺子黛，绿衬凤头鞋。则见栩栩玉腰，翩翩粉翅，顾影自怜，侧身偏媚。饱哑额红，斜撩眉翠。穿香径而仍回，拂锦茵而若坠。君何轻薄，梦迷庄叟之痴；侬也颠狂，会结唐宫之戏。遂乃绕雕甍，穿绣阁，卷珠帏，披晶箔。袖短罗香，鬟松云薄。势怯莺捎，魂防燕掠。径虽仄而草肥，心未慵而腕弱。路转峰回之处，架掩荼蘼；水流花谢之时，栏遮芍药。雁齿桥横，鱼鳞浪隔。香汗淋淋，春波脉脉。杏子衫轻，桃花扇窄。绿树阴浓，苍苔路僻。空盼仙衣，徒敲粉拍。步不稳兮难支，脸不羞兮亦赤。相逢遗帕之人，遁去窃香之客。歌曰："南园草绿任飞回，定在山隈与水隈。空阔胸襟侬本色,梦魂不唱祝英台。"又曰:"滴翠亭边四望空,花枝冉冉隐墙东。春风无意透消息,惊煞推窗林小红。"

翩旋轩虚,飑曳粉拂,索纸剪来,未必有此栩栩欲活。(周文泉)

葬花赋

春雨春风,梦醒楼中。凭阑小立,满地残红。莫不芳心若醉,痴想俱空。依徊亭榭,惆怅帘栊。竁卿乃翻花谱,曳花裾,随花担,荷花锄。蔷薇露下,杨柳风初。愁谁似我,恨却关渠。柔情脉脉,孤影蘧蘧。红雨春归之后,绿阴午倦之馀。与其影落芳尘,声随流水,幻类萍踪,香粘屐齿,高飞滴翠亭边,低逐怡红院里;何如贮以金囊,筑为玉垒,黄土云封,白杨烟起。美人句妙,都谙鹦鹉之啼;公子情痴,定撰芙蓉之诔。艳骨长埋,愁肠空绕。墓拜王嫱,坟邻苏小。鸳鸯冢成,酴醿事了。眼迷阶畔之苔,声断枝头之鸟。倩徐生而写影,红瘦绿肥;仿屈子以招魂,风残月晓。徒令梅兄失侣,菊婢垂头;蝶媒抱恨,蜂使含愁。荒凉三径,冷落一抔。草虽生而不宿,叶先病而如秋。落月杜鹃,长啼血泪;空梁燕子,徒吊画楼。吁嗟乎,柳絮填词之日,海棠结社之年,生涯诗酒,风致神仙。而乃洒相思之泪,完太虚之缘。波皆有恨,月不常圆。芳情缭绕,苦味缠绵。花容判雨,花骨埋烟。茜窗露冷,湘馆云眠。人生到此,能不凄然。诗曰:"剩粉零香亦可怜,焚巾难补有情天。不知三尺孤坟影,葬得姑苏何处边。"

"红颜一春树,流年一掷梭",如闻蓝采和踏歌。(陈石卿)

海棠结社赋

我闻衔土避燕,烧钱噪鸦。王子评镜,鲁公斗茶。陶令招饮,白傅放衙。枌榆路古,桑柘阴斜。晚风杨叶,清月莲花。寻洛下之衣冠,图留僧舍;题雪溪之名字,歌起渔家。则有刘家小妹,行列第三,荔枝虽侧,杏花太憨。寄闲情于笔墨,穷真趣于林岚。槛下低徊,清光夜惜;斋中寂寞,爽气秋含。留八月之馀春,屋当金贮;送一函之小启,词拟珠谈。会有香山之胜,酒有玉井之酣。夺锦裁诗,扫花拥帬。斜卷晴帘，洞开妆牖。韵随钵成，心为囊呕。觉风雅之淋漓，喜精神之抖擞。酣惊入梦之香，妙借生春之手。莫呼姊妹，赠别号于诗翁；惯慕神仙，拾馀芳于名友。渺渺秋光，开偏海棠，种分西府，植向南墙。宜和梨酒，好聘梅妆。淡抹半帘之月，寒期五夜之霜。结一巢而堪卧，入三径而非荒。此日题词，拟借书生之柱；当年洒泪，空迥思妇之肠。倩绣阁之佳人，作骚坛之盟主。逸同竹林，名联兰谱。胜揽芳园，句传乐府。花有价而能评，茧无丝而不吐。遂令杨柳平堤，鸳鸯别浦，销夏深湾，藏春小坞，莫不十样笺题，一枝笔补。凭分甲乙之公，讵惜推敲之苦。律兼收乎叠韵双声，期不爽乎五风十雨。所以时逢落帽，节届湔裙。华筵酒半，小窗睡馀。柳絮新填之日，桃花再建之初。赋江梅于梵院，吟篱菊于吾庐。纵教春卉秋蒲，别开结构；为数黄心绿叶，实记权舆。

女秀才，女博士，众篇并作，采丽益新。洄极一时园亭之胜，而清思健笔，写得逼真。（徐㮅兰）

栊翠庵品茶赋

问前身于宝珞，寻觉路于金绳。鱼山梵呗，鹿女禅灯。三空竟辟,万应俱澄。座则莲花朵朵,塔则螺影层层。细草长松,早结真如之谛;晨钟暮鼓,咸参最上之乘。当其相近庄严,城开烦恼。经情马驮,钵和云抱。锡飞则虎豹皆惊,尘断则烟霞同老。台非镜而都空,径有花而不扫。固已缘分香火,慧证菩提;何妨渴解旗枪,癖呼甘草。尔乃金炉细拨,石鼎新煎。银丝缕缕,玉液涓涓。添总顺乎活火,汲不赖乎深泉。听来松下之涛,清风入韵;收得梅梢之雪,凡骨都仙。经分十二门,陆羽则采传旧谱;文有五千卷,卢仝则谢赋新笺。骨碾凤团,根蟠龙脊。小岘雨酣,春池雷坼。鹤岭膏流,鸠阬翠积。八饼素尘,一瓯灵液。云脚偏红,乳头俱碧。姓则封以甘侯,名则颂以森伯。莫不昧辨六班,风生两腋。烹来北苑之香,供尔西园之客。人如菊淡,气似兰馨。尘想胥涤,醉魂渐醒。筒倾岩白,碗配瓷青。顶灌醍醐,合抚仙人之掌;香焚檐卜,疑偷大士之瓶。笑已类于拈花,真堪疗渴;顽总同于点石,不藉谈经。况复漆盘烟护,花瓮云消。灵犀堪点,斑竹谁雕。涤红螺兮九曲,悬绿玉兮一瓢。篆纹题苏子之名,形分蝌蚪;秘府重王郎之玩,宝胜琼瑶。何必背欹铜鹤,叶卷金蕉。碗夺琉璃之彩,杯争鹦鹉之娇。歌曰:"危坐金身丈六前,修行何处脱尘缘。几声睡后煎来熟,参透观音水月禅。"

陆鸿渐《茶经》,毛文胜《茶谱》,蔡襄《试茶录》,周昉《烹茶图》,一时并集腕下。(钟小珊)

余性嗜茶。丙子南归,读书航坞山寺,尝携一炉一鍑,采日铸雪芽,汲山泉烹之,清馥隽永,虽建溪、顾渚不过也。今读此作,益令我缑短衔渴。(施鹤浦)

秋夜制风雨词赋

仆尝惊秋梦,拥秋衾,悲秋笛,感秋砧。对秋灯之黯黯,数秋点之沉沉。即令秋河彻晓,秋月满林,秋高入画,秋爽披襟,犹然动我以秋怨,撼我以秋吟。况复细雨斜风,秋声四起,湿落檐花,寒逼窗纸。旅馆萧条,弥嗟客子。衣无人寄,故乡云树之间;被有谁温,小榻尘烟之里。独坐听之,情焉能已?何怪乎金闺淑媛,绣阁名姝,花怜骨瘦,月吊身孤。寄还类燕,啼竟如乌。愁从笔诉,病倩人扶。读江令之别离,情牵团露;笑潘郎之吟咏,兴扫催租。当其寂寂昏黄，倦倚牙床，杨柳凝翠，梧桐送凉。石细苔润，林摇竹香。窗破蕉展，径寒菊荒。猿啼暗峡，鹤唳横塘。蛩吟也苦，叶落如狂。灯不挑兮檠短，梦不稳兮漏长。尔乃墨染金花，砚调青石。银管毫抽，锦笺手劈。何馀绪之缠绵，写离情之睽隔。张衡之怨难消，宋玉之悲莫释。凄凉团扇，姬人汉殿之歌；仿佛春江，学士陈宫之格。多情公子，风致翩翩，携灯相访，笠雨蓑烟。斜凭玉几，小坐花毡。当亦数行泪下，一脉愁牵。对此不堪卒读之句，归于无可奈何之天。被夫桃花春雨，柳絮春风，影飘槛外，香满帘中。固宜词伤头白，冢泣颜红，传情命薄，寄恨途穷者矣！乃知人影萧疏，天光黪默。雾锁烟迷，红愁绿惨。三更寂寥，四壁澄淡。莼羹鲈脍，每萦旅客之情；断雁湿云，尤触骚人之感。

多管是阁着笔儿，未写先流泪。（施瘦琴）

昨宵秋雨滴阶，孤灯如豆。同青士坐西窗下，共语旅况。寒蛩落叶，怅触愁怀，因谓君宜赋秋窗风雨夜矣。次日，即手携此赋出示。读之幽香冷艳，真教我一想一泪零。（己巳九月二日素园朱襄

附笔）

　　检初稿，得故人之评跋数语。奈十年来一领青衫，而灯影虫声，犹是天涯作客。素园已于甲戌捐馆，归葬西湖之滨矣。重抚手迹，倍觉黯然。（己卯七月九日自记）

　　芦雪亭赏雪赋

　　大地敛昏，群山含冻。掩日韬霞，缘甍冒栋。峰头之吟榻高眠，江面之钓船斜送。火则翡翠一炉，酒则葡萄半瓮。影随柳絮春风，谢女之魂；寒到梅花明月，逋仙之梦。花帚分携，来扫旧蹊。重重玉戏，颗颗珠啼。鱼鳞屋厚，雁齿桥低。鹤何为而守树，鸿何事而印泥。遂乃筵开玳瑁，窗展玻璃。一帘垂地，四壁环溪。碧峰石隐，银浦波迷。烟埋葭岸，水涨蓼堤。唤晴无鹊，辟寒有犀。路自藏乎曲折，天不辨乎东西。则见杯浮大白，火拥层红。覆非蕉叶，薰有瓠笼。胎还胜兔，掌亦如熊。毛真雪聚，炭类云烘。分玉署之三牲，仙家上品；剖金刀之一脔，名士高风。况复蓉粉衔笺，松烟泼墨。炉好同围，烛何须刻。天连惨澹之容，字费推敲之力。

寒香则秋水闲吟,佳句则灞桥独得。添谁诗债,罚依金谷之条;助我春情,供借铜瓶之色。公子乃扶筇独往,着屐频探。蘼芜幽径,薛荔小庵。影欹竹外,香逗枝南。深山霞落,老树烟含。一痕春盎,半面酒酣。疏梦到罗浮之界,凤缘登弥勒之龛。笑无檐而不索,禅有壁而同参。腊酿重浇,北风飘萧。声催铜钵,暖护银貂。诗真香沁,图岂寒消。壶贮冰而了了,山颓玉而迢迢。数阕歌来,妆想美人之淡;一枝赠后,情怜驿使之遥。赓白雪之新腔,莫翻下里;谱红罗之艳曲,绝胜南朝。

俾色揣称,抽秘骋妍,可夺梁园一席。(何拙斋先生)

雪里折红梅赋

红粉修来香国坐,青鬟拥向玉山行。五出梅花六出雪,美人林下立无声。方其联盟入社,下笔惊人。天公戏玉,世界成银。裘因貂暖,园类兔驯。株株屋绕,步步檐巡。柳有絮而皆软,松无皮而不皴。白羽飞时,贝阙琼楼之地;红霞落处,空山流水之春。则见锦被风裁,根从云托。影瘦枝疏,妆慵粉薄。分种蒲龛,开花兰若。非孤岭之黄香,异仙家之绿萼。钵常咒而生莲,门自关而守鹤。灌须甘露,倾大士之银瓶;沁借寒香,学道人之铁脚。来追禅步,迷茫无路。积霰未融,斜风如故。图披九九之寒,径觅三三之趣。磴不扫兮全封,山虽藏兮半露。吟成东阁之诗,分得西冈之树。类墙头之红杏,拖出一枝;同天上之碧桃,窃来三度。竹影交加,笼水笼沙。寒压眉月,晕蒸脸霞。枝高手冷,步缓腰斜。小桥树隔,老屋烟遮。横琴何处,烹茗谁家。斗歌于皓齿青娥,亭边顾曲;索笑于竹床纸帐,座下拈花;点额则寿阳妆罢,举杯则罗浮梦赊。闲依石槛,小立苔垣。句留屋角,踯躅篱根。玉皆换骨,花欲销魂。罨画三面,胭脂一痕。铁笛与铜瓶俱抱,翠裘随缟袂同温。淡云晓日之馀,谁夸白战;疏影暗香之里,又到黄昏。歌曰:"姊妹江东大小乔,怜卿丰韵十分饶。前生夫婿林和靖,合住段家湖上桥。"

　　冷香冷韵,绘影绘声。觉人面桃花之句,未免多买胭脂。(周文泉)

病补孔雀裘赋

斯罗之国,罽宾之路。有文禽焉,曰孔都护。尾张锦轮,屏依红树。耸翠角而高骞,服绣衣而先妒。压以金线,编以彩翚。集而为裘,适合腰围。雉头失色,鹤氅争辉。刷翎则翠落,振翼则鸾飞。劫奈成灰,抱此难完之璧;巧谁乞样,补来无缝之衣。纵令访天孙于河源,寻龙女于洛水。苏若兰之慧心,薛灵芸之神技。针借辟尘,丝穿连理。终难价重千金,春生十指。类佳人之茅屋,工费牵萝;同太守之布绸,俭能糊纸。然而添香小婢,煎茶侍儿,灵机独运,病骨难支。鸳鸯懒后,蝴蝶慵时。眉何事而不黛,鬓何为而如丝。讵作娇羞,学夫人之举动;好将熨贴,消公子之狂痴。斜偎锦枕,小启香奁。珠毛暗剔,翠缕轻拈。声摇玉钏,绒唾晶帘。眼昏针细,灯晃毫尖。绷来新月之弓,半钩忽满;送出春风之剪,一线频添。是经是纬,或横或纵。云霞闪闪,锦绣重重。黑貂青凤之名,徒夸焜耀;翠尾金花之样,绝妙弥缝。岂不疲而乐此,却无取乎怜侬。寂寂寒宵,银灯懒挑,莲漏音急,茗炉篆消。妆慵素粉,靥晕红潮。影比梅而更瘦,声如燕而尤娇。

能不悄然心醉,黯然魂销。枕以玉骨,覆以金貂。他年委怀琴书,怡情笔砚,小窗卷风,幽径积霰。见此故物,曷胜眷恋。霜高露冷,神伤翡翠之裘;玉葬香埋,肠断芙蓉之面。

美人细意熨贴平,裁缝灭尽针线迹。(熊芋香先生)

邢岫烟典衣赋

仆之穷猿长啸,怖鸽难安。萧条家巷,落拓征鞍。骨向谁傲,眉徒自攒。锥无地而可卓,剑有铗而常弹。葛帔相逢,要广刘郎之论;绨袍莫赠,徒怜范叔之寒。亦尝遍觅云箱,频倾竹笥。裳解芙蓉,裘抛翡翠。豪类阮孚,敝同苏季。爱虽割而难忘,赢已操而多累。取中府而藏外府,负他一领青衫;感去年以待来年,消此数行绿字。愁添酒债,代满瓜期。寒催雁阵,赎少羊皮。叹有室中之妇,号有床上之儿。犹复计同补纲,形似奕棋。任涂抹于东西,拙嫌鬼笑;费周章于昏暮,清畏人知。如此生涯,寒儒故态,不意金闺,亦同感慨。当其失路依人,居贫寄食,生有仙姿,容无靓饰。簪金带玉,曾游绫绮之场；裙布钗荆，别具烟霞之色。身如萍靡，移本无根；心与莲同，劈谁见薏。启箧兮尘尚封，挑灯兮泪徒拭。尔乃晕绿蒸黄，圈红窄素。镂金贯珠，裁云织雾。纤髻并垂，单复咸具。莫不解忘貂寒，藏免蠹蠧。菊耐霜欺，兰遭风妒。鸟篆虫书之迹，字问元亭；皂衫角带之形，入司质库。适逢小姑，谈及心曲，羞带颜红，冷侵髻绿。情切葭莩，利权蜩蠋。辟寒无恙，还伊合浦之珠；抱璞来归，完尔荆山之玉。自然持券以偿，应藉倾囊而赎。吁嗟乎，鹤销寒骨，莺绕愁肠。未谙压线，莫赋催妆。无处得送穷之笔，何人传疗贫之方。旧恨孰迁乎阿姊，馀情堪寄乎小郎。尔时碧玉投来，深感佳人之赠；他日红绫遗去，难禁老妪之狂。

借别人酒杯，浇胸中垒块。读竟，我又当浮一大白。（俞霞轩）

醉眠芍药茵赋

簇簇金线，重重绛绡。花市合烟舞，苔阶带露飘。十二阑干红香圃，错认垂杨廿四桥。彼之相卜广陵，佛供东武。玉带频拖，舍囊如缕。鲙紫登盘，鹅黄曳组。白斗莲塘，红摇柳浦。婪尾春归，平头香聚。本翠缬之争抽，亦绣缛之可抚。仙颜醉倒，李学士见而呼名；宝相迷来，刘舍人因而订谱。尔乃绕薇轩，披蕙阁，浥莼羹，调杏酪。莲子新杯，兰花故幕。薜箽风疏，蓉屏烟薄。酒浓律严，觞累筹错。量何如窄，不胜大白之浮；情有所钟，翻受小红之谑。璆然佩环，頩然笑颜。眼迷秋水，眉晕春山，粉融素颊，丝颤青鬟。钗斜影弹，袖湿痕斑。痴立花下，巧离席间。路缘树迷，尘倩风扫。栏回鸟惊，径僻苔老。石磴苍凉，春色更好。梦随鹤而俱酣，眠何云而不抱。捧出玉盘之样，叶认琉璃；裹来罗帕之香，枕同玛瑙。燕妒莺惭，珠围翠叠。狂或引蜂，慵真化蝶。醒合遗钿，羞如晕靥。非关血染，轻飘杏子之衫；绝似香埋，半露桐皮之箑。黑正甜而愈浓，红竟软而难捻。似此风流，千古独绝。昔有二美，比卿最切。诗曰："鬓乱钗横倚玉床，侍儿扶起理残妆。沉香亭畔承恩日，夜夜春风醉海棠。"又曰："小卧檐前梦不成，暗香疏影向人迎。寿阳公主梅花额，修到今生定几生。"

　　余友梁花农，有《金陵十二钗词》。最爱其咏湘

云阕,云:"是佳人,是名士。才调如卿,洗尽铅华气。"读此作,乃觉一时瑜亮。(周文泉)

"草藉花眠红松翠",偏《牡丹亭》是梦境,此乃真境。(蔡笛椽)

怡红院开夜宴赋

金屋人闲,晶帘日暮。落花开筵,啼鸟宿树。令悬诗牌,筹错酒数。漏滴将残,曲终谁顾。阳春召我,同太白之夜游;皇览揆予,适灵均之初度。香浮银瓮,锦簇珠盘。猿真献果,鹤不分餐。梨正开而早酿,桃非窃而如蟠。春觞劝祝,倚榻盘桓。无须白凤青鸾,王母长生之药;元霜绛雪,麻姑不老之丹。则见春草娇婢,朝云小鬟,歌喉珠贯,舞袖弓弯。帐因雾锁,门倩风关。银屏烛冷,翠幕钩闲。深情若揭,俗例都删。碧笼鸦髻,红褪凤环。香淋额角,黛扫眉间。酒泛鹅儿色,曲吟雉子斑。遂乃珠围翠合,云亘星联。签筹一握,骰彩三宜。桃垂溪畔,杏倚日边。送春花了,绕瑞枝连。红瘦绿肥,锦障锁佳人之梦;影疏香暗,孤山留处士之天。却宜春馆笙歌,羡他富贵;最好秋江风露,修到神仙。

彼夫器陈握槊,物取藏弓。鹤形箭饰,豹尾壶投。格五致险,象六谁优。呼枭得枭,彩非雉犊;打马刻马,图有骅骝。洵闺房之游戏,为饮博之风流。何如抛红豆之玲珑,相思入骨;诵碧云之清丽,不尽飞筹。乃有梨园舞女,名列煎茶,箫吹碧玉,板拍红牙。颦眉偃月,晕脸蒸霞。夜深则海棠欲睡,风高则燕子先斜。玛瑙枕边,梦断合欢之榻;芙蓉帐里,香飘并蒂之花。

柳䰀花欹,莺娇燕懒,是一幅醉杨妃图。(陆晴廉)

见土物思乡赋

客有自吴门来者,遗以石鼠之笔,金花之笺。砚则雪浪,墨则松烟。粉有龙消之美,黛有螺子之鲜。傀儡则抟以黄土,胭脂则和以丹铅。感姊妹之多情,频劳投赠;伤耶娘之永诀,莫诉迍邅。当其寄食母家,栖身旅境,乡关路遥,孤馆日永。听翠竹兮声清,望白云兮气冷。虽曰我之自出,脉脉关心;其如穷无所归,茕茕吊影。愁绪乱兮秋漏长,客梦醒兮春院静。犹忆夫鲈乡风透,鹤涧云栖。寒山钟断,乐圃花迷。桥边虹卧,台上鸪啼。夕阳乌巷,芳草白堤。墩飞彩凤,陂畜仙鸡。点头石古,响屧廊低。一带玉山,桐树护仲瑛之宅;半弯香水,莲花通西子之溪。似此风光,不堪暌隔。放眼兮山断烟横,举头兮天空月白。有三千云外之程,无十二风前之翮。路迢迢兮界弥宽,魂恍恍兮心倍窄。倘令客中遇旧,情益相亲;即教梦里还家,愁犹莫释。况复故乡珍物,弥深怆怀。荔同贡蜀,橘类逾淮。能不悄然肠断,潸然泪揩。心比莲而尤苦,境非蔗而何佳。愁惟眠而可对,闷无酒而堪排。侬有谁怜,烦侍儿之慰藉;命如斯薄,劳公子之诙谐。仆亦羁人,自伤征鞅。捧他千佛之经,遗我三春之榜。名场则鱼竟曝腮,生涯则蛛聊补网。计拙兮客难归,家贫兮亲谁养。所冀塞鸿江鲤,凭传尺素之书;何当鲈脍莼羹,殊结秋风之想。

  一万声长吁短叹,五千遍捣枕搥床,心事俱活活写出。(何掘斋先生)

中秋夜品笛桂花阴赋
  木落秋高,天空夕朗。星浮客槎,露裹仙掌。

四壁虫声，万户砧响。寒影月来，孤情云上。梯非石而贯绳，桥如银而掷杖。玉楼遍倚，遂成骚客之名；金粟斜飘，殊结蟾宫之想。维时仙友联盟，芎林竞秀。花开成逑，子落如豆。霄放彩鹏，路分灵鹫。八公依刘，五枝赠窦。四出瓣圆，重台香透。莫不越层岩，登远岫，采琼英，探璇宿。攀喜天高，培惊山瘦。白好盈簪，碧还唾袖。桂魄团栾，萱堂纵欢。篆袅香灺，风摇烛残。杏子衫薄，莲花漏干。关山欲晓，星斗自寒。红牙未按，银甲休弹。恍登黄鹤之楼，江城如旧；宜奏紫云之曲，世界都宽。折柳成腔，落梅应拍。流水飞鸿，穿云裂石。紫玉声偷，绿珠影隔。鱼龙跳喷，霄汉轩辟。蝉冷兔寒，烟空露白。猿啸峰青，乌啼树碧。三更潮反，携来玳瑁之枝；十斛香飞，惊落嫦娥之魄。献疑东海，奏叶西凉。钿裁江左，竿取衡阳。韵皆合管，音犹绕梁。隔深林兮缥缈，穿曲径兮悠扬。逢被谪之仙人，响连月斧；感同游之道士，调制霓裳。郭超吹而流涕，阮咸闻而断肠。急管凄怆，幽情悲咽。弥深旧怀，莫翻新阕。故园无金谷之游，客子有玉关之别。鹧鸪啼后，霜露俱晞；乌鹊飞来，风烟顿绝。夜凉兮酒醒,梦断兮愁结。不独李生镜水,湖中之夜影平分;老父君山,江上之岚光尽裂。

回隔断红尘荏苒,直写出瑶台情艳。(熊芋香先生)

凹晶馆月夜联句赋

横天河汉,近水楼台。一角青嶂,半弓绿苔。风生木末,月满池隈。浪翻纹起,帘卷影来。花浓香聚,石细路回。身皆仙骨,秋是愁媒。梦如云懒,诗不雨催。西园侍宴,触景辛酸。迢迢夜永,落落形单。山不高而色净,树不老而声寒。桐何为而蘸碧,桂何事而流丹。露横水冷,云敛天宽。彩分贝阙,圆捧晶盘。遂乃缓蹴凤鞋,轻携雀扇。罗袖拖红,练裙皱茜。步展弓弓,波开面面。风约萍根,雪堆荻片。舫不鸾飞,喉疑莺啭。囊提骨董,有句同探;鼎返消摩,无丹不炼。玉臂云鬟之饰,香雾迷来;红吟绿赋之声,石栏数遍。绛仙雅调,白蜡新词。泥同落燕,珠必探骊。才逾鲍妹,慧胜班姬。刻怜烛短,催怕钟迟。思抽来而乙乙,语贯去而累累。敌遇勍而斗捷,韵因险而生奇。秋色平分,明月三更之梦;偏师难破,长城五字之诗。维时鹊绕枝头,猿啼□里。笔点花魂,香喷石髓。云气铺青,岚光耸紫。槎贯如期,镜磨无滓。笛声袅袅,远飘秋树之阴;鹤影珊珊,横渡寒塘之水。南楼则逸兴遄飞,北院则狂歌惊起。既而兰若同游,松龛并坐。砚匣闲随,钗鬟斜弹。绿茗一瓯,青莲千朵。顶依檐卜之香,灯拨琉璃之火。苦海不乏慈航,迷津岂无法舸。诗梦醒兮草生,禅关冷兮烟锁。直欲剪红刻翠,频敲铜钵之音;何妨扣寂探机,共证蒲团之果。

"睛斜眄,手背抄,绕径寻诗莲步小。"笠翁乐府可谓描摹尽态矣。联青俪黄,洵堪配偶。(徐穉兰)

四美钓鱼赋

红飞岸蓼,绿卷汀蘋。水清石露,浪小珠匀。鸳鸯浴浦,翡翠投纶。镜有霜而皆晓,壶无玉而不春。何须莲叶溪边,放来短艇;却好桃花潭上,寄此闲身。闺中仙队,翠绕珠围。勾留石磴,拂拭苔矶。雨平水满,秋老鱼肥。远岸鸥宿,芳田鹭飞。草香裛袖,岚气侵衣。照面盈盈,艳此浣纱之女;凌波冉冉，娇同解佩之妃。尔乃斜放芒钩，轻抛琼粒。眼彻波澄，心随流急。云弥镜而鬓寒，浪泼花而腮湿。联蝉啸合，声疑杨柳之藏；独茧丝垂，影许蜻蜓之立。不羡乎海上罾罟，江干蓑笠。绿渚烟横，碧澜风荡。香沫徐喷，锦鳞直上。鹓鸠惊飞，蒹葭激响。饱咂萍根，潜通藕荡。穴向丙探，头如丁仰。织籁编篱，掣三牵两。腰折神疲，睛回目晃。喃喃呐呐，流花下之娇音；策策堂堂，结濠间之遐想。怡红公子，缘溪前行，身藏路僻，步展衣轻。携来片石，冲破澄泓。空山鹤啸，老树猿惊。相与临曲涧，坐疏林，投翠竹，锻黄金。直本如绳，借得美人之线；沉原有羽，敲残稚子之针。宜收万匠之籑，鸬鹚港浅；漫引百囊之网，芦荻洲深。用以参珞琭之书，究波罗之术，探景纯之囊，入君平之室。李虚中空演支干，桑道茂徒推月日。瓦虽击而无灵，棋果排而莫悉。不必蓍耆龟久，细课虚元；便教饵重缗隆，预征安吉。

皮袭美云，吟陆鲁望诗，江风海雨撼撼生齿牙间。此则如披王齐翰垂纶图，潭月溪烟，令人临渊起羡。（俞霞轩）

潇湘馆听琴赋

梅花三叠,月满阑干。幽径声寂,小窗影单。新愁谁诉,古调独弹。落落尘世,知音最难。维时竹下美人,横琴小坐。叶叶泪斑,枝枝烟妥。影倩魂移,香和梦锁。碧槛萦纡,青帷潭沱。卓磨郭公之砖,炉拨谢仙之火。感花前之姊妹,社结当年;披箧里之篇章,愁深似我。尔乃细按玉徽,轻调珠柱。白博音清,丹维制古。弦拂鸳鸯,语传鹦鹉。桐尾先焦,莲心最苦。索来妙句,凄风冷雨之情;翻入新腔,流水高山之谱。则有洛阳阿潘,路归兰若。同公子之缠绵,得仙人之潇洒。引我津迷,问谁心写。赏音怪石之间,击节高梧之下。或断或续,若仰(抑)若扬。曲填凤嗉,声绕莺肠。鹤归露冷,猿啸云荒。雉飞秋陇,蝉咽寒塘。石上松老,谷口兰香。调翻积雪,操寄履霜。韵带愁而倍窄,丝牵恨而弥长。宜其流泉皱碧,晓岫含青。凫鹄迭奏,鱼龙暗听。幽思袅袅,逸韵泠泠。鸾胶欲续,花梦都醒。吁嗟蒲柳,望秋忽零。弦绝先知,慧似中郎之女;曲终不见,忧同帝子之灵。美人有言,知己者少。顾曲不逢,因心自了。曷若对草木之芬芳,感禽鱼之缥缈。怀风月之凄清,触云烟之缭绕。移情指间,结想尘表。何期逍遥大觉,嗟叹馀音,顿消俗虑,别悟禅心。他年玉碎与珠沉,个里仙机渐渐深。秋汉闲云归去也,一声清磬满丛林。

"归家且觅千斛水,洗净从前筝笛耳。"为之诵大苏诗不置。(蔡苗椽)

焚稿断痴情赋

呜呼,海溢情波,穴缠鬼市。居在膏肓,攻非腠理。医谁换心,方无续髓。宜其药灶空支,妆台懒起。翠剐灵根,红韬瘦蕊。水自清而萍枯,香不改而兰死。苍鹇语滑,倍添春女之悲;扁鹊经残,莫试秋夫之技。况复根代桃僵,味尝荼苦。理镜有台,伐柯无斧。漠漠愁云,纷纷覆雨。影怯蛇杯,名销鸳谱。声断啼鹃,衅成逸虎。海可冤填,天须恨补。何必诗播吟笺,句传乐府。手缚麒麟,舌调鹦鹉。抱来白璧,飞作青媒。珠玑十斛,锦绣一堆。烧瘢满地,火篆闻雷。秦燔烟卷,楚炬风催。看红烛之已炧,适青囊之被灾。收爨下之琴材,尾声应律;衮炉中之香炷,心字成灰。尔乃桃纹炭炽,莲朵灯昏。

香罗谁赠,枯墨犹存。劈采笺于学士,裂玉玺于天孙。多少相思,都藏韵句;缠绵此恨,请验啼痕。点点则湘妃洒泪,亭亭则谢女离魂。时则阶静月移,窗虚风颤。斑竹数竿,昙花一现。丝尽春蚕,梁归秋燕。惨结幽房,欢腾隔院。人间之色相俱空,天上之炎凉已变。无多离别,伤心听蒿里之歌;如脱尘凡,携手赴蓬山之宴。断粉零脂之迹,枉泣红颜;香兰醉草之章,谁题黄绢。侬本情深,郎何缘薄。镜破团圞,扇悲零落。迎或乘鸾,去还化鹤。金不贮娇,铁能铸错。渺渺兮莫慰愁怀,忽忽乎未知生乐。忆昔诗坛赓唱,曾编一卷光阴。从今仙界分离,休问五云楼阁。

画就了这一幅惨惨凄凄,绝代佳人绝命图。(孟砥斋)

砥斋孝廉,余旧居停也。三千小令,四十大曲,无不成诵在胸。初见时即向余索观赋稿,此篇其所最击节者。今孝廉已归道山,而六转货郎儿,便成识语。钟期千古,当为之破绝琴弦。(辛巳七月五日自记)

月夜感幽魂赋

昔闻崔博陵之女子，眷恋荒坟；贾秋壑之侍儿，徘徊故宅。江陵伤红袖之歌，古馆记青枫之迹。魂依沙内，李村埋骨之人；冤诉渠中，洛浦弹琴之客。兹皆鬼箓名登，莫信夜台路隔。况夫寂寞园亭，景物飘零。云影封路，风声扫庭。芙蓉花冷，蘅芜草腥。荼蘼欹架，芍药锁厅。犀文卷簟，猩色收屏。帘不垂而字绿，屐不到而苔青。为访小姑，来寻暝途。心同鹄怖，身似鸾臞。锦里将返，爱河已枯。当头几见，失脚谁扶。海清镜满，天阔轮孤。则见光射阑干，彩分霄汉。千竿竹疏，万里烟断。枝枝鹊飞，点点萤乱。蛩鸣菊篱，霜落枫岸。佛庵闭而灯寒，湘馆啼而梦散。烛何须秉，闲行白石之间；依倩谁添，小立红墙之畔。转步山椒，玉人远邀。芳踪寂寂，孤影飘飘。媚同柳䰅，轻类松摇。玲珑素佩，绰约仙标。非孙娘而亦笑，比卢女而尤娇。岂徒半面之缘，似曾相识；忽忆九泉之路，益复无聊。将疑将信，若梦若痴。柔情欲断，病骨难支。红晕桃花之脸，绿颦桂叶之眉。心虚乃尔，命薄如斯。寒逼三更，环珮归魂之夜；醒持半偈，醍醐灌顶之时。流果急而难退,石虽转而已迟。嗟乎!巾帼英雄,为才所累。钱则权蛔蠋之飞,虎则触胭脂之忌。妒传临济,津欲生波;悍似延平,鬼偏作祟。纵令云翻雨覆,徒惊夜幕之声;可怜月悴花憔,同洒秋风之泪。

裂带留题,解囊赠别,情之所钟,死犹不泯。安得千手千眼菩萨,普度九幽世界耶?(周文泉)

稻香村课子赋

緊藏春之芳圃,同负郭之农家。半亩蒲叶,一棚豆花。挂禾架满,亚树帘斜。贯绳小戽,护药新笆。圆排穑担,尖压苗叉。扫径则元卿趣逸,归田则太傅情赊。锦屏绣幄之中,别开天地;茅舍竹篱之外,闲话桑麻。则有巴妇怀情,梁媛守寂。彤管成编,素帷挂壁。燕子丝缠,鲛人泪滴。填石衔冤,倚楹生慽。歌有离莺,服宜绣翟。伤破镜之孤分,傍残灯而独绩。望夫则首类飞蓬,训子则书传画荻。膝下娇儿,风神可爱,球能使浮,鞯何须佩。巧联鹦鹉之诗,新制杨梅之对。昔呱呱于枕畔,频伤背面之啼;今朗朗于怀中,犹作牵裾之态。墨妙琴清，秋幌寒更。甲夜乙夜，长檠短檠。金题列轴，缥带分名。写罗四部，拥胜百城。检书有鹤，学语如莺。弗绝吾种，最佳此声。若问头衔，点去毛君之笔；尚存手泽，凿来晏子之楹。时则漠漠平田，翠光接天。麦收黑穰，稻插红莲。守户龙吠，隔溪鹭眠。秧马分种，水轮引泉。一犁雨涨，十耞云连。小桥淡月，芳陌晴烟。芸窗昼永，花屿春牵。犹复慈荄竟折，秘简同传。纱幔垂授，藜床坐穿。欲对古人，香披黄卷；好呼小婢，寒展青毡。秀骨则亭亭玉立，娇喉则颗颗珠圆。所以踏遍槐花，折来桂子。窟竟依蟾，门还登鲤。雕鹗荐秋，乌鹊占喜。摅夺锦之仙才，振鸣珂之戚里。回忆碧窗，伴读十年，挑风雨之灯；允宜紫诰，分荣五色，焕凤鸾之纸。

一部《红楼梦》几于曲终人杳矣。读此作乃觉溪壑为我回春姿。（俞霞轩）

说明：上赋均录自《香艳丛书》。

沈谦，字青士，萧山（今属浙江杭州）人。似曾举顺天乡试，为国子监学正，又尝应差天津仓务等（详参《沈谦〈红楼梦〉赋考论》）。

俞霞轩，名兴瑞，浙江海宁人，道光十一年

(1831)优贡,八旗官学教习,著有《霞轩诗稿》。

周文泉,名乐清,海宁人,官山东掖县知县,著有《静远草堂集》,俞兴瑞为其内弟。

蔡笛橡,名聘珍,萧山人,嘉庆十五年(1810)顺天举人,官湖北长乐知县,著有《小诗舫诗钞》。

徐稚兰,名青照,顺天进士,道光中知亳州,历凤颍道。其他诸人多不可考(详参《沈谦〈红楼梦赋〉考论》)。

(清稗类钞·红楼梦)

徐珂

著述类·红楼梦

《红楼梦》一书,所载皆纳兰太傅明珠家之琐事。妙玉,姜宸英也。宝钗,为某太史。太史尝遣其妻侍太傅,冬日,辄取朝珠置胸际,恐冰项也。或谓"红楼梦"为全书标目,寄托遥深。容若词云:"此夜红楼,天上人间一样愁。"贾探春为高士奇,与妙玉之为宸英,同一命义。容若,名成德,后改性德,太傅子也。

或曰:是书所指皆雍乾以前事。宁国、荣国者,即赫赫有名之六王、七王第也,二王于开国有大功,赐第宏敞,本相联属。金陵十二钗,悉二王南下用兵时所得吴越佳丽,列之宠姬者也。作是书者乃江南一士子,为二王上宾,才气纵横,不可一世。二王倚之如左右手,时出其爱姬,使执经问难,从学文字。以才投才,如磁引石,久之遂不能自持也。事机不密,终为二王侦悉,遂斥士子,不予深究。士子落拓京师,穷无聊赖,乃成是书以志感,京师后城之西北,有大观园旧址,树石池水,犹隐约可辨也。

或曰:是书实国初文人抱民族之痛,无可发泄,遂以极哀艳极繁华之笔为之,欲导满人奢侈而复其国祚者。其说诚非无稽。试读第一回之诗曰:"满纸荒唐言,一把辛酸泪。都云作者痴,谁解其中意。"其言何等凄楚痛绝!则知其中有绝大原因,非游戏笔墨之自道身世者可比也。

或曰:《红楼梦》可谓之政治小说,于其叙元妃归省也,则曰"当初既把我送到那不得见人的去处",于其叙元妃之疾也,则曰"反不如寻常贫贱人家,娘儿兄妹们常在一块儿",绝不及皇家一语,而隐然有一专制君主之威,在其言外,使人读之而自喻,此其关系于政治上者也。

京师有陈某者,设书肆于琉璃厂。光绪庚子,避难他徙,比归,则家产荡然,懊丧欲死。一日,访友于乡,友言:"乱离之中,不知何人遗书籍两箱于吾室,君固业此,趣视之,或可货耳。"陈检视其书,乃精楷钞本《红楼梦》全部,每页十三行,三十字,钞之者各注姓名于中缝,则陆润庠等数十人也,乃知为禁中物。急携之归,而不敢示人。阅半载,由同业某介绍,售于某国公使馆秘书某,陈遂获巨资,不复忧衣食矣。其书每页之上,均有细字朱批,知出于孝钦后之手,盖孝钦最喜阅《红楼梦》也。

诙谐类·经学少一画三曲

曹雪芹所撰《红楼梦》一书,风行久矣,士大夫有习之者,称为"红学"。而嘉、道两朝,则以讲求经学为风尚。朱子美尝讪笑之,谓其穿凿傅会,曲学阿世也。独嗜说部书,曾寓目者几九百种,尤熟精《红楼梦》,与朋辈闲话,辄及之。一日,有友过访,语之曰:"君何不治经?"朱曰:"予亦攻经学,第与世人所治之经不同耳。"友大诧,朱曰:"予之经学,所少于人者，一画三曲也。"友瞠目。朱曰："红学耳。"盖经（經）字少丝，即为红也。朱名昌鼎，华亭人。

说明：上数则节选自徐珂《清稗类钞》，1917年商务印书馆本。

红楼梦（我以为用"石头记"好些）新叙

陈独秀

中土小说出于稗官，意在善述故事；西洋小说起于神话，亦意在善述故事；这时候小说历史本没有什么区别。但西洋近代小说受了实证科学的方法之影响，变为专重善写人情一方面，善述故事一方面遂完全划归历史范围，这也是学术界底分工作用。

我们中国近代的小说，比起古代来自然是善写人情的方面日渐发展，而善述故事的方面也同时发展；因此中国小说底内容和西洋小说大不相同，这就是小说家和历史学家没有分工底缘故。以小说而兼历史底作用，一方面减少小说底趣味，一方面又减少历史底正确性，这种不分工的结果，至于两败俱伤。

我们中国历来私人的历史家很少，留心纪载当时历史材料的历史家更少；因此，我们要研究前代社会状况，读小说往往好过读历史；但是这种小说家兼任历史家底习惯，终是小说历史两方面发达底障碍。

我们一方面希望有许多留心社会状况的纯粹历史家出来，专任历史底工作；一方面希望有许多留心社会心理的纯粹小说家出来，专任小说底工作；分工进行，才是学术界底好现象。

拿这个理论来看《石头记》，便可以看出作者善述故事和善写人情两种本领都有；但是他那种善述故事的本领，不但不能得读者人人之欢迎，并且还有人觉得琐屑可厌；因为我们到底是把他当作小说读的人多，把他当作史材研究的人少。

《石头记》虽然有许多琐屑可厌的地方，这不是因为作者没本领，乃是因为历史与小说未曾分工底缘故；这种琐屑可厌，不但《石头记》如此，他脱胎底《水浒》《金瓶梅》，也都犯了同样的毛病。

今后我们应当觉悟，我们领略《石头记》应该领略他的善写人情，不应该领略他的善述故事；今后我们更应该觉悟，我们作小说的人，只应该作善写人情的小说，不应该作善述故事的小说。

什么诲淫不诲淫，固然不是文学的批评法；拿什么理想，什么主义，什么哲学思想来批评《石头记》，也失了批评文学作品底旨趣；至于考证《石头记》是指何代何人底事迹，这也是把《石头记》当作善述故事的历史，不是把他当作善写人情的小说。

我尝以为如有名手将《石头记》琐屑的故事尽量删削，单留下善写人情的部分，可以算中国近代语的文学作品中代表著作。

一九二一年四月叙于广州看云楼。

说明：上叙录自亚东图书馆1931年版《红楼梦》。此本书前有胡适《重印乾隆壬子本红楼梦序》、高鹗《红楼梦序》、胡适《红楼梦考证》、程伟元序，及汪原放《校读后记》《标点符号说明》等。

影印乾隆甲戌脂砚斋
重评石头记的缘起

胡适

民国十六年夏天，我在上海买得大兴刘铨福旧藏的"脂砚斋甲戌抄阅再评"的《石头记》旧钞本四大册，共有十六回：第一到第八回，第十三到第十六回，第廿五到第廿八回。甲戌是乾隆十九年，一七五四，这个钞本后来就称为"甲戌本"。民国十七年二月，我发表了一篇一万七八千字的报告，题作《考证红楼梦的新材料》。我指出这个甲戌本子是世间最古的《红楼梦》写本，前面有"凡例"四百字，有自题七言律诗，结句云"字字看来皆是血，十年辛苦不寻常"，都是流行的钞本刻本所没有的。此本每回有朱笔眉评，夹评，小字密书，其中有极重要的资料，可以考知曹雪芹的家事和他死的年月日，可以考知《红楼梦》最初稿本的状态，如第十三回作者原题"秦可卿淫丧天香楼"，后来"姑赦之"，才"删去天香楼事，少却四五叶"。评语里还有不少资料，可以考知《红楼梦》后半部预定的结构，如云"琪官后回与袭人供奉玉兄宝卿，得同终始"（二十八回评),如云"红玉(小红)后有宝玉大得力处"(二十七回评),此皆可见高鹗续作后四十回,并没有雪芹稿本作根据。

自从《考证红楼梦的新材料》发表之后,研究《红楼梦》的人才知道搜求《红楼梦》旧钞本的重要。

民国二十二年,王叔鲁先生替我借得他的亲戚徐星署先生藏的"庚辰(乾隆二十五,一七六〇)秋定本"脂砚斋评本《石头记》八十回钞本,其实止有七十七回有零,六十四回与六十七回全缺,二十二回不全,有批语说,"此回未成而芹逝矣"。我又发表了一篇《跋乾隆庚辰本脂砚斋重评石头记钞本》。我提出了一个假设的结论:"依甲戌本与庚辰本的款式看来,凡最初的钞本《红楼梦》必定都称为脂砚斋重评石头记。"

在这二十多年里,先后又出现了几部"脂砚斋评本",我的假设大致已得到证实了。我现在把我们知道的各种脂砚斋重评石头记本子作一张总表,如下:

(1)乾隆甲戌(一七五四)脂砚斋钞阅再评本,

即此本,凡十六回,目见上。

（2）乾隆己卯(一七五九)冬月脂砚斋四阅评本,凡三十八回:一至二十回,三十一至四十回,六十一至七十回,内缺六十四、六十七回,是钞配的。此本我未见。

（3）乾隆庚辰(一七六〇)秋脂砚斋四阅评本,凡七十七回有零,目见上。

以上钞本的年代皆在雪芹生前,以下钞本,皆在雪芹死后:

（4）有正书局石印的戚蓼生序本,此书也是脂砚斋评本,重钞付石印,妄题"国初钞本",底本年代不可知,戚蓼生是乾隆三十四年己丑(一七六九)的进士,暂定为己丑本,凡八十回。

（5）乾隆甲辰(一七八四)菊月梦觉主人序本,凡八十回。此本近年在山西出现,我未见。

直到今天为止,还没有出现一部钞本比甲戌本更古的,也还没有一部钞本上面的评语有甲戌本那么多的,甲戌本虽止有十六回,而朱笔细评比其他任何本子多得多(庚辰本前十一回无一条评语),其中有雪芹死后十二年的"脂批",使我们确知他死在

"壬午除夕"，像这颇可宝贵的资料多不见于其他各本。

所以到今天为止，这个甲戌本还是世间最古又最可宝贵的《红楼梦》写本。

三十年来，许多朋友劝我把这个本子影印流传。我也顾虑到这个人间孤本在我手里，我有保存流传的责任。民国三十七年我在北平，曾让两位青年学人兄弟合作，用朱墨两色影钞了一本。三十七年十二月十六日，中央政府派飞机到北平接我南下，我只带出来了先父遗稿的清钞本和这个甲戌本《红楼梦》。民国四十年哥伦比亚大学为此本做了三套显微影片：一套存在哥大图书馆，一套我送给翻译《红楼梦》的王际真先生，一套我自己留着，后来送给正在研究《红楼梦》的林语堂先生了。

今年蒙中央印制厂总经理时寿彰先生与技正罗福林先生的热心赞助，这个朱墨两色写本在中央印制厂试验影印很成功，我才决定影印五百部，使世间爱好《红楼梦》与研究《红楼梦》的人都可以欣赏这个最古写本的真面目。曹雪芹死在乾隆二十七年壬午除夕，即西历一七六三年二月十二日。再过两年的今天,就是他死后二百年的纪念了。我把这部最近于他的最初稿本的甲戌本影印行世,作为他逝世二百年纪念的一件献礼。民国五十年,二月十二日,在南港。

跋乾隆甲戌脂砚斋重评石头记影印本

胡适

我在民国十七年已有长文报告这个脂砚斋甲戌本是"海内最古的《石头记》钞本"了。今天我写这篇介绍脂砚甲戌本影印本的跋文,我止想谈谈三个问题:第一、我要指出这个甲戌本在四十年来《红楼梦》的版本研究上曾有过划时代的贡献。第二、我要指出曹雪芹在乾隆甲戌年(一七五四)写定的《石头记》初稿本止有这十六回。第三、我要介绍原藏书人刘铨福,并附带介绍此本上用墨笔加批的孙桐生。

一、甲戌本在《红楼梦》版本史上的地位

我们现在回头检看这四十年来我们用新眼光、新方法,搜集史料来做"《红楼梦》的新研究"的总

成绩,我不能不承认这个脂砚斋甲戌本《石头记》是近四十年内"新红学"的一件划时代的新发见。

这个脂砚甲戌本的重要性就是:在此本发见之前,我们还不知道《红楼梦》的"原本"是个什么样子;自从此本发见之后,我们方才有一个认识《红楼梦》"原本"的标准,方才知道怎样访寻那种本子。

我可以举我自己做例子。我在四十年前发表的《红楼梦考证》里,就有这一大段很冒失的话:

> 上海有正书局石印的一部八十回本的《红楼梦》,前面有一篇德清戚蓼生的序,我们可叫他做"戚本"。……这部书的封面上题着"国初钞本《红楼梦》"……首页题着"原本《红楼梦》"。"国初钞本"四个字自然是大错的。那"原本"两字也不妥当。这本已有总评、有夹评、有韵文的评赞,又往往有"题"诗,有时又将评语钞入正文(如第二回),可见已是很晚的钞本,决不是"原本"了。……戚本大概是乾隆时无数展转传钞本之中幸而保存的一种,可以用来参校程本,故自有他的相当价值,正不必假托"国初钞本"。

我当时就没有想像到《红楼梦》的最早本子已都有总评、有夹评,又有眉评的!所以我看见"戚本"有总评、有夹评,我就推断他已是很晚的展转传钞本,决不是"原本"。(俞平伯先生在《红楼梦辨》里也曾说"戚本""决是展转传钞后的本子,不但不免错误,且也不免改窜。")

因为我没有想到《红楼梦》原本就是已有评注的,所以我在民国十六年差一点点就错过了收买这部脂砚甲戌本的机会!我曾很坦白的叙说我当时是怎样冒失、怎样缺乏《红楼梦》本子的知识:

> 去年(民国十六年)我从海外归来,接着一封信,说有一部抄本《脂砚斋重评石头记》愿让给我。我以为"重评"的《石头记》大概是没有价值的,所以当时竟没有回信。不久,新月书店的广告出来了,藏书的人把此书送到店里来,转交给我看,我看了一遍,深信此本是海内最古的《石头记》抄本,就出了重价把此书买了。

近年上海中华书局出版的"一粟"编著的《红楼梦书录》新一版,记录我买得《乾隆甲戌脂砚斋重评石

头记》的故事已曲解成了这个样子:

> 此本刘铨福旧藏,有同治二年、七年等跋;后归上海新月书店,已发出版广告,为胡适收买,致未印行。

大概三十多年后的青年人已看不懂我说的"新月书店的广告出来了"一句话了。这句话是说:当时报纸上登出了胡适之、徐志摩、邵洵美一班文艺朋友开办新月书店的新闻及广告。那位原藏书的朋友(可惜我把他的姓名地址都丢了)就亲自把这部脂砚甲戌本送到新开张的新月书店去,托书店转交给我。那位藏书家曾读过我的《红楼梦考证》,他打定了主意要把这部可宝贵的写本卖给我,所以他亲自寻到新月书店去留下这书给我看。如果报纸上没有登出胡适之的朋友们开书店的消息,如果他没有先送书给我看,我可能就不回他的信,或者回信说我对一切"重评"的《石头记》不感觉兴趣,——于是这部世间最古的《红楼梦》写本就永远不会到我手里,很可能就永远被埋没了!

我举了我自己两次的大错误,只是要说明我们三四十年前虽然提倡搜求《红楼梦》的"原本"或接近"原本"的早期写本,但我们实在不知道曹雪芹的稿本是个什么样子,所以我们见到了那种本子,未必就能"识货",可能还会像我那样差一点儿"失之交臂"哩。

所以这部"脂砚斋甲戌钞阅再评"的《石头记》的发见,可以说是给《红楼梦》研究划了一个新的阶段,因为从此我们有了一部"《石头记》真本"(这五个字是原藏书人刘铨福的话)做样子,有了认识《红楼梦》"原本"的标准,从此我们方才走上了搜集研究《红楼梦》的"原本""底本"的新时代了。

在报告脂砚甲戌本的长文里,我就指出了几个关于研究方法上的观察:

①我用脂砚甲戌本校勘戚本有评注的部分,我断定戚本也是出于一部有评注的底本。

②程伟元、高鹗的活字排印本是全删评语与注语的,但我用甲戌本与戚本比勘程甲本与程乙本,我推断程、高排本的前八十回的底本也是有评注的钞本。

③我因此提出一个概括的结论,说:《红楼梦》的最初底本就是有评注的。那些评注至少

有一部分是曹雪芹自己要说的话,其余可能是他的亲信朋友如脂砚斋之流要说的话。

这几条推断都只是要提出一个辨认曹雪芹的原本的标准。一方面,我要扫清"有总评,有夹评,决不是原本"的成见。一方面,我要大家注意像脂砚甲戌本那样"有总评,有眉评,有夹评"的旧钞本。

果然,甲戌本发见后五六年,王克敏先生就把他的亲戚徐星署先生家藏的一部《脂砚斋重评石头记》钞本八大册借给我研究。这八大册,每册十回,每册首叶题"脂砚斋凡四阅评过";第五册以下,每册首叶题"庚辰秋月定本",庚辰是乾隆二十五年(一七六○),此本我叫做"乾隆庚辰本",我有《跋乾隆庚辰本脂砚斋重评石头记钞本》长文(收在《胡适论学近著》第一集,即台北版《胡适文存》第四集)讨论这部很重要的钞本。这八册钞本是徐星署先生的旧藏书,徐先生是俞平伯的姻丈,平伯就不知道徐家有这部书。后来因为我宣传了脂砚甲戌本如何重要,爱收小说杂书的董康、王克敏、陶湘诸位先生方才注意到向来没人注意的《脂砚斋重评本石头记》一类的钞本。大约在民国二十年,叔鲁就向我谈及他的一位亲戚家里有一部脂砚斋评本《红楼梦》。直到民国二十二年我才见到那八册书。

我细看了庚辰本,我更相信我在民国十七年提出的"《红楼梦》的最初底本是有评注的"一个结论。我在那篇跋文里就提出了一个更具体也更概括的标准,我说:

> 依甲戌本与庚辰本的款式看来,凡最初的钞本《红楼梦》必定都称为"脂砚斋重评石头记"。

我们可以用这个辨认的标准去推断"戚本"的原本必定也是一部"脂砚斋重评本";我们也可以推断程伟元、高鹗用的前八十回"各原本"必定也都题着"脂砚斋重评本"。

近年武进陶洙家又出来了一部"乾隆己卯(二十四年,一七六九)冬月脂砚斋四阅评本《石头记》",止残存三十八回:第一至第二十回,第三十一至第四十回,第六十一至第七十回,其中第十七、十八回还没有分开,又缺了第六十四、六十七回,是补钞的。这个己卯本我没有见过。俞平伯的《脂砚斋红楼梦辑评》说,己卯本三十八回,其中二十九回是有脂评的。据说此本原是董康的藏书,后来归陶洙。这个己卯本比庚辰本正早一年,形式也最近于庚辰本。

近年山西又出来了一部乾隆四十九年甲辰(一七八四)菊月梦觉主人序的八十回本,没有标明"脂砚斋重评本",但我看俞平伯辑出的一些评语,这个甲辰本的底本显然也是一个脂砚斋重评本。此本第十九回前面有总评,说:"原本评注过多……反扰正文。删去以俟观者凝思入妙,愈显作者之灵机耳。"

总计我们现在知道的《红楼梦》的"古本",我们可以依各本年代的先后,作一张总表如下:

①乾隆十九年甲戌(一七五四)脂砚斋钞阅再评本,止有十六回。有今年胡适影印本。

②乾隆二十四年己卯(一七五九)冬月脂砚斋四阅评本,存三十八回:第一至第二十回(其中第十七、第十八两回未分开),第三十一至第四十回,第六十一至七十回(缺第六十四、六十七回)。

③乾隆二十五年庚辰(一七六〇)秋月定

本"脂砚斋凡四阅评过",共八册,止有七十八回。其中第十七、第十八两回没有分开,第十七回首叶有批云,"此回宜分二回方妥"。第十九回尚无回目,第八十回也尚无回目。第七册首叶有批云,"内缺六十四、六十七两回"。又第二十二回未写完,末尾空叶有批云:"此回未成而芹逝矣!叹叹!丁亥(乾隆三十二年,一七六七)夏,畸笏叟。"第七十五回的前叶有题记:"乾隆二十一年(一七五六)五月初七日对清。缺中秋诗,俟雪芹。"此本有一九五五年"文学古籍刊行社"影印本,用己卯本补钞了第六十四、六十七回。"民国四十八年"有台北文渊出版社翻影印本。

④上海有正书局石印的戚蓼生序的八十回本,即"戚本"。此本也是一部脂砚斋评本,石印时经过重钞。原底本的年代无可考。此本已有第六十四、六十七回了;第二十二回已补全了,故年代在庚辰本之后。因为戚蓼生是乾隆三十四年己丑(一七六九)的进士,我们可以暂定此本为己丑本。此本有宣统末年(一九

一一)石印大字本,每半叶九行,每行二十字;又有民国九年(一九二〇)及民国十六年(一九二七)石印小字本,半叶十五行,每行三十字。小字本是用大字本剪黏石印的。大字本前四十回有狄葆贤的眉批,指出此本与今本文字不同之处。小字本的后四十回也加上了眉批,那是有正书局悬赏征文得来的校记。

⑤乾隆四十九年甲辰(一七八四)梦觉主人序的八十回本。此本虽然有意删削评注,但保留的评注使我们知道此本的底本也是一部脂砚斋重评本。

⑥乾隆五十六年辛亥(一七九一)北京萃文书屋木活字排印的"新镌全部绣像红楼梦"。这是程伟元、高鹗第一次排印的一百二十回本。我叫他做"程甲本"。"程甲本"的前八十回是依据一部或几部有脂砚斋评注的底本,后四十回是高鹗续作的。此本是后来南方各种雕刻本,铅印本,石印本的祖本。

⑦乾隆五十七年壬子(一七九二)北京萃文书屋木活字排印的"新镌全部绣像红楼梦"。

这是程伟元、高鹗第二次排印的"详加校阅，改订无讹"的一百二十回本。我叫他做"程乙本"。因为"程甲本"一到南方就有人雕板翻刻了，这个校阅改订过的"程乙本"向来没有人翻板，直到民国十六年（一九二七）上海亚东图书馆才用我的"程乙本"去标点排印了一部。这部亚东排印的"程乙本"是近年一些新版的《红楼梦》的祖本，例如台北远东图书公司的排印本，香港友联出版社的排印本，台北启明书局的影印本，都是从亚东的"程乙本"出来的。

这一张《红楼梦》古本表可以使我们明白：从乾隆十九年（一七五四）曹雪芹还活着的时期，到乾隆五十七年（一七九二）——就是曹雪芹死后的第三十年，在这三十八、九年之中，《红楼梦》的本子经过了好几次重大的变化：

第一、乾隆甲戌（一七五四）本：止写定了十六回，虽然此本里已说"曹雪芹披阅十载，增删五次"；已有"十年辛苦不寻常"的诗句。

第二、乾隆己卯（二十四年，一七五九），庚辰（二十五年，一七六〇）之间，前八十回大致写成了，故有"庚辰秋月定本"的检订。现存的"庚辰本"最可以代表雪芹死之前的前八十回稿本没有经过别人整理添补的状态。庚辰本仍旧有"披阅十载,增删五次"的话,但八十回还没有完全,还有几些残缺情形:

①第十七回还没有分作两回。

②第十九回还没有回目,还有未写定而留着空白之处(影印本二〇二叶上)。

③第二十二回还没有写完。

④第六十四回、六十七回,都还没有写。

⑤第七十五回还缺宝玉、贾环、贾兰的中秋诗。

⑥第八十回还没有定回目。

第三、曹雪芹死在乾隆二十七年壬午除夕。周汝昌先生曾发见敦敏的《懋斋诗钞》残本有"小诗代简,寄曹雪芹'的诗,其前面第三首诗题着"癸未"(乾隆二十八年)二字,故他相信雪芹死在癸未除夕。我曾接受汝昌的修正。但近年那本《懋斋诗钞》影印出来了,我看那残本里的诗,不像是严格依年月编次的;况且那首"代简"止是约雪芹"上巳前三日"(三月初一)来喝酒的诗,很可能那时敦敏兄弟都还不知道雪芹已死了近两个月了。所以我现在回到甲戌本（影印本九叶至十叶）的记载，主张雪芹死在"壬午除夕"。

第四、从庚辰秋月到壬午除夕，止有两年半的光阴，在这一段时间里，雪芹（可能是因为儿子的病，可能是因为他的心思正用在试写八十回以后的书）好像没有在那大致写成的前八十回的稿本上用多大功夫，所以他死时，前八十回的稿本还是像现存的庚辰本的残缺状态。最可注意的是庚辰本第二十二回之后（影印本二五四叶）有这一条记录：

　　此回未成而芹逝矣！叹叹！　丁亥（一七六七）夏。畸笏叟。

这就是说，在雪芹死后第五年的夏天，前八十回本的情形还大致像现存的庚辰本的样子。

第五、在雪芹死后的二十几年之中，——大约从乾隆三十二年丁亥（一七六七）以后，到五十六年辛亥（一七九一），——有两种大同而有小异的《红楼梦》八十回稿本在北京少数人的手里流传钞写：一种稿本流传在雪芹的亲属朋友之间，大致保存雪芹死时的残缺情形，没有人敢作修补的工作，此种稿本最近于现存的庚辰本。另一种稿本流传到书坊庙市去了,——"好事者每传钞一部,置庙市中,昂其值,(可)得数十金",——就有人感觉到有修残补缺的需要了,于是先修补那些容易修补的部分(第十七回分作两回,加上回目;十九回也加上回目,抹去待补的空白;二十二回潦草补完;七十五回仍缺中秋诗三首;八十回补了回目);其次补作那比较容易补的第六十四回。最后,那很难补作的第六十七回就发生问题了。高鹗在"程乙本"的引言里说:"六十七回,此有彼无,题同文异,燕石莫辨。"可见当时庙市流传的本子,有不补六十七回的,也有试补此回而文字不相同的。戚本的六十七回就和高鹗的本子大不相同,而高本远胜于戚本。

第六、据浙江海宁学人周春(一七二九——八一五)的《阅红楼梦随笔》,他在乾隆庚戌秋(五十五年,一七九〇)已听人说,有人"以重价购钞本两部,一为《石头记》八十回,一为《红楼梦》一百二十回,微有异同。……壬子(五十七年,一七九二)冬,知吴门坊间已开雕矣。……"周春在乾隆甲寅(五十九年,一七九四)七月记载这段话,应该可信。高鹗续作后四十回,合并前八十回,先钞成了百二十回的"全部《红楼梦》",可能在乾隆庚戌秋天已有一百二十回的钞本出卖了。到次年辛亥(五十六年,一七九一),才有程伟元出钱用木活字排印,是为"程甲本"。周春说的"壬子冬,知吴门坊间已开雕矣",那是苏州书坊得到了"程甲本"就赶紧雕板印行,他们等不及高兰墅先生"聚集各原本详加校阅,改订无讹"的"程乙本"了。

这是《红楼梦》小说从十六回的甲戌(一六五四)本变到一百二十回的辛亥(一七九一)本和壬子(一七九二)本的版本简史。如果没有三十多年前甲戌本的出现,如果我们没有认识《红楼梦》原本或最早写本的标准,如果没有这三十多年陆续发现的各种"脂砚斋重评本",我们也许不会知道《红楼梦》本子演变的真相这样清楚吧?

二、试论曹雪芹在乾隆甲戌年写定的稿本止有这十六回

我在三十四年前还不敢说曹雪芹在乾隆十九年甲戌(一七五四)——在他死之前九年多,——止写成了或止写定了这十六回书。我在那时只敢说:

>我曾疑心甲戌以前的本子没有八十回之多,也许止有二十八回,也许止有四十回。……如果甲戌以前雪芹已成八十回,那么,从甲戌到壬午〔除夕〕,这九年之中雪芹做的是什么书?……

我在当时看到的《红楼梦》古本很少,但我注意到高鹗的乾隆壬子(一七九二)本——即"程乙本"——的引言里说的"如六十七回,此有彼无,题同文异"。我就推论:"这一点使我疑心八十回本是陆续写定的。"

后来我看到了庚辰(一七六〇)本,我仔细研究了那个"庚辰秋月定本"的残缺状态,——如六十四,六十七回的全缺,如第二十二回的未写完,——我更相信那所谓"八十回本"不是从头一气写下去的,实在是分几个段落,断断续续写成的;到了壬午除夕雪芹死时,八十回以后止有一些无从整理的零碎残稿,就是那比较成个片段的前八十回也还没有完全写定。

最近半年里,因为我计画要影印这个甲戌本,我时常想到这个很工整的清钞本为什么止有十六回,为什么这十六回不是连续的,为什么中间缺少第九到第十二回,又缺少第十七到第二十四回。

在我进医院的前一天,我写了一封短信给香港友联出版社的赵聪先生,在那封信里我第一次很简单的指出我的新看法:就是说,曹雪芹在乾隆十九年甲戌写成的《红楼梦》初稿止有这十六回。我说:

> ……故我现在不但回到我在民十七的看法:"甲戌以前的本子没有八十回之多,也许止有二十八回,也许止有四十回。"我现在进一步说:甲戌本虽然已说"披阅十载,增删五次",其实止写成了十六回。……故我这个甲戌本真可以说是雪芹最初稿本的原样子。所以我决定影印此本流行于世。

这封短信的日子是"五十、二、二十四下午"。在二十六七小时之后,我就因心脏病被送进台湾大学医学院的附属医院了。

今天我要把那封信里的推论及证据稍稍扩充发挥,写在这里,请研究《红楼梦》本子沿革演变的朋友不客气的讨论教正。

甲戌本的十六回是这样的:

第一到第八回，

　　缺第九到第十二回。

第十三到第十六回，

　　缺第十七到第二十四回。

第二十五回到第二十八回。

　　我可以先证明第十七回到第二十四回是甲戌本没有的，是后来补写的。试看乾隆庚辰（二十五年，一七六〇）秋月定本的状态：

　　①第十七回"大观园试才题对额，荣国府归省庆元宵"有二十七叶半之多，首叶题作"第十七回至十八回"。前面空叶上有批语一行："此回宜分二回方妥。"

　　②第十九回虽然另起一叶，但还没有回目，也还没有标明"第十九回。"

　　③庚辰本的第二十二回没有写完，只写到元春、迎春、探春、惜春的四个灯谜，下面就没有了。下面有一叶白纸，上面写着：

　　　　暂记宝钗制谜云：

　　　　"朝罢谁携两袖烟？琴边衾里总无缘。晓筹不用鸡人报，五夜无烦侍女添。焦首朝朝还暮暮,煎心日日复年年。光阴荏苒须当惜,风雨阴晴任变迁。"

此回未成而芹逝矣!叹叹! 丁亥夏,畸笏叟。

这都可见第十七、十八、十九回是很晚才写成的,所以在庚辰秋月的"定本"里,那三回还止有一个回目。第二十二回写的更晚了,直到雪芹死后多年还在未完成的状态,所以后人有不同的补本,戚本补的第二十二回就和高鹗补的大不相同。(戚本保存惜春的谜,也用了宝钗的谜,还接近庚辰本;高鹗本删了惜春的谜,把宝钗的谜送给黛玉,又另作了宝钗、宝玉两人的谜。)

这样看来,甲戌本原缺的第十七到第二十四回是甲戌以后才写的,其中最晚写的是第二十二回:"此回未成而芹逝矣!"

其次,我要指出甲戌本原缺的第九到第十二回也是后来补写的,写的都很潦草,又有和甲戌本显然冲突的地方。

这四回的内容是这样的:

第九回写贾氏家塾里胡闹的情形,是八十

回里很潦草的一回。

第十回写秦可卿忽然病了,写张太医诊脉开方,说"这病尚有三分治得",又说,"今年一冬是不相干的,总是过了春分,就可望全愈了。"这就是说,秦氏不能活过春分了。

第十一回写秦氏病危了。"这年正是十一月三十日冬至。到交节的那几日,贾母,王夫人,凤姐儿,日日差人去看秦氏。"王夫人向贾母说,"这个症候遇着这样大节,不添病,就有好大的指望了。"过了冬至,十二月初二,凤姐奉命去看秦氏,"那脸上身上的肉全瘦干了。"凤姐儿从秦氏屋里出来,到尤氏上房坐下。

尤氏道,"你冷眼睄媳妇是怎么样?"

凤姐儿低了半日头,说道,"这实在没法儿了。你也该将一应的后事用的东西料理料理,冲一冲也好。"

尤氏道,"我也叫人暗暗的预备了。就是那件东西不得好木头,暂且慢慢的办罢。"

这是很明白清楚的说秦氏病危了,"实在没法儿了","一应的后事用的东西"都暗暗的预备好了。

　　这就到了第十一回的末尾了,忽然接上贾瑞"合该作死"的故事,于是第十二回整回写的是"贾瑞正照风月宝鉴"的故事,——这一回里,贾瑞受了凤姐儿两次欺骗,得了种种重病,"诸如此症,不上一年都添全了。……倏又腊尽春回,'——这分明又过了整一年了。这整一年里,竟没人提起秦可卿的病了!

我们试把这四回的内容和甲戌本第十三回关于秦氏之死的正文,总评,眉评,对照着看,我们就可以明白前面的四回是后来补加进去的,所以其中有讲不通的重要冲突。

甲戌本的第十三回是这本子里最有史料价值的一卷,此回有几条朱笔的总评,眉评,夹评,是一切古本《红楼梦》都没有保存的资料。此回末尾有一条总评,说:

　　"秦可卿淫丧天香楼",作者用史笔也。老朽因有魂托凤姐贾家后事二件,嫡是安富尊荣坐享人能(难?)想得到处;其事虽未漏,其言其意则令人悲切感服,姑赦之。因命芹溪删去。

同叶又有眉评一条:

> 此回只十页。因删去天香楼事,少却四五页也。

"秦可卿淫丧天香楼"的"史笔"是删去了,那八个字的旧回目也改成"秦可卿死封龙禁尉"了。但甲戌本此回的本文和脂砚评语都还保存一些"不写之写",都是其他古本《红楼梦》没有的。甲戌本写凤姐在梦里:

> 还欲问时,只听得二门传事云牌连叩四下,正是丧钟,将凤姐惊醒。人回东府蓉大奶奶没了,凤姐闻听,吓了一身冷汗。出了一回神,只得忙忙的穿衣服往王夫人处来。彼时合家皆知,无不纳罕,都有些疑心。

此本"无不纳罕,都有些疑心"之上有眉评说:

> 九个字写尽天香楼事,是不写之写。

那九个字,庚辰本与甲戌本完全相同。己卯本我未得见,但据俞平伯"红楼梦八十回校本"的"校字记"九五页,己卯本与庚辰本都作:

> 无不纳罕,都有些疑心。

戚本改作了:

> 无不纳叹,都有些伤心。

程甲本原作:

> 无不纳闷,都有些疑心。

程乙本就改作了:

> 无不纳闷,都有些伤心。

但因为南方的最早雕本都是依据程甲本作底本的,所以后来的刻本和铅印本,石印本,也还有作"都有些疑心"的。(看俞平伯《红楼梦研究》,"论秦可卿之死",一七七——一七八页。)但多数的流行本子都改成了"无不闷闷,都有些伤心"。

我们现在看了甲戌,己卯,庚辰三个最古的脂砚斋评本,我们可以确知雪芹在甲戌年决心删去了"淫丧天香楼"四五叶原稿之后,还保留了"彼时合家皆知,无不纳罕,都有些疑心"十五个字的"不写之写"的史笔。

秦可卿是自缢死的,《红楼梦》的第五回画册上本来说的很清楚。画册的正册最后一幅：

> 画着高楼大厦，有一美人悬梁自缢。（此句文字从甲戌、庚辰两本及戚本。）其判云：情天情海幻情身。情既相逢必主淫。漫言不肖皆荣出，造衅开端实在宁。

曹雪芹在原稿里对于这位东府蓉大奶奶的种种罪过，原抱着一种很严厉的谴责态度。画册的判词是一证。第五回写宝玉在秦氏屋里睡觉，是二证。第七回写焦大乱嚷乱叫："我要往祠堂里哭太爷去。那里承望到如今生下这些畜生来，……爬灰的爬灰，养小叔子的养小叔子！我什么不知道！咱们胳膊折了往袖子藏。"是三证。第十三回原标"秦可卿淫丧天香楼"的回目，又直写天香楼事至四五叶之多，是四证。在甲戌本写定之前，雪芹听从了他最亲信的朋友（？）的劝告，决心"姑赦之"，才删去了那四五叶直写天香楼的事，才改十三回的回目作"秦可卿死封龙禁尉"。四证之中，删去了一证。但其馀三证，都保存在甲戌本以及后来几个写本里。在第十三回里，雪芹还故意留着"无不纳罕，都有些疑心"九个字的史笔。

我们不必追问天香楼事的详细情形了。我现在只要指出第十三回写秦可卿突然死去,无论是甲戌以前最初稿本直写"淫丧天香楼"的史笔,或是甲戌、己卯、庚辰各本保存的"无不纳罕,都有些疑心"的委婉写法,都可以用作证据,证明甲戌写定的《石头记》稿本还没有第十回到第十一回那样详细描写秦可卿病重到垂危的几回文字。如果可卿早已病重了,早已病到"一应的后事用的东西"都已"暗暗的预备了",这样病到垂危的一个女人死了,怎么会叫人"无不纳罕,都有些疑心"呢?

　　所以我们很可以推断:曹雪芹写"秦可卿淫丧天香楼"的原稿的时候,他压根儿就没有想写秦氏是病死的。后来他决定删去了"淫丧天香楼"的四五叶,他才感觉到不能不给秦氏捏造出"很大的一个症候",在很短的一个冬天,就病到了要预备后事的地步。在那原空着的四回里,秦氏的病况就占了两回的地位。但因为写秦氏病状的许多文字不是雪芹原来的计画,所以越写越不像了! 本来要写秦氏活过了冬至,活不过春分的,中间插进了"正照风月宝鉴"的雪芹旧稿,于是贾瑞病了一年,秦氏也就得挨过整整一年,到贾琏送林黛玉回南去之后,凤姐儿才梦见秦氏,接着就是丧钟四下,人回东府蓉大奶奶没了。

试看第八回末尾写贾氏家塾"现今司塾的贾代儒乃当代之老儒",是何等郑重的描写!再看第十三回凤姐儿梦里秦氏说贾氏家塾,又是何等郑重的想法!何以第九回写贾氏家塾竟是那样儿戏,那样潦草呢?何以第十一回写那位"当代之老儒"和他的长孙又是那样的不堪呢?

甲戌本第一回有一长段叙说《石头记》的来历,其中说:

> ……空空道人……遂易名为"情僧",改《石头记》为《情僧录》。至吴玉峰题曰《红楼梦》。东鲁孔梅溪则题曰:《风月宝鉴》。……

甲戌本这里有朱笔眉评一条,说:

> 雪芹旧有《风月宝鉴》之书,乃其弟棠村序也。今棠村已逝,余睹新怀旧,故仍因之。

这一条评语是各种脂砚斋评本都没有的。这句话好像是说,《风月宝鉴》是曹雪芹写的一本短篇旧稿,有他弟弟棠村作序;那本旧稿可能是一种小型的《红楼梦》;其中可能有"正照风月宝鉴"一类的戒淫劝善的故事,故可以说是一本幼稚的《石头记》。雪芹在甲戌年写成十六回的小说初稿的时候,他"睹新怀旧",就把"风月宝鉴"的旧名保留作《石头记》许多名字的一个。在甲戌年之后,他需要补作那原来缺了许久的第九回到第十二回,他不能全用那四回的地位来捏造秦氏的病情,于是他很潦草的采用了他的"风月宝鉴"旧稿来填满那缺卷的一部分。因为这个故事本是从前写的,勉强插在这里,所以就顾不到前面叙说秦氏那样垂死的病情,在时间上就不得不拖延了一整年了。

我提出这四回的内容和第十三回的种种冲突,来证明第九回到第十二回是甲戌初稿没有的,是后来补写的。

所以我近来的看法是,曹雪芹在甲戌年写定的稿本止有这十六回,——第一到第八回,第十三到第十六回,第二十五回到第二十八回。中间的缺卷,第九到第十二回,第十七到第二十四回,都是雪芹晚年才补写的。

三、介绍原藏书人刘铨福，附记墨笔批书人孙桐生

我在民国十六年夏天得到这部世间最古的《红楼梦》写本的时候，我就注意到首叶前三行的下面撕去了一块纸：这是有意隐没这部钞本从谁家出来的踪迹，所以毁去了最后收藏人的印章。我当时太疏忽，没有记下卖书人的姓名地址，没有和他通信，所以我完全不知道这部书在那最近几十年里的历史。

我只知道这部十六回的写本《石头记》在九十多年前是北京藏书世家刘铨福的藏书。开卷首叶有"刘铨畐子重印"，"子重"，"髣眉"三颗图章；第十三回首叶总评缺去大半叶，衬纸与原书接缝处印有"刘铨畐子重印"，又衬纸上印有"专祖斋"方印。第二十八回之后，有刘铨福自己写的四条短跋，印有'铨'，"福"，"白云吟客"，"阿癐癐"四种图章。"髣眉"可能是一位女人的印章？"阿癐癐"不是别号，是苏州话表示大惊奇的叹词，见于唐寅题"白日升天图"的一首白话诗："只闻白日升天去，不见青天降下来。有朝一日天破了，大家齐喊"阿癐癐！"。

刘铨福刻这个图章,可以表示他的风趣。

十三回首叶的"专祖斋"方印,是刘铨福家两代的书斋,"专祖"就是"砖祖",因为他家收藏有汉朝河间献王宫里的"君子馆砖",所以他家住宅称为"君子馆砖馆",又称"砖祖斋"。叶昌炽《藏书纪事诗》卷六有一首记载刘铨福和他父亲刘位坦的诗,有"河间君子馆砖馆,厂肆孙公园后园"之句,叶氏自注说:

> 刘宽夫先生名位坦,(其子)子重名铨福,大兴人,藏弆极富。……先生……因得河间献王君子馆砖,名其居曰君子馆砖馆,又曰砖祖斋。所居在后孙公园。其门帖云"君子馆砖馆,孙公园后园"。今其孙尚守旧宅,而藏书星散矣。

"专祖"就是说那是砖的老祖宗。刘位坦是道光五年乙酉(一八二五)的拔贡,经过廷试后,"爰自比部,逮掌谏垣",咸丰元年(一八五一)由御史出任湖南辰州府知府。咸丰七年(一八五七)他从辰州府告病回京,他死在咸丰十一年(一八六一)。他是一位博学的金石书画收藏家,能画花鸟,又善写篆隶。刘位坦至少有一个儿子,四个女儿。有一个女儿嫁给太原乔松年,一个女儿嫁给贵筑黄彭年,这两位刘小姐都能诗能画,他们的夫婿都是当时的名士。黄彭年《祭外舅刘宽夫先生文》(《陶楼文钞》十四)说他"博嗜广究,语必穷源,书惟求旧"。又说他"广坐论学,谓有直横:横浩以博,直一以精",这就颇像章学诚的"横通"论了。

刘铨福字子重,号白云吟客,曾做到刑部主事。他大概生在嘉庆晚年,死在光绪初年(约当一八一八——一八八〇)。在咸丰初年,他曾随他父亲到湖南辰州府任上。我在台北得看见陶一珊先生家藏的刘子重短简墨迹两大册,其中就有他在辰州写的书札。一珊在"民国四十三年"影印《明清名贤百家书札真迹》两大册(也是"中央"印制厂承印的),其中(四四八页)收了刘铨福的短简一叶,是咸丰六年(一八五六)年底写的,也是辰州时期的书简。这些书简真迹的字都和他的《石头记》四条跋语的字相同,都是秀挺可喜的。《百家书札真迹》有丁念先先生撰的小传,其中刘铨福小传偶然有些错误(一为说"刘冨字铨福",一为说他"咸同时官刑部,转

湖南辰州知府",是误把他家父子认作一个人了),但传中说他

> 博学多才艺;金石、书画、诗词,无不超尘拔俗;旁及谜子,联语,亦皆匠心独运。

这几句话最能写出刘铨福的为人。

刘铨福收得这部乾隆甲戌本《石头记》是在同治六年癸亥(一八六三),他有癸亥春日的一条跋,说:

> ……此本是《石头记》真本。批者事皆目击,故得其详也。　癸亥春日,白云吟客笔。

几个月之后,他又写了一跋:

> 脂砚与雪芹同时人,目击种种事,故批语不从臆度。原文与刊本有不同处,尚留真面。……　五月二十七日阅,又记。

这两条跋最可以表示刘铨福能够认识这本子有两种特点:第一,"此本是《石头记》真本。""原文与刊本有不同处,尚留真面。"第二,"批者事皆目击,故得其详。""脂砚与雪芹同时人,目击种种事,故批笔不从臆度。"这两点都是很正确的认识。一百年前

的学人能够有这样透辟的见解,的确是十分难得的。

他所以能够这样认识这个十六回写本《红楼梦》,是因为他是一个不平凡的收藏家,收书的眼光放大了,他不但收藏了各种本子的《红楼梦》,并且能欣赏《红楼梦》的文学价值。甲戌本还有他的一条跋语:

> 《红楼梦》非但为小说别开生面,直是另一种笔墨,昔人文字有翻新法,学梵夹书。今则写西法轮齿,仿《考工记》。如《红楼梦》实出四大奇书之外,李贽、金圣叹皆未曾见也。
>
> 戊辰(同治七年,一八六八)秋记。

这是他得此本后第六年的跋语。他曾经细读《红楼梦》,又曾细读这个甲戌本,所以他能够欣赏《红楼梦》"直是另一种笔墨,……李贽、金圣叹皆未曾见";所以他也能够认识这部十六回的《红楼梦》残本是"《石头记》真本",又能承认"脂砚与雪芹同时人,目击种种事,故批笔不从臆度。"

甲戌本还有两条跋语,我要作一点说明。

此本有一条跋语,是刘铨福的两个朋友写的:

  《红楼梦》虽小说,然曲而达,微而显,颇得史家法。余向读世所刊本,辄逆以己意,恨不得作者一谭。睹此册,私幸予言之不谬也。子重其宝之。 青士、椿馀同观于半亩园,并识。乙丑(同治四年,一八六五)孟秋。

青士是濮文暹,同治四年三甲十二名进士;椿馀是他的弟弟文昶,同治四年三甲五十九名进士。他们是江苏溧水人。半亩园是侍郎崇实家的园子。濮氏兄弟都是半亩园的教书先生。

  还有一条跋语是刘铨福自己写的,因为这条跋提到在这个甲戌本上写了许多墨笔批语的一位四川绵州孙桐生,所以我留在最后作介绍。刘君跋云:

  近日又得"妙复轩"手批十二巨册,语虽近凿,而于《红楼梦》味之亦深矣。云客又记。

此跋题"云客又记",大概写在癸亥两跋之后。此跋旁边有后记一条,说:

  此批本丁卯(同治六年,一八六七)夏借与绵川孙小峰太守,刻于湖南。

我们先说那个"妙复轩"批本《红楼梦》十二巨册。"妙复轩"评本即"太平闲人"评本，果然有光绪七年（一八八一）湖南"卧云山馆"刻本，有同治十二年（一八七三）孙桐生的长序，序中说：

> 丙寅（同治五年，一八六六）寓都门，得友人刘子重贻以"妙复轩"《石头记》评本。逐句疏栉，细加排比，……如是者五年。……

刻本又有光绪辛巳（七年，一八八一）孙桐生题诗二首，其诗有自注云：

> 忆自同治丁卯得评本于京邸，……而无正文；余为排比，添注刻本之上；又亲手合正文评语，编次钞录。……竭十年心力，始克成此完书。……

这两条都可以印证刘铨福的跋语。

刻本有光绪二年（一八七六）孙桐生的跋文，他因为批书的"太平闲人"自题诗有"道光三十年秋八月在台湾府署评《石头记》成"的自记，就考定"太平闲人"是道光末年做台湾府知府的仝卜年。这是大错的。

近年新出的一粟的《红楼梦书录》新一版(页四八—五七)著录《妙复轩评石头记》钞本一百二十回,有五桂山人的道光三十年跋文,明说批书的人是张新之,道光二十一年(一八四一)和他同客莆田;二十四年(一八四四)评本成五十卷,新之回北京去了;四五年之后,"同游台湾,居郡署……阅一载,百二十回竟脱稿。……"张新之的籍贯生平无可考,可能是汉军旗人,但他不是台湾府知府,只是知府衙门里的一位幕客,这一点可以改正孙桐生的错误。

孙桐生,字小峰,四川绵州人,咸丰二年(一八五二)三甲一百十八名进士,翰林散馆后出知郿县,后来做到湖南永州府知府。他辑有《国朝全蜀诗钞》。

这部甲戌本第三回二叶下贾政优待贾雨村一段,有墨笔眉评一条,说:

予闻之故老云,贾政指明珠而言,雨村指高江村(高士奇)。盖江村未遇时,因明珠之仆以进身,旋膺奇福,擢显秩。及纳兰执败,反推井而下石焉。玩此光景,则宝玉之为容若(纳

兰成德)无疑。请以质之知人论世者。同治丙寅(五年)季冬,左绵痴道人记。(此下有"情主人"小印)

这位批书人就是绵州孙桐生。(刻本"妙复轩"批《红楼梦》的孙桐生序也说"访诸故老,或以为书为近代明相而作,宝玉为纳兰容若。……若贾雨村,即高江村也。……")我要请读者认清他这一条长批的笔迹,因为这位孙太守在这个甲戌本上批了三十多条眉批,笔迹都像第三回二叶这条签名盖章的长批。(此君的批语,第五回有十七条,第六回有五条,第七回有四条,第八回有四条,第二十八回有两条。)他又喜欢校改字,如第二回九叶上改的"疑"字;第三回十四叶上九行至十行,原本有空白,都被他填满了;又如第二回上十一行,原作"偶因一着错,便为人上人",墨笔妄改"着错"为"回顾",也是他的笔迹。(庚辰本此句正作"偶然一着错。")孙桐生的批语虽然没有什么高明见解,我们既已认识了他的字体,应该指出这三十多条墨笔批语都是他写的。民国五十年,五月十八日。

说明:上缘起录自胡适影印本《乾隆甲戌脂砚

斋重评石头记》,香港友联出版社1962年版。

《乾隆抄本百廿回红楼梦稿》跋

范宁

《红楼梦》一书,向以八十回抄本和一百二十回刻本分别流行于世。八十回抄本附有脂砚斋和他人的批语,一般认为是曹雪芹原稿的过录。据平步青《霞外捃屑》卷九及邹弢《三借庐笔谈》卷十一中记载,这个本子曾经刊刻。但是这个刻本今天未见流传。至于百二十回刻本则是由高鹗、程伟元等人修改和增补过的,与原稿微有异同。程、高刻书的前一年,周春在《阅红楼梦随笔》中说有人以重价购得百二十回《红楼梦》抄本一部,看来程、高删改付刻之前,百二十回《红楼梦》已在社会上流行过。近年山西出现的乾隆甲辰梦觉主人序抄本《红楼梦》,似是这一类本子,惜只存八十回,尚不足以证实周春的话。现在这个抄本的发见和影印,帮助我们解决了一桩疑案。

这个抄本的早期收藏者杨继振,字又云,号莲公,别号燕南学人,晚号二泉山人。隶内务府镶黄旗。著有《星凤堂诗集》。他是一位有名的书画收藏家。原书是用竹纸墨笔抄写的。盖有"杨继振印""江南第一风流公子""猗欤又云""又云考藏"等图章。杨继振的朋友于源、秦光第等并有题字和题签。于源字秋泩（泉），又字惺伯、辛伯，秀水人。著有《一粟庐合集》。秦光第字次游，别号微云道人。于源有《赠秦次游（光第）兼题其近稿》诗一首，可见也是有著作的。他们两个人都是杨继振的幕客。秦次游在封面题签上称"佛眉尊兄藏"，杨继振不闻有"佛眉"之号，或者这个抄本在流传到杨继振手中以前，曾经为"佛眉"其人者藏过。

杨继振说这个抄本是高鹗的手订《红楼梦稿》，不是最后的定稿。意思是说这个抄本乃高鹗和程伟元在修改过程中的一次改本，不是付刻底稿。证以七十八回末有"兰墅阅过"字迹，他的话应当可靠。但是无论如何，这个抄本不是杨继振等所伪造，用以欺瞒世人，是可以断定的。因为前八十回的底稿文字系脂砚斋本，而脂砚斋本杨氏生前并未见过，这是断然假造不出来的。我们从他公开说四十一回至五十回原残阙，他照排字本补抄了，可见他也无意于作假。至于高鹗不在这本书的开头或结尾来个署名，单单选定七十八回写上"兰墅阅过"四个字，实属费解。如果说高鹗修改《红楼梦》时，正是屡试不第，"闲且惫矣"，而七十八回原有一段关于举业的文字被删改了，或者他看到这等地方，有所感触，因而写下了他的名字，那倒是意味深长的了。

当然，说这个抄本是程伟元、高鹗修改过程中的一次稿子，单凭四个字是不够的。主要的还应该是这个本子上修改后的文字百分之九十九都和刻本一致，只有极少数地方如回目名称、字句、个别情节，稍微不同。由于基本上一致，所以我们说它是程、高改本。又由于两者不尽相同，我们觉得它不是定稿。一般说来，两个本子的文章字句，彼此雷同，不可能纯粹出于巧合。它也可能有这样的情形，即程伟元买到这份稿子时，上面已经有人改过了。但是这与实际情况不符。程伟元在刻本序上只提到他所买到的本子是"漶漫殆不可收拾"，不曾说原抄本上有涂改情况。因此我们觉得这个假定是不能成立的。此外也还可能有这样情形，即有人根据刻本修改他原来收藏的抄本而成了现在这个样子。我们认为这也是不可能的。因为修改的文字,从回目到情节都有与刻本不同的地方。既然是照改,又故意改得不忠实,未免不合情理。

　　如上所云,根据我们的考察,这个抄本是程、高修改稿,可能性最大。但是这个抄本的价值却不限于它是程、高的手订稿这一点。首先,这个抄本提供给我们一个相当完整的八十回脂砚斋的本子。这个百二十回抄本的底本前八十回是脂本,这个脂本的抄写时代应在"庚辰"本与"甲辰"本之间。说它在庚辰本之后,最明显的一个例证就是十七和十八两回已经分开。说它在甲辰本之前,我们根据的是这种情形:即这个抄本和甲辰本同样改动了的地方,有的和甲辰本一样,不留痕迹,如二十二回末尾谜语;但更多的地方是保留修改痕迹,如五十八回藕官烧纸钱。这个抄本虽然抄写在庚辰本之后,但是仍有它的特色。如第四回开端有一首诗为各本所无。将第五回起始二十九字移至第四回末。第十六回记秦钟之死,七十回柳絮词"任它随聚随分"下有批语云:"人事无常,原不必戚戚也。"都是和别本不同或别本脱抄的。所以在脂本系统上,这个抄本将占有一定的地位。其次,通过这个抄本,我们大体可以解决后四十回的续写作者问题。自从有人根据张问陶《船山诗草》中的赠高鹗诗"艳情人自说红楼"的自注说"《红楼梦》八十回以后皆兰墅所补",认定续作者是高鹗,并说程伟元刻本序言是故弄玄虚,研究《红楼梦》的人,便大都接受这个说法。但是近年来许多新的材料发现,研究者对高鹗续书日渐怀疑起来,转而相信程、高本人的话了。这个抄本在这方面提供了一些材料,我们看到后四十回也和前八十回一样,原先就有个底稿。高鹗在这个底稿上面做了一些文字的加工。这个底稿的写作时间应在乾隆甲辰以前。因为庚辰抄本的二十二回末页有畸笏叟乾隆丁亥夏间的一条批说"此回未成而芹逝矣",似保留着残阙的形式。但到甲辰梦觉主人序抄本时就给补写完整了。而且把原来宝钗一谜改作黛玉的,另给宝钗换制一谜,谜中有"恩爱夫妻不到冬"一句,并有批云:"此宝钗金玉成空。"可见这位补写的人对宝钗后期生活是清楚的。这也就是说,后四十回所写宝钗生活的文字,这位补写的人见到过。或者后四十回竟出于他一人的手笔,也很可能。因此,张问陶所说的"补",只是修补而已。

后四十回既大致可以确定不是高鹗写的,而是远在程、高刻书以前的一位不知名姓的人士所续,这样一来,我们前面提到周春的话就得到了实物的证明了。看来这个抄本不仅前八十回重要,而整个百二十回抄本更是在《红楼梦》的板本史上占着不可轻视的地位。现在将它影印出来了,送到《红楼梦》的研究者和爱好者的面前,让大家共同来研究它,欣赏它。至于上面的一些意见,只是我个人读后的一点看法,也不一定完全正确,写出来供大家参考。范宁　一九六二年十一月于北京。

说明:上跋录自中华书局1963年影印本《乾隆抄本百廿回红楼梦稿》。

异说反唐全传

（异说反唐全传序）

如莲居士

吾尝读唐史，至太宗、高宗之际，不禁废书而叹也。夫以太宗之雄才伟略，果敢英明，身致太平，三代而下，未易多观。仅一传而有武氏之祸，移唐家之七庙，杀李氏之子孙。天下之大，四海之广，智谋勇略之士，皆伏处而不敢动，此诚亘古所未有者也。昔女娲氏炼石补天，以其有旋乾转坤之手。武氏以一妇人，具不世出之才略，鼓舞贤能，颠倒英雄，朝委裘而不乱，诚有旋乾转坤之手。第宫闱淫乱，秽德昭彰，难以言状，传奇之家，又复敷演成文，曲加描写，用人行政，帷薄不修之处，几有不堪寓目者。然天运循环，无往不复，狄梁公夺邪谋于平日，张柬之等伸大义于临时，十九年深根固蒂之周朝，一旦而为唐室，休哉！何功之隆欤！后之人览《中兴全传》，识盛衰之始末，其间忠奸邪正，亦足以惩创而兴起，其有裨于治道人心匪浅矣。是为序。如莲居士题于似山居中。

　　说明：上序录自瑞文堂藏板本《异说反唐全传》，原本藏辽宁省图书馆。此本内封上镌"武则天改唐演义"，下分两栏，左栏题"评点薛刚三祭铁坵坟全集"，右题"异说反唐演传　瑞文堂藏板"。首序，尾署"如莲居士题于似山居中"，有"醒目"阴文、"如莲居士"阳文钤各一方。次"新刻异说武则天反唐全传目"，凡十四卷一百四十回。正文第一叶卷端题"新刻异说反唐全传卷之一"，半叶十行，行二十字。版心单鱼尾上镌"反唐全传"，下镌卷次、回次、叶次。

　　此书版本甚多。大约可分百四十回与百回两种。百回本有元茂堂藏版，此本内封叶分题"薛刚三祭铁坵坟原本"、"绣像反唐全传　元茂堂藏版"。首序，尾署"如莲居士题于似山居中"，次"新刻异说反唐演义全传目录　姑苏如莲居士编辑"，凡一百回。有图像。正文第一叶卷端题"新刻异说反唐演义全传卷之×　姑苏如莲居士编次"，半叶十行，行二十五字。此外还有崇德堂本，原本藏南京图书馆，序署"乾隆癸酉（十八年）仲冬之月"，序文字则与上所录几同。还有"嘉庆庚申(五年)夏"致和堂本,原本也藏南京图书馆;三和堂本,原本藏鲁迅故居。等等。百回本与百四十回本之间的关系很值得研究。

又《说唐三传》(八十八回,亦有作《征西说唐三传》的,藏南京图书馆)经文堂藏板本,亦有"如莲居士题于似山居中"序,文字亦与上序几同。不另录。《说唐前传》《说唐后传》《说唐三传》为一个系列,合起来当称《说唐全传》。后来的《别本说唐后传》《说唐小英雄》《罗通扫北》等则是因为上述书梓印后很有销路,坊贾变着花样搞出来的。

异说征西演义全传

重刻征西传叙

恂庄主人

唐传之书，向惟《东征》，行世已久。《西征》一书，未经雕板。盖因搜罗未备，有举一漏万之讥，是以自唐至今无有成书，而好古者每为叹惜。此传文势回环，立意奇特，其间兵法之精善，忠奸邪正之别白，善恶之报应，层层变幻，无不备具，可以醒人耳目，启人智慧。见其阐扬薛氏之忠孝节义，信而有据，实而不浮，不特学士大夫可以观感而兴起，即闺阁亦堪为劝鉴，是岂其他演义之可同日而语？然则虽为小说，实可与正史并垂不朽，较诸《西游记》《封神传》之怪诞，不经不史，有益于阅者乎。乾隆十有八年癸酉季冬既望，恂庄主人题于绿满堂中并书。

说明：上序录自福文堂本《异说征西演义全传》。原本藏南京图书馆。此本内封三栏，由右向左，分题"郭汾阳传原本""绣像征西"、"全传　福文堂梓行"。首《重刻征西传叙》,尾署"乾隆十有八年癸酉季冬既望,恂庄主人题于绿满堂中并书",次总目,署"中都逸叟原本",正文半叶十二行,行二十八字。丛书中的题署及避讳(不避"玄"字,称"我明",谓"太祖开基,传世十六朝帝王")看,书之出当在崇祯顺治间,早于褚人获《隋唐演义》(详参萧相恺《珍本禁毁小说大观——稗海访书录》,中州古籍出版社1992年版)。

另有一种乾隆十九年鸿宝堂刻本,藏天津图书馆,亦有此叙,惟末署"乾隆十八年岁次癸酉孟冬,中都逸叟书于护龙里"。且有另一叙,乃抄录褚人获《隋唐演义》序者,惟末署"乾隆十有八年癸酉季冬既望,恂庄主人题于绿满堂中并书"。这大约是孙先生推测此书"袭褚书"的重要原因。

中都逸叟、恂庄主人,真实身份、生平事迹待考。

妆钿铲传

妆钿铲传序

东阜野史

东阜野史氏，于友人斋，见所谓《妆钿铲传》。竟读，不禁掩卷而三叹也。曰：甚矣，褦襶道人之仁也。天道去人岂远哉！数盛则理隐，理盛则数绌，阴阳消长，不能相无。当其未定，几若苍苍正色，托体虚空，无与人事者；迨既定，则庆与殃，如影之随形，响之应声也；如檐溜之水，点点滴滴，不移其处也；又如铢较而寸计也。天道去人果远哉！然使有理无数，小人必不起蝇营狗苟、狼贪鼠窃之心；有数无理，则为善者其惧，而世道人心于是乎坏。此褦襶道人所为重有慨也。

其所为书，寓言十九，棒喝再三。观弓伯子，因悭吝而致子弗克家，有不思天地生财，当流行天地间，而求遗子以安者乎？观弓长两，始则逸而思淫，不比人数；继能穷而返本，终成干蛊之孝，义方之慈。有不思为天地惜物力，为父母贻令名，为子孙计久长者乎？观享邑氏，机械百出，攘取人之妆钿铲，不转瞬而地藏有召，空手以归，其子于弓长氏之初行，转相仿效，且加厉焉，妆钿铲遂以还其故主，有不思富贵贫贱定于生初，刻薄成家，理无久享，而安于顺时听天者乎？有不思祖父创业艰难，当亲正人，远小人，务求勤俭以盖前愆而裕后昆者乎？甚矣，檾襫道人之仁也。或曰：良医医未病，此书其医已病欤？吾谓：世之信医者固多，而讳疾而忌者亦复不少，倘有人大声疾呼而告之曰：用我方则生，不用我方则死，吾知人虽至愚，未有不勉进苦口之药者也。不然，轩岐曷为而以书传哉？此盖仁人救世之心也夫。东皋野史谨识。

妆钿铲传序

檾襫道人

自世传三坟五典、八索九邱，与夫六经百家之言，未尝不慨然叹曰：古人之载籍亦何其博也哉？及披阅而诵读之，详察而细推之，无非圣贤之心法，帝王之事功，以及纲常名教、忠孝廉节、立身制行之端也。是知古人著书立说，上有功于先王，下有功于末学,其所关良非浅鲜。

余赋性陋劣,才浅学疏,敢妄有著作,甘蹈愚而自用之罪。但以历览山川,遍阅人情,偶有触于穷通得丧之无定,因思通而忽穷,穷而复通,得而忽丧,丧而复得,贫富之相轧,谁实主之乎？或曰天也,或曰人也。而余以为,天事人事,各居其半焉。人心若与天心合,天必佑之；人心若与天心违,天必覆之。《书》曰：皇天无亲,惟德是辅。《易》曰：积善之家,必有馀庆；积不善之家,必有馀殃。盖存心正大,务本力农,其遗业必长久而绵远；存心奸险,机诈诡谋,其遗业必如日以暴雪。不观往代之轶事乎？禹以祗台之德而四隩奠安,至夏桀以不仁而国祚斩；汤以懋昭之德而九围是式,至殷纣以凶暴而玉步移；武以执兢之德而八百会同,至幽厉以淫虐而九鼎迁。他若秦、汉、隋、唐以迄五代、三分,不数年而一变,不再传而即失者,何可胜道？大抵皆以术愚智取,不务本计,是以上干天怒,下失人心故耳。如果归真返本,修德行仁,则人心与,即天心与,虽有暂失祖基者,或及身而失,未必不及身而得；即不然,后来子孙,谅亦仍复旧土。盖吉人自有天相,理所必然。而奸诈凶恶,宁有善其后者与?吾谓:往古君公之贵如是,即今之草野农夫,亦何独不然?如挽(晚)近之弓长两,其始也不守本分,中人圈套,失遗业于享氏父子之手,似无复得之理;然享氏父子,百计图维,谋人田产,自谓人拙我巧,人愚我智,而欲以永世为业,岂知得之不义,天理不容,遂出败家荡业之子,转盼一空;而弓长两者,改邪归正,得琴锏之术,将从前所失之妆钿铲,去而复来,且二子成名,光耀门闾,较享邑两之无忧小真人为何如者?岂非积善降祥、不善降殃之明验乎?吾故曰:天事人事,各居其半焉。

余偶有感触于此,因著俚传一卷,共二十四回,而以《妆钿铲》为名,盖为田产起见也。《传》成,因以为序。讵独为弓长两与享氏父子惜,正为天下惜,为后世惜,且欲人效弓长两之为奇男子,而深以享氏父子为戒也云尔。乾隆岁次丙子秋月,褦襶道人书于铜山之迎门宫。

〈妆钿铲传序〉

松月道士

天地一大文章也。其脉络则水流而山峙，其绚染则鸟兽与草木。有脉络而无绚染，枯寂无光；有绚染而无脉络，散漫无归。是以山自为山，山山各有其本，而飞走动植育其中；水自为水，水水俱有其源，而蛟龙鱼鳖潜其内。从源而溯之，其原流支派，爽若列眉；由本而穷之，其起伏结聚，朗如画沙。览其脉络，睹其绚染，井井不紊，滴滴归源，不诚有篇如股，股如句，而灿然夺目哉。乃人之为文也，亦何独不然？

如是传之作，以《妆钿铲》为题，而以弓长两、享邑两错综运化为文。弓长两本有妆钿铲而自失之，失而复得；享邑两本无妆钿铲而忽得之，得而复失。此妆钿铲应有之反正开合也。至若废学业而投苦海，躲军洞以战神鳔，寻脱空与求思禅，会黄白与学琴铜，得钿铲而归家，则《妆钿铲》之脉络也；观山景而遇经过，过累头而逢太白，问樵者与打精鹰，见无点与宿窟窿，小真人之纵欲，则《妆钿铲》之绚染也。而其中衬托不一物，腾那不一法，或用影射，或用明点,总无非为《妆钿铲》作曲折耳。而且语语道破俗情,句句切中时款,处处有起伏,节节有照应,循首讫尾,捧读一过,真属暮鼓晨钟,时时令人猛省,不诚为天造地设之一大文章哉?松月道士谨识。

(妆钿铲传)圈点辨异

凡传中用红连点、红连圈者,或因意加之,或因法加之,或因词加之,皆非漫然。

凡传中旁边用红点者,则系一句;中间用红点者,或系一顿,或系一读,皆非漫然。

凡传中用黑圆圈者,皆系地名;用黑尖圈者,皆系人名,皆非漫然。

凡传中《妆钿铲》三字用红圈套黑圈者,以其为题也,皆非漫然。

(妆钿铲传)跋

享添躲之父子,刻薄成家,理无久享,固其宜也。而弓长两者,出三纲而寻丢清,于先人之庄田产，自有而自失之，反神鳔之不若，岂复成为人子？而卒能回心转意，学勤学俭，斤斤自守，迥异从前之甘钻晕而不悟，历之险而不觉，庄田产之复得，不亦宜乎。且自出三纲而去，又入三纲而来，鉴于父之悭吝，不肯令其读书，以致丧家败业，而乃不惜钱财，延师教子成名，不诚为人世之奇男子哉。凡为人子者，固宜以神鳔祖师为戒，尤切勿效无忧真人之所为，而当于返本真人之是法矣。

说明：上三序及跋均录自乾隆丙子（二十一年）红格稿本《妆钿铲传》，原本藏山东图书馆，有上海古籍出版社影印本行世。此本首《妆钿铲传序》，尾署"东阜野史谨识"，次《妆钿铲传序》，尾署"乾隆岁次丙子（二十一年）秋月，氽襏道人书于铜山之迎门宫"，复次序，尾署"松月道士谨识"。又次"妆钿铲传目录"，凡二十四回。目录后有"圈点辨异""妆钿铲小引"。正文第一叶卷端题"妆钿铲传卷之一（下双行原注云：传中假借字宜会意念去）"，另行署"昆仑氽襏道人著　松月道士批点"，半叶九行，行二十字，有行间批，回批。行间批者或署松月道士，或署江湖散人。书末有《小赞》《跋》。

东阜野史、褦襶道人、松月道士,真实身份、生平事迹待考。褦襶道人另有《说冷话》。

绿野仙踪

《绿野仙踪》自序

李百川

余家居时最爱谈鬼，每于灯清夜永际，必约同诸友，共话新奇，助酒阵诗坛之乐。后缘生计日戚，移居乡塾，殊歉嫌固陋寡闻，随广觅稗官野史，为稍迁岁月计。奈熏莸杂糅，俱堪喷饭。后读《情史》《说郛》《艳异》等类数十馀部，较前所寓目者，似耐咀嚼。然印（仰）板衣折，究非荡心骇目之文。继得《江海幽通》《九天法箓》诸传，始信大界中真有奇书。余彼时亦欲破空捣虚，做一《百鬼记》。因思一鬼定须一事，若事事相连，鬼鬼相异，描神画吻，较施耐庵《水浒》更费经营。且拆袜之才，自知线短，如心头触胶盆，学犬之牢牢、鸡之角角，徒为观者姗笑，无味也。旋因同志怂恿，余亦心动久之。未几，叠遭变故，遂无暇及此。丙寅，又代人借四千馀金，累岁破产弥缝，仅偿其半。

癸酉，携家存旧物远货扬州，冀可璧归赵氏，做一潇洒贫儿。无如洪崖作祟,致令古董涅槃。若非余谷家叔宦游盐城,恃以居停餬口,余宁仅漂泊陌路耶!居盐两月,即为竖所苦,百药罔救。家叔知余聚散萦怀,于是岁秋七月,奉委入都之前二日,再四嘱余著书自娱。余意著书非周流典坟,博瞻词章者,未易轻下笔。勉强效颦,是无翼而学飞也。转思人过三十,何事不有?逝者如斯,惟生者徒戚耳。苟不寻一少延残喘之路,与兴噎废食者何殊?况嶒峦绝巘,积石可成;飞流悬瀑,积水可成。诗赋古作,固不可冒昧结撰,如"小说"二字,千手雷同,尚可捕风捉影,攒簇渲染而成也。又虑灰线草蛇,莫非衅窦,以穷愁潦倒之人,握一寸毛锥,特辟幽踪,则祢衡之骂,势必笔代三挝,不惟取怨于人,亦且损德于己。每作此想,兴即冰释。然余书中若男若妇,已无时无刻不目有所见、不耳有所闻于饮食魂梦间矣。

冬十一月,就医扬州,旅邸萧瑟,颇愁长夜,于是草创三十回,名曰《绿野仙踪》。付同寓读之,多谬邀许可。丙子,余同祖弟说严,授直隶辽州牧,专役相迓。至彼九越月,仅增益二十一回。戊寅,舍弟丁母艰。余羞回故里，从此风尘南北，日与朱门作马牛，劳劳数年，于余书未遑及也。辛巳，有梁州之役，途次又勉成数回。壬午抵豫，始得苟且告完。污纸秽墨，亦自觉鲜良极矣。总缘蓬行异域，无可遣愁，乃作此呕吐生活耳。昔更生述松子奇踪，抱朴著壶公逸事，余于《列仙传》内添一额外神仙，为修道之士悬拟指南，未尝非吕纯阳欲渡尽众生之志也。至于章法、句法、字法有无工拙，一任世人唾之骂之已尔。夫竹头木屑，尚同杞梓之收；马渤牛溲，并佐参苓之用。余一百回中，或有一二可解观者之颐，不至视为目丁喉刺，余荣幸宁有极哉！（金陵周竹蹊先生言，说部百无一二自叙者，况下已有侯、陶二公序文，宜删删删，故从其说。）

《绿野仙踪》序

侯定超

　　人也而有冷于冰名，何也？缘人藐然中处，参乎两仪，为万物灵。顾乃荒乱迷惑，忘其所始，丧其所归，至不得与无情木石、有知鹿豕，守真葆和，终其天年者，总由一"热"字摆脱不出耳。热者，一念分为千歧万径,如恒河沙数,不可纪极,而缘其督者,气也、财也、色也。酒之为害,尚在三者之末。盖气者,人所生;财者,生所养;色则人与生相续于无穷者也。何害?曰:害在于热。气热,则嗔;财热,则贪;色热,则淫。至于嗔、贪、淫,则必荒乱迷惑,忘其所始,丧其所归。求能守真葆和,以终天年者,其诸有几?如此书中人之有朱文魁也,贼之有师尚诏也,妓女之有金钟也,物之有妖蝎也,狐之有赛飞琼也,鱼之有广信夫人也,为嗔、为贪、为淫,各守其一,以极其馀,无论举世视同秦越,即父子兄弟夫妻,至掉臂而不相顾,何者?一热则无不冷矣。

然则何以热热?三家村中学究读《绿野仙踪》,见冷于冰名,犹然慕之曰:道则是矣。彼乌知之?夫天下之大冷人,即天下之大热人也。自来神圣贤人,皆具一片热肠,然曰淡,曰无欲,又曰:欲立立人,欲达达人。淡然无欲者,冷也;欲立欲达者,热也。然则神圣贤人,其无酒、色、财、气乎?曰:非也。夫神圣贤人,一喜一怒,必与民同。准一人之性,使天下各遂其性。若必无之而后为神圣贤人,则是冷于冰不应有财产,不应归故里。今观其赈灾黎,荡妖氛,借林岱、文炜以平巨寇,假应龙、林润以诛权奸,脱董玮、沈襄于桎梏,摄金珠米粟于海舶,设幻境醒同人之梦,分丹药玉弟子之成,彼其于家于国于天下何如也?故曰天下之大冷人,天下之大热人也。

可知热由于心冷,亦由于心善,为热心者必先能为冷心。心之聚散,如冰凝释于水,乃可以平嗔、欲、贪之横行,而调气、财、色之正矩,是则先以冷濯热,存心其要矣。以故际利害切身之场而不惧,遇万钟千驷之富而不顾,处皎日同穴之欢而不染,则此方毫无挂碍,始能为冷,始能为热,始可以守真葆和,与天地终始,而道成矣。顾其功不可一刻放松,为山之亏于一篑,掘井之废于及泉,皆自弃耳。是观幻境中,若连城璧之见可悯而失之嗔也,金不换之见可欲而失之贪也,翠黛、如玉之见可悦而失之淫也。一念热结,丹炉毁裂,吾身之不恤而遑恤其他。范浚曰:"一心之危,众欲攻之,其与存者,呜呼几希甚矣!"持心之要,莫妙于冷,莫妙于冷于冰。此作者命名之意至深至切。庄子曰:"形固可使如槁木,心固可使如死灰。"冷之谓也。张子曰:"聚亦吾体,散亦吾体。"冷于冰之谓也。是为序。乾隆二十六年,洞庭侯定超拜书。

《绿野仙踪》序

陶家鹤

今天下山水,一大游局也。故善游者,历三涂五岳九州之广,浮大河长江四海之阔,睹琼宫贝阙之巍焕,入茂林丰草之深幽,穷仙神之栖止,探虎豹之窟宅,举凡舟车所不能至,獐猱所不能居者,皆遍览无遗焉。然后与之观小山小水,宜其弃置而不顾。即间有一拳石,一勺水,视同千仞之岗、万里之流者,再目之而神气已竭矣。缘其人胸次淡(如),眼界廓如故也。若但曰山不在高,山(水?)不在深,据丘岭以为崇,指池沼以为渊,管窥蠡测,又乌足语山水之大哉!

予意读说部亦然。《水浒》《金瓶梅》,其次《三国》,即说部中之大山水也。予每于经史百家披阅之暇,时注意于说部,为其不费心力,可娱目适情耳。而于说部中之七八十回至百十回者,尤必详玩其脉络、关纽、章法、句法,以定优劣。大有千百部中,失于虎头蛇尾、线断针折者居多。缘其气魄既大,非比数回内外书易于经营,尽美善也。然天下委土细流固多,而五岳四海之外,亦不可谓无崇山巨水。

予于甲申岁二月,得见吾友李百川《绿野仙踪》一百回,皆洋洋洒洒之文也。其前十回多诗赋并仕途冠冕语,只可供绣谈通阔之士赏识,使明昧相半人读之,嚼蜡而已。十回后虽雅俗并用,然皆因其人其事,斟酌身分口吻下笔,究非仆隶舆台、略识几字者所能尽解尽读者也。至言行文之妙,真是百法俱备,必须留神省察,始能验其通部旨归。试观其起伏也,如天际神龙;其交割也,如惊弦脱兔;其紧溜也,如鼓声瀑布;其散大也,如长风骤雨;共艳丽也,如美女簪花;其冷淡也,如狐猿啸月;其收结也,如群玉归笥;其串插也,如千珠贯线。而立局命意,遣字措词,无不曲尽情理,又非破空捣虚笔所能比拟万一。使予觉日夜把玩,目荡心怡,不由不叹赏为说部中极大山水也。

世之读说部者,动曰"谎耳,谎耳"。所彼(彼所)谓谎者固谎矣。彼所谓真者,果能尽书而读之否？左丘明即千秋之谎祖也。而古今之读左丘明文字者，方且童而习之，至齿摇发秃而不已，其不已者，谓其文字谎到家也。夫文至于谎到家，虽谎亦不可不读矣。愿善读说部者，宜急取《水浒》《金瓶梅》《绿野仙踪》三书读之。彼皆谎到家之文字也，谓之为大山水、大奇书，不亦宜乎！乾隆二十九年春二月，山阴弟陶家鹤谨识。

通部内句中多有旁注评语，而读者识见各有不同，弟意宜择其佳者，于抄录时分注于句下，即参以己意，亦无不可，将来可省批家无穷心力。

再，此书与略识几字并半明半昧人无缘。不但起伏隐显，穿插关纽，以及结构照应，彼读之等于嚼蜡，即内中事迹，亦未必全看得出也。万一遗失一二，徒有损无益。予叙文中亦曾大概言及，嗣后似宜审慎其人付之，悉叨知己，故不避嫌怨琐陈。百翁以为何如？弟陶家鹤拙识。

说明：上自序录自抄本《绿野仙踪》，原本藏北京大学图书馆。此本首作者《自序》，末有双行小字注云："金陵周竹蹊先生言，说部百无一二自叙者，况下已有侯、陶二公序文,宜删删删,故从其说。"尔后的一些刻本,无自叙,大约正是因为这注。但这自叙,叙作书过程及作者生平颇详,极有研究价值。

后二序,录自刻本《绿野仙踪》,原本藏美国印地安那图书馆,上海古籍出版社据以影印。此本首《序》,尾署"乾隆二十六年,洞庭侯定超拜书",次《序》,署"乾隆二十九年春二月,山阴弟陶家鹤谨识",序后又有一段识语,署"弟陶家鹤拙识"。

李百川,平生事迹不详。或言江南人氏,或言山西人氏,均无实证。

侯定超、陶家鹤,生平事迹待考。

飞龙全传

《飞龙全传》序

吴璿

己巳岁,余肄业村居,暗修之外,概不纷心。适有友人挟一帙以遗余,名曰:《飞龙传》。视其事则虚妄无稽,阅其词则浮泛而俚。余时方攻举子业,无暇他涉,偶一寓目,即鄙而置之。无何,屡困场屋,终不得志。余自恨命蹇时乖,青云之想,空误白头。不得已弃名就利,时或与贾竖辈逐锱铢之利,屈指计之,盖已一十有九年矣。

今戊子岁,复理故业,课习之暇,忆往无聊,不禁瞿然有感,以为既不得遂其初心,则稗官野史,亦可以寄郁结之思,所谓发愤之所作,余亦窃取其义焉。于是检向时所鄙之《飞龙传》,为之删其繁文,汰其俚句,布以雅驯之格,间以清隽之词,传神写吻,尽态极妍,庶足令阅者惊奇拍案,目不暇给矣。第余才识卑劣,偏陂脱漏之弊,终所不免,兹顾孜孜焉亟为编葺者,不过自抒其穷愁闲放之思。岂真欲与名人著作争长而絜短乎哉！时乾隆三十三年岁在戊子仲秋之望，东隅吴璿题。

《飞龙全传》序

杭世骏

予自致仕旋里后，喜与二三同学讲论古今，孳孳不倦，初不知其驹之过隙也。庚寅夏，避暑于西湖之别墅，时与老友寻芳选胜，或置酒游湖，清闲之趣悠然自得。比来足力不便，辄闭户幽居，山水之兴渐减。偶然翻阅案上残书，见有《飞龙传奇》一卷，予观其布置井井，衍说处亦极有理，毫无鄙词俚句贻笑大方，洵特出于外间小说之上，而足与才子等书并传不朽。至于书中所载宋太祖自夹马营降生，以至代周御极，其事已略志于史，而编纂推衍，令阅者观之，卧忘寝而食忘味，咨嗟叹赏，手不忍释，此则在乎笔法之妙也。老友欲授之枣梨，请予作序，因聊缀数言，以为粲花之助焉。时乾隆庚寅岁八月既望，秦亭吉民杭世骏题于西湖别墅。

说明：上二序均录自世德堂本《飞龙全传》。此本内封上镌"精绘绣像"，下分三栏，分题"东隅逸士编""飞龙全传""世德堂藏板"。首《序》,尾署"时乾隆三十三年岁在戊子仲秋之望,东隅吴璿题",有"吴璿之印"阴文、"衡章"阳文钤各一方。次《序》,尾署"时乾隆庚寅岁(三十五年)八月既望,秦亭吉民杭世骏题于西湖别墅"(萧按:"吉"殆"老"之形误,杭世骏有号曰"秦亭老民"),有"博学鸿词""杭世骏印"阴文钤各一方。复次"飞龙全传目录",凡二十卷,分以"日月光天德,山河壮帝居,太平无以报,愿上万年书"二十字标卷。复次有图像二十四幅,皆像赞各半叶。第一卷含序、总目、图像并正文三回,馀皆每卷三回。回有总评。总评中每提及有一旧本。正文半叶十行,行二十字。世德堂本之外,常见的有崇德书院本、芥子园本、文德堂本等。崇德书院本的字迹、版式,与世德堂本几同,惟无杭世骏序;文德堂本也无杭世骏序;但芥子园本则两序俱全,而且与世德堂本序的文字全同,惟杭世骏序置于吴序之前,且署"嘉庆丁巳仲秋月,秦亭老民杭世骏题于西湖别墅",吴序则署"嘉庆二年岁在丁巳仲秋之望,东隅吴璿题"。另有一同治九年翠隐山房本,亦有嘉庆丁巳杭序和嘉庆丁巳吴序，与芥子园本同，似系出于芥子园本。

杭世骏(1696—1772)，字大宗，号堇浦，别号智光居士、秦亭老民、春水老人、阿骏，室名道古堂，浙江仁和(今杭州)人。雍正二年(1724)举人，乾隆元年(1736)举鸿博，授编修，官御史。乾隆八年(1743)因上疏言事，遭帝诘问，革职后以奉养老母和攻读著述为事。乾隆十六年(1751)，官复原职。晚年主讲广东粤秀和江苏扬州两书院。著有《道古堂集》《榕桂堂集》等。

吴璿，字衡章，馀待考。

东周列国志辑要

（东周列国志辑要序）

彭元瑞

杨先生号慎园,予同乡士也。其生平循谨老成。初习举子业,既挟青乌之术,游历四方,而客崇川最久。其嗣君凤鸣,克世其术,亦相继客崇川,盖阅二世矣。崇人士并礼貌之。忆予里居时尚少,未获同慎园先生接膝谈今古事；及其倦息后,予又匏系京师,虽同乡,判如膺背矣。岁辛卯,予典江南试,旋即视学江苏,两莅崇川,凤鸣未尝以同乡故辄投半刺书,其循谨不愧父风云。甲子冬试竣入都,有辛卯所得士崇川王生名元昆者,来饯予于澄江,袖出先生所订《列国志》如干卷示予,因述凤鸣请序意。余惟此书非小说家派,其中部署节次自当有所厘正。先生客邸馀暇,取旧本分疏条列之,令阅者瞭然心目,于是书不为无补。予既重违王生请,而尤嘉凤鸣之能不忘手泽也。抑有进者,先生既嗜载籍,涉猎之久,谅不无心得者,其于他书倘别有考正欤？予且乐得而观之。内阁学士兼礼部侍郎提督江苏学政加七级年家乡眷弟彭元瑞顿首拜撰。

列国志辑要序

杨庸

昔荀悦本《史记》作《前汉纪》，袁氏因之，又本《汉书》作《后纪》，改纪传体为编年，不过令阅者条绪分明，便于观览耳。实则人无异事，文无异辞，后之人不以剿说病之，且忘其为班、马旧文。至司马温公祖之以作《通鉴》，盖取其义例有合于《麟经》之旨也。予弱冠时，即涉猎稗官言，见《列国志》一书，杂沓鄙陋，触目生厌，窃叹东周之世，局变势奇，事繁人众，曾不得一三长兼全者详节而删订之，以为说部冠，且与经生家有裨焉。厥后薄游淮海，既断弃举业，遂有志于斯。侨居崇川数载，凡风萧雨晦，客散灯灺，即取原本而厘正之，丹铅并下，心目俱疲，几更寒暑，数易稿而后就，理定为八卷，分一百九十节。卷帙减旧之半，人与事、文与辞皆仍其旧，其间颠倒错杂、烦亵支俚者概廓清之。庶令观者一目燎然，不至如五色之无主，乱丝之多棼，作说部观可也，即准以经传，不至大相剌谬，则于治经者亦或有补于万一乎？名曰《辑要》，略见择焉必精之苦心尔。若谓争胜前人，欲如荀氏、袁氏之书并传不朽也，则吾岂敢。剑水杨庸慎园氏序。

（东周列国志辑要）凡例

一、周天子谥号，本志每立一王，用大书，出隔一字，以寓尊王之意。他如列国僭号称王，俱照列侯记载。

一、分节次，见原志第几回、某人某事，俱二项联书，错综叙事。本志既从简便，仍照原志条件，分第几节，节下依事直书，以便观览。

一、分节次中，间有改换添设名目，系原志汇叙中提出一段事实，在回数中，上下文又不相连贯，未及书名者，方为添设点缀。

一、原志叙事，间有接出某人某事，下文正当叙述，旋云此事且阁过不提，再叙某人某事。本志于此处每为连合，即此一件事，叙述间务期贯串详明，令人一目瞭然。

一、本志书列国君臣姓名,初见某姓某名,旁用一竖"｜"表其为姓名也,以后或单书名不书姓,止用点读,阅者留意。

一、本志书列国会盟征伐在于某处,旁用两竖"‖",知其为某处地名,以便记识,以后一地不用再竖。

一、叙事中,间书此周某王某年事也。至列国诸侯及僭号称王者,一概不录,表尊无二上之义。

一、本志叙列国弑君弑父之事,间有录一二断语者,俱从原志记载。

　　说明:上二序及凡例均录自四知堂藏板本《东周列国志辑要》。此本内封上镌"乾隆乙巳新镌",下分三栏,分题"南昌彭云楣先生鉴定""东周列国志辑要""四知堂藏板"(又一,内封上镌"南昌彭云楣先生鉴定",下题"丰城杨怀邦辑　四知堂藏版""东周列国志辑要""金阊函三堂梓行")。首序,尾署"内阁学士兼礼部侍郎提督江苏学政加七级年家乡眷弟彭元瑞顿首拜撰",有"彭元瑞印"阴文、"内廷供奉"阳文钤各一方。次"列国志辑要序",尾署"剑水杨庸慎园氏序",有"杨庸之印"阴文、"邦怀"

阳文钤各一方。复次,《凡例》,再次,《列国志原叙》,尾署"吴门可观道人小雅氏撰",与前所录《新列国志》小雅氏叙文字略有异同(如"尤属鄙俚"下无"此等呓语……成片断者言之";称"二姜"作"宣姜文姜";"武安君"下注曰"白起";"养叔"作"养繇基"等)。再次,《原列国志引首》,文字与《新列国志·引首》亦小有异同。又次"春秋战国舆地图说"等。正文半叶九行,行二十字,版心有"四知堂"字样。避玄烨、弘历讳。

杨邦怀,名庸,字邦怀,号慎园,江西丰城人。馀待考。

彭元瑞(1731—1803),字掌仍,一字辑五,号芸楣(一作云楣),江西南昌人,乾隆二十二年(1757)进士,改庶吉士,授编修,官至工部尚书、协办大学士。曾为《四库全书》副总裁。有《知圣道斋书目》《经进稿》《恩馀堂稿》等。

双缘快史

（双缘快史序）

醒世主人

尝观积善之家，必有馀庆；积不善之家，必有馀殃。世人见色迷心，图取一时之欢娱，随积百年罪孽，以至败身亡家，殃及子孙者，可胜道哉！醒世主人题。

说明：上序录自改过轩本《双缘快史》(《双姻缘》)，此本原藏北京大学图书馆。内封三栏，由右向左，分题"笑花主人编""双缘快史""改过轩藏板"。首"双姻缘目录"，凡十二回。次序，尾署"醒世主人题"。正文第一叶卷端题"新编双姻缘卷一"。半叶八行，行二十字。

笑花主人、醒世主人，真实身份、生平事迹待考。

二度梅奇说

二度梅奇说序

松林居士

壬寅之秋,自都门舟旋,经吴历越。舟中寂寞,别无醒目者,欲买忠孝节义之书以消白昼,如风送锦帆何。客伴虽有小说,多属郑卫之淫风,案前开卷,能不放荡性情者鲜矣。一日,风微浪细,两船连环,其舱有士,静念小说,意义甚正,因往借观。查其名目,系灵峰子增删《二度梅》。阅其首尾,尽是天地之正气运乎其间。而其字迹却是手录者。因问:"坊有卖乎?"士曰:"坊间卖者,《二度梅》耳。此乃拙笔增删者,袜线之才,巴里之句,赧献座前,恐污青目。"余曰:"圣贤著书,尚欲教化万世;学者出笔,能写性情,以阐义理,即合圣贤之道。小说所最著者,《好逑传》《玉娇梨》《平山冷燕》之类,然或仅尚其侠,或慕其才,岂若此说之给事精忠,公子纯孝,昭君节烈,书童真义也?君子视之,可以助其上达;小人观之,可以止其下流,庶尽忠孝。小学注解之正意也欤！与其藏之于箧，不若公之于世，以待名流润色。"士始依劝，而付诸梓。余于是序以来由，以徵雅俗共赏之意云耳。乾隆壬寅秋月上浣，松林居士题。

说明：上序录自文富堂本《二度梅》，为《二度梅全传》的一个删节本。原本藏东北师大图书馆。有序，尾署"乾隆壬寅（四十七年）秋月上浣，松林居士题"。据序，则《二度梅全传》成书最迟应在乾隆四十七年以前的一段时间里。《二度梅》的版本甚多，有繁简两个系统（详参萧相恺《珍本禁毁小说大观——稗海访书录》），繁本除回目不全的，一般为四十回，未见序跋。

惜阴主人、松林居士，真实身份、生平事迹待考。

水石缘

《水石缘》自叙

李春荣

夫文人穷愁著书,谓其可以信今而传后也,若传奇,岂所论哉?顾事不必可信,而文则有可传。庄生寓言尚矣,他若宋玉窥邻,元稹记会,以及《游仙》《无题》之作,或隐或见。只缘情绮靡,不自以为可传也,而今犹竞相讽咏焉。下及元人百种,录旧翻新,叹深夥颐,谁谓传之必可信哉?又谓不信之可不传哉。

忆自六龄出就外傅,师授四子书,点头默记,了然于心,而不出诸口。至十岁,不茹荤,长者谓余曰:"汝堕地后每夜悲啼,三年方止。非老僧转世,弃西方之极落(乐),厌尘世之溷浊,不至此。"予笑而应之,不敢以其言为妄。弱冠,应童子试,取博士弟子员,乃以异籍被攻,愤不顾家,负轻囊,只身远出,历齐鲁,抵保阳,弃举子业,究习幕学,文章笔墨之事,已渺若河汉矣!嗣是客金台,游荆楚,居豫章,三十年来,当事不以庸俗相待,咸以气义相孚,平生□无嗜好,惟喜亲卷轴,即稗官野史,吴歈越曲,胥纵观览。因见其中写才子佳人之欢会,多流于淫荡之私,有伤风人之雅,思力为反之;又念及人生遭际,悉由天命,毫莫能强。当悲歌慷慨之场,思文采风流之裔,悬拟赏心乐事,美景良辰,谅在造化当不我忌,因以爱书于笔,绘儿女之情,虽无文藻可观,或有意趣可哂,亦庶使悲欢离合,各得其平而不鸣耳。书成,秘之行笥,惟恐贻笑大方。适以薄宦滇南,寅好觑见,强付之梓。予固不自信也,奚问奇之传不传哉。顾世界三千,因缘十二,偶然人事,悉属天缘,凡遇之同不同皆可作如是观。故叙颠末,以白同人,颜其额曰《水石缘》云。时乾隆甲午桂月,书于熙和轩,稽山棣园李春荣自述。

说明:上序录自经纶堂藏板本《水石缘》。原本藏北京图书馆。此本内封三栏,由右向左,分题"陇西芳谱氏编""水石缘""经纶堂藏板"。首《自叙》,尾署"时乾隆甲午(三十九年)桂月,书于熙和轩,稽山棣园李春荣自述",次"水石缘目录",署"稽山李春荣芳普氏编辑 云间慕空子鉴订",凡三十段

（上海古籍出版社影印本自叙和目录次序颠倒）。正文第一叶卷端题"水石缘卷之一"，署"稽山李春荣芳普氏编辑　云间慕空子鉴订"，半叶九行，行二十二字。版心单鱼尾上镌"水石缘"，下镌卷次叶次。

　　李春荣，字方普，稽山人。"弱冠，应童子试，取博士弟子员，乃以异籍被攻，愤不顾家，负轻囊，只身远出，历齐鲁，抵保阳，弃举子业，究习幕学，文章笔墨之事，已渺若河汉矣！嗣是客金台，游荆楚，居豫章"，游幕凡三十年。且尝"薄官滇南"。

　　云间慕空子，真实身份、生平事迹待考。

《水石缘》自序

尚存隐者

　　自昔英豪烈士，往往遭时不偶，令有郁结不得舒其愤，则隐而著书，是以楚三闾被放赋《离骚》，司马迁受辱作《史记》。悲夫悲矣。在尘埃之中，古今一体，此可为知者道，难与外人言也。仆少无旷达之才，长乏阅望之鉴，厕身为吏。乃举事一不当，随而罹于绳墨之中。幸蒙获宥，第自顾身残形秽，动而见尤,欲益反损,于是退而闲居。窃敢不逊,近自托于无稽之籍,乌有之事,著一传奇,名曰《水石缘》,自始及终,无若有,虚若实。以言乎实,则有才子佳人,且有姓氏里居;以言乎虚,则皆山灵水石,梅柳松花。总之,作文字观也固可,作画图看也亦可,以之消长夏,祛睡魔而已。圣门广大,何所不容,存而不论可也,又何必究其事之有无哉?时维道光辛丑季夏,钱江尚存隐者彦金题于梦桂草堂。

水石缘序

秋湖女士

且夫太空冥冥,一切世事,纷纭错杂,忽有忽无。此何故哉?譬诸草木,方其阳和未动,本无锦绣奇观,迨一气为之鼓荡,便觉韶华满眼。既而春老花残,秋深叶落,回念前此之百般红紫,恍乎若失。佛书尝云:"凡作有为法,应须如是观。"兹读尚存隐者之《水石缘》,悠然得其旨矣。盖自说部逢世,而侏儒牟利,苟以求售其言,将古昔所谓影儿里情郎、画儿中爱宠两个绝美题目,反涉于秽亵鄙靡,无所不至,大为世道人心之患。今隐者之作是书,其着意也幽旷，其立言也雅训。才足以达其辞，情适以永其趣。非特事理新奇，亦且文章变幻。即锦囊一关，二十九段之中，悲欢离合，后先毕验。观于此，既赏佳想之神，复叹化工之妙。可默会乎《大藏经》中之"空是色"，《般若经》篇之"色即空"云尔。爰序俚言数语，以弁诸首而付之梓。时维道光新秋七夕之夜，古歙秋湖女士程氏题于看云南楼。

说明：上二序录自攻玉山庄藏板《水石缘》，原本藏日本东京大学双红堂文库。此本内封三栏，由右向左分镌"道光辛丑夏镌""水石缘""攻玉山庄藏板"。首《自序》，尾署"时维道光辛丑季夏，钱江尚存隐者彦金题于梦桂草堂"，有"尚存隐者"阴文、"彦金"阳文铃各一方。次序，尾署"时维道光新秋七夕之夜，古歙秋湖女士程氏题于看云南楼"。有"秋湖女士"阴文、"程氏"阳文铃各一方。复次"水石缘目录"，凡二十九段。版心单鱼尾上镌"水石缘"，下段数、叶数。

此本之《自序》署"钱江尚存隐者彦金"，且序的文字与乾隆序刊本的自序完全不同。

钱江尚存隐者彦金、古越秋湖女士程氏，真实身份、生平事迹待考。

《水石缘》后序

李春荣

余幼习儒，未逢明师诱掖指引，误入迷途，日事诵读，不知程序，虚费辛勤。迨自觉转机，已失迟暮，屡试未售，遂弃之远游，学申韩之术，糊口四方。回忆昔时功苦，废置难安。思唐人不发作小说以舒怀。历观古来传奇，不外乎佳人才子，总以吟诗为媒，牵引苟合，渐至淫荡荒乱，大坏品行，殊伤风化。余力为洗之，只考诗论诗，绝无挑引之情。《西厢》为词曲之祖，深惜红娘不识字，兹令采萍知书，以补缺陷。文章笔法，惟推《左氏》，神化莫测，独擅千古之奇。今妄拟其微旨，提纲立局，首尾呼应，埋伏影射，笼络穿插，吞吐搂渡，代字琢句，无中生有，丽体散行，诗词歌赋，作文之法，缜密无遗，最易启童蒙之性灵，发幼学之智巧。幸勿徒以鄙语俚言，阅之解颐，为爽心快目已也。故尔又序。甲寅，鏊叟芳普再笔。

〈水石缘序〉

何昌森

从来小说家言，要皆文人学士心有所触，意有所指，借端发挥，以写其磊落光明之概。其事不奇，其人不奇，其遇不奇，不足以传。即事奇、人奇、遇奇矣，而无幽隽典丽之笔以叙其事，则与盲人所唱七字经无异，又何能供赏鉴？是小说虽小道，其旨趣义蕴原可羽翼贤卷、圣经，用笔行文要当合诸腐迁、盲左，何可以小说目之哉！《水石缘》者，芳普李先生作也。先生天怀洒落，贯穿百家，少精制义，不遇遂幕，游燕赵、吴楚间，诸侯争倒屣。后薄宦滇南，以吏为隐。笥中携有《水石缘》一书，盖亦心有所触，意有所指而然也。予独爱其写私情而不流于淫媟，传义气直可贯诸金石，等富贵于浮云，甘林泉以笑傲。中以朗砖作一簿针线，其红罗堕怀、蜡丸诗句，明明将后事点出。继此则逐段分应，非胸有成竹不能臻此。犹喜每段起结，不落小说圈套。盖合而观之，自第一段起至三十段止，如一串牟尼珠。分而观之，每段俱有意趣，又如琼瑶堆案也。其诗歌词赋，俊逸清新，趣语笑谈，风流大雅。而新婚一段，写得畅快分明，实系未经人道，岂诸小说所能窥其万一哉。夫著书立说，所以发舒学问也；作赋吟诗，所以陶养性情也。今以陶情养性之诗词，托诸才子佳人之吟咏，凭空结撰，兴会淋漓，既足以赏雅，复可以动俗。其人奇，其事奇，其遇奇，其笔更奇，愿速付之梓人，以公之同好，岂仅破幽窗之岑寂，而消小年之长日也哉。是为序。甲午浴佛后一日，桐山砚弟何昌森拟撰。

（水石缘序）

郑朗峰

余童时甫就学，读四子书茫然，而好观小说，屡受师责，性仍不改。偶翻书架，得《水石缘》残稿一本，虽不甚解，然心窃爱之，玩不释手，惜不能得窥全豹为憾。后遭发逆，踞山避乱出楚，读书中废。十五岁学贾湘潭，从此劳劳市井，于学相离。每忆《水石缘》一书，遍求吴楚，均云失板。钦钦二十载，未睹全书。后偶至租书家，巧见是书全集。然字迹破缺，批阅多亥豕之讹。余向租数日，疾草留稿，政之高明，将字画较正。服贾之余，细为评论，缮写成书。所评鄙俗,本不敢出以示人,以污大雅之目,然敝帚自好,亦颇觉用心之苦,用是不知惭愧,爰笔自记,以俟后之同好者,付之剞劂,庶不致是书淹殁。春荣先生泉下有知,当亦有感焉。是为序。光绪二十二年秋七月,西山郑朗峰颜如拜记。

说明:上三序录自一光绪间刊本《水石缘》。

何昌森,生平事迹待考。

西山郑朗峰,字颜如,苏州西山人,生于咸丰十一年。生平事迹待考。

雪月梅

（雪月梅自序）

镜湖逸叟

昔太史公游历名山大川，而胸次眼界豁开异境。《史记》一篇，疏荡洒落，足以凌轹百代，乃知古人文章，皆从阅历中出。予也自惭孤陋，见闻不广。及长，北历燕齐，南涉闽粤，游览所经，悉入编记，觉与未出井闬时少有差别。今已年过杖乡，精力渐减，犹幸簏中敝裘，可以御寒；囷中脱粟，可以疗饥。日常无事，曳杖山乡，与村童圃叟，或垂钓溪边，或清谈树下。午间归来，麦饭菜羹，与山妻稚子，欣然一饱，便觉愈（逾）于食禄千钟者矣。惟念立言居不朽之一，生平才识短浅，未得窥古人堂奥，然秋虫春鸟，亦各应时而鸣，予虽不克如名贤著述，亦乌能尸居澄观，噤不发一语乎？因欲手辑一书，作劝惩之道。以故风窗雨夕，与古人数辈作缘，心有所得，拈笔记之，陆续成篇。虽非角胜争奇，亦自具一邱一壑。龙门之笔，邈乎尚矣，兹不过与稗官野史，聊供把玩。良友过读,复为校正,付之剞劂,以公同好。既以自娱,亦可以娱人云尔。乾隆乙未仲春花朝,镜湖逸叟自序于古钓阳之松月山房。

(雪月梅跋)

董寄绵

人生天地,电光石火,瞬息间耳。此身既不能常存,即当思所以寿世而不朽者。顾其道何居?希圣希贤,接往古,开来学,此一道也;医卜星相,各臻绝诣,指示迷途,又一道也;童妇歌谣,单词片语,可作千秋佳话而留传者,亦一道也。但古今事业,我何由考之?以读古人之书而后知之。若是乎书之不可不作也。但作书亦甚难矣,圣贤经传,尚皆述古人成事,况稗官小说,凭空结撰,何能尽善?是虽不可以不作,又何可以竟作也。如一人读之曰善,人人读之而尽善,斯可以寿世而不朽矣。文章之妙,实非一道,必如僧繇点睛,破壁飞去;虎头画水,夜半潮音;维摩说法,天女散花;祢衡操鼓,渊渊有金石声,始可称极妙矣。予向之论著书如此。乙未春,晓山陈子,偶出是编以示予。予读之而泠然洒然,恍如列子御风,身在虚阁间。叹曰:如陈子此传,真所谓破壁飞去时也,夜半潮音时也,可使天女散花,渊渊有金石声也。技至此,技止矣!观至此,观止矣!《雪月梅》传,晓山亦因之以并传。是为跋。乾隆四十年岁次乙未孟春望后一日,古定阳董寄绵谨跋。

雪月梅读法

月岩氏

太史公云:诗三百,大抵圣贤发愤之所作也。经传且然,何况稗官野史?作此书者,想其胸中别有许多经济,勃不可遏,定要发泄出来。

凡小说俱有习套,是书却脱尽小说习套,又文雅,又雄浑,不可不知。

凡作书者,必有缘故,《雪月梅》却无缘故。细细看去,是他心闲无事,适遇笔精墨良,信手拈出古人一二事,缀成一部奇书,故绝无关系语。

《雪月梅》是有缘故者:见人不信神佛,便说许多报应;见人不信鬼怪,便说许多奇异。真是一片救世婆心,不可不知。

此书看他写豪杰是豪杰身分,写道学是道学身分,写儒生是儒生身分,写强盗是强盗身分,各极其妙。作书者胸中苟无成竹,顺笔写去,必无好文字出来。是书不知经几筹画而后成,读者走马看花读去,便是罪过。

作书者胸中要有成竹,若必要打算筹画而后成,苦莫甚焉,又何乐乎为书?《雪月梅》却是顺笔写去,而中间结构处,人自不可及。

不通世务人做不得书。此书看他于大头段、大关目处,纯是阅历中得来,真是第一通人。

是书随便送一礼、设一席,家常事务细微处,无不周到,纯是细心,粗浮人何处着想?

《雪月梅》有大学问,诸子百家、九流三教,无不供其驱使。

《雪月梅》写诸女子,无不各极其妙:雪姐纯是温柔,月娥便有大家风味,小梅纯是一派仙气,华秋英英雄,苏玉馨娇媚。有许多写法,不知何处得来?

岑秀是第一人物,文武全才,智勇兼备,如桂林一枝,荆山片玉,又朴实,又阔大,又忠厚,又儒雅,精灵细腻,真是绝世无双。

蒋士奇是第一人物，武勇绝伦，自不必说，亲情友谊，寻不出一点破绽。

刘电是第一人物，纯是一片真心待人，又有大家气象，子美诗"将军不好武"便是他一幅好画像。

殷勇便是上中人物，作者亦是极力写出，不知何故，看来总不如刘、蒋诸公。

华秋英是第一人物。历观诸书，有能诗赋者，有能武艺者，有绝色者，有胆智者，而华秋英则容貌、才华、胆量、武勇，无不臻于绝顶，当是古今第一奇女子。

有说《雪月梅》好者，有说《雪月梅》不好者，都不足与论。究竟他不知怎的是好，怎的是歹，不过在门外说瞎话耳。

有一等真正天资高、学问足而评此书之好歹者，有两种亦不必与论。何也？一是目空四海，他说好歹是偏执己见，睥睨不屑之意；一是漫然阅过，却摸不着当时作者苦心。此两种人都不可令读《雪月梅》。

有一种假道学村学究，谓用精神于无用之地，何必作此等闲书。试看其制艺诗赋，有不及《雪月梅》万分之一者,真可付之一噱。

《雪月梅》有实事在内,细细读去,则知不是荒唐。

《雪月梅》文法是另开生面,别有蹊径。间有与前人同者,如造化生物,偶尔相似,不得为《雪月梅》病。

《雪月梅》有庄生之逸放,史迁之郁结,《离骚》之忧愤,《太玄》之奇诡,真是第一奇文。乾隆乙未仲春上浣,月岩氏谨识于古许昌之松风草堂。

说明:上两序及读法,均录自德华堂藏版本《孝义雪月梅传》。此书内封分三栏,分题"镜湖逸叟著""孝义雪月梅传""德华堂藏版",首序,尾署"乾隆乙未(四十年)仲春花朝,镜湖逸叟自序于古钓阳之松月山房",有"陈朗字苍明号晓山印"阴文、"松竹梅华共岁寒"阳文钤各一方。次跋,尾署"乾隆四十年岁次乙未孟春望后一日,古定阳董寄绵谨跋",有"董寄棉印"阴文、"月岩氏"阳文钤各一方。次,"雪月梅读法",尾署"乾隆乙未仲春上浣月,岩氏谨识于古许昌之松风草堂"。复次"雪月梅传目录",凡五十回。正文卷端镌"雪月梅传　镜湖逸叟

陈朗晓山编辑　介山居士董孟汾月岩评释　颍上散人邵松年鹤巢校定",半叶十行,行二十一字。版心黑口,单鱼尾下镌卷次、叶次。有回评,间有眉批。

镜湖逸叟,名陈朗,字苍明,号晓山,镜湖(安徽芜湖或浙江绍兴)人。

古定阳董寄绵,又名董孟汾,字月岩,号介山居士。馀均待考。

颍上散人邵松年,字鹤巢。生平事迹待考。

〔义勇四侠闺媛传序〕

甘泉伯良氏

小说一书,大抵才子佳人,风花雪月之作,汗牛充栋,千手雷同,阅者无不讨厌。吾友林君研农,平居任侠好义,喜涉猎小说,谓近时所出说部,非失之淫,即失之荡,皆足坏人心风俗。因力矫前弊,取其性相近者,自著若干回,命其名曰:《义勇四侠奇传》。大旨以尚义好侠为主,佐以闺媛勇士、仙女名姝,异想天开,陆离光怪,构思之巧,用笔之灵,真足令阅者惊心夺目。虽曰小说,未尝不可作野史观也。爰付枣梨，用为之序。时光绪庚子六月，甘泉伯良氏识于沧海之寄庐。

　　说明：上序录自光绪庚子序刊本《义勇四侠闺媛传》，石印，首"光绪庚子（二十六年）六月，甘泉伯良氏识于沧海之寄庐"序。亦五十回，有图六叶。正文半叶八行，行四十六字。孙楷第《中国通俗小说书目》别立一目，误为别一种书。实即《雪月梅》，只将人物名字，一一改过，如岑秀改作何煦，何小梅改作杜浣花，许雪姐改作楚秋姐，王月娥改作黄月娟等。原本藏南京图书馆。此书另有聚锦堂本、光绪辛丑石印本（改题《第一奇书》）、民国间大达图书供应社本（别题《儿女浓情传》）等。

　　甘泉伯良氏，待考。

歧路灯

《歧路灯》序

碧圃老人

古有四大奇书之目,曰盲左,曰屈骚,曰漆庄,曰腐迁。迨于后世,则坊佣袭四大奇书之名,而以《三国志》《水浒》《西游》《金瓶梅》冒之。呜呼,果奇也乎哉?

《三国志》者,即陈承祚之书而演为稗官者也。承祚以蜀而仕于魏,而所当之时,固帝魏寇蜀之日也。寿本左袒于刘,而不得不尊夫曹,其言不无闪灼于其间。再传而为演义,徒便于市儿之览,则愈失其本来面目矣!即如孔明,三国时第一人也,曰澹泊,曰宁静,是固具圣学本领者。《出师表》曰:"先帝知臣谨慎,故临终托臣以大事也。"此即临事而惧之心传也。而演义则曰:"附耳低言,如此如此。"不几成弋阳耶?亡友郏城郭武德曰:幼学不可阅坊间《三国志》,一为所溷,则再读承祚之所志,鱼目与珠无别矣。(淮南盗宋江三十六人,肆暴行虐,张叔夜擒获之，而稗说加以"替天行道"字样，）乡曲间无识恶少，仿而行之，今之顺刀手等会是也。流毒草野，祸酿国家，然则三世皆哑之孽报，岂足以蔽其教猱升木之馀辜也哉！《金瓶梅》一书，诲淫之书也。亡友张揖东曰：此不过道其事之所曾经，与其意之所欲试耳；而三家村冬烘学究，动曰：此《左》《国》、史迁之文也。余谓不通《左》《史》，何能读此？既通《左》《史》，何必读此？况老子云：童子无知而朘举。此不过驱幼学于夭札，而速之以《蒿里》歌耳。至于《西游》，乃演陈元奘西域取经一事，幻而张之耳。元奘河南偃师人。当隋大业年间，从估（沽）客而西。迨归，当太宗时。僧腊五十六，葬于偃师之白鹿原，安所得捷如猱猿，痴若豚豕之徒，而消魔扫障耶？惑世诬民，佛法所以肇于汉而沸于唐也。

余尝谓唐人小说、元人院本，为后世风俗大蛊。偶（夺一"阅"字）阙里孔云亭《桃花扇》、丰润董恒岩《芝龛记》，以及近今周韵亭之《悯烈记》，喟然曰：吾故谓填词家当有是也。藉科诨排场间，写出忠孝节烈，而善者自卓千古，丑者难保一身，使人读之，为轩然笑，为潸然泪，即樵夫牧子、厨妪爨婢，感动于不容已，以视王实甫《西厢》，阮圆海《燕子笺》等齣，皆桑濮也，讵可暂注目哉！

因仿此意，为撰《歧路灯》一册，田父所乐观，闺阁所愿闻。子朱子曰：善者可以感发人之善心，恶者可以惩创人之逸志。友人常谓，于彝常伦类间，煞有发明。盖阅三十岁以逮于今，而始成书。前半笔意绵密；中以舟车海内辍笔者二十年；后半笔意不逮前茅，识者谅我桑榆可也。空中楼阁，毫无依傍，至于姓氏，或于海内贤达，偶尔雷同，并非影射，若谓有心含沙，自应堕入拔舌地狱。乾隆丁酉八月白露之节，碧圃老人题于东皋麓树之阴。

说明：上序录自一清抄本《歧路灯》，原本藏上海图书馆，有上海古籍出版社影印本行世。此本首有冯友兰民国十六年七月所作的序（据一九二七年朴社排印本附录如次）、董作宾的《李绿园传略》，为后人补抄。二序之后即《原序》，尾署"乾隆丁酉（四十三年）八月白露之节碧圃老人题于东皋麓树之阴"。亦为后人重抄并标点者，故称《原序》。抄录者颇忠实于原著，连避讳都不改，如"陈玄奘"作

"陈元斐",但漏抄"淮南盗宋江三十六人,肆暴行虐,张叔夜擒获之,而稗说加以替天行道字样"数句。《原序》之后有《序》,残存一叶,殆为原抄本所有。次"歧路灯目录",署"绿园李海观孔堂手著",凡十八卷一百六回(实为一百七回,第十回重出)。各卷又有该卷总目。

另有一种,序署"乾隆四十二年七夕之次日,绿园老人题于东皋麓树之阴,时年七十有一"。待查。

李观海(1707—1790),字孔堂,号绿园,亦号碧圃老人。祖籍河南新安,清康熙三十年(1691)逃荒至宝丰。乾隆元年丙辰(1736)恩科举人。后连试未第。曾任漕运之职,后任贵州印江知县。著有《绿园诗钞》《绿园文集》《拾捃录》等。《中州先哲传》有《李海观传》。

(歧路灯题识)

先生姓李,名海观,字孔堂,号绿园。筮仕南黔之印江。

余于丁酉(萧按:乾隆四十三年)岁,从学于马行沟,敬读此书,始悟其文章之妙,笔墨之佳,且其命意措辞,大有关于世道人心。迨归,越明年,自春徂秋,抄于众人之手而成焉。余素性颇偏,书本务要整齐,纸张必要洁净,不惟丢其本而余不乐,即污其本而余亦不乐也。谅之!昨有人借看此书者,纸皮大为翻折,书边手汗污秽,而且以菝油涂抹其上,殊属闷闷。每至学中,见有书本斜乱,纸张污秽,虽与己无涉,而究非恭敬人、小心人也。前有某某老先生,至余馆中,慕绿园先生文集。时余方订新,颇有可观,乃彼偏不置之案上,倒身后靠,背折书皮。言之,则前辈先生;不言,实屈于心焉。余素不私其有,况奇文之共欣赏者乎?乃乡间有不大通书理者,假贪看闲书而冒识字之名,只像实有其事,实有其人。凡类是而欲借此书者,尽行打脱,以留为有目之共赏耳。

　　吕中一评《歧路灯》有曰:"以左邱、司马之笔法,写布帛菽粟之章。"尤为的评。学者欲读《歧路灯》,先读《家训谆言》,便知此部书籍,发聋振聩,训人不浅,非时下闲书所可论也。故冠之于篇首。

歧路灯序

绿园老人

古有"四大奇书"之目,曰盲左,曰屈骚,曰漆庄,曰腐迁。迨于后世,则坊佣袭"四大奇书"之名,而以《三国志》《水浒》《西游》《金瓶梅》冒之。呜呼,果奇也乎哉?

《三国志》者,即陈承祚之书而演为稗官者也。承祚以蜀而仕于魏,而所当之时,固帝魏寇蜀之日也。寿本左袒于刘,而不得不尊夫曹,其言不无闪灼于其间。再传而为演义,徒便于市儿之览,则愈失本来面目矣!即如孔明,三国时第一人也,曰"淡泊",曰"宁静",是固具圣贤本领者。《出师表》曰:"先帝知臣谨慎,故临崩寄臣以大事。"此即临事而惧之心传也。而演义则曰:"附耳低言,如此如此。"不几于儿戏场耶?亡友郏城郭武德曰:幼学不可阅坊间《三国志》。一为所溷,则再读陈寿之所志,鱼目与珠无别矣!淮南盗宋江三十六人,横行肆虐,张叔夜擒获之,而稗说加以"替天行道"字样。乡曲间无知恶少,仿而行之,今之"顺刀手会"是也。流毒草野,酿祸国家,然则三世皆哑之孽报,岂足以蔽其教猱升木之馀辜也哉？若夫《金瓶》,诲淫之书也。亡友张揖东曰:此不过道其事之所曾经,与其意之所欲试者耳。而三家村冬烘学究,动曰:此《左》《国》、史迁之文也。余谓:不通《左》《史》,何能读此？既通《左》《史》,何必读此？况老子云:童子无知而朘举。此不过驱幼学于夭札,而速之以《蒿里》歌耳。至于《西游》,乃演陈玄奘西域取经一事,幻而张之耳。玄奘,河南偃师人。当隋大业间,从估客而西。迨归,当唐太宗时。僧腊五十七,葬于偃师白鹿原。安所得捷如猿猱,痴若豚豕之徒,而消魔扫障耶？惑世诬民,莫此为甚。

　　偶阅阙里孔云亭《桃花扇》,丰润董恒岩《芝龛记》,以及近今周韵亭之《悯烈记》,喟然曰:吾故曰填词家当有是也！借科诨排场间,写出忠孝节烈,而善者自卓千古,丑者难保一身。使人读之为轩然笑,为潸然泪。即樵夫牧子、厨媪爨婢,皆感动于不容已。以视王实甫《西厢》、阮圆海《燕子笺》等出,皆桑濮也,讵可暂注目哉？"因仿此意,为撰《歧路灯》一册。田父所乐观,闺阁所愿闻。子朱子曰:善者可以感发人之善心,恶者可以惩创人之逸志。友人皆谓于纲常彝伦,煞有发明。盖越三十年以迄于今而始成书。前半笔意绵密,中以舟车海内,辍笔者二十年,后半笔意不逮前茅,识者谅桑榆可也。空中楼阁,毫无依傍。至于姓氏,或与海内贤达偶尔雷同,并非射影。但愿看官君子,不以为有心含沙也,则幸甚。乾隆四十二年七夕之次日,绿园老人题于新邑之东皋书舍。

说明:上题识及序,均出乾隆四十五年传钞本《歧路灯》。序之文字与上海古籍出版社影印本序略有异同,序署"乾隆四十二年七夕之次日,绿园老人题于新邑之东皋书舍"。

《歧路灯》序

杨懋生

从来著述立说,凡有关于世道人心者,莫不历久而行远。《歧路灯》一书,新安李绿园先生作也。先生以无数阅历,无限感慨,寻出"用心读书,亲近正人"八字,架堂立柱,将篇首八十一条家训或反或正,悉数纳入。阐持身涉世之大道,出以菽粟布帛之言,妇孺皆可共晓。尤善在避忌一切秽亵语,更于少年阅者大有裨益。乌呼！先生之居心用意，可谓仁且至矣。奉读之下，能使人有时潸焉泪下，有时轩然颐解，有时毛发俱竖，有时心胆交悴，均皆出于不自知。其入人之深，感人之速有如此者。谓于世道人心有关也，岂谀语哉？惜皆抄本，未经刊刻，以之历久行远，不无少憾。是岁春，爰以刷印商诸同人，而同人诸公，欣然发起，共助石印，分送存阅，以延线传。嗣或大有力者源源印送，流传遐迩，则又吾辈所厚望焉。中华民国癸亥年九月，洛阳杨懋生勉夫氏谨志。

歧路灯书后

张青莲

百家之书，汗出充栋，尚已。然著作既富，瑕瑜难掩，即如《金瓶》《水浒》等编，自诩才人极笔，而阅者阁置，恒不一赌（睹），为其贻误匪浅鲜也。

新安李绿园讳海观前辈，宦成旋里，著书曰《歧路灯》，乡先达批点旧矣。其文法姑不具论，而于人情物力，持身涉之方，无不周备。其烛照，则夏鼎秦镜也；其平常，则布帛菽粟也；其砭愚针顽，杂以方言,则家喻户晓也。迥非他小说部艳语揲(媟)词、徒工文藻者可比,赏览家久矣宝作枕中秘矣。然先生廉吏也,腹仅脱稿,力未付梓。庋邺架之签,鱼空饱蠹;贵洛阳之纸,鸦竟率涂。价重连城,而璞闽荆山,谁为卞氏子,宣其光哉!

莲自幼时,见夫吾乡巨族,每于家塾良宵,招集书手,展转借抄。亥豕鲁鱼,动多不免。流传未广,转恐就湮。《南陔》《白华》,有声无辞,古今来磨灭而不彰者,何可胜道!此亦文字之一厄,有心人为之废书三叹也。友人杨君勉夫有《歧路灯》钞本,暇与李君仙园、寇君谨斋、李君献廷等兴念及此,欲石印广布。余极为赞成,诸君子亦多以资来,遂付剞劂。惜冗务匆匆,未及校勘,仅依原本,未免以讹传讹。然学者以意默会,自有以观其通者。斯举也,固征诸同人热心向义之勇,抑亦绿园先生在天之灵,有肸蠁默启于征者矣。甲子秋邑,后学张青莲谨跋。

说明:上叙、跋出自1924年洛阳清义堂石印本《歧路灯》,卷首序之文字与1937年排印本序略有不同:"是岁春"至"谨志"数句,1937年排印本作

"今书俚语于简端,固不仅志余之爱慕心切,抑用策夫默祝刊刻之念殷云尔。洛阳杨懋生勉夫敬叙"。

《歧路灯》序

冯友兰

近几百年来,河南人之能以学术文章成名者,其数目是"损之又损",虽不必即"以至于无",然而的确是"鲜矣"。其所以"鲜矣"的原因之一,即是自从全国学术界的重心,自中原移到东南以后,河南人与各时代的大师,学术界的权威,或"学阀",失了联络。因之河南人在一方面因不能得那些大师们的指导及"烟士波里纯"而不能有所成就;一方面又因不能得那些"学阀"们的鼓吹揄扬,所以即有所成就而亦不为省外的人所知。例如李绿园先生,费了一生的工夫,做成一部一百零五回,六十馀万字的长篇小说《歧路灯》,总算是有所成就了,然而对于全国大多数的人,他仍是一个无名作家。

关于李绿园的身世,董晏堂先生所作的《李绿园传略》已经报告了。根据那些报告,这个李氏家庭间的空气,我们也可想像大概了。"明趋向,重交游","绩学褆躬,推衍先绪",是李氏的家训。《歧路灯》一书,也就是以阐明此义为目的。

  此义本来是极平庸的,以阐明此义为目的的小说,自然要有陈腐之弊。《歧路灯》的道学气太重,的确是一个大毛病,幸而李绿园在书中所写的,大部分是在上述"此义"之反面。他书中写一"极聪明的子弟,……结交一干匪类,东扯西捞,果然弄的家败人亡,……多亏他是个正经有来头的门户,还有本族人提拔他。也亏他良心未尽,自己还得些耻字悔字的力量,改志换骨,结果还到好处,要之也把贫苦熬煎受够了。"(第一回)他书中大部分皆写谭绍闻(即所说极聪明的子弟)如何结交"匪类",及"匪类"中之情形。他那一管道学先生的笔,颇有描写事物的能力,其中并且含有许多刺。例如谭绍闻的父亲谭孝移有病时,一个医生董橘泉来看病。

  橘泉看见楼厅嵯峨,屏帐鲜明,心下暗揣:这必是平日多蓄姬妾,今日年纪,不用说,是个命门火衰的症候。到楼下,孝移拥被而坐,方欲开言,董橘泉说:"不可多言伤神,伸手来一看便知。"孝移伸出左手来,橘泉用三个指头候脉。只见指头儿轻一下,重一下。又看右手,橘泉摇头道:"保重!保重!却也必不妨事。两寸还不见怎的;关脉是怎的个光景,两尺微怕人些。老先生大约心口上不妥的要紧。"孝移道:"疼的当不得。求先生妙剂调理。"橘泉道:"不妨,不妨,不过是一派阴翳之气痞满而已。管情一剂便见功效。我到前边开方罢。"(第十回)

及至吃了他的八味汤,谭孝移的病更利害,董橘泉却说:"我看那肉桂不真,也就怕助起邪热来,若是真正交趾桂,再无此理。"说罢就推故溜了。

后来谭孝移的夫人王氏又瞒着孝移请了个赵巫婆来。

把客厅槅子关了,挂上轴子,果然轴子上,上下神祇,有几十个。王氏拈香,磕下头去。只见赵大娘打呵欠,伸懒腰,须臾,眼儿合着,手儿掐着,浑身乱颤起来;口中哼哼,说出的话,无理无解,却又有腔有韵,似唱非唱,似歌非歌的道:"香烟缈缈上九天,又请我东顶老母落凡间。拨开云头往下看,又只见迷世众生跪面前。"法圆便叫王氏跪了。王氏道:"我不会说话。"扯住法圆也跪了。法圆道:"阿弥陀佛!只为谭乡绅有病,求老母打救,打救,阿弥陀佛!救苦救难观世音菩萨!"赵巫婆又哼起来道:"昨日我从南天门上过,遇见太白李金星,拿出缘簿叫我看,谭乡绅簿上早有名。他生来不是凡间子,他是天上一金童。只因打碎了石玉盏,一袍袖打落下天宫。"法圆道:"怪的谭山主享这般福,原来不是凡人。"(第十回)

谭孝移死了,要葬的时候,谭绍闻又请了一位堪舆家胡其所看地。他们去看谭家茔地的时候,

只见胡其所四外瞭望,将身子转着,眼儿看着,指头乱着,唧唧哝哝,忽而将身子蹲下,单瞅一处;忽而将首昂儿起,瞭望八方。迟了一会,只见胡其所向北直走起来。……走到西北一个高处站下。……向坟上一望,摇头道:"咳!大错了!大错了!"又叫白如鹏(他的学生)道:"你看见错了么?"白如鹏也看了一会,说道:"有点错。"胡其所道:"你怎么只说一点错呢?书本儿上说:差之毫厘,谬之千里。这

错大着哩。你只到穴场上用罗经格一格,便知道错了几个字。"(第六十回)

《歧路灯》不但挖苦这些巫医及江湖术士,即对于普通秀才也不少挖苦的话。祥符县的两位教官于丁祭时在明伦堂上与众秀才商量举孝廉方正,教官周东宿宣布教众秀才各发表意见,"只见众生员个个皆笑容可掬,却无一人答言。"周东宿又催了一回。

> 只见众秀才们唧唧哝哝,喉中依稀有音;推推诿诿,口中吞吐无语。原来秀才们性情,老实的到官场不管闲事;乖觉的到官场不肯发言;那些平素肯说话的,纵私谈则排众论而伸己见,论官事则躲自身而推他人,这也是不约而同之概。(第五回)

后来又说:"从来读书人的性情,会拿主意的甚少;旁人有一言而决者,大家都有了主意。"这些话真说透中国读书人的病根。

至于秀才们的学问,是限于书本上的,而其所读的书,又只是几本八股文及"四书"。祥符县的又一教官陈乔龄自己说:

"当秀才时,卷皮原写过习《诗经》,其实我只读过三本儿,并没读完。从的先生又说:'经文只用八十篇,遭遭不走。'我也有个抄本儿。及下场时,四道经题俱抄写别人稿儿。出场时,就连题目也忘了。如今做官,逢着月课,只出'四书'题,经题随秀才们自己检着做,就没有经文也罢。……我看他们'五经'多是临场旋报的,希图'五经'人少,中的数目宽。第一科不中,第二科又是专经。"(第七十四回)

尤奇的是,李绿园之理想的人物虽是道学家,而《歧路灯》中也挖苦"假道学"。谭宅的西席惠养民,外号叫惠圣人。终日"在诚意章打搅"。他的子侄,大的叫一元,第二个就叫两仪,以下还有三才,四象。可是在他与他的太太生气的时候,太太说:"你罢么!你那圣人在人家跟前圣人罢!休在我跟前圣人!你那不圣人处,再没有我知道的清。"后来圣人的不圣人处,别人也知道了,他"自此正心诚意的话头,井田封建的经济,都松懈了。"(第三十八回、三十九回)这些挖苦酸秀才及假道学的地方,与《儒林外史》很相似。

《歧路灯》写赌博场也很好。以下是谭绍闻有一次掷簸子的情形：

> ……这一起儿出门假装解手，又都扣了圈套。果然吆吆喝喝，掷将起来，双裙儿乒乒乒乓打批子；张瞻前高高下下架秤子，果然一场好赌也。半更天气，谭绍闻赢了八根十两筹儿；到三更后，输了二百四十两。……心中想兑却欠账，不肯歇手。及到天明，共输了……四百九十三两。日色已透窗棂。此时谭绍闻半点酒已没了，心中跳个不住。……此时方寸中把昨夕醉后懽字，忻字，悦字，怡字，都赶到爪洼国去了。却把悔字领了个头，领的恼字，恨字，愧字，慌字，怕字，愤字，怖字，愁字，闷字，急字，怨字，凡竖心旁、卧心旁的字儿，凑成半部小字汇儿，一时俱塞在心头。"（第四十二回、四十三回）

写谭绍闻赌输后之心理状况，也颇滑稽有趣。

以上所引这几段，除有文学的兴趣之外，又能给我们许多关于河南各种社会情形的报告，许多社会史的材料。

关于正面发挥的文章,也有些写的很好的。例如谭孝移临死时候嘱咐谭绍闻一段:

> 孝移又不觉是满脸流泪,叫端福(即谭绍闻)道:"我的儿呀!你今年十三岁了。你爹爹这病,多是八分不能够好的!想着嘱咐你几句话,怕你太小,记不清许多。我只拣要紧的话说与你罢。你要记着:用心读书,亲近正人。"端福道:"知道。"孝移忍不住哭说道:"你与我念一遍。"端福道:"用心读书,亲近正人。"孝移道:"你与我写出来我看。"端福果然寻一个红单,把八个字写在上面,递于父亲。孝移把红单放在被面上,一手扯住端福的手,呜呜咽咽说道:"好儿呀!你只守住这八个字,纵不能光宗耀祖,也不至辱没家门。纵不能兴家立业,也不至覆家荡产。你记着这话,休要忘了!我死后,你且休埋我,你年纪太小。每逢到灵前烧纸,与我念一遍。你久后成人长大,埋了我,每年上坟时在我坟头上念一遍。你记着不曾?"这端福也痛的答应不来,伏在床沿上,呜呜的哭起来。(第十一回)

也有些陈腐的议论,例如谭孝移与阎楷论为子弟择师说:

"先生者子之典型,古人易子而教,有深意存于其间焉。嗣后子弟读书请先生,第一要品行端方,学问淹博。至于子弟初读书,先教他读《孝经》,及朱子《小学》。此是幼学入门根脚,非末学所能刱见。王伯厚《三字经》上说的明白:'《小学》终,至《四书》。《孝经》通,《四书》熟,如《六经》,始可读。'是万世养蒙之基。如此读去,到做秀才时,便是端方醇儒;做官时便是经济良臣;最次的也还得个博雅文士。若专是弄八股,即是急于功名,却是欲速反迟;总然幸得一衿,也只是科岁终身,秀才而已。总之急于功名,开口便叫做破,承,小讲,弄些坊间小八股本头儿,不但求疾反迟,抑且求有反无,况再加以淫行之书,邪荡之语,子弟未有不坏事者。"(第十回下)

这以《三字经》为根据的教育学说,在现在看起来,似乎是很可笑的了。然而在八股时代,大多数读书人,的确是只读些"坊间小八股本头儿";主张读经的,的确是当时有大志的教育家。《儒林外史》中的虞博士不也只是主张读经吗?《歧路灯》中之类此的议论,虽是陈腐,但的确是一时教育家的意见,至少在河南是如此。《歧路灯》在此方面,很足以作研究中国教育史及教育思想史的人的参考。

再说《歧路灯》是用方言的文学。在旧小说里面,《金瓶梅》《水浒传》用山东话,《红楼梦》《儿女英雄传》用北京话,近来新的小说中,也有用上海话,苏州话的。《歧路灯》用的是河南话,河南南部的话。河南话与其他的北方话,虽大致相同,而的确自有其风格,自有其土话。上所引陈乔龄的话中:"五经多是临场旋报的"的"旋"字,读去声,即是临时的意思。其例甚多,不及多引。我现在只抄惠圣人太太的两段话,以见《歧路灯》之能表现河南话的风格。惠太太要叫圣人与他哥哥分家,圣人说怕有累声名。太太说:

"声名中屄用。将来孩子们叫爷叫奶奶寻饭吃,你那声名还把后辈累住了哩。你想他伯家就是一元儿一个,却有两三个闺女。咱家两仪,三才,是两个;现今我身上又像有些不便

> 宜。一顷多地,四五亩园子,也没有一百年不散的筵席。一元儿独自一半子,咱家几个才一半子。将来不讨饭吃会做嗄?你如今抱着三才儿你亲哩,到明日讨饭吃你就不亲了。你今现比我大十四五岁,就是你不见,我将来是一定要见哩。我总不依你不分。……凭你怎的,一定要把这二十两学课,给孩子们存留个后手,也是我嫁你一场,孩子们投爷拜娘的一场。"(第三十八回)

惠太太又同她的兄弟发表同样的议论:

> "读人书没用,心里也不明白,你吃着饭,我对你说。即如今日有几两学课,一心要拿回家里,打在官夥里使用。他舅呀!你是外边经的多了,你想好筵席那有个不散场?你看谁家弟兄们各人不存留个后手?况且你个人挣的,又不是官夥的出产。俺家他伯,有几十两私囊,在他大娘兄弟手里营运着。你姐夫他如何知道,对他说他还不信哩。"(同上)

这些话的确是河南话。这些话所代表的,的确是一种河南妇女的心理。我们读到这些地方,真觉得一种河南空气。这些地方真比那些叫乡下老说外国话的新小说能动人。这些地方,除了能与人以真切的感动之外,还是研究方言的人的重要研究材料。

此外《歧路灯》中所有主要人物,个性均极分明。如谭绍闻之优柔,其母王氏之庸愚,其家人王忠之忠直,盛希侨之豪纵,及正人君子中程嵩淑之豪爽,均可令人想像其为人。全书亦有结构,穿插,有中心思想,的确是一长篇小说。

书中的辞令,也有极有趣的。程嵩淑好酒,陈乔龄说要送他一罐酒,他说:"老师既赐以一贯之传,门生就心领神会。"(第五回)后来又说:"但愿老师于门生,常常欲加之醉而已。"(第七回)这些玩字的地方都不错。本文开首所说"鲜矣",也是套书中的用法。

至于《歧路灯》之结尾数回,诚不免过于潦草。李绿园在书序中也承认此点。然而这种弊病,中国旧小说中,很少能免。即《红楼梦》,《水浒传》的结尾,不也是潦草敷衍,令人读之,有江郎才尽之感吗?至于书中之间有三家村教书先生的土气,那就是河南人少与各时代的大师接触的结果；没有作家能完全超出他的环境的限制。

《歧路灯》中的人物，李绿园在书序中发誓赌咒说，全是假的，毫无影射。《红楼梦索隐》式的考证，完全用不着。不过他书中所写的虽非河南某某人的行为，而却是人，至少是河南人，所能常有的行为。他所写的虽非某某特殊的社会家庭状况。而的确是一种，至少那一时的河南的一种，社会家庭状况。他的书不是历史，是小说。

已刊行的书，提到《歧路灯》的，据我所知，只有蒋瑞藻的《小说考证》。他引一失名笔记说：

> 是书虽纯从《红楼梦》脱胎，然描写人情，千态毕露，亦绝世奇文也。惜其后代零落，同时亲旧，又无轻财好义之人，为之刊行。遂使有益世道之大文章，仅留三五部抄本于穷乡僻壤间；此亦一大憾事也。（《小说考证》第八）

据董晏堂先生的考证，以《歧路灯》为"纯从《红楼梦》脱胎"之言，是不对的。（详《李绿园传略》）此书在清末及民国初年，在洛阳、开封，也有人用石印印过一部分，也有人曾在日报杂志上登载过一部分，但均非完璧。大约此书在河南的抄本必不少，而且各抄本未必完全相同；大约此书曾经过许多次的修改。我所知道的抄本，已有七个。但在这个年头，交通不便，只找到了两个抄本，即据以付印。这两个抄本，内容是大同小异。在他们异的地方，我们即择善而从，不逐处声明。将来若再找到更好的抄本时，我们当于再板时采用，或作校勘发表记。

张中孚先生，董晏堂先生，徐玉诺先生，李望溪先生，都热心于印行《歧路灯》，曾与我们许多助力。藉此机会，谨致谢忱。

冯友兰　民国十六年，七月，北京

说明：上序出1927年朴社出版《歧路灯》。此本首冯友兰《序》，次董作宾《李绿园传略》，次《原序》，又次《目录》。

冯友兰(1895—1990)，字芝生，河南南阳市人，毕业于北京大学哲学系，获美国哥伦比亚大学哲学博士学位。历任清华大学教授、哲学系主任、文学院院长，西南联合大学教授、文学院院长等。著有《中国哲学史》《中国哲学简史》《中国哲学史新编》

《贞元六书》等。

歧路灯发刊辞

蔡振绅

《歧路灯》一书,乃河南新安县绿园老人李孔堂先生所著之长篇小说也。原本凡一十卷,(因来稿卷一与卷二未曾分钞,故今排作十卷)共一百零五回,都五十馀万言。藏之名山,逮今一百六十馀年矣,尚未镌版。

丙子夏,洛阳杨勉夫先生以其家藏钞本寄余,嘱为设法提倡刊刷校勘,以资久远,共赏奇文,同登觉路,并命序以弁言。余不文,曷敢佛头着粪?惟推广善著,雠校名书,余心夙喜焉。乃细阅之,始知书以灯名,寓有深意。此灯当为八角形式。盖全书以"用心读书,亲近正人"八字为主脑,而以八十馀条家训为蓝本,或反或正,描写孝、悌、忠、信、礼、义、廉、耻八德之实事,自然光被八方,辉腾八表也。其特色有八,非他种大部章回小说所能毕具者。兹为一一数之:

此书发挥大道真诠,不外伦常日用,一也;描写八德实际,随在感动善心,二也;表明悠久传家,要诀惟勤耕读,三也;熔演九九家训,条文首重经书,四也;注意敬宗收族,始终悉本尊亲,五也;指点涉世持身,一切匪朋莫近,六也;打趣避尽秽辞,曲意拨邪归正,七也;衔接天衣无缝,全部妙笔惊人,八也。八种大特色,适合"用心读书,亲近正人"八个字。余是以推其形式为八角也。巧矣妙矣。至于文章之盛,笔墨之佳,犹其次也。读此书,可以远邪由正,杜渐防微,发越光明,广增阅历,其受益良多。惟印赀不鲜,爰一再函商杨君,拟纠预约若干部,方可着手。杨君乃集合其同志,先慨认定印八百部。汇款到沪,而印局写将资本误算,以致颇多赔累。然一言既出,驷马难追,或亦是书应显世之故耶!曩年余著劝世章回小说,仅五回而辍笔。今读是书,与余意多暗合处,而布局安章,运思精密,则余望尘莫及,为之拜服不已。且余作小说时,别号绿农,或亦与李翁有宿缘也耶?余既沐绿园老人之手泽,复熏勉夫先生之心香,因述其发刊颠末以记之。丁丑六月,浙江湖州蔡振绅谨识。

说明:上序出自1937年上海明善书局排印本

《歧路灯》。

蔡振绅，别号绿农，编有《德育课本》。

洛阳清义堂石印本歧路灯跋

孙楷第

《歧路灯》，中川人李海观作。景山书社曩有排印本不全。七八年前，松筠阁曾得传抄本，语余，拟售十五元。余其时未十分措意，遂入绩溪胡氏手。悔之无及。自此物色肆上，久不能得。二十四、五年顷，徐森玉前辈游关中，过汴回，云曾见印本，未问价。因知有重印本。然其本故都未见，亦无以致之。今年（二十九年）中秋，遇友人谢刚主于藏园，云隆福寺观古堂有高丽本《乐学轨范》一部，余所有为适之先生借去，今不能索观，久梗胸中，亦屡思购而不可得者。闻之急驰往，竟得之。视架上书签有标《歧路灯》者，亟取观之，则洛中石印本，即森玉前辈所见者是也。书不精雅，错字亦多。然多年萦想而不可得者，一旦遇之，喜出望外。携归志其缘起如此。

说明：上跋转录自中州书画社出版之栾星编著

《歧路灯研究资料》。

孙楷第(1898—1986),字子书,河北沧县人,1928年毕业于北京师范大学国文系。先后任教于北京大学、燕京大学,后为社科院文学所研究员。编著有《中国通俗小说书目》《日本东京所见小说书目》《沧州集》《沧州后集》《戏曲小说书录解题》《小说旁证》等。

说呼全传

（说呼全传序）

滋林老人

小说家千态万状，竞秀争奇，何止汗牛充栋。然必有关惩劝扶植纲常者，方可刊而行之。一切偷香窃玉之说，败俗伤风，辞虽工直，当付之祖龙耳。统阅《说呼》一书，其间涉险寻亲，改装祭墓，终复不共戴天之仇，是孝也。救储君于四虎之口，愬沉冤于八王之庭，愿求削佞除奸之敕，是忠也。维忠与孝，此可以为劝者也。至庞氏专权，表里为奸，卒归于全家殄灭，其为惩创孰大焉。虽遐稽史册，其足以为劝惩者，灿若日星，原无庸更藉于稗官野乘。然而史册所载，其文古，其义深，学士大夫之所抚而玩，不能挟此以使家喻而户晓也。如欲使家喻而户晓，则是书不无裨于世教云。乾隆四十有四年清和月吉，滋林老人书于西虹桥畔之罗翠山房。

说明：上序录自宝仁堂本《说呼全传》。原本藏首都图书馆、复旦大学图书馆等处。此本内封上镌

"乾隆己亥夏镌",下分三栏,右栏无题署,中栏题"说呼全传",左栏署"金阊宝仁堂梓"。首序,尾署"乾隆四十有四年清和月吉,滋林老人书于西虹桥畔之罗翠山房",有"张溶之印"阴文、"默虞"阳文钤各一方。次"说呼全传目录",凡四十回。正文第一叶卷端题"说呼全传卷之一",署"半闲居士 学圃主人同阅",半叶九行,行十八字。版心单鱼尾上镌"说呼全传",下镌卷次、叶次。后卷七至卷十二分题"培杏居士 学圃主人阅""培杏山人 爱莲居士编""半痴道人戏编 笔耕老叟加点""灌园老叟戏编 清闲居士小玩""玩菊主人闲编 灌花逸叟赏订""元和道人笑正 逍遥居士快评"。

半闲居士、学圃主人、培杏居士、爱莲居士、半痴道人、笔耕老叟、灌园老叟、清闲居士、玩菊主人、灌花逸叟、元和道人、逍遥居士,真实身份、生平事迹均待考。

英云梦传

(英云梦传)弁言

扫花头陀

晋人云:文生情,情生文。盖惟能文者善言情,不惟多情者善为文。何则? 太上忌(忘?)情,愚者不及情。情之所钟,正在我辈。世未有卤莽灭裂之子而能言之。即有钟情特甚,仓猝邂逅,念切好逑,矢生死而不移,历患难而不变,贵不易以情坚,一约必遂其期而后已者,亦往往置而弗道。非不道也,彼实不知个中意味,且不能笔之记之,以传诸后世,天地间不知埋没几许,可慨矣。

癸卯之秋,予自函谷东归,逗留石梁之铜山,与松云晨夕连床,论今酌古,浑忘客途寂寞。一日检渠案头,见有抄录一帙,题曰《英云梦传》,随坐阅之。阅未半,不禁目眩心惊,拍案叫绝,思何物才人,笔端吐舌,使当日一种情痴,三生佳偶,离而合,合而离,怪怪奇奇,生生死死,活现纸上。即艰难百出,事变千端,而情坚意笃,终始一辙,其中之曲折变幻,直如行山阴道上,千岩竞秀,万壑争流,几令人应接不暇。因笑而问之曰:"当时果有是人乎?抑子之匠心独出乎?"松云应曰:"唯唯,否否。当时未必果有是人,亦未竟无是人。子弟观所没之境,所传之事,可使人移情悦目否?为有为无,不任观者之自会?此不过客窗寄兴,漫为叙次,以传诸好事者之口,他非所计也。"予曰:"善,能则是集之成,不属子虚乌有与海市蜃楼等耳,吾愿世之阅是集者,即谓松云之善言情也可,谓松云之善为文也可。"因僭序数语,授笔于简首。时岁在昭阳单阏良月,同里扫花头陀剩斋氏拜题。

说明:上序录自书业堂本《英云梦传》。此本内封上镌"嘉庆乙丑年(十年)新镌",下分三栏,右栏题"震泽松云氏选",中题"英云梦传",左题"书业堂梓行"。首《弁言》,尾署"时岁在昭阳单阏(乾隆四十八年)良月,同里扫花头陀剩斋氏拜题"。书凡八卷,八册。卷二回,双联目。正文第一叶卷端题"英云梦传卷之一",署"震泽九容楼主人松云氏撰　扫花头陀剩斋氏评　嵩山樵子梅村氏较　松云弟良才友云氏镌"。半叶十一行,行二十二字。原本藏南京图书馆。另有聚锦堂本，内封三栏，右题"震泽松云氏选"，中题"英云梦传"，左题"聚锦堂梓行"，首《弁言》，其署及行款、版式等均与书业堂本同。原本藏首都图书馆，上海古籍出版社据以影印。"昭阳单阏"为癸卯年，既有嘉庆乙丑刊本，则此癸卯的下限当为乾隆四十八年。

震泽九容楼主人松云氏、扫花头陀剩斋氏、嵩山樵子梅村、松云弟良才友云氏，均待考。

希夷梦

（希夷梦自序）

汪寄

韩通者，柴周殉国之忠臣也，而传奇以为赵宋开国之元勋，不知殉国者皆义精仁熟之贤良，而元勋则多强悍残忍之豪杰，其间虽不乏硕德英才，然何可与殉国者同年而语哉？（子）予读史至五季，叹朝秦暮楚若冯道之流，不可胜数，乃有铮铮如韩公者，复为传奇所变乱，安得不亟正之，以张韩公之忠烈？然非可空言正也，亦必作如传奇，使天下之以为元勋者阅之而疑，疑之而辨，辨而折衷于史鉴，咸知为殉国忠臣，而实非卖国之元勋，然后韩公之为韩公，始得张著于天下。同时有闾邱仲卿者，奇士也，建议潞州之后，竟绝迹无闻，予甚惜之。韩公之忠勇，仲卿之才略，皆足千古不磨。计传韩公之忠烈，未免短窄无奇，莫若并仲卿之才略而演之，乃平空结撰，翻黄粱等文案，而为三百年之大梦，援前证后，虚诞而不支离；进正退邪，褒贬符于经史。稀奇古怪,事之所无,而理之所有;深奸隐恶,法所不及,而笔所不容。凶猾为之寒心,方正因而壮气。随意所至,信腕抒怀,积成卷帙,不觉繁多。至于文词芜秽,见识鄙卑,意义疏漏,则仰望于垂鉴之君子修饰诸。新安蜉蝣氏汪寄志原。

(希夷梦叙)

吴云北

梦称希夷,其希夷所梦乎?曰:非也。既非希夷所梦,曷为而称希夷梦?曰:以希夷之地尔,以希夷之徒尔。其徒与地曷为而称希夷?曰:黄粱以时称尔,高唐以地称尔,蝴蝶以神称尔,南柯以境称尔,而兹义有所洽,情有所通,胡为不可称希夷也?

予于仲夏,自北帆旋,残暑酷虐,憩寓于江都之梵觉寺。当日赤镜悬空,云翳净绝,方枕簟布地,浸蜜沉瓜,忽有叩门者曰:野马在乎?童将启户,予止之,答曰:出矣。曰:何往乎?何归乎?予曰:不知往处,未定归时。曰:然则将所寄寄于此矣。排闼而入,汗流如沈,击下敝笥,弃盖脱衣,就簟夺扇。予怪之曰:客何姓,曾交野马乎?曰:未也。吾姓王,字度初。昔于盐城张汉梁家与钟道号桂山者订交。指笥曰:此钟子所寄者。予曰:未闻野马交桂山。客得毋误乎?曰:否。桂山亦代寄者。桂山曾有湖海游,于舟次遇蜉蝣汪子,邂逅莫逆。汪子持笥嘱寄江南野马。桂山访求不得,易箦时执吾手叮咛务致。吾不能推,携回启视,则脱稿四十卷,偕汪子与石观之,并询吴子。与石曰:吴云北野人,行踪无定,风帆车蹇,少有已时,其往来南北,或经邗沟,则寓于梵觉寺之远山房,曷往访而致焉。吾踵此询问,不计次数,计年则已三矣。吴子归时虽未可定,其可以日计乎?予曰:野马即予,与石阅之有说乎?度初跃然而起曰:有。谓其粗陋而不精警也,谓其苛刻而不宽厚也,谓其肆臆说而违中庸也,谓其先岩穴而后台阁也,谓其徒虚言而不能实济也。予视卷帙繁多,抚笥而谓之曰:蜉蝣特寄,与石有说,则非终日所能尽。度初曰:吾得晤子,吾肩卸矣,终日不终日,吾弗问也。复啖瓜蜜,着衣拾盖,半揖而去。予乃扃扉检册,奈汗津津不休,为之曲肱倚息。及霹雳震屋,注雨倾盆,乍惊寤时,则已暮矣。移簟还房,驱蚊燃烛,垂帘玩绎,日上方眠。凡十夜始毕。

观其托兴于梦，又苦为时短促，乃假希夷之久睡而缩三百馀年为数十载之长梦，以舒用舍行藏之怀，且表攫于孤寡者，孤寡复受敌攫，富贵浮云，无一非梦。所关于教化大矣。予爱其文质疏内，不得谓之不精警而粗陋也；予爱其悯微恤贱，不得谓之不宽厚而苛刻也；予爱其彰暗穷凶，不得谓之违中庸而肆臆说也；予爱其尊贤敬良，不得谓之后台阁而先岩穴也；予爱其归根结实，不得谓之不实济而徒虚言也。原其心，则眷眷忧民为国之心也；论其事，则兢兢进君子退小人之事也；究其道，则孳孳型风俗端教化之道也；计其功，则堂堂正正一劳永逸之功也。忆昔闻蜉蝣无求无好，迨后晤时，俨如槁木，今胡为而有此用世之文章？予甚疑焉。岂其肤有所受而无所诉，始为此言与？岂其目有所睹而不能堪，乃为此言与？岂其因时势必须如彼、立法必须如彼，功始可收、患始可除，托而为此言以备采择与？岂其怀仁抱德待价未沽，鬘丝齿脱，不忍无闻以殁，发而为此言，以存其不朽之名与？岂其幽思大道，希于所见，夷于所闻，而谓寤不如寐，爱夫希夷氏之希夷,而为此言,因其义以为名与?予虽不必谓不知之,亦不得妄谓知之,惟其实有裨益于世道人心也,何可使之湮没?将谋梓焉,缘为之叙。

南游两经蜉蝣墓并获希夷梦稿记

丙午仲春,西入华岳。旅次得逢舟客方自然者,潇洒不群。相与评山论水,说剑谈医,约偕南游,期中秋相待于湖上之北高峰。至期,舟客不果来,予先有故交,相订冬初会于剑阁,乃过钱塘,买舟,拟取道睦歙,逾箬岭,由康化而长江直上。方出雉山,水浅滩高,船多挤遏,搏激聒耳,夜枕难安,月亮穿篷,披衣启户,携剑上坡,信步而前。山光如雪,水声渐远。沿曲涧,出深林,乍见人畜成群,形容巨伟。近之,则皆怪石枯株,如兽如鬼,毛发悚然。神定复入,东方渐白,则见冈岭蜿蜒,峰峦拱卫,景象殊幽。忽闻浩歌出于草庐竹舍之表,则山半有老者,倚石而朗吟。予奇之,即揖询焉。指冢曰:所以悼此君也。视石刻文,乃蜉蝣汪子之墓。予以其命名之怪也,曰:蜉蝣为何如人?老者曰:淡泊无求，性孤寡合，所有著作，意创语新。予曰：著作何名？老者曰：蜉蝣于风和日丽，则杖履寻山；雨雪晦冥，则挥毫消遣。积有卷帙，名之曰《希夷梦》，未梓而患偏废，卒于西湖。予方欲再询，而舟子寻踪奔至，便便促催，拱别旋回。

次日抵新安。舟止登岸，见其山峰耸拔，溪潭清彻，不能遽去。复于郊野乡村徘徊，迥非尘境。偶见市悬尺幅山水，气韵神妙，为吴秋南作，以廉价得之。市人曰：犹有文稿，请并贱售。捧大簏倾焉。予检之，有汪子《希夷梦》稿，携回展诵。惊其玮奇瑰异，发天地之秘而补前人所缺遗，扫除大道之尘翳而贪邪尽丧，其机巧真希夷之奇观，而得之于无意，何太幸焉！自歈抵蜀，无日不赏叹也。

居剑阁凡五阅月，偶睹丐者痼疾，出刀圭以愈之，于是闻风而至，殆无虚日。复经三月，向所订者终未见到，乃进益州，亦不能访获信音。于是恣情于月山、云安、龙门、临邛、蒙山及各胜境，而后入眉州，上岷山，登峨嵋，虽因囊罄不克更西，而天之旷然高远，地之悠然广大，雪月之镕然光华，已获纵目宽胸，惜不得与蜉蝣把臂评论也。至于履巉崖之悬然,探邃壑之黝然,及草木花世之希奇,风云烟雨之变幻,禽兽昆虫之怪异,不胜悉记。思是役也,水则泛乎江之长,浮乎湖之潴,山则跻乎岷峨之纲领,文则诵乎《希夷梦》之新奇,惟海之汇宗无垠,尚未及见,必往观之,而后可以无憾。

乃返剑阁,未至旧旅,道旁老者拄杖迎前,捉腕讶曰:子何来迟乎!吾侪望子久矣。旅主人亦至,欣然曰:前岁蒙多活沉疴,今因疫盛,咸颂吾子,而何期竟临也。予曰:囊空药匮,其何以济?旅主人曰:惟命是供,勿虑匮也。予乃用五黄千倍饮,使具药六石,用巨缸七口,分熬六石药而称和于一缸,令凡病者,于内取饮一盂。且熬且和,凡半月,药尽,亦更无求者。主人馈酒,予亦尽量。方思货衣囊,典书剑,作东行计。清晨启户,则见数老者各持草木近前,揖曰:往年活我土多人,今复蒙消除大疫,闻吾子清洁,不敢赆金相污辱,吾子以药施,吾侪仅以药报。言毕,置案头,复揖而出。予方欲挽以辞却,而接踵如梭,室之为满。旅主人前曰:此皆病者获愈感报之诚心,杖头青钱,可勿却也。吾为子售,以理行装。次日,捧百金进,予受之登舟。数鱼腹之石垒，窥夔峡之奔流，凡经荆南、汉寿、岳阳、三湘、汉江、鄂渚、安州、齐安、郢中，大名胜处，莫不旋帆绕道，探索纵观。

至浔阳，风逆将泊，篙工濯足，为水族所咬，十馀人援不得上。予掣剑伏舷挥之，篙工起而鼋首仍含足不释，四畔波涛汹涌，客咸惊惧。拽篷返行，舵为鼋啮，船不能前。风与鼋争，舵折而船颠播，众人大号。予令艄公钉数利刃于桨端，入水以代舵，始得平进。就上甲而泊，犹反侧不休，乃另觅顾，奈无下京口、金陵、姑孰、皖城者，因就上水船，转彭蠡，登匡庐，过吴州，逾昌门，复于海阳附下柳浦。

夜泊北野，山水大作，蛟为灾虐，漂人流畜，屋料蔽江，船不能发。仰望山势奔腾，奈途泥滑，众客裹足。次日晴朗，水势稍减，仍属难开。众客登岸，乃随攀跻升隆，曲折凡数十里，则见山团水结，形止势聚，之内卓尔佳城，巍碑丰碣，林木拥茂，相共指称牛眠。下山，出竹舍芽庐，皆如曾游之熟境。伫而四顾，复望山腰，则蜉蝣墓之故所也。予怪而询耕者曰：其上岂蜉蝣墓乎？曰：墓而不蜉蝣矣。予曰：何以故？曰：往岁有老人载柩至此，买地而瘞。

询悉老人姓戚名礼他,冢内并非亲故相识,因见其文而神交莫逆,闻殡于旅,挈来葬焉。晨昏每至,啸咏于其间,朔望则以茶醑祭,卖药以自给。不期所买之地未果,老人复往歙访蜉蝣之子孙。其子皆贫,为佣于外。其孙又幼而哑,老人乃起焉而谋归之。舟行为石所触,舟沉而柩浮。老人赴水抱柩,随波沉浮而去。予曰:噫嘻,殆隐者也。戚礼他者,七里滩也,隐地以为名也。夫素非相识而为劳苦不倦,终之竟以身殉,其亦性孤寡合之流亚,气味相通而不觉其沉溺欤。然念蜉蝣亦可悲矣,爵禄功名固不经营而尽推以与世人,至于殁焉,一穴之地犹不留恋,何其淡世轻身之不休也。尝闻天道好生而恶盈,生者宽以育之也,盈者过也。蜉蝣不能以道德化贪者为廉,以仁慈劝虐者为义,乃欲揽阳法阴刑以快其胸臆,诛绝贪虐之徒,犹并及其嗣而毁其家,不亦过于不宽育而违天好生恶盈之道乎?宜其子贫为佣而孙且哑,殁后之柩尚不知沉埋何所也。感叹返舟。或曰新安郊西亦有浮游(蜉蝣)墓,或曰蜉蝣尚未死。予不暇考也。计至武林,则上海舶,将随所往。因检其稿并尺幅藏之于笥,置于西湖之侧。其行其止,惟听之于天焉。

说明:上叙等出自本堂藏板本《希夷梦》。此本内封上镌"绣像",下分三栏,分题"嘉庆十四年新镌""希夷梦""本堂藏板"。首自序,尾署"新安蜉蝣氏汪寄志原",次无名氏叙,然据序内所言,序当为吴云北所作,云北字(或号)野马,里居生平待考。又次《记》,亦未署撰者名,据吴云北序推测,当系钟桂山,其里居生平亦待考。复次"希夷梦目录",凡四十卷,有图像十四叶,皆像赞各半叶,正文卷端题"希夷梦",半叶九行,行二十字。版心单鱼尾,上镌"希夷梦",下镌卷次、叶次。这个本子,南京图书馆和天津图书馆分别收藏(上面的《记》录自上海古籍出版社影印天津图书馆藏本),颇为奇怪的是,天津图书馆藏本无自序和吴云北序,只有一篇《记》,而且《记》和南京图书馆藏本的《记》,在文字上也略有出入,其间的渊源关系很值得研究。

按自序和吴云北序、钟桂山《记》,知此书作者为安徽歙县一带人汪寄。寄号蜉蝣,馀则待考。但《记》和无名氏《叙》都写得恍恍惚惚,神神秘秘。因此,这书的作者是谁,颇值得考索。

海游记

海游记序

观书人

小说家言未有不指称朝代,妄论君臣,或夸才子佳人,或假神仙鬼怪。此书洗尽故套,时无可稽;所论君臣乃海底苗邦,亦只藩服,末卷涉于荒渺梦也。梦中何所不有哉!以梦结者,《西厢记》《水浒传》,得此而三矣。写苗王后妃之恩爱,所以表其乐以酬善;写仙佛两家之污亵,所以彰其丑以惩恶。然立言雅驯,不碍闺阁观也。书成时颇多趣语,因限于梓费,删改从朴,惜哉!观书人序。

说明:上序录自一坊刊本《海游记》。原本藏大连图书馆。此本无内封,首《海游记序》,尾署"观书人序",次"海游记目录",凡六卷三十回。正文第一叶卷端镌"海游记卷一",不题撰人,半叶九行,行十七字。版心单鱼尾,下镌卷次、叶次。据第一回所写,作书者"乃是个山人,以渔樵为活,不与外人往来,不但年代不知,连自己的姓名都忘了",一日漂流到一处，人问其姓名，"因见一种水鸟专吃鱼，又不会捕鱼，待鱼鹰剩下的方有的吃，名信天翁……我不善谋生，与这水鸟相似，遂以信天翁为名。"则作者或号信天翁。

离合剑莲子瓶

（离合剑莲子瓶序）

白叟山人

窃尝读稗官野史之流，其言虽不甚雅驯，然观其旨趣，所以表扬忠孝，激劝节义，儆贪惩暴，厚风俗，正人心，未尝殊于正史列传之义也。顾史家之言，训辞深厚，可以喻诸文人学士大夫，而妇孺庸愚靡得闻焉。是故即有其事可传，其人可述，而非以街谈巷议俚俗称之，有不足形容惩劝之实者，间亦附会漫衍，亦词人之事，未可非也。若所称《莲子瓶》一书，其人其事之有无，不必深究。然即房丞相之忠，刘公子、卜太常之义，崔秀才之孝，陆氏、侯氏之节，实可表表一时，传之后世，又况葛仙妙术，津桥斗宝，白猿之神，落球之勇，有足玩乎？惜曩鲜善刻，今睹斯本，复加流览，盖深味乎其旨趣，有合于野史谲谏之风，而非若佳人才子吟花弄月、淫词艳说之可比者。是为序。道光壬寅年孟夏上浣日，白叟山人识。

说明：上序录自绿云轩藏板本《莲子瓶全传》。此本内封右题"道光壬寅（二十二年）季春镌"，中题"莲子瓶全传"，左题"绿云轩藏板"。首序，尾署"道光壬寅年孟夏上浣日，白叟山人识"，有"绿云轩志"阴文、"拙老并题"阳文钤各一方。次"新刻离合剑莲子瓶全集目录 时在乾隆丙午（五十一年）清和既望"，凡三十二回。正文卷端题"新刻离合剑莲子瓶全集"，半叶八行，行十六字。版心单鱼尾上镌"莲子瓶"，下镌回次、叶次。据序"惜囊鲜善刻"及目录叶"时在乾隆丙午（五十一年）清和既望"二语，则此前已有刻本行世。孙楷第《中国通俗小说书目》著录为三十回，误。《中国古代小说总目》失收，殆误以为此书即《莲子瓶演义》。

白叟山人，真实身份、生平事迹待考。

西湖拾遗

西湖拾遗序

陈树基

盈天地间皆山水也,东海、西海、南海、北海,而遥则有岱舆、员峤、方壶、瀛洲、蓬莱诸山。巨鳌十五,举首戴之,峙而不动。由此以推九州之外,八埏、八纮、八极,盖渺不可知焉。其在中国,五岳、十洞天、七十二福地,三江、九河、五湖为最著。至于崆峒、巇碣、塘岰、嶙峋、岝崿、畢嵬、嵚巇、峣屼;泱漭、澹泞、渚溎、迤迩、洝溴、潋灎、渺弥、澂漫,名山大川,指不胜屈。而秀甲天下者,则莫如西湖。

湖以水蓄而成,水以山环而出。山之来也,发天目,抵琅玡,结五云,越灵鹫,起伏断续,绵绵延延。峰锁南北,岫列左右,四面旋绕,清泉迸流。省垣之西,聚而为湖,称名不一,其所由来者久矣。湖系杭郡水利,自唐李邺侯开浚于前,厥后白太傅、苏学士相继筑堤,以界内外。外湖有三潭,有湖心亭矗立其中。自春徂冬,旦暮晴雨,若近若远,水光山色,千态万状,游历虽遍寰宇,想无有出其右者。若夫名祠古刹,宦迹逸事,姬周以下,无代无之,不独楼阁角丽,花柳争妍,足以驾舟适兴,把酒怡情而已也。

方今运际昌期,圣天子念切民瘼,翠华六幸,驻跸湖上行宫。凡名胜之区,无不亲洒宸翰,用志表彰。日星云汉,光被四表,猗欤盛哉! 第其间之人物,所见异辞,所闻异辞,所传闻又异辞。显者或仅得大概,微者或昧厥从来。

余每当出游,辄怦怦心动,若有不能恝然者,因摭旧时耳目所及,订辑成帙,目之曰"拾遗",并绘图卷首。睹斯集者,上下数千年,汇古人之忠孝节义、政事文章,以至仙佛神鬼、幽僻怪幻,相与晤对于一室。而尺幅之内,则嶙崞细运,浤瀇委输,榈薿陆离,林木崔错,层献叠涌,应接不暇。庶几观西湖之秀,不啻揽天下山水之奇,而知钟灵毓异,寄迹栖心者之实,非无所自也云尔。时乾隆辛亥孟冬月,钱塘梅溪陈树基撰。

说明:上序录自自愧轩本《西湖拾遗》,原本藏大连图书馆,缺卷三十二至三十四。此本内封三栏,由右向左,分题"钱塘陈梅溪搜辑 杭城十五奎巷内玄妙观 间壁青墙门内本衙发兑""西湖拾遗""自愧轩开雕"。首《西湖拾遗序》,尾署"时乾隆辛亥(五十一年)孟冬月,钱塘梅溪陈树基撰",有"陈树基印"阴文、"梅溪"阳文钤各一方。次"西湖拾遗目次",凡四十八卷。次"西湖古迹图""西湖十景图""西湖人物图"。正文第一叶卷端题"西湖拾遗卷四 钱塘梅溪氏搜辑",半叶九行,行二十字。版心上镌"西湖拾遗卷×"、叶次。

陈树基,字梅溪,钱塘(今浙江杭州)人。馀待考。

西湖拾遗后序

梅溪氏

吟风弄月,无妨别寄闲情;问水寻山,不过偶乘逸兴。第课虚责有千万言,总属空谈;若援古证今一二端,即为殷鉴。正必崇而邪必黜,以身涉世,历历可凭;善斯劝而恶斯惩,触目惊心,赫赫如昨。拾西湖之遗事,人物务极精详;抒夏日之幽怀,图画俨同晤对。既征事迹,备刊乎前;更引箴铭,显陈于后。百行之先惟孝，作歌要必能从；万恶之首为淫，垂训总期勿犯。躬修最切，在在遵先进格言；惟正自持，时时凛前人规诫。不以刍荛为嫌，公诸一笑而已。梅溪氏后序。

说明：上序录自上海申报馆仿聚珍版排印本《西湖拾遗》。

娱目醒心编

《娱目醒心编》序

自怡轩主人

稗史之行于天下者,不知几何矣。或作诙奇诡谲之词,或为艳丽淫邪之说。其事未必尽真,其言未必尽雅。方展卷时,非不惊魂眩魄。然人心入于正难,入于邪易。虽其中亦有一二规戒之语,正如长卿作赋,劝百而讽一。流弊所极(及),每使少年英俊之才,非慕其豪放,即迷于艳情。人心风俗之坏,未必不由于此。可胜叹哉!至若因果报应之书,非不足以劝人,无如侃侃之论,人所厌闻,不以为释老之异教,即以为经生之常谈,读未数行,卷而弃之矣。又何益欤?

草亭老人,家于玉山之阳,读书识道理,老不得志,著书自娱。凡目之所见,耳之所闻,心有感触,皆笔之于书,遂成卷帙,名其编曰《娱目醒心》。考必典核,语必醇正。其间可惊可愕,可敬可慕之事,千态万状,如蛟龙变化,不可测识。能使悲者流涕,喜者起舞，无一迂拘尘腐之辞，而无不处处引人于忠孝节义之路。既可娱目，即以醒心。而因果报应之理，隐寓于惊魂眩魄之内。俾阅者渐入于圣贤之域而不自知。于人心风俗，不无有补焉。余故急为梓之以问世。世之君子，幸勿以稗史而忽之也。乾隆五十七年岁在壬子五月十有二日，自怡轩主人书。

说明：上序录自乾隆间刊本《娱目醒心编》。原本藏北京大学图书馆等处。上海古籍出版社据华东师范大学藏本影印。此本未见内封。首《序》，尾署"乾隆五十七年岁在壬子五月十有二日自怡轩主人书"，有"一片冰（？）心"阴文、"自怡轩主人"阳文钤各一方。次"娱目醒心编目录"，凡十六卷。正文卷各有回，二、三回不等，无回目，各篇或有入话，或无。第一叶卷端题"娱目醒心编卷一"，署"玉山草亭老人编次　茸城自怡轩主人评"，半叶九行，行二十字。版心单鱼尾上镌"娱目醒心编"，下镌卷次、叶次。

草亭主人，即杜纲，字不详，号草亭，江苏昆山人。与散曲家许宝善友善。《娱目醒心编》之外，又有《南史演义》《北史演义》。

自怡轩主人,即许宝善(1731—1803),字敩虞,号穆堂,云间(今上海青浦)人,乾隆二十五年(1760)进士。累官监察御史,丁忧归,不复出,以诗文词曲自娱。与杜纲友善。有《穆堂词曲》《自怡轩诗草》《自怡轩词选》《自怡轩古文选》《五经揭要》等。

北史演义

《北史演义》叙

许宝善

今试语人曰:尔欲知古今之事乎？人无不踊跃求知者。又试语人曰:尔欲知古今之事,盍读史？人罕有踊跃求读者。其故何也？史之言质而奥,人不耐读,读亦罕解,故唯学士大夫或能披览,外此,则望望然去之矣。假使其书一目了然,智愚共见,人孰不争先睹之为快乎？晋陈寿《三国志》,结构谨严,叙次峻洁,可谓一代良史,然使执卷问人,往往有不知寿为何人,《志》属何代者。独《三国演义》,虽农工商贾、妇人女子,无不争相传诵。夫岂演义之转出正史上哉？其所论说易晓耳。然则《北史演义》之书讵可不作耶？虽然,又有难焉者:夫《三国演义》一编,著忠孝之谟,大贤奸之辨,立世系之统,而奇文异趣错处其间,演史而不诡于史,斯真善演史者耳。《两晋》《隋唐》皆不能及,至《残唐五代》《南北宋》,文义猥杂,更不足观。叙事之文之难如此，况自魏季迄乎隋初，东属齐，西属周，其中祸乱相寻，变故百出，较之他史，头绪尤多，而欲以一笔写之，不更难乎？

草亭老人潜心稽古，以为此百年事迹，不可不公诸见闻，于是宗乎正史，旁及群书，搜罗纂辑，连络分明，俾数代治乱之机、善恶之报、人才之淑慝、妇女之贞淫，大小常变之情事，朗然如指上罗纹。作者欲歌欲泣，阅者以劝以惩，所谓善演史者非耶？余尝谓，历朝二十二史是一部大果报书，二千年间，出尔反尔，俛得俛失，祸福循环，若合符契，天道报施，分毫无爽。若此书者，非尤大彰明较著者乎？余故亟劝其梓行而为之序。乾隆五十八年岁在癸丑端阳日，愚弟许宝善撰。

北史演义凡例

一、是书起自魏季，终于隋初，凡正史所载，无不备录，间采稗史事迹，补缀其阙，以广见闻所未及，皆有根据，非随意撰造者可比。

一、是书以北齐为主，缘始于尔朱氏而宇文氏继之,故皆详载始末,而于北齐事则尤详。

一、叙战事,最易相犯,书中大小数十馀战,或斗智,或角力,移形换步,各各不同。

一、兵家胜败有由,是书每写一战,必先叙所以胜败之故,或兵强而败形已兆,或兵弱而胜势已成,结构各殊,皆曲曲传出,俾当日情事,阅者了然心目。

一、书中叙梦兆,叙卜筮,似属闲文,然皆为后事埋根,此文家草蛇灰线法也。

一、叙事每于极忙中,故作闲笔,使忙处不见其忙,又忙处益见其忙。

一、是书每写一番苦争恶战,死亡交迫,阅者方惊魂动魄,忽接入闺房燕昵、儿女情长琐事以间之,浓淡相配,断续无痕,总不使行文有一直笔。

一、是书头绪虽多,皆一线贯穿,事事条分缕析,以醒阅者之目。

一、是书叙事有不使即了而留于他事中方了之者,有略于本文而详于旁述者,要看他用笔伸缩处。

一、书中紧要事,必前提后缴以清眉目。

一、书中紧要人,皆用重笔提清,令阅者着眼。

一、叙书中勇将,若尔朱兆、高敖曹、彭乐、贺拔胜等,同一所向无敌,而气概各别,开卷即见。

一、高氏妃嫔,娄妃以德著,桐花以才著,尔朱后郑娥以色著,故不嫌详悉。馀皆备员,可了即了,以省闲笔。

一、孝庄诛尔朱荣,周武诛宇文护,兰京刺高澄,皆猝起不意,事极忙乱,写得面面都到,笔意全学龙门。

一、书中女子以节义著者,如西魏宇文后,殉节于少帝;尔朱妃嫚娟,殉节于陈留王元宽;岳夫人灵仙,殉节于高王;齐任城王妃卢氏,家灭不改节;周宣帝后杨氏,国亡不变志,皆用特笔表出,以示劝勉之意。

一、凡叙男女悦好,最易伤雅。此书叙魏武灵后逼幸清和,齐武成后私幸奸僧,高澄私通郑娥,永宝私通金婉,无不曲折详尽,而不涉一秽亵之语,避俗笔也。

齐之文宣淫暴极矣,又有武成之淫乱,周天元之淫虐继之,卷中列载其事,以见凶乱如此,终归亡灭,使人读之凛然生畏。

一、叙高氏宫室壮丽，庭院深沉，府库充实，内外上下，规矩严肃，的是王府气象，移掇士大夫家不得，非若他书，形容朝庙威仪，宛似市井富户模样也。

一、欢逐君，泰弑主。欢居晋阳，遥执朝权；泰居同州，独握政柄。泰战败，几死于彭乐；欢战败，几死于贺拔胜。泰劝帝娶蠕蠕国女，欢亦自娶蠕蠕国女。欢死而洋篡位，泰死而觉窃国。欢之子孙戕于一本，泰之诸子亦戕于骨肉。其事若遥遥相对。惟泰女为后殉节，欢女以帝后下嫁，则欢好色而泰不好色，故所以报之者亦殊。

南朝事实，有与北朝相涉者，略见一二，馀皆详载《南史演义》中，即行续出。

说明：上叙和凡例录自乾隆癸丑吴门甘朝士局刻本《北史演义》，此本内封上镌"乾隆癸丑年（五十八年）镌"，下分三栏，分题"玉山杜纲草亭氏编次　云间许宝善穆堂氏批评""北史演义""门人谭载华南溪氏校订"。首《叙》，尾署"乾隆五十八年岁在癸丑端阳日，愚弟许宝善撰"，有"许宝善印"阳文、"穆堂"阴文钤各一方。次《北史演义凡例》，复次"北史演义目录",题"玉山杜纲草亭编次 云间许宝善穆堂批评 门人谭载华校订",凡六十四卷,末署"吴门甘朝士局刻"。复次为魏孝庄帝、胡太后仙真、渤海王高欢、娄妃昭君、世子高澄、太原王尔朱荣、尔朱后娟娟、恒山夫人胡桐花、楚国夫人郑娥、蠕蠕公主、宇文丞相黑獭、贺拔胜、高敖曹、彭乐、冯淑妃小怜、斛律光图像,皆有像赞,分署煮石子、烟水钓叟、炊云散人、九峰逸人、自怡主人、砭砭子、宝华居士、四香居士、耕石野叟、粲花主人、草亭居士、拈花散人、卧云散仙、卧云子、荻香居士、壶天外史等。正文卷端题"北史演义卷一",署"玉山杜纲草亭编次 云间许宝善穆堂批评 门人谭载华校订"。半叶九行,行二十字。黑口,四周单边,版心上镌"北史演义",单鱼尾下镌卷次。

玉山杜纲草亭、云间许宝善穆堂,见《娱目醒心编》条。

岭南逸史

（岭南逸史序）

西园老人

《说文》：史，记事者也。有国史，有野史。国史载累朝实录，赡而不秽，详而有体，尚矣。野史记委巷贤奸，山林伏莽，自汉唐以来，代有其书，大抵皆朽腐之谈，荒唐之说居多。求其一二标新领异，据实敷陈，堪与国史相表里者，吾则重有取于黄子之《岭南逸史》云。夫文章之道，贵乎变化。变则生，生则常新而可久。《逸史》者，离奇怪变，盖不知其几千万状也。即女子也而英雄、而忠孝、而侠义、而雄谈惊座、智计绝人、奇变不穷，抑亦新之至焉者乎。且予尝南游永安矣，见夫一门三孝，坊石犹岿然存也；西至罗旁，过九星岩，击石鼓，渊渊有声；登锦石，诵屈子铭，其所表见皆不虚。夫岂无《幽明录》《搜神记》诙谐诡怪，足动观听者？然而不近人情，莫能征信，识者笑之，安所得如《逸史》者之千变万化而复无事荒唐也。使其付之梨枣，传之其人，知必有以吾言为不谬者。故序之。时乾隆甲寅之蒲月五日,西园老人题于双溪之草堂。

《岭南逸史》序

醉园狂客

花溪逸史者,余叔也。穷居武陵山中,孟夏日长,振笔作《岭南逸史》,越数月而成,以示余,且嘱序焉。余拜而受之。始吾与逸士数同塾,年俱少,负意气,以举子业为急急。当是时,二人者风雨鸡窗,昏黄月旦,广搜纵取,互为吐纳,以相砥砺,极日夜而不休。既屡见黜于有司,卒以自困,而乃搜罗今古,旁究百家,举凡忠孝贞廉,文人女子,与夫人心风俗之邪正,山川形胜之怪特,莫不参互而详考之。嗟乎,此《逸史》之所为作也！夫史者,所以补经之未及也；而逸史者,又所以补正史之未及也。经为圣人手订,亘万古而不易；史则自左氏、班、马以外,不少概见。虽以韩子之贤,犹辞不就职,盖亦有难言者乎？逸史者,因无史官拘挛之责,而乐得行其游放不羁之气,以成就其逸也。然独眷眷于粤,何哉？逸士已不为用,思有以自见。粤为灵奥之区，山海甲于天下，耳目之所常经，谱乘之所备载，而罗旁、永安间，猺獞纷沓，事迹较多荒略，故三致意焉。于是编其简次，成如干卷，始明神宗，迄于某年，而自署其上曰：《岭南逸史》云。今日者，余年几四十矣，家故贫，且好游。回首蘧庐，碌碌无可称道，以视逸士之阐微显幽，褒贬予夺，托诸稗官，以垂不朽，其为人之同不同何如耶？逸士诗文甚富，尝苦知音者鲜，无事乃旁游其意，涉笔是史。然以质之海内，而好古之士览其布局、运法、立意、命词，波诡云谲，结构精严，以补正史所弗及，惩劝善恶于将来，亦可恍惚以见其一班也夫。乾隆癸丑中秋月，醉园狂客谨志。

《岭南逸史》叙

张器也

《逸史》者何？花溪逸士所著也。花溪逸士何？余之友耐庵也。其曰"岭南"者何？详其地也。盖凡士之蕴其所有而不得施于世者，多喜自奋于予夺功罪之中。见夫善恶颠倒，美刺混淆，致使奸豪得借以为资而起，而愤时嫉俗，往往寓其褒贬。然则非史之必出于逸,殆因逸而始托于史。故孔子作《春秋》,司马作《史记》,此其尤大彰明较著者也。逸士自少,寝食于古,穷奇索隐,上窥姚姒,下逮百家,与夫所历山川之险怪,治乱之兴衰,靡弗博闻强记,以自得于风雨晦明之外。其发为文章,豪宕自雄,勃勃有奇气,知所凭藉甚厚。比虽见抑有司,困厄闾里,犹肆搜罗,为书之癖,郁其所蓄,思征试其才,遂取永安、罗旁遗事,综其始终而予夺之,若者宜劝,若者宜惩,而《逸史》于是乎以成。嗟乎,使其得用于朝廷,而其才岂不足以颠倒天下士欤!奈何长自痞叹,而为逸者之史,徒以彰善瘅恶之征,权托诸空言以自见?惜哉!虽然,夫人之相与俯仰一世,面目异形,穷达殊致,而能取诸怀抱,吐其蓄积,微而显,臧而达,俾贤者薰而善良,不肖者姓名畏知,可以少补麟经汉史者,抑亦圣人之徒也,又何必印累绶若而始成其不朽之良史哉。呜呼!逸士亦人杰也哉。岁在甲寅蒲月中浣,琢斋友人张器也撰。

《岭南逸史》凡例

一、是编悉依霍山老人《杂录》《圣山外记》《广东新语》及《赤雅外志》、永安、罗定、省府诸志考定。间有一二年月不符者，因事要成片段，不得不略为组织。

一、诗词歌谣有可考者，悉入之；其不可考及辞意未畅者，则以己意足之，以成大观。

一、是编期于通俗，《圣山志》多用土语，如谓"小"曰"仔"，称"良家子"曰"亚官仔"，如南海差役谓逢玉"尔这亚官仔"是也。谓"无"曰"冒"，谓"如此好"曰"敢好"，如"敢好后生""冒好花"是也。谓"我"曰"碍"，谓"鱼"曰"牛"，谓"饭"曰"迈"，谓"碗"曰"爱"，如珠姐谓"牛是碍迈爱"是也。猺谓"我"曰"留"，不曰"吾"，"来"曰"大"，"兄"曰"表"，谓"有心意"曰"眉心眉意"，如梅小姐谓志龙"表吾大留也眉心眉意"是也。诸如此类，其易晓者，悉仍之；其不易晓者，悉用汉音译出，以便观览。

一、是编期以通俗语言,鼓吹经史,入情笑骂,接引愚顽,故凡忠臣孝子,如陈起凤、黄让父子,足为劝世者,固为尽情畅发,即饶有、足像、金亦诸秽琐,足为世戒者,亦不稍为避忌。

一、诸事于诸书散见错出,苦无头绪,愚逐节录出,复取正史及诸家诗文、注记、故老遗闻,参互考订,得其始终,始援笔书之,阅三月而成。辞语间多不雅驯者,因走笔直书,功阙磨洗,尚期博学名流为余政之。

说明:上序和凡例均录自嘉庆十三年镌本《岭南逸史》,原本德国巴伐利亚图书馆。此本内封上镌"嘉庆十三年镌",下分三栏,由右向左分题"张西园先生鉴定""岭南逸史""志录三奇遇 楼外楼藏板"。首序,尾署"时乾隆甲寅(五十九年)之蒲月五日,西园老人题于双溪之草堂",次序,尾署"乾隆癸丑(五十八年)中秋月,醉园狂客",复次《叙》,尾署"岁在甲寅(乾隆五十九年)蒲月中浣,琢斋友人张器也撰"。三序之后有《凡例》五条,再次为"岭南逸史目次",双行并署"花溪逸士编次 醉园狂客评点""琢斋张器也 竹园张锡光 同参校",

凡二十八回。正文卷端题署全同目录叶之题署。半叶八行,行十六字。版心镌"岭南逸史"、回次、叶次。回有总评,分署"醉园""张竹园""启轩""谢菊园""张念斋""野鹤道人""张锦溪""葛劲亭"等。末回有"刘松亭总评"。

花溪逸士,即黄耐庵,名岩,号花溪逸士,乾隆、嘉庆间嘉应州(今广东梅县)人。小说之外,还著有《医学精要》《眼科纂要》等。醉园狂客则是黄耐庵之侄。张器也是黄耐庵的友人,字琢斋。张锡光,字竹园。

赋序黄生三奇遇古风

李梦松

龙冈骧首而昂起,凤山展翼而翱翔。梅花片片飘雪,桂岭枝枝喷香。金还灿紫,土亦辉黄。九子联袂,三台吐芒。百花铺地,双笔千苍。蝴蝶舒翅,玳瑁生光。西岩则绿榕成荫,南洞则异果堪尝。清溪淼淼,绿水汤汤。池头飞雁掀舞,湖中老蚌潜藏。飞白赐来曾井,色锦现于程江。温泉九派,冷泉一方。忠臣有岭,翰林名堂。相公之坪犹在,将军之地未荒。铁汉楼边凭吊,武婆城上徜佯。或劝稼于春日,或省农于秋场。馀玩则一亭静适,大观则千里苍茫。若夫百瘴悉蠲,曾尹则药囊务置;一囚不死,柯州则治化弥张。方渐书以相随,阁富文而有榜。王化心尤可见,贼罗拜而来降。张钦散遣新民,千金概还彼用;允明分肥旧客,一钱不留己囊。黄瑜秉教为先,盗能改行;陈交祷雨随降,岁已无荒。郑懋鞭敲不施,邑成谣颂;刘宽巧猾藏敛,民护归丧。至千(于)程皎则乡人质成,弥深刻责;古君则蛮洞胥服,罔敢披猖。暴尸如生,死国则蔡蒙著节,歼贼殆尽,卫乡则叶(叶之前或后疑夺一字)垂芳。冬月池鱼务供,孟郊奉母弥至;终身荤酒长戒,名世痛父尤伤。蓝奎之气节文章,人称夫子无闲;侯度之勤廉清白,民咏我公不忘。乃黄生生居之地,其事皆可喜可悲,可惊可怪,可脍炙人口,可爽心娱目。所惜笔路荒芜,词源浅狭,无骫骳倾耳之论。且曰:"此仆数年铢积寸累之苦心,将付梨枣公同好。子闲且悉矣,盍分任之?"余以是书虽稗官野史之流,然而不谬,以波斯奴见宝为幸,遂勤共工役既竣,识端末以告看官,看与余言可愈,故为之序。

时嘉庆辛酉八月,同乡弟李梦松书于广东书院之西斋。

说明:上序录自文道堂本《岭南逸史》。原本藏复旦大学图书馆。此本内封上镌"绣像"二字,下分两栏,由右向左,分题"岭南逸史""文道堂藏板"。首《赋序黄生三奇遇古风》,尾署"时嘉庆辛酉(六年)八月,同乡弟李梦松书于广东书院之西斋"。次,《凡例》五则,复次图像四叶八幅。再次,"岭南逸史目次",署"花溪逸士编次　醉园狂客评点";"琢斋张器也　竹园张锡光　同参校"。凡二十八回。正文卷端题署与目录叶同。半叶八行,行十六字。亦有回评等。

李梦松,字梅偕,号歉夫,临川(今江西抚州)人。诸生。有《歉夫诗文稿》存世。

南史演义

南史演义序

许宝善

余既劝草亭作《北史演义》问世，自东西魏以至周齐，及于隋初，其兴亡治乱之故，已备载无遗，远近争先睹之为快矣。特南朝始末，未能兼载，览古之怀，人犹未餍，且于补古来演义之阙，犹未备也。乃复劝其作《南史演义》，凡三十二卷。自东晋之季，以迄宋、齐、梁、陈，二百余年废兴递嬗，无不包罗融贯，朗如指上罗纹，持此以续北史之后，可谓合之两美矣。或谓：南朝风尚，贤者骛于元虚，不肖者耽于声色。所遗事迹，类皆风流话柄，所谓六朝金粉是也。载之于书，恐观者色飞眉舞，引于声色之途而不知返，讵非作书者之过耶？余应之曰：嘻！子何见之小也？夫有此国家，即有兴替。而政令之是非，风俗之淳薄，礼乐之举废，宫闱之淑慝，即于此寓焉。其兴也，必有所以兴；其亡也，必有所以亡。如是而得者，亦如是而失。影响相随，若报复然。阅者即其事以究其故,由其故以求其心,则凡正心、修身、齐家、治国、平天下之道,胥于是乎在,宁可执"金粉"两字概之耶?且圣人删《诗》,不废郑卫,亦以示劝惩之意。是书之作,亦犹是而已矣。况荒淫侈靡之事,正史亦并载之,其能尽弃之否耶?或无以应,乃书之以弁于简端。乾隆六十年岁在乙卯三月望前一日,愚弟许宝善撰。

《南史演义》凡例

一、是书自晋迄隋,备载六朝事迹,而晋则孝武以后事变始详,其上不过志其大略,隋则仅志其灭陈一师,馀皆未及者。盖是书及《北史》,原以补古来演义之阙,缘前有《东西晋演义》,后有《隋唐演义》,事已备见于两部,故书不复述。

一、宋代晋,齐代宋,梁代齐,陈代梁,迹若一辙,而其中兴亡得失之故,仍彼此不同,故各就正史本文而演畅之,阅者可参观焉。

一、六朝金粉,人物风流,中间韵事韵语足供玩绎者,美不胜收,如《世说新语》等书所载皆是,书中不及备录，唯于本文有关涉者，采而录之。

一、开业之主，若宋高祖裕、齐高祖道成、梁高祖衍、陈高祖霸先，皆雄才大略，多有善政可纪，而规模气象，总逊宋高一筹，故载叙宋事独多。

一、南朝之败，每由幼主在位，强臣得行弑逆，然如宋之子业苍梧、齐之东昏，淫凶暴虐，恶逾桀、纣，死不足惜。他若宋少帝、齐郁林，同一无道，尚无甚大恶，故于弑之，尤多贬词。

一、南北地名屡易，有地去而名存者，如兖、豫既失，仍设南兖州、南豫州等号是也。阅者须辨之。

一、事有与《北史》相犯者，如侯景之乱梁、隋师之灭陈，彼此俱载，然此详则彼略，彼详则此略，一样叙事，仍两样笔墨。

一、书中所载诗词歌赋，有本系前人传留者，即其原本录之，不敢增减一字。

一、凡忠义之士、智勇之臣功在社稷者，书中必追溯其先代，详载其轶事，暗用作传法也。

一、坊本叙战，每于临阵之际，必先叙明主将若何披挂，若何威武，彼此出阵，若何照面，若何交手，一番点缀，竟成印板厮杀。书中大小数十战，此等语绝不一及，避俗笔也。

　　说明：上序及凡例，均录自乾隆间序刊本《南史演义》。原本藏北京图书馆等。此本内封上镌"乾隆乙卯年镌"，下分三栏，由右向左分题"玉山杜纲草亭氏编次　云间许宝善穆堂氏批评""南史演义""门人谭载华南溪氏校订"。首《南史演义序》，尾署"乾隆六十年岁在乙卯三月望前一日，愚弟许宝善撰"。次《凡例》十则。复次"南史演义目录"，题"玉山杜纲草亭氏编次　云间许宝善穆堂氏批评　门人谭载华校订"。凡三十二卷。目录后镌"南史演义目录终""玉峰陈景川局镌"。复图像十六叶，皆像赞各半叶。正文第一叶卷端题"南史演义卷一"，署与目录叶同，半叶九行，行二十字。版心单鱼尾上镌"南史演义"，下镌卷次、叶次。

　　玉山杜纲草亭氏、云间许宝善穆堂氏，见《娱目醒心编》条。

鬼谷四友志

鬼谷四友志序

杨澹游

淄川松龄蒲子有云："曾经沧海难为水，除却巫山不是云。"余于经史而外，辄喜读百家小传、稗史野乘，虽小说浅率，尤必究其原，往往将古事与今事较略是非。一日，读《东周列国传》，有鬼谷四弟子，曰：孙膑、庞涓、苏秦、张仪等辈，所载其行事举止，大与昔日总角时读坊刻所谓《孙庞斗志》一书殊异。然传独载苏秦、张仪，其与孙膑、庞涓何略而亡哉？太史公曰："孙子膑脚，兵法以修。"则其人有定矣，而于庞涓何据乎？而于鬼谷又何据乎？然则经传既已亡略，坊刻又不可式，惟《列国》一书，稍为上正。第《列国》亦属稗史，未足全凭，然有《孟子》所云"晋国天下莫强"一章可原。其曰："东败于齐，长子死焉"，则庞涓有其人矣。今业卜筮谈星，辄多鬼谷之所传流，虽妇人稚子，无不知其名而称道者，岂其人独遗亡（忘）于经传也哉？世有出仕而名，有不出仕而名。其出仕而名者，入于经传也；何有其不出仕而名者，于经传或难举而缺略也。余于鬼谷之教人也，往者不追，来者不拒，其定人质，如玉工之视玉，遇员（圆）成璧，遇方成圭，为学不厌，教诲不倦，深有合于圣人之行也。至于孙膑忠直可师，庞涓残酷可警。有志竟成，效季子之初哉；突梯滑稽，思刻下之张仪也。盖《列国》之繁，坊刻之鄙，于是摘取斯编，卷列为三，揣其近理，谬加评点。世有同余志而省蒲子所言，读百家小传，完实其原，以举经传缺略有裨于世道者，请以是为剖厥焉。时乾隆六十年岁次旃蒙单阏授衣之上浣日，书于乐志轩中，东泖杨澹游笔。

鬼谷四友志凡例

一、坊刻有《孙庞演义》一书，甚属唐突诞妄，非惟不揣情理，兼文势鄙陋层出，如朱亥乃田文之勇友，而强扯作魏国大夫；刖足乃剔去人之两膝盖骨，使不得竖挺行走，只好匍匐往来为是，彼竟指作割去足指为刖刑。夫足指虽去，何害行走？又言鬼谷先生所授孙膑有三卷天书、六甲灵符，可以呼使风雨，又能隐遁于木几中，复化为石，使幌人肩舁，此又《西游》上孙行者所为。夫《西游》乃纂发至理，皆是寓言，借人身之意马心猿为旨，故言《西游真诠》，其文雅，其理元，非仙莫道之书，亦非仙莫解之书。今孙膑虽聪明忠直，鬼谷虽道高技博，岂亦如孙行者身外身法，瞬息间变化，诸般奇弄，以炫耀其术？即使真能之，亦何取是？况万无是理乎！今辑是传，虽未知能尽当日之事是非与否，然于情理揣度，庶几有得。施之于今，亦可醒心；度之于古，不谓无因。

一、是书虽世人所常闻，戏演所常见，曷取重述乎？曰：世所常闻、常见者，乃半为妄说妄演，以愚庸恶陋劣之人，其义与此书大为掣谬。盖未尝细审其品行良狯，是非合事。今集是书，师弟朋友，处事言论，可醒，可戒，可劝奖。如张仪之志，虽属反复狡诈，倘遇危险诬枉，亦可权措其术，以解然眉倒悬，但不可常师其道，为心术偏僻耳。

一、孙膑受刖后缮写兵秘，尚不知庞涓加害，因苍头诚儿私告，遂省及昔日师授锦囊，然后为佯狂诈风。演义所载，孙膑被刖写简，以苍蝇群聚污墨迹，遗"诈风魔"三字，虽属致诚格天，究涉支离难拘，不可为信。

一、凡作书，无论经文，即如小说，亦须先知其源，约者多所挂漏，俚者岂堪入目？肤者无能醒心，繁者不胜流览。今此书悉照《列国》评选，稍加增删，去其谬妄穿凿，独存朴茂，自然合理，言简义尽，无挂漏不胜之苦，读之惟觉古人可爱可慕，醒诸戒诸。

一、《四友志》者，志孙、庞、苏、张四人之事也，其四人自始至终，成败利钝，其心术贤奸忠佞有不同处。如孙膑始流离困惫而学道，道既成而慕仕，既仕成而归隐，其待狡狯友人处，疑其太直；其辞爵归山，一无系吝，长行不顾，何爽绝之致！又疑其为太聪敏。庞涓不念同窗，并不念拜结交情，即亲受学业，尚尔转背不认，何况同类？然不过无信义耳。既不容孙膑同列朝班，尽有遣法，何至必欲生计杀害？此人残忍已极，万弩自作，罪当之。致苏秦家少有薄田，困守亦可，慕仕从师，逆父母妻嫂兄弟，跋涉千里，不遇空归，中人皆有悔心，其反发愤自咎，攻苦昼夜，富贵必然，有志竟成，慎不可三心两意，中道而废，举业要着，取苏秦之初哉！张仪入楚，几为楚用，而遇卤莽之昭阳，笞逃故土。时运方至，同一师受，同一秦惠王，一遇一不遇，至于得善终故里。虽曰狡猾而成，亦是天命所至。此举论四人之志略者也，上加鬼谷者，以别夫子四友云。

一、是集文虽不古奥，然有一等，但喜浅陋诞妄为真，有所谓中人以上，可以语上；中人以下，不可语上。如稍近中质，先取演义阅过，再读是书，详较实际，可通世用，可警世悖。取其所长，去其所短，其与荒唐鬼神、缠绵男女等事俱无，稚幼读之，兴其进业；已仕读之，坚其忠贞；庶人读，可去狡诈；隐居读，可操其志。事无几许，义举多方。

说明：上序及凡例，均录自文渊堂藏板本《孙庞演义绣像七国志全传》，原本藏北京大学图书馆。此本内封三栏，由右向左，分题"孙庞演义""绣像七国志全传""文渊堂藏板"。首《鬼谷四友志序》，尾署"时乾隆六十年岁次旃蒙单阏授衣之上浣日，书于乐志轩中，东泖杨澹游笔"。次《鬼谷四友志凡例》。复次"鬼谷四友志目录"，署"东泖三爻主人评点"，凡三卷，各卷又分上、下，实际为六卷。有绣像五叶，皆像赞各半叶。正文第一叶卷端题"鬼谷四友志卷之一上"，署"东泖杨景淐澹游父评辑"，半叶八行，行十七字。版心单鱼尾上镌"鬼谷四友志"，下镌卷次、叶次。

另有博雅堂本等。一光绪间本序之文字虽与上所录序大同而小异，序末署"时乾隆六十年岁次旃蒙单阏授衣之上浣日，书于乐志轩中，东泖杨澹游笔。光绪二十年初夏，龙以后主书于二酉山房之南轩下"。

杨景淐，字澹游，馀待考。

绣戈袍全传

（真倭袍）序

蒋茗生

《传》曰：服云不衷，身之灾也；《论语》又曰：耻恶衣恶食者，不足与议也；而试执途人而目之为饭囊衣架，其人未有不辞且辨者，况德龙位列宰辅，职备几隆，岂区区恨一绣袍为彰身计，竟结三百口冤仇哉？德龙亦可谓鄙且愚矣；及吾取斯录而读之，而知其中未尝无故，盖欲者人所不可纵者也。德龙自清词见宠以来，举生平之大难，凡一切声色债利以及爱生恶死，莫不任所欲为，于逢君长君之中，独有功高社稷，位冠臣僚，与吾颉颃影右，而又父子一门，祖孙三代，无异汾阳，则德龙以为可夺我之欲，制我之欲者，惟唐氏而已。忠佞不两立，贤奸不互用，非杰杀龙，则龙杀杰，而绣戈袍其借衅由者也；虽然，嘉靖苟非东游，谢勇未能死报害杰。虽有谋如龙，亦何由遂耶？此以见自古帝王深居简出，足以止天下无限之祸，相如谏猎有书，谅非善所见也已。乃王臣蹇蹇,嘉言不纳,祸及腹心,唐氏之亡天也,德龙适以厚亡耳。而何足为忠党危哉!是说吾更有深感于人君焉,不欲求人以自辅,而所谓忠者即忠,贤者不贤,举错失宜,山野敢死之士,竟不获得一官,授半职,为家国捐躯,而一往侠烈之气,无所泄发,反为老奸所买,以至报恩私室,助党为奸,如谢勇者,其可惜也夫!其可儆也夫!是为序。乾隆五十二年,馆后学蒋苕生拜序。

说明:上序录自上海大中华书局排印本《真倭袍》,又名《果报录》,题"钱塘袁枚著",序署"乾隆五十二年,馆后学蒋苕生拜序"。袁枚著云云,均系伪托。书中有"又是江南地面,正是后来我朝乾隆皇上屡下的地方"这样的话。

蒋苕生,即蒋士铨(1725—1785),字心馀、苕生,号藏园。乾隆二十二年(1757)进士,官翰林院编修。与袁枚、赵翼并为清代乾嘉三大家。著有《忠雅堂集》《红雪楼九种曲》等。此处当为假托。

草木春秋演义

〈草木春秋演义〉自叙

云间子

黄帝之尝百草也,盖辨其味之辛甘淡苦,性之寒热温凉,或补或泻,或润或燥,以治人之病,疗人之疴,其功果非细焉。予因感之而集众药之名,演成一义,以传于世。虽半属游戏,然其中金石、草木、水土、禽兽、鱼虫之类,靡不森列,以代天地器物之名,不亦当乎!夫刘寄奴之为汉朝仁德之君,固矣;巴豆、大黄之为番邦狼主,亦固矣。至若巴豆、大黄负欺君之罪,而竟以干戈犯界,轰轰烈烈,何等威暴,致使异人并起,各逞技术,奇幻成兵。此金石斛诚梁栋之材,父子竭忠效命,暨诸将士皆尽握赤心,弩力汗马,卒乃番主邪正不胜,一朝摧败,不亦天乎?然或有讥此集杀戮太过,岂予真恶彼诸药,而有心为是者哉?盖任其笔而作之耳。然始俑之责,予何逃哉!愿后世俊贤,阅予斯集,肯谅吾愚,勿深罪是幸。驷溪云间子撰。

说明：上叙录自博古堂藏版本《草木春秋演义》。原本藏中国社会科学院文学研究所资料室、山东大学图书馆，上海古籍出版社据以影印。此本未见内封。首《自叙》，尾署"驷溪云间子撰"，有"云间"阴文、"江洪□□（之印？）"阳文钤各一方。次"草木春秋演义目录"，凡三十二回。复次图像六叶。再次，"草木春秋演义引首"，署"云间子集撰 乐山人纂修"，正文第一叶卷端无题署，半叶九行，行二十字。版心单鱼尾上镌"草木春秋"，下镌回次、叶次。

云间子（似名江洪）、乐山人，真实身份、生平事迹待考。

警富新书

警富新书序

敏斋居士

尝稽古今小说,非叙淫亵,则载荒唐,不啻汗流(牛)充栋,使阅者目乱神迷,一旦丧其所守。何如安和先生所著《警富》一书,意彰词晰,废卷难忘,可以鼓舞其疾恶奋义之心,存恻隐哀痛之念。书未成而踵门索观者累累。爰是而付诸剞劂,将见骄矜者知所警惧,狼悍者得识国法森严。虽不能与书传并称,其亦野史中之一小补云耳。是为序。嘉庆己巳冬,敏斋居士撰。

说明:上序录自翰选楼刊本《一捧雪警世新书》。原本藏国家图书馆。此本内封两栏,分题"添说八命全传""一捧雪警世新书"。首《警富新书序》,尾署"嘉庆己巳(元年)冬,敏斋居士撰",次题"警富新书卷之一目录 总目",凡四卷四十回,分上下署次第,如"第三十九回 孔尚书御前对局 梁监生殿角鸣冤"下联排"第四十回 韶州关参军

提兵　广州府钦差结案"，尾镌"目录终　已上卷之四　省城联益堂藏板　警富新书卷之一总目终"。次绣像六叶十二幅，其版心由上而下分镌"绣像"、叶次，第一、第二叶版心下方镌有"翰选楼"三字。正文第一叶卷端镌"警富新书卷之一第一回"，接下来方镌"第一回　凌贵兴妄想功名　马半仙细谈风水"，不题撰人。半叶十二行，行二十四字，有夹批。版心单鱼尾上镌"警富新书"，下镌卷次、回次、叶次，第一、第二叶下方亦镌"翰选楼"三字。书与戏剧《一捧雪》无涉。另有道光十二年桐石山房本等。晚清石印本或题《七尸八命》《孔公案》。

绣鞋记警贵新书

绣鞋记全传序

子虚居士

余尝阅嵇(稽)古今书史,评福(?鹗)人物奸强(妍媸),其事则悲欢离合,不一而足;其人则奸佞忠良,不胜其数。每于无可如何,丧心书理之处,未尝不为之掩尽(书)而咨嗟,亦且不能不为之而忿激。如《绣鞋记》一书,彼叶萌芝者,身居科第,名列斑(班)曹,正宜套(蹈)迹庙廊,何乃潜踪桑梓,日与狐群狗党笑谈风月,辱玷闺门,谋夺资财,武断乡非?名疆顿失,欲海难填,如奸拐张凤姐,威逼黄成通,此某(其)事实属耻于人类,岂非衣冠中之禽兽乎?若而人者,不自珍重,罔顾廉耻,忍心书理,丧节忘身,此固不能不为之而咨嗟,亦且不能不为之而忿激也。严书数语,弁其首焉,以为贪夫色鬼,知所警戒之尔。南阳子虚居士题。

《绣鞋记》跋

沧浪隐士

作书者何？原以武发善心,惩创迭(逸)志也。然必次世人世事鉴之可据,方能警世。若如海市唇(蜃)楼,空中结构,此文人游戏(戏)笔。今则世人其事老推患闷,使穷乡僻壤(僻壤?),仰见国法森严,益位(以为?)报施不爽,是其人世(其)事,乌可不传？吁,芦(孽)海茫茫,贤奸莫辨,即以此书作迷津一宝筏可也。沧浪隐士书。

《绣鞋记》题词

罗浮山下烟露客等

不作迂儒捧嘱谈,一编稗史纪隆贪。寒声传诵家家遍,清磬缀今播岭南。

绕愁何必按宫商,呕哑侏俪寄缴扬。莫道是非谁管得,满村任唱蔡中郎。

三代而还直味逃,敲夸月旦属吾曹。愁来因拍巴人板,胜倩麻姑痒处搔。

乌纱红袖局翻新,禅榻盟欢里夙因。比似文君心更苦,此如已有比肩人。

如悲如劝寓言多,孽海茫茫悔若可(何)？为问断云零雨后,挪(那)堪一梦到南柯。罗浮山下烟露客题。

　　湛湛苍穹讵可欺,到头夜恨悔来迟。是谁解作传奇手,胜似拈毫写艳词。
　　天理超然法已伸,旁觋多少悟迷津。何妨再借莲花舌,唤尽人间未醒人。痴珉(珉?)子戮(戏)题于云泉山舍。

　　由来善恶报分明,争耐凡夫唤不醒。为问当时叶主事,如何乡曲乱纵横。
　　莫道孩童唱俚歌,癖耽酒色忏情魔。茫茫苦海无舟楫,应事期间唤奈何。槑(梅)华道人题。

　　说明：上跋、序和题词录自蝴蝶楼刻本《绣鞋记警贵新书》,藏北京大学图书馆。上海古籍出版社据以影印。此本内封两栏,分题"叶户部全传""绣鞋记警贵新书"。首《跋》,尾署"沧浪隐士书""。次,《绣鞋记全传序》,尾署"南阳子虚居士题"。再次《题词》,分署"罗浮山下烟露客题""痴珉子戮题于云泉山舍""槑华道人题"(按：痴甡子戳、呆华道人题词各两篇，字体不同)。复次"新刻绣鞋记全传目录　蝴蜓楼藏板　乌有先生订"，凡四卷二十回。复次图像六叶十二幅。正文卷端题"新刻绣鞋全传卷×　蝴蝶楼藏板　乌有先生订"，半叶十行，行二十字。版心单鱼尾上镌"警贵新书"，下镌卷次、叶次。另有一种题作《绣履全传》，序跋之文字与上几同。

　　乌有先生等，真实身份、生平事迹待考。

后红楼梦

《后红楼梦》序

逍遥子

曹雪芹《红楼梦》一书,久已脍炙人口,每购抄本一部,须数十金。自铁岭高君梓成,一时风行,几于家置一集。同人相传雪芹尚有《后红楼梦》三十卷,遍访未能得,艺林深惜之。顷,白云外史、散花居士竟访得原稿,并无缺残。余亟为借读。读竟,不胜惊喜。尤喜全书皆归美君亲,存心忠孝,而讽劝规警之处亦多,即诙嘲跌宕,亦雅令而有隽致。杜陵云:"庾信文章老更成。"又云:"晚节渐于诗律细。"玩此,细筋入骨,精意添毫,洵为雪芹惬意笔也。爰以重价得之,与同人鸠工梓行,以公同好。譬如断碑得原碑,缺谱得全谱,凡临池按拍家,共此赏心耳。逍遥子漫题。

《后红楼梦》序

林栖居士

文中子云：至人无梦。予谓：唯至人有梦。孔子梦见周公，神明真与周公接也；梦奠两楹万世，真受两楹之奠也。盖常人之梦为幻，而至人之梦特真也。稗乘中近有《红楼梦》，脍炙一时。其大要曰警幻，末乃归之空空道人。嘻，旨微矣！作者复为后书，乃无赘乎？虽然，天下唯幻之境无定，故梦亦无定。黛玉、晴雯何不可再生？宝玉、钗、黛何不可重合？惜春何不可继入椒寝？荣国何不可复振？驷门一幻则皆幻也。独湘云证道，不得以幻视之。盖人世生死离合，荣悴得失之殊，实有此境，而不知皆幻也。得道者幽元超晦，灵奇变化，其迹几于荒渺无据，而不知皆真也。盖道难知，道非伪也。道何在？在空空也。夫前人取死生离合、荣悴得失之情状，征实而凭空，复从凭空摹绘中，以幻踵幻，以梦续梦，皆梦中之幻境也。吾愿世之人，亟悟幻者真影，由警而幻可返真。庶几梦者觉，因勿幻而梦，即成觉，则读此编者，于空空之中，又获当头一棒，林栖居士漫笔。

《后红楼梦》原序

曹太夫人寄曹雪芹先生家书,即书于《后红楼梦》之首篇,墨迹在原稿,藏于林黛玉夫人潇湘馆,雪芹先生即以冠于卷首为序文:

某年月日,六十六岁老母字谕雪芹儿:吾儿吏隐养母,因桑梓无一椽之栖,乃使门下生徒,代供菽水,身复乞假远游,为买山作计。母去七十岁止四年耳,儿岂无陟屺之望乎?顷者,林夫人遣纪纲来代营田宅。母顷迁家还乡,大过望。母尚健饭,亦喜家人清善,孙读父书,幼孙扶床,嬉弄足乐。亦有花竹园圃池榭,可以行游。又林太史、姜太史送来书籍图册,收藏检校,甚望儿还。顷间,老年兄弟姊妹并侄辈都过从,妇亦能供蔬煮酒。并问行人几时到家?惟主人情礼如斯,一旦谢别,白云在天,龙门不见,知去留甚难也。《后红楼梦》简文温理,信可归结前书。再有,第三十回脱稿即寄回。只此峭宕,勿为蛇足。来字云,一日口占一回,无停机,故少冗语,即赠林夫人作别。何如年老目瞀,不多及。

致谢林夫人，不另书。

《后红楼梦》题词

白云外史　散华居士

是何人、烟霞深隐，吟风弄月。将蕙质兰言消歇，蜿出蚕丝郁结。花落重开，歌停再奏，费尽广长舌。正夜静剪烛摩挲，忽灿仙葩，意思倍飘忽。

忆当时，联吟缀锦，望似瑶台绛阙。明艳催觥，娇雏捧砚，意气凌云发。漫玩作珠玑，分明一片香雪。

也还堪、卖文佣字，不受蘖泉高洁。尽许抽身，脱羁卸缚，归与庭帏说。看缥缃千古，忘尽半生肠热。调寄《十二时》，白云外史漫题。

事各有端委，人各具情性。以我才所到，而述彼究竟。前书极瑰丽，亦甚多蹊径；后书最精妍，一手自论定。使以理所归，表为情之正；否泰本乘除，前后与合并。直将掩前光，岂特称后劲。回环费组织，舒卷异恆仃。先得观者心，有如响所应。结构莫能测，线索互相映。纸贵争传抄，明珠走无胫。掷地作金声，亦可愈痾病。平心一再思，疑义析靡剩。潜幽孰能闋,再继不敢请。既非燕许笔,焉能附歌咏?檐外暗香来,瑶华一枝赠。散华居士漫题。

后红楼梦凡例

一、是书系曹雪芹原稿。每卷有雪芹手定及潇湘馆图章。全书并无残缺,故以重价得之,照本付梓。间有须修饰处,亦未增减一字,欲全庐山真面也。

一、是书序后有贾氏世系表、世表,并前书简明节略,悉照原本刻入。

一、是书圈点悉照原本。

一、是书原稿同前书原稿合装一部。原本序、题、评、跋甚多,今前书已盛行各省,不必再刻,故刻后书但刻原序一首,馀题词评跋亦未刻入。

一、凡说部书绣像,皆赞在阳页,像在阴页,不便观览。此书皆像在阳页,赞在阴页,先赞后像,两页对开以便观览。

说明:上三序及题词、凡例,均录自清坊刊本

《后红楼梦》，原本藏南京图书馆，馆签注云"嘉庆刊本"。此本内封居中题"后红楼梦"，但未见署刊刻年代。首《序》，尾署"逍遥子漫题"。次《序》，尾署"林栖居士漫笔"。又有伪"曹太夫人"给曹雪芹的家信，作为所谓《原序》。次有《题词》，分署"白云外史漫题""散华居士漫题"。然后才是"后红楼梦目录"，连首卷凡三十三卷。首卷为：凡例、事略、世系、世表、像赞；第三十一、二卷，为"附刻吴下诸子和大观园菊花社原韵诗""附刻吴下诸子为大观园菊花社补题诗"。复次《凡例》。《事略》摘叙前书大要，赖以与原书衔接，《世系》但载荣府亲支，宁府惟惜春载入；《世表》但载宁府亲支，惜春不与。有图像六十二幅，一图一赞，各半叶。正文半叶九行，行二十字。

逍遥子，或谓即《碧落缘》作者常州人钱惟乔的侄子钱巨卿（详参《明清小说研究》2010 年第 2 期）。

林栖居士、白云外史、散华居士，真实身份、生平事迹待考。

另有一裕元堂本，无林栖居士序，目录在《事略》之后,《事略》又在《世系》之后,无图像,正文半叶九行,行二十字。藏南京图书馆。复有高罗佩藏本。首《原序》,次《题词》,次"后红楼梦目录",目录文字及次第均与上所述清坊刊本同。复次《后红楼梦凡例》,再次"《后红楼梦》摘叙前《红楼梦》简明事略"。正文半叶九行,行二十字。版心单鱼尾上镌"后红楼梦",下镌回次、叶次。《续红楼梦》秦子忱序提及此书,书之出当在嘉庆二年或嘉庆三年间。

粉妆楼

（粉妆楼序）

竹溪山人

罗贯中所编《隋唐演义》一书，书于世久矣，其叙次褒公、鄂公诸勋臣世业，炳炳麟麟，昭若列星，令千载而下，犹可高瞻远瞩，慨然想见其为人。顾谓：官有世功，则有官族，乃遍阅唐史，惟徐敬业讨武曌一檄，脍炙人间，而其他孝子顺孙不少概见，书缺有间矣。前过广陵，闻世俗有《粉妆楼》旧集，取而阅之，始知亦罗氏纂辑而世袭藏之，未以示诸人者也。余既喜其故家遗俗犹有存者，而尤爱其八十卷中，洋洋洒洒，所载忠男烈女、侠士名流，慷慨激昂，令人击节歌呼，几于唾壶欲碎，卒之批奸削拔（佞？），干（斡）转天心，虽曰世浸年湮，无从征信，而推作者命意，则一言尽之曰：不可使善人无后之心也。呜呼！世禄之家，鲜克由礼，而秦、罗诸旧族，乃能世笃忠贞，服劳王家，继起象贤，无忝于乃祖乃父，此固褒、鄂诸公乐得有是子，即千载而下亦乐得有是人也。余故谱而叙之，抄录成帙，又恐流传既久，难免鲁亥之讹，爰重加厘正，芟繁薙芜，付之剞劂，以为劝善一征云。竹溪山人撰。

　　说明：上序录自宝华楼刊本《绣像粉妆楼全传》。原本藏北京大学图书馆。此本内封分三栏，左题"嘉庆二年"，中题"绣像粉妆楼"，右栏题"全传　宝华楼梓"。首序，尾署"竹溪山人撰"。次"粉妆楼目录"，凡八十回。有图像十叶。正文第一叶卷端题"新刻粉妆楼传记卷之一"，未署撰人。版心单鱼尾下镌卷次、回次。半叶十一行，行二十三字。

　　竹溪山人，《贩书偶记》载有竹溪山人《介山记》二卷，山右宋廷魁填词，乾隆间刊。此竹溪山人名宋廷魁，字其英，号竹溪，别署竹溪居士、竹溪山人、了翁。有《竹溪诗文集》（又称《宋了翁先生诗文编》）《雪籁集》《鹤鸣集》，以及《介山记》（又称《竹溪山人介山记》）。未知是否即此书所署竹溪山人，待考。

　　尔后的刊本，如咸丰间维经堂刊本等，序或署"道光壬辰（十二年）孟春竹溪山人识"，但内容文字基本相同。

合锦回文传

璇玑图叙

武则天

前秦苻坚时，秦州刺史扶风窦滔妻苏氏，陈留令武功苏道质第三女也。名蕙，字若兰。智识精明，仪容秀丽，谦然自守，不求显扬。年十六，归于窦氏，滔甚敬之。然苏氏性近于急，颇伤嫉妒。滔字连波，右将军于真之孙，朗之第二子也。神风伟秀，该通经史，允文允武，时论高之。苻坚委以心膂之任，备历显职，皆有政闻。迁秦州刺史，以忤旨，谪戍敦煌。会坚克晋，襄阳虑有危逼，藉滔才略，诏拜安南将军，留镇襄阳。

初，滔有宠姬赵阳台，歌舞之妙，无出其右，滔置之别所。苏氏知之，求而获焉，苦加棰辱。滔深以为憾。阳台又专伺苏氏之短，谗毁交至，滔益忿苏氏。苏氏时年二十一，及滔将镇襄阳，邀苏氏同往。苏氏忿之，不与偕行，乃携阳台之任，绝苏氏音问。苏氏悔恨自伤，因织锦为回文，五彩相宜，莹心辉目,纵广八寸,题诗二百馀首,计八百馀言,纵横反复,皆为文章。其文点画无阙,才情之妙,超今迈古,名曰《璇玑图》。然读者不能悉通。苏氏笑曰:徘徊宛转,自为语言,非我家人莫之能解。遂发苍头赍至襄阳。滔览之,感其妙绝,因送阳台之关中,而具车从,盛礼邀迎苏氏,归于汉南,恩好愈重。

苏氏所著文词五千馀言,属隋季丧乱,文字散落,追求弗获,而独锦字回文盛传于世。朕听政之暇,留心坟典,散帙之次,偶见斯图,因述若兰之多才,复美连波之悔过,遂制此记,聊以示将来也。如意元年五月一日,大周文册金轮皇帝制。

说明:上叙录自嘉庆宝砚斋刊本《合锦回文传》。此本未见内封,首《璇玑图叙》,尾署"如意元年五月一日,大周文册金轮皇帝制"(按:此《叙》为唐武则天所撰之《璇玑图序》。次"苏惠小像"、《璇玑图》(署"苏蕙")、《读图内诗括例》。复次"绣像合锦回文传总目",凡十六卷。又次,图像九叶,皆像赞各半叶。赞分署"松泉""竹坡""远亭""伴兰""陶然居士""霁樵""寄轩""可斋""静堂主人"。正文卷端题"回文传",不署撰人。半叶八行,行十八字。版心单鱼尾上镌"回文传",下镌卷次、叶次。据孙楷第《中国通俗小说书目》记载,"宝砚斋"本有内封,内封上镌"嘉庆三年镌",下分三栏,右题"笠翁先生原本 铁华山人重辑",中题"绣像合锦回文传",左题"宝砚斋藏板",其馀行款版式,与上述坊刊本同,原书藏北京师大图书馆等。另有道光六年大文堂本,行款版式也与上所述同,原书藏北京图书馆等。或以为书为李渔所著,缺乏硬证。

续红楼梦

《续红楼梦》序

郑师靖

《红楼梦》为记恨书,与《西厢记》等。顾读者不附崔、张酸鼻,而咸为宝、黛拊心者,续与未续之分也。然离而合之易,死而生之难。雪坞秦都阃,以陇西世胄,有羊邵风,韬钤之暇,不废铅椠,辗然谓余曰:"是不难,吾将爇返魂香,补离恨天,作两人再生月老,使有情者尽成眷属,以快阅者心目。"未操笔,他氏已有《后红楼》之刻,事同而旨异。雪坞乃别撰《续红楼梦》三十卷,著为前书衍其绪,非与后刻争短长也。余读之,竟恍若游华胥、登极乐、闯天关、排地户,生生死死,无碍无遮,遂使吞声饮恨之《红楼》,一变而为快心满志之《红楼》,抑亦奇矣。虽然,岂徒为梦中人作撮合哉!夫谢豹伤春,精卫填海,物之愚也,而人效之;鲲弦莫续,破镜难圆,天之数也,而人昧之。要惟不溺于情者,能得其情之正;亦惟不泥于梦者,始博夫梦之趣。雪坞以梦续梦,直以梦醒梦耳。嗟乎!梦有尽而情无尽,虽犹是游戏笔墨,而无怨无旷之抱负,已觇其概。此真十州连金泥、续弦胶也。彼续《西厢》之诮凫胫貂尾者,又乌足并论?书以质之雪坞,以为然否?秀水弟郑师靖药园拜题。

(续红楼梦题词)

谭溁

　　将军不好武,更比今求古。只为那金钗无主。续纂黄粱、离恨天堪补。　　证仙缘、了孽冤,幻境无愁苦。漫拟猜天曹地府,笔蕊生花,原向梦中吐。

　　调《南柯子》。易水弟谭溁拜题。

续红楼梦弁言

秦子忱

　　《红楼梦》一书,脍炙人口者数十年。余以孤陋寡闻,固未尝见也。丁巳春,余偶染疮疾,乞假调养。伏枕呻吟,不胜苦楚,闻同寅中有此,即为借观,以解烦闷。匝月读竣,而疾亦赖是渐瘳矣。然余赋性痴愚,多愁善病,每有夸父之迂,杞人之谬。

疾虽愈，而于宝黛之情缘终不能释然于怀。夫以补天之石，而仍有此缺陷耶！公暇过东鲁书院，晤郑药园山长，偶及其故。药园戏谓曰："子盍续之乎？"余第笑而颔之，然亦不过一时之戏谈耳。迨药园移席于滕，复致书曰："《红楼》已有续刻矣，子其见之乎？"余窃幸其先得我心也，因多方购求，得窥全豹。见其文词浩瀚，诗句新奇，不胜倾慕。然细玩其叙事处，大率于原本相反，而语言声口，亦与前书不相吻合，于人心终觉未惬。余不禁故志复萌，戏续数卷，以践前语。不意新正药园来郡，见而异之。一经传说，遂致同寅诸公，群然索阅。自惭固陋，未免续貂，俯赐览观，亦堪喷饭，又何敢自匿其丑，而不博诸公一抚掌也耶。嘉庆三年九月中浣，雪坞子忱氏题于兖郡营署之百氎轩。

（续红楼梦题词）

词曰：堪叹吾生真瞢瞢，一往情深，每代他人恸。曹子雪芹书可诵，收缘殊恨空洞洞。　　钗、黛、菱、湘才伯仲，俶傥风流，更有妖韶凤。斧在班门原许弄，无端滥续《红楼梦》。　　调《蝶恋花》。

续红楼梦凡例

一、书中所用一切人名脚色，悉本前书内所有之人。盖续者，续前书也，原不宜妄意增添，惟僧道二人在大荒山空空洞焚修，若无童子伺应，似属非宜，故添出一松鹤童子，此外悉仍其旧。

一、前《红楼梦》书中，如史湘云之婿以及张金哥之夫，均无纪出姓名，诚为缺典。兹本若不拟以姓名，仍令阅者茫然，今不得已妄拟二名。虽涉穿凿，君子谅之。

一、书内诸人一切语言口吻，悉本前书，概用习俗之方言。如"昨儿晚上""今儿早起""明儿晌午"，不得换"昨夜""今晨""明午"也。又如"适才"之为"刚才儿"，"究竟"之为"归根儿"，"一日""两日"之为"一天""两天"，"此时""彼时"之为"这会子""那会子"皆是也。以一概百，可以类推。盖士君子散处四方，虽习俗口头之方言，亦有各省之不同者，故例此则，以便观览，非敢饶舌也。

一、前《红楼梦》书中,每每详写楼阁轩榭、树木花草、床帐铺设、衣服、饮食、古玩等事,正所以见荣、宁两府之富贵,使读者惊心炫目,如亲历其境、亲见其人、亲尝其味。兹本不须重赘,不过于应点染处略为点染。至于太虚幻境与天曹地府,皆渺茫冥漠之所,更不必言之确凿也。

一、前《红楼梦》开篇先叙一段引文,以明其著《红楼梦》所以然之故,然后始入正文,使读者知其原委。兹续本开篇即从林黛玉死后写起,直入正文,并无曲折。虽觉突如其来,然正见此本之所以为续也。虽名之曰《续红楼梦》第一回,读者只作前书第一百二十一回观可耳。

一、《后红楼梦》书中,因前书卷帙浩繁,恐海内君子或有未购,及已购而难于携带,故又叙出前书事略一段,列于卷首,以便参考。鄙意不敢效颦,盖阅过前书者再阅续本,方能一目了然。若前书目所未睹,即参考事略,岂能尽知其详?续本纵有可观,依旧味同嚼蜡,不如不叙事略之为省笔也。

说明:上序、弁言、题词、凡例,均录自抱瓮轩本《续红楼梦》。原本藏南京图书馆、浙江省图书馆等。此本内封三栏，由右向左，分题"嘉庆己未（四年）新刊""续红楼梦""抱瓮轩"。首《序》，尾署"秀水弟郑师靖药园拜题"，次题词，署"易水弟谭漾拜题"。复次，《续红楼梦弁言》，尾署"嘉庆三年九月中浣，雪坞子忱氏题于兖郡营署之百觐轩"。又题词，不题撰人，审其语气，应为书作者所作。又《凡例》六则。目录叶题"续红楼梦目录"，凡三十卷。正文第一叶卷端题"续红楼梦卷一"，不题撰人。半叶九行，行二十字。版心黑口，单鱼尾下镌卷次、叶次。南京图书馆另藏一嘉庆四年刊本、一清刊残本、一民国间石印本等，不另赘。

雪坞子忱氏，即秦子忱，号雪坞，甘肃陇西人，曾官兖州都司（正四品武官），馀待考。

郑师靖，字药园，浙江秀水人。

谭漾，待考。